沐浴阳光的秋声

郑俊——著

MUYU
YANGGUANGDE
QIUSHENG

天津出版传媒集团
百花文艺出版社

图书在版编目（CIP）数据

沐浴阳光的秋声／郑俊著. -- 天津：百花文艺出版社，2022.11

ISBN 978-7-5306-8427-6

Ⅰ. ①沐… Ⅱ. ①郑… Ⅲ. ①散文集-中国-当代 Ⅳ. ①I267

中国版本图书馆 CIP 数据核字（2022）第 198187 号

沐浴阳光的秋声

MUYU YANGGUANG DE QIUSHENG

郑俊 著

出 版 人： 薛印胜

选题策划： 胡晓童 **责任编辑：** 胡晓童

装帧设计： 书香力扬

出版发行： 百花文艺出版社

地址： 天津市和平区西唐路 35 号 **邮编：** 300051

电话传真： +86-22-23332651（发行部）

+86-22-23332656（总编室）

+86-22-23332478（邮购部）

网址： http://www.baihuawenyi.com

印刷： 成都兴怡包装装潢有限公司

开本： 787 毫米×1092 毫米 1/16

字数： 475 千字

印张： 25.25

版次： 2023 年 3 月第 1 版

印次： 2023 年 3 月第 1 次印刷

定价： 78.00 元

如有印装质量问题，请与成都兴怡包装装潢有限公司联系调换

地址：成都市金牛区西华街道付家碾村 6 组 152 号

电话：（028）86965207 邮编：610037

秋天的序言

郑　俊

立秋之后，太阳不再昏头昏脑，阳光清清亮亮。身体移晃到哪儿，哪儿就有笼罩周身的清亮光泽。这光泽弥漫在空中，渗透在秋风里，到处涌荡着舒爽明净的气息，给人以通透的喜悦。于是，连一向寡欢的人也开始快乐。而这快乐是不需要任何理由的，也不需要外露表达的。此刻，在一派秋色的光亮里，却有一批急需表达心声、宣泄快乐的群体。它们让秋声崛起，掀起了铺天盖地的大合奏。它们是大自然的歌手，徐徐拉开秋之帷幕。这是多么富有意义的天籁啊！它揭示了秋的本质之美，将秋的色彩和气息融为一体。我仿佛看见了千奇百怪的乐手们云集在一起，组成一支宏大的合奏队伍，在天地间搭建的乐池里正襟危坐。随着秋的帷幕缓缓拉开，一场声势浩大的秋声音乐会终于奏响尘寰。

在合奏队伍里，蝉为主奏。它们躲在浓密的枝叶间，舒展起嗓门，如痴如醉地嘶鸣。它们是在作别夏天吧。在激情飞扬的背后，用潮湿发霉的音管，竭力为生命最后一搏。秋天到来，蝉们将光荣地离去，但我听不出这主调的悲伤。过了一些时日，蝉声开始低沉。蝉们释放了一个夏季的郁积，似乎也化解了自己的心结。在怯怯的声浪中，看似活力衰减了，却反而让我听出了清净的情志。鼓噪一时的蝉们啊，曾用高亢之音表达对整个夏天的挚爱，现在就要顺应天时，退隐消匿了。这一切没有什么错，这一切并不意味着蝉们丧失对秋天的热爱。你听，此时的蝉音，更别具韵味，沉郁的起落，凄切的音符，最契合秋意起伏的平仄了。哦，原来秋蝉之音是可以入诗的呢。你看，秋蝉之音还可以入画呢：满目青山，夕照密林，独自漫步在僻静小径，细细聆听，那寥寥几笔的蝉音，便将秋晚的画境点缀得如此幽静，如此凄寂，如此打动心灵，让人沉迷其中，不能自拔。

而布谷鸟呢？有的蹲在高丘的巨树上纵声高鸣，有的躲藏在茂密的丛林里悠然唱吟。它们在高调地赞美秋天。它们喜欢静处，喜欢隐逸，不愿闯入人的视线。它们是孤静的禅者，孑然用声音表达对秋来的欢畅。它们用声音告诉我，它们不仅是痴情于春天的歌手，也是钟情于秋天的歌者。它们参与了秋声的合唱，只是它们是独唱高音的，孤独地蛰存于秋声中。在浩荡的秋声合唱里，我总能听到布谷声声的点缀，在晨风中，在夕照里，给人一种浪迹天涯的惆怅。

而秋虫们呢，伏匿在草丛里，藏身于灌木中。它们喜欢低处，喜欢脚踏实地，喜欢用柔和动听的音调，连绵不绝地弹唱清曲。无论是在草丛里，还是在石缝间，它们嗓音不同，音调各异，却又恰到好处地汇融在一起，成为秋声合唱的主力。我是看不见这些歌手们身影的。其实，看见，或不看见，又有什么意义呢？有了这秋声就够了。秋声才是秋最真实的存在，秋声才是秋最美好的本质。

而秋天的阳光，与秋声有着同样的本质，都掏出心灵深处最本真的东西，展现出最清亮、最爽朗的色彩。秋天晴日居多，合奏的秋声已登场多时，我不知道还沉浸在暑天戾气的人们是否都已经清醒过来。在沐浴阳光的秋声中，至少我已将夏季积存的浊尘，从躯体里掏出来濯洗，复还躯体本来的清澈。在孤居的秋日，守着满窗的秋声，在聆听大自然与生命交响的乐章中，我埋头整理积存三十多年来的散文稿件。在修改满纸文字时，在翻阅过往心灵痕迹时，时常，我还长久地孤坐于桌前，或伫立在窗前，在思索生命本质的过程中，调整和纠正迷失的心灵方向。

秋声搅拌着阳光的味道，互相渲染，翻炒。阳光伴随着秋声的起伏，顺势荡起金色的波澜和落叶的舞蹈。一日、二日、三日……在相守一季的秋声中，我体验到秋是如何从青涩变得成熟，再由成熟变得丰润的。望着院中依旧茂密的树木和蔓延的草丛，一个秋季，我坚守对秋声的倾听和对阳光的关切。早晨，我清楚地看到坡上的草丛如何被阳光点燃，互和的鸟音在晨光中如何为爱情倾情咯血。在黄昏里，我看到夕阳在屋侧留下一角光明的尾巴后，又毫不迟疑地悄然溜走。秋声日起夜落，阳光熄而又燃。在光景的变迁里，在光阴的流逝中，面对秋声日益浩大的声势，我唯有借助文字，托付自己单纯而又复杂的心绪，并将这心绪晾晒在朗朗阳光下，与万物互倾互诉。

浸泡在秋声里，在秋声掏心掏肺的陪伴中，在心灵的自我反观中，我更不愿下楼，也不愿意与人交谈。我惧怕大街上汹涌的人流，争先恐后，前推后拥。还有那么多壮观的城市车流，正坚定不移地奔涌。我不敢与它们争道，也不敢与它们争流，即使过斑马线也会提心吊胆。我躲避着俗尘的这份热闹，我躲避在熙熙攘攘的人流之外，独享人间这难得的秋之音乐盛会。

我是多么珍惜这短暂的平静和快乐啊！秋，尽管来，风，尽管吹，而大自然，也包括我的内心，却从没有滋生一丝萧瑟之感。在聆听秋声的倾诉中，我从清晨守望到日暮，我从浅秋盼等来晚秋。看室外的树木依然郁郁葱葱，守护浩大的秋声不弃不舍；看窗前那棵高大的泡桐树青绿依然、蓬勃昂扬，我唯有通过培育一颗敏感多情的心灵，来体悟和感知这景象背后，不断变化着的秋声起落。

夕阳斜照中，终于，有一片枯黄的硕叶从窗口旋飞进来，落在我脚下，掷地有声。这响声并不沉闷，却有一种清清飘飘的颤声。这也算是秋声吧。生命尽管繁华，总有一枚叶会先行落地，而接踵而来的落叶潮，会不会是秋声黯然落幕的预告呢？

着实幸运，在这个秋天里，在整理这部散文集的同时，我也完成了对这一季秋声的记述，权且作为散文集的序言吧。散文集也由此赋名为《沐浴阳光的秋声》。散文集共分五辑，前四辑按春、夏、秋、冬四个时节题材内容分为："触摸春天"，共 34 篇；"夏日畅想"，共 30 篇；"秋野天堂"，共 37 篇；"冬梦斑斓"，共 37 篇。第五辑则以"时光走过"为综合辑，共 40 篇。全集收辑散文 178 篇；是行于千山万水，对自然万物的观悟；是感怀岁月流转，体悟人生百味的心灵回响；是千帆过后，抚慰生命的涟漪轻浪……而这些，又何尝不是另一种丰盈的秋声呢？

是以为序。

目录

第三辑 秋野天堂

第五辑 时光走过

第一辑

触摸春天

CHU MO CHUN TIAN

峡江桃花

“杏花宜在山坞赏，桃花应在水边看。”此话道出了水与桃花的亲缘。灼灼、灿烂的桃花潮，把春天推向热烈和疯狂。而峡江的桃花呢，托身于山之陬，水之滨，依凭瘠土而俯瞰舟楫竞流，抱揽峡风而谛听江涛扬歌。胭脂柔花，反衬映出山水的雄劲与苍凉。

四月初的一日，与几位朋友相约，沿宜昌至莲沱的老三峡路，寻一次峡江桃花的芳踪。

车行在悬崖峭壁、奇嶂秀峰的西陵峡岸，偶可见株株桃花，镶珠嵌玉般，点缀在崖壁绿丛中。与雄奇的峡江大景观相比，这缀满枝头的桃花显得格外清雅和柔弱。一团团孤独的绯红，以淡泊的气度，守望着峡江的贫瘠和清苦。原来，这诗书里多为矫情的桃花，也有坚韧的内质和噙泪的壮烈。生之灿烂，逝之无痕。在给峡江挥就一抹美丽的倩影后，峡江桃花便悄悄地在人迹罕至的深渊里湮灭，在人们视线触及不到的地方涅槃，给人间少了些许落红遍地的悲情。

旅途中，有幸停留在三峡西陵画廊风景区休憩片刻。站在仙人桥上，俯望峡江胜景。桥一侧的临江绝壁上，有一株斜倚的桃树，腾空开满花朵。豪情的峡江风袭来，瓣瓣花朵相随飘落，扑向万丈深渊的浩荡江水。小小落红，瞬息从眸中消失。俊逸的姿态，洒脱而从容。天空飞来几只盘旋的鹰，黑色的翅膀震颤起飞扬的灵魂。桃花、江水、峭壁、雄鹰……入我眼眶交集，于怆然中演绎一幅生命的凄美画卷。

峡江的桃花也有成片的。南津关的桃花村，桃花约八十亩，临水的花海，与豁然开朗的江水融为一体。没有淡烟疏雨轻笼的韵味，也没有小桥流水映衬的精致。峡江的桃花，在浪打潮涌中，在崖壁野坡上，烘托出峡江特有的悲怆与豪迈。穿行在石径纵横的花丛里，无论是野生的，还是人工培植的，那粉的、红的、白的，仿佛来自天际，又仿佛来自苍古……一切的一切，让人感觉这峡江的桃花，始终绽放着一种苍凉的精神。这精神穿越历史的烟雨，催我们在峡江春色里不知倦地前行。

杨柳与春风

惊蛰未到，小城河岸，成行的杨柳急急忙忙报春给我。垂垂的柳丝扬展在春风里，在春风中欢跃，在春风中舞蹈。细长的柔臂伸向我，挑逗我，微笑着向我表达情意，旋即又迅疾地怯退。我怎样才能把握住她们善变多情的心呢？

我必须主动立她们身下，领情并表达我的疑惑。未等我靠拢，成群的柳枝条便迎向我，扑向我，贴近我，抱住我。周身满是善意的热忱，满是无所顾忌的亲昵。柳条们丝丝密密地垂罩着，还有些触抚到地面。行在树下，浓密的绿长丝遮盖了我。我被绿嫩的天网罩着，分不清哪是柔枝，哪是春风，哪是自作多情的敏觉。周身满是嫩绿的光晕，满是直抵脏腑的明媚。我真担心这柳丝雨随时会飘下，浇我浑身的绿水。一棵棵早春的杨柳，就这样让我沉沦，让我无法摆脱，让我陷入春天一场温柔的战争啊！

杨柳与春风，一对好搭档，一旦走到一起，便皆是柔情。杨柳因春风而灵动，春风因杨柳而具化。瞧，那柳枝的神经末梢，对春风高度敏感。一树纤细，见风便抖。柳丝们拉起绿尺子，测量起春风的长度。一截一截的春风，我在柳枝上看得真真切切。有小小的鸟，攀附在枝条上欢唱，随风摆晃，碎音飞溅。我伸手欲捉它们，它们却不惧我。鸟儿们也被春光熏醉了，我也被春光熏醉了。我欲学这些鸟儿去亲近柳枝，伸手攥一捧柳丝抚握，掌心里的都是凉柔。这生命初绽的嫩美，是多么让人怜惜啊！

柳丛间，有几株早开的花树。花骨朵微小。我欲贴鼻闻香，脸还未拢近，鼻尖便被密挺的硬枝婉拒。我放弃与春花相亲的念头，复将情思寄予在柔情无限的柳丝上。她们任我碰，任我抱，任我嗅。我享不尽她们百般的娇媚，我享不尽她们百般的痴情啊！但是，我是不会忍心去折断她们的。我爱怜地放开她们。她们又活泼地回归到春风里，加入了与我嬉戏的队列。

黄昏时分，有劲风吹来。柔长的柳丝条时而披头散发，潇洒地任性摔摆；时而像仙人扬起的拂尘，流畅如水地飘滑到一方。还有一些枝条，被伞状的枝干撑托，被袭来的强风整齐划一地撩拨到两边，聚合成燕状的巨翅，剪切阴沉的春光，带给我磅礴的爱势，也带给我深沉的活力。

细雨降临，雨丝笼罩。一种迷离的气质弥漫开来，弥漫在我周身，弥漫在朦胧的河道上，弥漫在我视线抵达不到的地域。一片混淆的天象，把春天搅和得浓稠，也搅和得哀愁。心随物转。但我并不心灰，也无须意冷。杨柳战栗起鲜绿之手，已坚定地拉启春的序幕。春日有冷寒，春途有风雨，这再正常不过了。我怎会惧怕这短暂的阴晦天时呢？

“春天容易别离，春天召唤着幸福者奔向远方。”从屠格涅夫诗意般的文字里，从柳丝殷殷切切的情意里，我感受到春天鼓舞人心的力量，感受到诗与远方的召唤。年复一年，春柳满途，一树一树的柳丝，一截一截的情意，送走春风万里，也送走游子远行万里。眼下我不能步量更远的春途。我现在急于要做的，就是在早春的绿丝雨中，多储备一些欢悦的心情，用来埋葬来日的时光落花啊！

春 燕

燕子飞回来了，春天是不是才算真正来了呢?

春分前后，头顶上的天空，燕子们的身影渐渐地多了起来。走在街巷阡陌，终可听见燕子们喊喊喳喳的呢喃之音了。

哦，燕子来了，天气终于转暖了。我不知道会有多少只美好的燕子恋居在了这座小城，为春天添彩增色呢!

燕子们在空中呢喃，在建筑间呢喃，即便坐在屋内，隔窗也能听见屋檐下的燕语呢喃。行在路上，站在楼顶高台上，我总听见头顶上有燕子的呢喃之音。无论行走在城市还是乡村，无论是晴日还是雨天，燕子们的身影总是环绕身边，无处不在，快乐地点染着春天。甚至，当我行走在车水马龙的街道上，偶尔也会有一两只燕子，低低地贴着我腰际穿飞而过。它们遍布乡村原野，现今也适应了城市的喧闹，不惊不惧，安然地生活着。

心情深受它们的影响，也愉悦起来。想必这种从心底漫溢出来的愉悦感，与法国女作家儒勒·米什莱如出一辙：燕子“以她优雅的风度、飞翔和呢喃的鸣声，使大地平添了喜悦和愉快”。而这感受，多是由我们心灵映射出来的吧。是的，在温暖的气象中，沐浴在一片清朗的春色里，看着燕子们娇巧的身姿装点在春天的时空里，怎不叫人心旷神怡呢?

一个下午，站在楼顶天台上短暂休息。天气半阴半晴。东方的半边天空，依旧晴好，淡云飘游；而西方的半边天空，却阴云密布。我看到，一只孤燕，在西天高空上，在阴云背景的衬托下，蹁跹飞舞。在浩荡的阴云下方，那孤单的黑点是那么微小，若隐若现。但我仍能听见它的呢喃与欢歌了呢，是那么的明朗，是那么的清晰，带给我满是晴朗的心情。追随它的身影，目光投向湛蓝如洗的东天，眺望东方天际下山丘的新翠，身心宛如升起的一朵白云，轻盈，欢愉。又有一群燕子飞来了，大约七八只吧，在建筑群上方叫嚷着，聚聚散散，分分合合，跃跃欲试地从我头顶上飞过。一对成双的燕子，蹲立在我前方的矮墙上，旁若无人地对语着。它俩是在向我炫耀它俩的爱恋吧，这怎能不叫人心生羡慕和妒忌呢？零星的雨点终于落了下来，丝毫没有影响燕子们对春天的痴爱，对人间的眷恋。在半阴半晴的天空上，在错杂的建筑群间，四处回响着燕子们相亲相爱的情话。不一会儿，太阳出来了，强烈的光芒照耀在天地间，刺痛了我的双眼。燕子们恍惚的身影在天光中隐现，直至在我视线里消融。但我仍是开心快乐的。因为，燕子们并没有离去，它们那动听的燕语始终萦绕在我耳畔，陪伴着春天，陪伴我左右。

虽说“燕子不进苦寒门”，但寻常巷陌，我家小小茶屋，今年可是迎来了这娇客的光顾。身在外地的儿子听说后，专门打来电话说，燕子进门，是很吉祥的事呢，嘱咐我们要好好对待它们。

它们来时，它们在时，我尽量少走动。即使拍照时，也轻手轻脚，与它们保持适当的距离。它们来时，有时是一只，有时是两只，有时是三只。它们是相亲相爱的一家人吧。它们从我家茶舍低矮的门楣下飞进飞出。进屋后就泰然地落在电表上，落在“茶缘”字画的画框上……偶尔，也会在窄屋的小空间里拘谨地飞一下。要知道，这经过吊顶的屋间，高度不到三米。燕子们进屋后，我给它们抓拍美照，它们不仅不惧我，而且好像很配合。它们在栖息时，便摆出各种灵动美丽的姿态。它们在飞时，就像蜂鸟一样，停在空中原地扇翅，为我拍照尽量多保持一点停留时间。

又是一个星期日，我躺在躺椅上，听两只燕子倾心交谈。缱绻的呢喃之音，多像动听的音乐啊！令人深深陶醉。将这一双燕子的呢喃之语用手机录下来，夜深人静时，拿出来聆听，真是别有一番享受了，感觉世上再没有这般怡神养心的美妙音乐了。

这个春天，燕子们光顾我陋室的时间有长有短。它们每一次到来，都带给我满心的喜悦；每一次离去，又留给我无尽的怅然。

春　雨

晨醒，身居高楼，躺在床上，闭眼谛听，有雨落的声音。

却不是那种“滴答滴答”的声响，而是一种不停歇的絮絮叨叨的声音，有一种轻声细语的味道。勉强睁开眼，瞟一下窗外昏黄的雨天，旋即又闭上眼。我更愿意久久地闭上眼帘啊，在谛听雨声中，在无限遐思中，不知不觉地，心里，便有了一种春的异样感觉了。再仔细听听，这雨声，仿佛是替春天在对你絮叨深情，向你表达情意。这缠缠绵绵的爱意，怎不叫人心生感动呢？

脑海里弥漫起温情，身心完全放松下来，安静下来。心里也踏实了许多。甚至想沉入梦乡，好好地再睡一觉。于是，在我缓缓入梦时，雨声，又不知不觉地渗到梦里来。缥缥缈缈的雨声，又织成了春梦里的烟雨境像。我沉湎在梦境里，穿梭在烟雨中，身影飘飘忽忽，仿佛怎么也走不出春梦的边界似的。如此正好，我也不愿意过早地从这沉沉睡梦里清醒过来了。

又是一个阴雨天。雨，从早晨就开始飘洒起来，歇歇停停，停停歇歇。到了下午，慢慢地下成了大雨，一直下到晚上。我并不恐慌，也无须担忧。即使在户外，我也不再畏惧雨带来的寒湿。有时，尽管轻雨难察，尽管出门忘带了雨伞，偶尔还会被雨淋一回，也甚是惬意，绝不会怪罪这春雨的轻慢。倘若待在家里，尽管窗外烟雨迷蒙，新树阴郁，一副心事重重的模样，也不会影响我的明媚心情，也不会影响我对春天景致的欣赏。这是三月的雨，这是惊蛰的雨，这才是真正的春雨啊！最受人待见。温润，沁凉，有一种温暖人心的力量，让整个身心有被润泽的感觉。

对于春雨，花木有比人类更灵敏的感知能力。经过蒙蒙细雨的滋养，紫玉兰带绒的花苞不知不觉地撑大了。含苞多日后，忽然有一日，就突然爆绽，开出惊艳的花朵来。而紫叶李的花朵呢，虽是碎白，却开得旺盛，在洋洋洒洒的春雨中，举起一面面花树的旗帜。

其实，白玉兰含苞更早一些。在隆冬时节，她就举起了毛笔头般的花苞，充满耐心，静等着春雨的润养。当被一场又一场的春雨滋润之后，她终于绽开了一树炫目的花朵。她仿佛在告诉人们：看，春天不就来了吗？现在就在我身上了呢！而紫荆花树呢，她那粗细不一的枝干上，虽摆脱不掉旧岁残存的枯叶，然而当春雨一浇淋，便从枯叶里冒出了满枝的红芽苞，嫩新嫩新的，装扮成春天的模样。只是梅树不再灿烂了，一半凋零，一半枯萎，一副暗淡消沉的样子。曾经无叶的枝头，被春雨洗濯后，冒出了针尖似的新芽，混淆到那一片已长出新叶的落叶乔木中去了。

今年的桐花开得不及以往旺盛，但花期却长，从清明一直开到谷雨。到了谷雨后，那一团团硕大的紫色花穗依然占据着枝梢，经稍大一点的春雨一淋，便垂下花头来，对春天表达出十足的谦恭。说到谷雨，今年谷雨前后，一直下着雨。谷雨日的前夜，还响了两声春雷。“雨生百谷”，这真是好兆头啊！

落泪的春光

我居住的院子里，百花还在沉寂，一棵紫玉兰，总在我最寂寞、最焦虑的时刻，率先撑开满树花盅，挽救我近乎绝望的心情。一树丰腴的花朵，硕大而赤诚，呈现出精神抖擞的姿态，像点亮的灯盏，孤倔地照亮周围的黯淡。

其实，从冬末开始，我就一直在关注她。看她耸立于裸枝上的花苞一点点膨胀，直到鼓鼓囊囊，含苞欲放。可是，真到绽放时，我又为之担忧。因为不多时，她就会花残瓣蔫，在无情的春风春雨里飘落。

确实，花开之后，没待几日，这地面上就铺满了浅紫的落瓣。虽然还有一些固守在枝头的死瓣，但也失去了鲜亮的颜色，让人更不忍看。我知道，花朵们无辜，情愿坠落也罢，不情愿坠落也罢，谁也逃脱不了新陈代谢不可逆转的铁律。明白归明白，但是我还是忧伤不已啊！这棵紫玉兰，她毕竟伴我度过最艰难的生命时光，温暖过我一度萎靡的精神。可最终，她还是无可奈何花落去了。

忧戚重重中，慢慢地，我也领悟到了新陈代谢不只是残酷可恨的，也是神奇可爱的。可不是吗？当紫玉兰耀眼一时的花朵还没有完全退场，她那翠嫩的新叶便迫不及待地钻拱出来，日渐撑大，进而全面代替了退场的花瓣。这嫩绿的新叶啊，让人柔情似水，也令人心情振奋。

此时，离这棵紫玉兰不远的墙头，也有一蓬垂丝海棠，正处于花盛时期。其实，她并无意要接力紫玉兰的花事，对身边那棵紫玉兰已完成新一轮的代谢也毫不知情，她自顾不暇，只是为了完成自己的使命，以一种最热烈的状态绽放出生命的本色。不过，她开放得那么绚烂，开放得确实让人有些忧愁啊！因为盛极必衰，过不了几日，恐怕她同样要走上紫玉兰凋零的老路了。

果真如此，只过了半月，还来不及赏够海棠花的美颜，那尽情挥洒一番激情的花瓣就落满了一地，只留下了一树残瓣败萼，让人伤心不已。我不禁愈加惆怅起来：是怪夜里突然来袭的寒潮狂风？还是美好事物的生命本就短暂？除了这天道难违，归根结底，又还能怪罪于谁呢？

那首先要怪罪春天了。我突然发现春天是没有耐心的，先是冷漠，再是急躁，任由自己的性子撒野。虽然这些都是自然的天性，倒比平常压抑本性的我，比平常压抑自我的人类，倒显得实诚和真实。行走在摩肩接踵的人流中，我们在修身养性中苟活于世。我们的情绪相对稳定，显得比春天舒缓得多，安然得多。我们的表相是不轻易显露痛楚和哀伤的，然而我们的内心却又极为敏感和复杂多变。情感丰富的人类，尤其是在春天来临时，在花开花谢中，更容易感受到岁月的蹉跎和生命的无常。由此，除了愁绪满腔，发自内心深处的快乐少而又少啊！

不过，春虽然向我们展现了它毫无顾忌的自负，毫不掩饰地表达了它的本真性情，但最终还是为我们呈现了四季最源头、最初始、最丰盛的美。尽管行色匆匆，尽管来之不易又去之无痕，但它还是为我们留下了绵绵温情，为我们留下一些难以抹去的记忆痕迹。

就说那最早开放的玉兰花吧，除了美玉雕琢般的大花瓣外，她们的花香也浓郁无比，四处漫溢，沁人心脾。花事开启，一段时日里，空气中到处弥漫着一股股香气。即使闲坐在凉台上的藤椅里，或躺卧在客厅里的沙发上，或睡卧在床上，睡梦依稀中，仍能嗅到丝丝缕缕的暗香。有时我真怀疑这花香怎么会有如此神奇的力量啊！能浸染到我们鼻息所触及的每个空间。有时，我将手掌伸到鼻下，看看是不是因为外出春游时手指上沾上了花香。但是无论如何嗅闻，手指却是无味的。香气无处不在，渗透在空气里，渗透在窗外，渗透在室内。香风四起，即使待在家里，也是满屋氤氲。即使不用睁眼，我也能感受到无限的春意和满野的春光。春，仿佛远在天边，却也近在眼前。只是，想着，思着，不知怎么回事，又悲从心来。在温暖的阳光里，花香脱离了花瓣的母体，就成了脱了单的精灵吧。它知道我无法动身前去，无法与春光打成一片，就主动奔向我，与我狭隘的生活打成一片。这是我的幸运，也是我悲哀的必然。四季轮回，不可逆转地呈现有序的稳定力量。而我个人的生活，也包括命运，为什么总是那么飘浮不定，不可捉摸，无从把握呢？一树又一树的花树在消瘦，在凋零。一树又一树的花树，又在绽开，在丰满；尔后又在消瘦，在凋零。在花朵们倾心接力的春天里，在忧郁而热烈的春天里，面对春天如此的全心全意，面对春天如此奉献的浪漫和激情，我该如何生活，才能不辜负她的一往情深？

因此，在灿烂春日里，我不能枯坐在家里，甚至觉得用来写作也是在浪费良辰。我走进春野，在明媚的阳光下，石楠叶的红、红槭木的红、桃花的红……都向我打开了最赤诚的心扉，奉献出她们最丰富的深情。就连在石缝里备受挤压的蒲公英，也挣扎而出，开出黄色、明艳的花朵。有的蒲公英还举起一头白絮的头冠，让你心里不仅滋生一股柔软的温情，还会让你的情绪里滋长出一丝轻盈的放纵。花树们都在接力，对春天推波助澜。面对如此美好的春景，兴奋之余，有时真让人落泪。

只不过，在寒潮频仍的春天，那些瞅住晴好天气绽放的繁花，连她们自己都不会想到，因为自己的运气不佳，会偶遇一场寒潮。一场大风刮来，就能让她们开花的梦想支离破碎。

写到这里，我不禁想起春分时节，城郊一家农舍门前，那一树蓬勃的桃花。当你置她身下，密密匝匝粉红色的花瓣，一捧一捧的，把你的脸庞映照得亮亮堂堂。成群的蜜蜂飞缠于繁花间，把春天闹腾得热闹而温暖。只是，偶遇她的当晚，就刮了一夜啸风，下了一场寒雨。“夜来风雨声，花落知多少。”躺在床上，久久不能入睡。我想，这株桃花，趁前一阵子的晴日，好不容易孕育出来的茂密娇丽的花朵，怎堪这一夜风雨的折磨啊！若明朝再去看它时，它又会是怎样一副凄惨的景象呢？你要知道，在这个春天里，我赏寻了多处的花开，却唯独钟情于这一树桃花。她繁密的娇美花朵，她优美的造型身姿，仿若开在仙境里那般出神入化，仿佛你只要看它一眼，从心底就会潜生出一种美丽的忧愁来。本来，我是探好了路，约好了几位知心好友，次日就要去探访它的。既然夜来风雨急，就不忍心成行，去看那落红遍地的景象了。不过，在最美丽的春天，能与她邂逅，相遇一次，多看一眼，就足够了。于是，我用沈从文的一句话聊以自慰：“美丽总是令人忧愁，然而还受用。”

鸟音春色

过了立春，过了雨水，过了惊蛰，春天，像一罐中药，终于被煎熬出药力的味道来了。

“春眠不觉晓，处处闻啼鸟。”对于春天，鸟儿们应该比我们先知先觉，最能敏锐地感知到春临的脚步吧。你听，春来了，鸟声开始密集起来，丰富起来，黏稠起来了。从这些逐渐熬出味道的鸟声里，我仿佛看到春色愈加清晰的面容，生动可亲地在我眼前晃来荡去。

那是一个惊蛰过后的早晨，从睡梦中醒来，稠密的鸟音忽然从窗外涌袭来，暴风骤雨一般。闭眼聆听，密集的一片鸟音，貌似混乱，细听起来却极有章法。在起起伏伏的鸟音里，夹杂着一种独特的鸣声。这鸣声，宛转动听，又蕴含一种高亢激越的气魄，仿佛是主音调，统率起这宏大的春之乐章。而这春之乐章，是我之前未曾听到过的。

于是，每当破晓之时，我将卧床聆听鸟音看成是上天馈赠给我的一种超然享受。窗外绿树成荫，鸟儿们活跃其中，奏响了春天的乐章，奏响了天地的乐章。在这起起落落的音韵里，有彼此的对话之语，有倾诉衷肠之叹，有呼朋唤友之声，还有的像是在开会发言：讨论和争论什么问题似的。我不知道这场晨会，何时能够散场。如果是休息日，我倒乐意久卧于床上，以花费更多的时辰，极力配合，倾听鸟儿们带给我的春之声。我要百倍珍惜这春天的礼物，珍惜鸟儿们馈赠给我的福分啊！

确实，在鸟声的亲切问候声中，在春之声的震撼人心中，我感受到了春天如此善解人意的品性，也发现了春天所展现的内涵是如此的丰富。由此，春天，值得我一往情深地去追随，并陶醉在它声情并茂的景象里。

于是，一日，又一日……在品味鸟声的珍馐美馔中，我深切享受到一种无法言说的幸福。是啊，我是幸运的，即使在睡梦中，即使足不出户，我仍能欣赏到鸟音里的春色。我没有辜负这短暂而美好的春光。

我真得感谢春天的慈爱大方啊，不仅送来了繁花似锦，也送来了鸟音的盛会。春天来临之前，晨醒时只听见麻雀的絮语，偶尔有喜鹊的孤音自赏。而现在，连百鸟的嗓音也随着万物苏醒过来，像繁花一样爆炸开来。听着，想着，我忽然觉得这宏大的乐章不是偶然发生的，而是有预感的。不禁想起前些时日，行走在春天的旷野上，从一树树紫叶李中穿过，我忽然看见了两只从未见过的鸟，跳跃在繁花枝头间。它俩身躯较大，彩头，绿背，花翅。这珍贵可爱的鸟们啊，搭乘着春天的列车终于聚拢到我身边来了。它俩浮身在春花点点之中，发出的啁啾之声，也是令人心醉的点点花朵啊！

是的，春天真像魔术师，具有改变一切的力量。早晨风凉，依旧开着窗，金色的阳光，透过窗户，照临到室内暗淡的墙壁上。我终于可以拂去昨夜呼啸的风声那残留在心头上的阴影了。咕咕咕……此刻，那一直回响在阴沉冬日里的斑鸠鸣声，也像春天一样，不可阻拦地扑了过来。在春天这个早晨，在幽幽残梦中，我突然听出这熟悉的声调里，似乎增添了某种新意，显得更加有力，更加昂扬，更加雄浑深沉，似乎有一种很强的穿透力。这声音从旷野穿越而来，像小号声一般，带给人春天的希望。

春天，真的沉不住气了。

早春的梅花

尽管是在晴日里观赏梅花，尽管无白雪映衬，但在万木凋敝的早春，能有花开，能有花赏，这便是好。

众人赞咏梅花，其中缘由之一，是它于万花先开，是报春的使者，这确实不假。立春过后，寒潮不断，气温忽上忽下，在这样的气候环境下，梅花能毫不迟疑地绽放，在阴沉的天地间，撑起一树繁花的样貌，着实让人充满敬意。

因此，从立春到雨水，在这段阴晴不定、冷暖起伏，并渴慕百花盛开的日子里，我所居住的院子，能有几株梅花盛开，我觉得自己真是幸运。在这段时日里，脑海里装有这吉祥、明媚的事物，会不由自主地联想到与春天相关的某些概念。尽管这概念有些模糊，并以某种隐秘的形式在脑海里忽隐忽现、捉摸不定，但有这可寄慰的春物在眼下真实地存在，足以让我对春天树立信心，并以之来抵抗早春郁闷、阴晦的时光了。

在梅花盛开的花期里，每日晨暮，若有空隙，我便会来到这几株梅前，赏花寄怀。记不清观赏的次数了，有一次倒是让我印象颇深。这一日阳光虽然朗照着，但却寒风萧萧，一场大风从早到晚一直刮着。中午，院内行人稀少，我照例来到这几树梅前，围圈打转，细赏打量。视觉里看不见其他新奇的事物，这足可以让我用心专注了。我忽生念头，选一株花开旺盛的梅树，见四周无人，便将头伸进去，深深地嗅了起来。没有嗅到奇异的香气，但却让我想起了“暗香”的字眼。我深深地嗅着，吸着，确实有一股股自然的清润之气沁出，直抵肺腑。这是不是梅香呢？我呼吸到的这丝丝清香气，似乎又挟带着一种烟火气，顿时让我觉得，梅花虽雅洁，但一旦落到了俗尘，即使在散发香气时，也要刻意拉近与俗世的关系了。

雨水节气来临的前一日，照旧，午饭后，我到楼下漫步。天气虽然晴好，却不如昨天，聚来的阴云偶尔也会遮挡住太阳。梅花们灿烂正旺，仿佛谁也阻拦不住她们不可逆转的热情似的。凑脸近看，欲寻一束完美的花瓣用手机抓拍，但见一汪绚丽中，难寻到一朵完美的花朵。每朵花瓣，似乎都带有一丁点儿的缺陷，带有一丝萎靡的气象。我不得不放弃拍照，但心又有些不甘。晚上，到梅树下散步，在窗灯微弱光影的照映下，花朵们依稀呈现出她们柔美的样子。她们身边，遍布其他树木，那四季常青树木的粗绿枝叶，那落叶乔木的硬冷枝条，反倒愈发衬托出她们姿态的柔媚。我在梅树旁的一方空地上徘徊着，不停地转着圈。一圈，又一圈……转了多少圈，我不知道，我只知道我脚底发热了，思路清晰了，才收回了脚步。明天就是雨水节气了，即要进入春天的第二个节气了，我不知道在万花将现的时日里，梅花们还能坚持多久。我隐隐觉得，我是来向她们告别的。

又是一个傍晚，天慢慢阴暗下来，在暮色中漫步，我感觉到花期正盛的梅花们，仿佛都有想要萎缩的念头。正暗伤时，一只喜鹊，落在梅树近旁的一棵高大乔木的裸枝上，不停地下压翘着那小扇子般的精巧长尾，叽叽喳喳地叫嚷着。轻巧的身子，明媚的叫声，与一树浓繁的梅花，构成了一幅简洁的花鸟图。这花鸟图想必是吉祥的象征，寄托人的希冀。喜鹊似乎也明白我的意思，它陪了我好一会儿，在我对它观赏足够后，才向我告别，边飞边叫嚷着，离枝而去。夜幕开始降临，一开始是没有星星的，到后来不知怎的，终于显现几颗亮星，但却无力照亮梅花。夜黑星稀，半夜里又袭来风雨声。到了天亮，我想，尽管梅花落了不少，但是，她们仍会为春天坚守一段时日的。我也相信，阳光依旧会照临梅树，喜鹊也会来光临梅树的。

我真得感激这几树梅花啊，在她们开放的这段时日里，从含苞，到初放，再到盛放，直至最终凋谢，为在哀愁绝望日子里的我，带来了希望。在这段特定的日子里看见她们，我会不由自主地想起日本一位作家的话："如果说，（看到）一朵花很美，那么我有时就会不由得自语道：'要活下去'！"

天山深处

每日，不是我主动观瞻，而是蓝天白云下那雄健灰褐的山体，气势不凡地抢占我的眼球。天山山脉真就这么雄健啊，雄健得那么简明扼要，寸草不生，裸露着肌块，巍巍峨峨，绵绵延延，硬将浩瀚的新疆生劈成南北两半。

我来自平原，天山气势，让我惶恐，让我敬畏。我就这么不远不近地看着，不即不离地站着。阳光终日充足地朗照着，眼前的山体面容，部分阴郁，部分明亮，一派泰然的模样，让我迷惑，让我遥想。视线所及，那层层叠叠、纵横延绵的山脊里，那幽深粗犷的轮廓里，那袒裸的肌体里，究竟藏了些什么？天山壮伟，站立在它面前，感觉自己就是一粒微尘，那么无足轻重，那么无能为力。几只鹰，伸展黑色的铁翅，在我头顶上盘旋一会儿后，倏然向山巅掠去，向雪峰飞去。鹰们比我坚定，比我快捷，可惜我双脚不能生翅啊！情绪把持不住，耽于玄想：我若身临其境，伸手去触摸这坚硬的肌块，该是一种什么样的感受？而自己的沙尘之身，又会淹埋在壮山阔岭的哪一个毛孔里？

五月初的一日，背上干粮，吆喝六名同伴，向着那片日夜耸挡在眼前的山脉——新疆巴音郭楞蒙古自治州境内的天山山脉一部，徒步进发。

迎着山走去，横亘在我们面前的平坦戈壁，足足让我们花了半个多小时。抵达山脚下，从一丘慢慢抬高的乱石岗里，我们寻到了进山的路。这路，只是一条羊肠小道，像一根破损的马缰，朝山腰延伸上去。待我们登上了高处，转头回望，先前动身的马兰绿洲，现在就卧躺在脚前的不远处。目光投向绿洲右侧，可眺望到博斯腾湖浩渺的烟波，像轻灵的白翅，隐隐约约，闪烁着梦幻之曲。

沿山腰前行，当一个又一个的小山头被我们抛在后面，矮壮叶稀的绿树丛才开始在脚下悄然显现。这些绿丛蜷伏着，随着路途的延伸逐渐繁茂起来，密匝起来，最终形成明显的绿带，沿着山谷向坡底蔓延开去，与溪涧的水流连成一片。溪涧幽深，碧流潺潺，绿丛遮拦，若隐若现，一种隔帘听琴的韵致，伴随我们快乐地前行。

走了一程山路，脚下深谷的雪水玉带逐渐清晰可辨。一沟绿丛灌木，与雪白的溪流挽臂在一起，蜿蜒飘动着。溪水拥挤，湍急奔涌，活力四射，纷纷扬扬，浑身散发着天山深处神奇的气息，喋喋不休地吵嚷着，一心想挣脱寂山的束缚，向山外的世界奔去。

山径一侧的坡壁，愈来愈陡峭。水流跌落在山涧里，幽深得让人头晕目眩。天，蓝得单纯，蓝得空泛，连嶙峋的山石和山谷的劲风，也被蓝天感染得一样单纯和空泛。我们一行逐渐沉默起来，再没有先前的欢歌笑语。路旁的巨石开始增多，裸石磊磊，堆叠成形态各异的样貌，以狼群般的苍凉和冷酷，张望着蓝天，衬托着蓝天。裸石丘峰间，激荡的气流吹响着低沉的号角，吐纳着萧瑟的芬芳，在我们周边回旋。我们在乱石间打转，寻找着出路。乱石丛中，偶见几棵稀疏的古松，树干苍裂，枝叶瘦弱。一条小花蛇，见我们来临，哧溜迅疾地钻入石缝。我们仿佛进入了石头的逃亡之地，在荒石间漂流，在悍风中飘荡。脚踏的细径，像一叶扁舟，让我们颠簸摇摆，惊悸不已。

终于，走出了裸石丘峰。行走大半日，未遇见一人，只有一条弯弯曲曲的模糊山径悬荡在脚上，伸向更神秘的山谷。曾听涉足过的老兵说过，这段天山纵深宽一二百公里呢，有森林，有群狼猛兽，有深藏未知的险景。沿途风景变迁，我隐约感觉到，这深隐在尘世之外的奇景，将会在我们前面一一揭开面纱。越往深处去，路途愈发惊险，行进队伍里的喘息之气也愈发沉重。我们单排起蛇行队伍，彼此扭头探顾，传递信心，也防止有人掉队。

好不容易抵达一处平缓的山坡，“汪汪汪，汪汪汪……”一串犬吠忽然响起，沉寂的山谷陡显生气。山径前方，一只黑色的牧羊犬，体态状若雄狮，抖动着长毛，一路小跑，从远处迎来。离我们还有几米远，它就停止了叫唤，站立，目光与我们温情地对视，摆尾示好。少顷，它又像老朋友一般，缓缓靠拢，贴在我们脚下蹭腿打滚。或许是罕有人至吧，这狗也特别亲人，黏人。同行的伙伴用相机抓拍了黑狗在我腿脚下打滚亲昵的镜头，这黑白的照片，永远珍藏于我的相册。跋涉天山深处大半日，没想到是一条黑狗最先给我们带来人类的信息，一路的沉闷与担忧顿然消去。循着狗来的方向，绕着山坡往前走上百来米，只见一顶白色的圆顶毡房，卧在不远处的半坡上，门前有个几个人影在晃动，周边，是稍稍平缓的芳草地。没见洁白如云的羊群，但我们却感受到了世外桃源般的静谧与安详。

来不及造访那户牧民人家，我们便朝另一处奔去。因为，就在不远处的左侧半山腰间，惊雷般的松涛之声，向我们一行发出了更强烈的呼唤和邀请。循声望去，那墨绿色的浪涛翻腾着，卷起无边无垠的林带，狂啸着，涌向天际。我们振臂高呼，争先恐后地朝森林奔去。

置身于林中，我们更惊诧于这松涛的浩荡气势。天山峡风掠过，立于裸石上的巨松，身体坚硬地碰撞着，向雪峰扬臂呐喊，向蓝天仰身欢唱。松涛阵阵，如海涛狂啸，如惊雷炸响，播撒强劲的气流，撞击我们的耳膜，冲击我们的神经，撕扯我们的肉体，让我们惊心，让我们动魄。

待回过神来，我们发现，这连绵的山脉，两边景致迥异，风景却这边独好。一面的山坡，古松参天挺拔，枝叶茁壮，延绵不绝。而另一面山坡，却裸露荒凉，巨石嶙峋，草木不生。不远处，有两座雪峰毗连，在周围诸多荒脉的映衬下，洁白得耀眼；像卓尔不群的白雪公主，卓然于浩荡天地间，圣洁得让我们不忍再靠前半步。

继续朝森林深处走去，地面坚硬，花草稀少，山石绊脚，幽风森森，不见人迹。再往前走，发现有一长方形石堆，用碎石堆垒积而成，高不到一米，上面盖着早已枯死的树枝。上前透过树枝缝隙一看，里面有一具完整的骷髅，正泛着白森森的光。我们抱歉对这亡灵的惊扰，唯有在心灵祈祷，祈祷他（她）在离天国最近的静地得以安息。

森林仍在向远处延伸。松涛激荡，声浪高过天宇，冲击着天穹，像洪水漫过山坡，像兽群掠过荒野，气势磅礴地横扫着群山，激荡在深不见底的沟壑，仿佛要淹没我们，要吞噬我们。惊悚、恐惧、落魄……我们似乎被一种神奇巨大的力量包围着，仿佛成了难民，成了流亡者。此刻，我们只想逃离，赶在黑夜来临之前，远离这景象的森然和强大！

被放逐的美人

五月来了，红柳花在不远处尽展她们的红颜，痴痴地笑着。他抱臂立于房前，不忍上前。其实他走到花丛里只需要几分钟，但他就这么不远不近地看着，看她们的美色，看她们的柔躯，在灰暗的戈壁底色板上，流溢着孤苦的火红。他就这么看着，凝神不动，思绪纷繁。哦，五月来了，一抹抹胭红，终于让戈壁亮艳起来。原来，再荒凉的地方，在春天也会有美丽的放纵。于是，他终于明白，春天不会留有余地，春天总会想方设法，来证明自己。

这是戈壁的春天，这是他在戈壁上度过的第一个春天。此前，他翻阅日历，数着日子，等着春天。他翻翻停停，停停翻翻，三月过去了，四月也过去了……西出阳关，更尽一杯酒，一杯苦酒岂能把春天唤回？沉醉于烈酒，烈酒里有春色。他真的醉了，沉重的头颅趴伏在桌面上，软绵绵的手掌推滚了酒杯。一杯的春景时光啊，就这样溅落满地，破碎漫溢。灵秀的江南，潜入梦境，飘然而至。听，“布谷布谷，布谷布谷……”湿潮昏黄的气象里，布谷的鸣音，破雾穿空，沉郁凄凉。一曲碧流，环绕村舍；村舍四周，桃花盛开……最古老的春天，最年轻的春天，现在终于展现在他眼前。哦，听听，再听听，除了鸟音的婉转，怎么还有驼铃声的造访？“叮当，叮当……”玉石般碰撞的回音，清脆悠扬，仿佛是在试探时光的深浅。光阴破了口子，流出了历史的血。张骞来了，炯炯目光，坚毅地横扫着前程，凄迷的驼队紧随其后，迈着不紧不慢的步调，冒失地闯入红柳的花丛，踏醒了耽于前尘往事的醉酒人。

醒来吧，醒来后的驼队已丢下他远去，只留下驼铃的袅袅余音，似绝非绝。他起身，立于房后的高丘处，目光追寻驼铃远去的方向。目光所及，盐碱地白，空旷无边。走下高丘，徜徉于盐碱地，他仔细搜寻着，仿佛要寻找到驼蹄的印痕。追寻着驼队，他真向前跋涉去了。地面松软，宛如厚铺的棉花，浅则陷鞋，深则掩及裤腿。不时，还有矮瘦过膝的芦苇羁脚绊腿。他踉踉跄跄前行，没有片刻停歇。直到眼前那片西天垂下眼睑，留下最后一丝明亮的罅隙，挤出来的红白光芒，像从夜幕裙袂里伸出来的一双手，一只浅白，一只暗红，在他眼前摇动着，招摆着，刺晃他的眼眸，勾起他无边的念想。那驼队抵达的地方，究竟有多遥远？究竟是一个什么样的世界？隐匿的王国，柳绿花红，美丽的公主在金堆玉砌的宫廷里放喉西域情歌，热瓦甫热烈的弦音在旷阔的云端里回旋……终于，突发漠风的恐惧声，惊醒他恍惚的神思，打断他对远方的憧憬。心底陡升恐慌，他终于停下前蹿的脚步。他知道，他必须马上返程。他明白，远方的风景，美丽的风景，是他宿命难求的奢望，即使倒毙荒途，变成千年的木乃伊，也踏赏不到那片神秘的伊甸园的。

“羌笛何须怨杨柳，春风不度玉门关。”他还在等什么？他还在犹豫什么？五月来了，戈壁的春天也只能是这样了。红柳花开，气焰蓬勃，这漠风铁掌揉捻出来的春色精神，即使花色单一，即使没有其他鲜花伴放，也算是春天了。眼下，这戈壁的春天，这迟来的春天，终于吹醒蛰伏在他生命冰层的眠梦。他似乎苏醒，也似乎解脱，灵魂敞开大门，欣然接纳这荒漠春天唯一花的使者向他挥手的问候。

终于，择一日，他钻入这红柳花丛的部落。红柳花枝闪烁清亮晶莹的眼波，妩媚的清冽之气洗净了他昏黄的眼瞳。他认知了红柳花丛的睿智，也体味到了她们的甘苦。她们花朵儿细碎，豆粒般大小，就像一只只红蜜蜂，彼此热闹地挤拥在一起，稠密地占满了枝条。一根根枝条，又组成了一堆堆、一蓬蓬花丛，簇拥在一起，形成了浓烈的火焰花势，红红艳艳，照亮了荒漠阴暗的春心。缺乏雨水的供养，她们只能靠根系的坚韧，向土地深处拓展。她们钻地该有多深啊，几十米还是几百米？谁也看不见。她们练就了深厚的内功，用发达的根系建造成一方坚固的城堡。盘固起来的沙丘，有的直径可达三四米，高度达二三米。千年大漠的利风刀割，攻陷了罗布泊整个水泽阔地，却始终没有攻破红柳们固守的家园。

游走在红柳盘踞的城堡里，仿佛行走在迷宫里。强悍的漠风在巷道里钻进钻出，幽灵般出没，鬼哭狼嚎般旋舞。他步履踉跄，伸手，欲攀抓花枝搀扶，却抓触不到。红柳花枝们大幅度地摆晃着柔躯，与他一样踉踉跄跄，他反倒担忧她们闪了腰呢。

手掌终于攀抓到几根红柳的枝干，他奋力一跃，终于登上了沙丘，搂到一捧花穗入怀了。这些细腰柔骨的女子，笑吟吟、凉爽爽地扑入他怀里撒娇。他双臂环抱，满目深情。细看她们的容颜，他发现，她们的气质还真与沙漠的气质有些格格不入呢。是的，她们应待在宫里，或开在南方的青山绿水间宠养。她们被放逐于此，孤芳自赏，漠风怎会懂得怜惜她们呢？她们是因自己的美颜遭众花忌妒而被放逐到荒漠里来的吧。在荒漠里与她们相遇，他应当怜惜她们。只是又觉得这红柳花们，艳丽得如此霸道，有些不近情理，连他的衣臂都沾满了艳红，这又让他有些郁闷不平了。想必这红柳花原就是集恩宠于一身的女子，任性骄横惯了。

不过，黄昏之时，她们悲戚的面色又让他心酸了。此刻，成蓬的红柳花焰开始暗淡，光影中的胭脂色与天边晚霞混为一团，似火的热情瞬间变成了冷艳艳的悲凉。随着风力的减弱，她们似乎也安静了许多。在愈来愈浓重的暮色中，她们低垂着头，似乎在叹息，似乎在寄托着难言的相思。此刻，只有他最生动、最有情义了。他走着，想着，一直陪这些花红走向荒凉的黑夜深处，一直到他红红的笑脸也慢慢融入悲凄的黑夜深处。

回到室内，心难平复。一盏孤灯，在离已沉睡的红柳花丛不远处骤然亮起。灯下簇拥的红柳，仿佛仍在他纸张上狂摆。他笔下生出的文字，弥漫着诗情：

你们堪称美人，细腰柔骨
一条条火焰的蛇
抬身，绞缠成一蓬蓬篝火
照亮天空，照亮腐枝与枯骨
你们偷来桃花的容颜
化整为零，脸部涨满细脆的血管
…… ……

他吟诵着，一气呵成，迟钝的灵魂，终于被这唐突的艳遇一掌击醒。

春天的路途

在春天里出发。

春天的路途，意味着希望，意味着远方。春天的路途，繁花似锦，莺歌燕舞，雨露滋润着花瓣，空中缥缈着女声哼唱的天籁之音。春天的路途，应该是浪漫之途，充满着生命的激情，飘荡着绮丽的梦想。而现在，我必须出发，在春天里出发，车尘滚滚，义无反顾，奔向远方，奔向荒无人烟的罗布泊深处。

一路上，没有春色，少有险山夹道，却是无边的戈壁荒漠。风沙骤起，遮天蔽日，聒噪着为我送行。目光所及，灰褐色的苍茫之域，难见生物迹象。花草仿佛逃亡了，漏网的枯草像一绺绺枯发，从石缝里钻露出来。透过车窗，我扫视它们，它们却用苍白的目光回应我，打量我，用阴鸷的目光探射我。它们是不是在埋怨我，埋怨我不该惊扰它们荒静下来的美梦？

一段深沟里，寄身着一些疏疏密密的榆树。它们顺沟蜿蜒，匍匐在荒沟里。它们以荒沟为战壕，抵抗狂风的日夜进攻。它们早已习惯阔远的戈壁将它们忽略，习惯人类将它们遗忘。停车憩息树下，伸手抚摸粗糙裸露的枝条，丝丝冷凉，浸入体肤。我不知道枝条上何时能吐露出细碎的叶芽。我不会指望这些树木能告诉我春天的讯息。我歇息它们身下，与它们亲近相抚，只是希望它们能带给我一丝春天的念想。

行驶在视野空旷的戈壁荒滩，随时会遭逢到连绵峻峭的山脉，虽裸露荒凉，却山形奇特，像巨大的盆景蹲卧在戈壁宏阔荒芜的背景上。据说那是祁连山的余脉，延续到罗布泊后，仍残存着峥嵘的气势。它们塑造出诸多人物或动物的造型，可谓鬼斧神工，让人联想无边。奇景夺目，一阵惊喜过后，一切又复归到荒寂的路途。不知不觉中，视觉开始疲劳，头倚靠着车窗打盹，将窗外漫长的荒凉交由车轮去丈量。

摇摇晃晃中，灵魂仿佛还睁着眼睛，离开我的躯体，越飞越远，越飘越高，在天空俯瞰我的身体。我像一枚生锈的时针，静止地悬竖在荒无人烟的废墟上。慢慢地，又悬挂在戈壁荒城的城门上。身下城门洞开，强悍的风潮骑着无形的快马涌进涌出。城内，四处残垣断壁，还残存着灰暗的城堡。不一会儿，灵魂变成一只硕大的野鸟，脱离了荒城，驮着我的身躯飘荡到春潮涌动的人间仙境。立于云端，俯瞰身下红尘。桃花盛开，美丽的姑娘娉婷袅娜，走在鲜花满谷的山径上。她清亮的歌声在山谷间回荡。灵魂扇动翅膀，与空气碰撞，发出霍霍响鸣，不一会儿又飞翔到生机蓬勃的城市上空。我看见浓郁的春风暖透了城市的建筑。我看见春风沉醉的街头，人们相拥着，庆贺苏醒的爱情。此刻啊，春色在远方一幕幕上演。此刻啊，春色已将三月的酒杯里倒满，多少人在春色里烂醉，却并不屑于那些泛滥花开的物种。

醒来，已走进罗布泊深处。此时，春天的风沙正在罗布泊恣意飞舞，天地一片昏暗。在罗布泊深处，“天上无飞鸟，地下不长草”，这叫我如何理解春天的含义呢？但是，普天同春，这里没有春色，但终究也是春天啊！

蹄痕里的青草

五月，戈壁荒原，微明之中，我找不到一朵带泪梨花的早恋。

荒野在脚下漫延，仓皇袭身，我寻不到路的痕迹，也寻不到季节的痕迹。

除了徘徊，无所寄聊。除了臆想，我找不到方向，更不知道走向何方。

绿洲在远方，那里好些花儿都开了，那里好些草儿都绿了。迷途于荒原，我怎样才能寻觅到它们？重逢于它们？

我不会死心，我不畏艰难。我踽踽独行，我在荒原里四处探涉。我要探寻到一条生命之路，我要探寻到一条通往春天的路。

终于，我看到了一株株青草，沿着一串串骆驼蹄印的方向，沿着一串串骏马蹄印的方向，浅浅隐隐，伸向远方。青草们蜗居在蹄痕里扎根，寻栖在逼仄的摇篮里生长。它们匍匐在我脚下，陪伴着黄风低泣，承受着黄风的浇埋。风沙迷离中，仍不时极力昂扬起头颅，展现着自己的悲与喜、哀与乐，证明被蹂躏后的不屈。它们将生命渗透在戈壁的血液里，遍布在无涯的荒野里，用嫩绿的弱躯，展现顽强的生机，装点荒原的春色之梦。

我真得感激这些青草啊，它们笑吟吟地延伸在我跋涉的远途上，像蓝色的星点，闪烁在浩瀚的大地上。它们照耀了我黑暗的路，照耀了我春天的路，为我铺就一条低沉的路，为我指明一条跋涉的路，为我呈现一条布满希望的路，为我延伸一条去远方的路。

长亭外，古道边，芳草碧连天。晚风拂柳笛声残，夕阳山外山。

天之涯，地之角，知交半零落。一壶浊酒尽余欢，今宵别梦寒。

脚踩着一丛丛青草，唱着忧伤的歌儿，唱着美丽的歌儿，我满怀憧憬，走在荒原的深处，走向宁静的天际，走进清澈的梦里，走往理想的憩园。我相信，那里有碧草连天的驿外春色，那里有群芳斗妍的古道，那里有青青柳色掩映的客舍。

即使，我抵达不到理想的宿地，我也会在路途上凝化成一株小草，化成蹄痕里的一丝生机和一抹绿意。我要用生命的根系汲取天地的营养。我要为跋涉者留下生生不息的痕迹。我要为寻梦者留下追逐春天的路标。我与那一株株卑微的野草相亲。我与那一丛丛青葱的野草相爱。那蹄痕里的青草，那低处的生机，用柔软的唇，轻轻含住我的耳朵。它们像笑吟吟的星点，贴在我身上闪烁。在气势汹汹的春风里，我们一起蓬勃飞扬。

西湖绯红

一说到人间四月天，我便想到了南方；想到了江南，想起了西湖，想起了西湖岸边的朵朵桃花，想起了桃花的那一团团绯红。

那绯红，妩媚艳丽，风情顾盼，溢荡出一种别致的韵味，既有仙物的灵气，又有世俗的可亲。就如同那西湖水吧，在涂脂抹粉的背后，又包藏着纯洁的素心。或许，唯有这西湖之水，唯有这可爱之水，唯有这艳丽之水，才会滋育出这般可人的桃花红吧!

那段时日，出差到杭州，西湖边上，濒临浙江大学的一家宾馆正好开业惠宾，新设施，新床具，一夜仅百元的住宿费，让我非常开心地住了一段时日。

在浙江大学就读的一位朋友借了我一辆自行车。沿着西湖周边，我任性乱窜，随性骑游。走到哪里，哪里皆是如诗如画的景观，雷峰夕照、盖叫天墓、龙井茶园、灵隐寺……自然风景、人文景观，似乎皆与西湖水沾亲带故，隐隐约约，散发出一种相融相通的气质。

当大多数景致游过，更多的闲暇时间，我便环绕西湖岸边，来来回回，徒步闲游。那挥之不去，一直陪伴在我身边的，便是这西湖岸边的桃花绯红。

你看呀，这桃花成簇成片，宛如彩艳的云朵，一团一团地，镶缀在西湖素雅的衣摆上。正值人间四月天，西湖午间的温度高达二十多度，足以让桃花们竭尽心力，为游人摆开春色的盛宴了。走累了，困顿了，便和衣躺在花树下的石椅上打盹。桃花瓣瓣，便飘然入梦了。醒了，便起身坐在花树下，凝望西湖的碧波和如黛的山影，追视游弋在湖面上的船舟。千古忧情，涌上心头。

黄昏时分，西湖边上仍游人如织。漫游到一湖岸的景点，遇到一群年轻的姑娘，她们嘻嘻哈哈地笑着，热热闹闹地打闹着。她们聚围在一处假山的石上合影。脚下水池里，有锦鲤在嬉游。身后的西湖碧水上，有蒙蒙雾气在浮漾。更有一树桃花红，恰到好处地点缀在她们身旁的空石假山间。当快门按下的刹那间，一位身着红衣衫、身材高挑窈窕的短发女孩，居山石最高处，忽然歪头对我嫣然一笑，晶亮的贝齿，乌溜溜的大眼睛，像闪电划过天空，让我顿生幻觉，感觉她就是西湖岸边的桃花仙子，她美丽的容颜在我眼前幻化成一团桃花的绯红，闪射入我灵魂。我赶紧动笔，将她留藏在诗里：

我在西湖边沉醉
我爱上一个人
不顾一切地沉落在水底
抱着水底的石头沉睡
在梦里为她擦眼泪
等我清醒，我已走在杭州之外
眼里盛满清水
养育着她的眼睛
…… ……

又一日，夕阳西沉，暮色降临，眺望西湖，仙气迷蒙，一人呆坐在一丛桃花红下，又一次与西湖默默相望，静静相守……

再美的山水，一览而过，不留下文章，怎能表明自己来过？留下了文字，自欺欺人也好，自我安慰也罢，总比空留苍白的记忆要好。去过的地方，没有留下文字，或许你会怪罪山水，怪山水没有走进你的内心。其实在我看来，也该怪罪我们自己吧！是我们没有走进山水的内心，山水自然也不会走进我们的灵魂。生育生灵、养育万物的任意一方山水，似乎都与我们的生命有着天然的亲缘。西湖便是如此。想起一句话：“去一个陌生的地方，重要的是旅行，而不是旅游。”徜徉西湖岸边，于我而言，是属于旅行还是旅游呢？七天的时间，七天的晨暮相伴，七天的徘徊相守，足以让我穿越千年风雨，领略到西湖的神秘之美，找到西湖那人见人爱的隐秘缘由。我付出了不算短的时光，也付出了精力，付出了情感，付出了文字的真心，如此，应该算是旅行吧。要不，西湖边上，那一团团桃花的绯红，那一张俏丽灿烂的笑颜，还有浙江大学校门前那家小餐馆里一盘地道的榨菜肉丝，为何还让我怀念至今？

梦游仙人溪

宜昌西陵峡口有一处山水，曾因有仙女在其溪涧沐浴梳妆，幸得“仙人溪”美名。

首次拜访仙人溪，是在四月中旬的一日，眼前仙人溪的山水，已处在春天的一派明媚中。在沟壑里，在山峦间，仙人溪一百多种树木，泼染了不同层色的绿。最抢眼的是那些嫩黄发亮的新绿，在山谷苍绿的映衬下，仿佛一直在活泼地眨巴着眼睛。成片的山楂树，撑展起巨大的树冠，茂密枝叶间开满了白花。成群的猕猴在绿丛花枝间隐约闪现，欢腾蹿跃，演绎着生动的情趣。山间百花盛开，最惹人注目的是点缀于绿丛中的野月季花，花朵儿艳红，善解人意地化解仙人溪盈盈绿意的浓稠。泉流涓涓，被虬枝牵系着，被幽绿的青苔铺迎着，从山坡上幽幽地滑下，从石壁上亮眼地迸落，然后曲折幽深地流向峡江。淙淙不绝的笔触，抒发着清灵激越的诗韵。“仰听清猿啼，俯视游鳞漾。”诗人笔下描述的那清幽哀怨的猿啼声虽已消失远去，但碧潭清溪里的鱼儿们还在，在点点烁烁地游弋着，于寂寂动态中，平添一份清幽的野趣。

峰回路转，阅尽了仙人溪的山色美之后，接着，就要去探寻隐匿在地表下的仙鹤洞的幽玄景象了。

仙鹤洞全长一公里多，洞中蜿蜒曲折，景象奇特，石笋、石柱、石幔、石钟乳……似鱼头，似龟体，似卧躺醉汉，似仙女裙裾，似冰凌挂檐……千姿百态，栩栩如生，汇集成一幅地下长轴画卷，令人眼花缭乱。洞内一处，有两只仙鹤降栖于石上，相依而立，引颈向歌，想必这便是“仙鹤洞”得名的缘由了。还有一处叫“晒丝楼”的景观，石笋临空垂悬，如仙女的皱褶裙摆，惟妙惟肖。我想，此刻，如果吹来一丝仙风，这裙裾定会飘逸起来，旋飞起来，它莫非是来此洗浴的仙女不小心遗落在洞内的衣裙？

仙人溪的仙气就此吸引了我，后来又去了几次，唯一遗憾的是我从没有在仙人溪的清流碧潭中洗浴过。每次游仙人溪归来，总是自我安慰一番：那仙人溪的碧水清流岂是我类凡夫俗子所能享用的？那只有留给仙女们了。毕竟，这仙人溪把青葱的山色留给了我，把溶洞里的奇幻景象留给了我，我何必还要去争那份本不属于自己的福泽呢！人不能不知足。只是那位仙人溪景区的主人——我那位忠厚的胡姓朋友，一直心怀歉意，最终，舍近求远，领我去距仙人溪不远的下牢溪游泳过一次，权且补偿。

紫阳龙洞寻龙踪

迄今我见过龙气最旺的地方，就数宜昌长江南岸的紫阳龙洞了。四月的一天，我对紫阳龙洞作了一次探寻之旅。

龙洞、龙藤、龙头石，是紫阳龙洞“三龙之宝”。

从山脚开始，爬过一段缓坡，攀过一段山径，龙洞的洞口便阴幽幽地显现在眼前。迎着洞口走去，在离洞口尚有数米远的地方，感觉就有一股股凉气袭涌上来，一扫笼罩在身上的暮春热气，不禁神清气爽。洞口不大，约两平方米。入身洞内，廊径曲幽。朝里探去，天造地设的龙宫仙府，渐次展现在眼前。

龙王大厅在最前沿，高百余米，分六层，显得十分空旷宏伟，据说一下子能容纳上千人呢。置身大厅，薄雾缭绕，气象迷蒙，如龙气罩身。沿石径下探数十米，便是天钟殿了。殿内空间敞旷，穹隆的石室，宛如钟状，高达数十米。里面有众多小洞，石缝交错，洞隙重叠，隐隐现现的光晕，像是龙王窥视游客的眼神。继续前行，洞身变狭，其中还得穿过一道被称为“龙井门”的小窄门。憋屈着身子而进，里面有一口几十米深的泉潭，面积大概有二三平方米，泉水清澈碧透，周边石壁上不时有水珠渗涌，汇集成一股股水流，潺潺地流入到潭中。据说这是龙王的饮用之水，而且只有龙王才能享用。

最深处便是龙王殿了。龙王殿的入口很小，成人须弯腰侧身才能入内，十分费力。洞口有水珠挂帘，地面溅玉。一旁陪同的导游介绍说，这是龙王有意设置，前来拜谒他的人必须要低下头，才能进入，以示恭敬。难怪入龙宫行至百来米，一路都需低头弓身前行呢。

终于抵达龙洞的核心之地——龙王殿了。龙王殿殿堂面积一百多平方米，一尊酷似龙椅的龙王宝座，赫然摆靠在石壁中央。宝座前方，钟乳悬垂，石笋密立，千姿百态。导游说，这是众多神仙在朝拜龙王呢。其中还有一柱巨笋，高约三米，酷似扶杖的寿翁。整个宫殿富丽堂皇，玄幻神奇，宛如仙境。眼见其景，又闻泉水叮咚，犹如木鱼声声，铿锵有韵，四壁回音，导游说这是龙王在念经呢。

走出龙洞，复见阳光，导游又拽着我去看盘缠在龙洞周边的龙藤。龙藤又名过山龙，本属热带生长的植物，却不知怎么回事，跑到这紫阳龙洞周边的山上来了。置身其境，只见苍褐色的藤蔓漫山牵伏，据说可延伸覆盖200多公里远呢。藤干有的粗如桶，有的细如笔，如游龙走蛇般，千缠百转，盘盘绕绕，簇拥在丛林中。四月正是它美丽的时节，公藤花开了，它是只开花不结果的，据说只有相伴而开的母藤花，到了秋天才会结果。藤蔓大多裸呈着，无叶相衬，唯有一串串繁花，沉甸甸地，如棒槌般垂挂着。但也有精明的花者，借藤外其他植物绿叶的扶衬，半掩半遮地娇妍着。

景观奇奥，自然引起我的探究。这龙藤的根究竟在何处？离龙洞口约两米远的地方，有一粗如木桶的树干，呈苍褐色，大半部分镶在岩石里。用手拍打，有沉闷的空响。我询问导游：这就是龙藤的根吧？导游摆手予以否认。他说，其实这只是龙藤的主干，龙藤的根在哪里，至今还是一个谜。本来，这紫阳的龙藤是龙王外现给俗人们看的灵物，这些仙物们，该隐的得隐，该现的得现，哪能让我们这些凡躯的肉眼看得见呢？

龙头还在前面等着我们，它就在紫阳龙洞不远处的一座山峦上。若在远处看，那龙头昂着首，一副活灵活现的样子。待走近一看，才发现是一块巨石，只是形似龙头罢了，自然被称为“龙头石”了。而龙尾石呢，却在两千米之外的回望亭旁。龙头与龙尾相连的山峦自然成了龙背，上面生长着众多的奇花异木，有椰树、栾树、野山楂等，凤凰花、鸽子花也随处可见。山林中、山坡上，各类天然的石雕和怪石四处散落，有的形如仙龟，有的形如大象……

龙气氤氲，一派奉天承运的繁盛景象让我停不下脚步……这一切的一切，难道皆因我沾染了这里的龙脉仙气？

寂寂春山

春热闹的地方，想必人是孤寂的；人热闹的地方，想必春是清寂的。

车辆蜿蜒行进在西陵峡南岸春山的幽深沟壑里，两旁山体冷峻，阳光斜洒着光晕，半遮半照地在山峦间跳跃。山脚下，路溪边，一树树桃花的红、梨花的白，交织变幻在深浅不一的光影中，一会儿彩色似锦，飘逸似缎；一会儿又仿若黑白胶片的电影，闪现出帧帧朦胧冷调的画面。峡山的春天，呈现出她的神奇之美，她的冰洁之美，她的明艳之美，她的阴柔之美。此时此刻，我不知道如何面对这梦幻般的春色之美，一丝无法回避的哀伤充溢在心头，我真想将整个身心融化到这山水的艳丽和光耀里，给自己苍白的灵魂增添一点丰富的底色啊！

打开窗，清新阴凉的空气扑面而来，头脑异常清醒舒爽，这让我反思起先前那些懒散无力的昏睡。已是人间四月天了，此刻，温暖的气息正在两小时前动身的那座城市里流泻。新春伊始，春日来临，都市的人们都还没有从欢醉中清醒过来，他们坐在肴馔丰盛的桌前，与亲人团聚，与好友把盏，在推杯换盏中，把许多珍贵晴好的春日关在了门外，把珍贵而短暂的春色关在了远方。在公园绿地上，也有户外赏春的人们，三三两两地，或在花树下观瞻漫步，或在花树前照相留念。而这一切，我以为只是对重返人间的春天，表达一下礼节性问候和关注吧！

以往的春天，我大多也是这样度过的。四季轮回，春辰千金，而我并没有真正投身到春天的怀抱里，去感怀，去交融。与其说是无奈，倒不如说是为自身的麻木和懒惰寻找开脱的理由罢了。而这一次，在动身前，面对久别朋友们的邀请，面对满满一桌盛宴，还来不及举杯相庆，我就接到报社紧急通知，赴深山采访。我愧疚地拿上两块油饼，匆匆告别了满桌佳友。待走出那家装修豪华的宾馆大门时，我仍不由自主地扭头回望，满眼尽是无奈的不舍和留恋。而此次，我是被动地跨越长江去，也是幸运地投身到这西陵峡岸边的春山中来，我不知道是人为因素的作用，还是上天的安排。总之，这次，我绝不能再错过与春山相拥相亲的机缘了。

抵达一座山村，待采访完毕，我便沿着一条清晰的山路，随意而轻松地独自游逛起来。越往山中去，蒙尘多时的眼眸便越发清澈明亮起来。万树已披换上新绿，满坡遍地的芳草夹杂着野花的繁艳，织成了多彩多姿的寂山春色。山风拂面，捎来浓烈的馨香，将心脾荡涤得通透舒爽。身心惬意，愈发轻盈起来。

沿途，没遇到一人，只有潺潺溪流应和着空谷的鸟鸣，让久居都市的我在享受这份恬静时，反倒有些不适应。这是热闹的春山，也是冷僻的春山，带给我耳目一新的惊奇。我柔情满腔，仿佛乘坐起春天的活力快车，在崎岖的山路上奔向未知的前方。

一路前行，脚步追探着不休止的曲径。行了一段山路，见一座峭立的山崖挡在面前。抬头仰望，山崖之上，茫茫绿丛间，隐显一幢民舍，映衬在蓝天下。一条掩隐在春草荆棘丛中的弯曲窄径，隐隐约约地牵伸到悬崖下。窄径浅露，似乎被人踩踏过，但行走的人似乎又不多。循路来到山崖下，发现一条人工凿成的石梯垂挂在眼前，那伸向高处的神秘姿态，仿佛一下子就能激发你去探险那未知高处的迫切愿望。

弓身攀爬而上。石梯狭窄，两边幽深的荒沟让人头晕目眩。我小心翼翼，一步一步，稳踏着脚步，气喘腿颤地爬上了崖顶。一块看似平缓的土丘坡地在眼前变得开阔起来，上面被开垦出几畦窄田，种植着玉米等农作物。空闲的荒角之地，或铺满各色的野花，或挤满茂盛的绿藤与灌木。庄稼地一侧的高处，三间石墙搭建的简陋屋舍，被绿物环围着。屋舍前，一对长相憨实的老年夫妻坐在椅上歇息。见我到来，他俩友善地对着我微笑。我趋身上前，搭上话语，与他们聊起了家常。当询问起老两口是否适应这孤清的生活时，他俩连连点头，说："习惯了，习惯了……"尔后，又痴望起远处的崇山峻岭，用凝固的笑容充填起长时间的沉默。

下山时，暮色已悄然降临。扭身回望，在夜色笼盖的静谧天国上，有一点荧光在闪闪烁烁。两位老人，一盏孤灯，正守望着寂寂春山，安听星河的光流静静地淌过。探询山顶人家，本不是我远足的目的，一次偶然的机会，让我邂逅到这些已习惯于将生活放置在远荒里的人们。他们将生命之筏放荡在天际间，像一粒粒诗意的微尘，在世人的视线之外，闪烁着另一种生命的光亮。

我本以为，春天必然是热热闹闹的、轰轰烈烈的。此次春山之行，反让我带回了满身的清寂。

春天的翅膀

又是一年柳丝绿。

沿着河岸行走。罕有人行的水泥地面上，铺上了一层从樟树上掉下来的小黑果。脚踩而过，小黑果在被踩碎的一瞬，从脚底下传导出一种奇异的触感，发出扑扑簌簌的声响。鼻子嗅着空气中散发的独特清香气息，耳边回响着从足下传来的独特音乐之声，神清气爽中，缓缓爬上一处高地，眼前顿时一亮：先于万物着色的一河新柳啊，袅袅娜娜，顺着河岸蜿蜒远去……那轻罩的柳烟，诗意般的轻灵，让我陡然想起“翅膀”的概念，触动我飞翔的欲望。

我出神地凝望着，凝望着。在早春的窗口，这在淡雾中飘拂的柳丝，这在烟雨中迷离穿行的柳丝，相挽起臂，搭织成一湾绵延不绝的轻烟，给人以惊奇，给人以振奋。这簇簇新绿的柳丝啊，又像是飘逸的绿色绸缎，给人以清新的寂寞，给人以清新的振奋。这二月温柔的嫩绿，这在眼前飘飘扬扬、起起落落的春物，让我发现了宇宙充满清新的真善美。这美好的事物，让我感受到了生命的轻盈之美、飞翔之美，让我感受到了生命的意义和美好，我是多么感激它们啊！

这一河柳烟，是不是春天急于要送给我的礼物呢？这一湾柳烟，像一条灵动的巨蛇，也让我惊醒。我真庆幸自己告别床上昏暗的睡眠，来到了这里，在这里放飞思绪，在这里生长翅膀。我将心灵寄予它们，它们会不会把我难言的心事，一并送向春天的远方？送向幸福的远方？

“谁家玉笛暗飞声，散入春风满洛城。”轻快的笛声，扇动无形的翅膀，飞过城市的建筑，穿过城市的巷陌，飞到我耳畔。袅袅笛音，像是被一双无形的手牵扯着的风筝，飞到柳梢上，飞到柳烟上，在柳梢上飘动起水波的颜色，在柳烟上泛起娇媚的春色，也牵系着我，走近河岸，走向新柳。

拂水的柳丝，像是在春风中飞舞的灵蝶，蹁跹在河流的春波水浪上。一蓬蓬柳丝，像舒张的荷叶掀动起花红的波涛，载送着一艘艘船帆，闪耀着花色的光芒，从芬芳的水面上拖曳到远方，从我脚下走向波澜壮阔的远方，走向浩瀚无垠的大海。

珍藏于心灵里的想象，从没有像现在这么浩远。我无须再去跋涉前景，也无须再去奔逐远方。我借这些清灵的新柳，便能挣脱残留在我心底里灰暗的遗梦。我借在春波风浪上的欢畅柳丝，便能摆脱掉平庸的束缚，去阅尽那春色的无边。我借这烟柳的翅膀，便能飞抵理想的彼岸，飞抵希望的远方。

桐树谷雨花浓时

我的居所旁有棵苍老的泡桐树，已伴我十多年了。

居所地是一条老街，被新高楼蚕食，青石板路也被深埋于地下，剩下几栋明清时期的古屋还勉强坚守着。古屋多为两层，早已破敝，残旧的青砖黛瓦、飞檐翘角，夹隐在一派杂乱的钢骨水泥中。小街看不到其他花木，因此站在古屋前的这棵泡桐树很惹眼，与古屋一样沧桑寂寞，一样孤独地面临着四季风雨。

今年春季寒潮不断，冷雨连绵。清明已过多日，桐树依旧紧锁花苞，挺立枝头的串串花蕾，像惧冷的婴儿紧攥着拳头，不愿放弃春天传递到弱掌里的那一点点温度。春寒固执，花苞倔强，引得一树的凄楚。我心情闭苞，无法敞亮。环行树下，冷雨淌脸，消沉的情绪充溢胸间，等待花开的焦虑面容，比桐树更凄然。

不过，我的愁绪比花蕾们掩藏得深沉。桐树下有悲戚者徘徊的脚印，藏匿于夜色深处，那带来脚印的人必定是我。白日多次从古屋与树间穿过，我无闲心在行人面前流露半分愁绪。这情感的权利本属于自己，但于芸芸众生间，必戴上标签的面具。白日掩饰住的情绪之厦，夜间轰然坍塌。花开本短暂，暖风抚弄花脸的爱怜之态迟迟未现，命中注定今年这一季花瓣，要遭受比往年更多的苦难。心虽有不甘，也徒唤奈何。我梦里满是游荡于我脚下凄清的黑白花魂，她们向我抱冤，她们向我叫屈。我屈膝单跪，将她们一一扶起，用温情的手掌，擦拭她们与冷雨交织的泪水。我的手掌比冷雨温暖。她们在我的安抚中不断地战栗，我能感触得到藏于花苞内心的苦笑。我多么怜惜她们啊！我向她们问候，并传达我的心语：芳颜留给暮春也好呀，至少，我们不必在冷风中赏花。那早春赏花的雅趣，掩饰多少人挨冻的难言苦痛呢。我最不需要这般做作的矫情。

仿佛她们真听懂我的话了，终于撑到谷雨这天，撒开一树的繁花。花瓣抿着嘴唇，淡紫色的胭脂涂抹满脸。她们占据在各枝的尖端，用喇叭状的口形无声地向我道些感谢的话语，开朗而明净。我头顶上亮堂一片，紫气氤氲，我欲伸手去捉，似要去抓住那快乐的云朵，无形而又飘忽。

可这样的快乐也那么短暂，花开之日便是花落之时。桐花鲜嫩的身子骨不断坠下，在空中留下一段洁净后，落在雨水与脏泥混淆的街面，不一会儿就蓬头垢面。她们在泥水里铺垫，承载多少不屑脚步的踩碾，直至香消玉殒。她们被踩碎了颜色，却改变不了在我心中可爱的本色啊！

桐花迟开，花期缩短，未落尽花瓣的花枝仍在空中挥扬手臂，尽心去挽留春天。我窥视到她们的孱弱和无助。身前，陈旧的古屋在感叹岁月的沧桑；身后，蛮横的高楼在阻挡风云。我真想从梵天净地扯来几片柔软的锦彩，在她们之间充填。天地万物，陈年新岁，和谐柔美，这才是我本源的快乐啊！

锦绣花团里漫射出鸟语，鸟儿仅一只，什么时候飞来，我浑然不知。桐花树是巨笛，浑身开凿了笛孔，随时等鸟儿来吹奏。来的虽是孤独的鸟儿，在我听来却是城市顶尖的民间歌手。我爱听这漫射的笛音，也感谢桐花树搭建的音乐平台。在城市的田野，桐花树扯着风雨，哺育珍稀的鸟啼，也守伴我平实生活的悲喜，这些珍稀的东西又能伴我多少时日呢？望着屋外的紫艳繁花，在日益逼近的高楼间，我很害怕，真担心早晚会失去她们呢！

想起这些，心就惆怅！

春从矛盾中来

春从矛盾中来。

在早春阴阴晴晴、冷冷暖暖的气象中，在早春明明亮亮又昏昏黄黄的气象中，无论清晨，还是日暮，每时每刻，我都保持着一颗敏锐多愁的心，一心想去捕捉春临的气息，一心想去抓握春临的身影。我忽然发现，春，来得是那么艰辛痛苦，来得是那么铭心刻骨。春，从矛盾中来；春，从绝望中来；春，也从希望中来。

立春当日，如此重要的节气，我却没有留下半个文字。黑夜里，静坐在凉台上的藤椅里，一坐便是一个多小时。因为寒雨，外面街道上尽管灯光璀璨，却寂寥无人。周围可视的楼窗里，灯光明亮依旧，却是死寂一片，我看不出一丝生气。

立春已过多日，又是一个大晴天后，袭来一股强劲的寒潮。晚上啸风狂吹，身居高楼，感受到楼窗在剧烈地晃动，发出啪啪啪声响。老天变脸的举动真让人惊心动魄啊！在这样阴晴不定、冷暖无常的日子里，除了读书，就是睡觉。有时一睡就睡得天昏地暗。或许只有这样，才能消除我的焦虑和忧戚吧。对于春天的前途如此上心，是因为她关乎我的喜乐，也关乎我的哀伤。

早春也时常飘洒起阵阵小雨，裹挟着刺骨的寒风。被困于家中，出不了门，设想中的美好春天被关在了门外，设想中的春花已在远方绽放。一遍又一遍地，我聆听《北国之春》优美哀愁的曲子，有男女歌手演唱的，也有小号、小提琴各类乐器演奏的。当然也少不了听本土传统的或是欧美的那些哀美的音乐，这样才能让我消沉多时的灵魂沉浸于美好的想象和希望中，仿佛又重新燃起追逐梦想的力量。有时，一曲终了，我还幼稚地握紧拳头，默默发一下誓言：不再耽于幻想，行动起来吧！唯有让自己更有力量，才可能抵达到春天美好的彼岸。

然而，仍心有余悸。这一日中午，徜徉在一派晴好的阳光里。阳光慷慨，晒热了冬衣，我干脆敞开外衣，尽力去接受阳光的温情厚意。此刻，我仍能隐隐听见潜行在高空中寒潮来临的呼啸之声。阳光朗朗地倾照着，伴随着潇潇大风的吹刷，我仿佛看到春天之神，正瞪眼望着前方，在泥泞中艰难而倔强行进的情景。到了傍晚，终于听见一声春雷，却不见落雨，也不见落雪。晚上的天空除了一片阴灰，什么也见不着。后来终于出现几颗亮星。后半夜，我被狂风呼啸声惊醒，披衣摸黑坐靠在床上，不禁怜悯起楼前正在盛开的那几树梅花来了，心里嘀咕道：真是苦了她们呀！

天亮后，我发现等来的却是一场春雪。大地一派纯白，白雪映托着门前的六株梅花，那粉红的花朵儿在阳光照耀下显得更加艳丽。昨夜风雪，地面上却不见整朵梅花儿坠落，只有一瓣一瓣零碎的落红。而躲藏在远处、笼罩在巨大樟树下的那两株梅树，更少见落红，仿佛没受到一丁点儿的影响。这多少消解了我的一些担忧。

又过一段时日，楼下的梅树不再灿烂，枝上的花朵儿或凋零，或枯萎，已是暗颜残色了。风，似乎也暖和了一些。庭园里一棵高大的玉兰树，满是绒毛的花苞，似乎又撑大了一些，昂扬挺立在其他树木的疏枝间。紫荆树的秀枝上，那旧岁残存的枯叶里，也钻出了些紫色的花苞，好像在等待什么。

可是，气温仍上下来回地跳蹿着。雨来便降温，降温后再重放晴日。房头那棵紫叶李树，从花开几朵，到繁花点点，好不容易显得有些春的派头了。终于等到了惊蛰，终于遇上了较为稳定的晴好天气了，但晚上仍觉得冷。有几日晚上，倒是有了星星，明亮却是稀疏。樱花终于落尽了，曾经无叶的枝头，露出了针尖般的新芽。海棠树的新叶间，泛出点点紫色花苞。紫玉兰树那灰白色的枝干上，紫色的花苞越胀越大。终于有一天，有一棵树的花苞憋不住了，率先绽放了。我知道，春天，真的就来了！

雨夜红灯笼

去过许多地方，总觉得家乡的春秋冬，比外面冷，因此，更在乎家乡温暖的事物。当初，将自家在小城老街的平房改建成茶庄时，执意要在竹檐下悬挂四个红灯笼，为的是让温暖的中国红，能映伴在生活的每个日子。可不，近来多雨，飒飒冷风中晚归，步入蒙蒙水气的古巷，一看到那几抹暖暖的红，心底便荡起温暖的潮。恍然间，有一股力量驱使，非要写下这份感怀。

在我看来，一幅震撼人心的景致，需要有相谐的要素构成，如眼前这景象，要有雨的诗情画意，要有红灯笼的温馨生动，还要有古街古巷的沧桑韵味。

先说这古街巷，曾是小城过去最繁华的一条老街，街面上曾有凤凰古城那般的青石板路。与现代化的主街道比，如今的古街巷已面目全非，改造过后的古街巷只能算是一条不宽不窄的马路，没有整街的粉墙黛瓦，只有几幢朱红色的明清木制老楼，歪斜破敝，老漆剥落，算是旧物的点缀。但仍有人居住，都是些老居民。虽没有大街的喧哗繁景，晚上却有店面的温情广告灯箱，还有几盏路灯在高处不明不暗地浮动。不多不少的行人，间或朦胧地穿过，清晰地传导着渐行渐远的足音。于是，便有一种感觉，感觉这岁月积淀深厚的老街古巷，仍在空气中播散它的古风神韵，那掩藏在地下深处的丰富生活细节、陈年旧事，在某种特定的时刻会倏然冒出，让身为现代人的自己，有一种难以排遣的愁绪。

至于红灯笼，倒是常见：有在现代建筑上的庆典装饰，显得有些不伦不类的；有在灯会上的点缀，在璀璨的场面里，显得太繁杂，太庸俗。这些，倒不能真正走入我灵魂深处。红灯笼的出现，倒应是出现在最需要它的场合，出现在人最需要温暖、最需要调动情绪的时刻。与竹为邻，受茶香熏染，我家的红灯笼，在飘飘洒洒的雨丝催情中，适宜地点缀在这古巷雨夜里。幽情的画面，触碰了我的视点，触碰了我柔软的灵魂，也触碰了岁月的神经。不知道见过这景致的人，是否会像我一样，透过这温暖的雾气，去遥想那逝去的青苔般的风尘，去猜想曾驻足这片土地上而现今却远行无归的人们，曾是如何生动地演绎生活、演绎爱情。风中的红灯笼，燃起温暖的红，幽幽飘浮着，宛如逝去的温情岁月。婉约妩媚的女子，在淅淅沥沥的雨中撑起油纸伞，鞋敲石板，施施而来，又款款而去。灯笼的红，映照她美丽清幽的脸。思绪翩然，如飞腾的鸟，油然而生一种远离尘世的幸福和悲愁，真想去做一回陈旧岁月的主人。

然而，仍无法摆脱现实红尘的侵扰。心情郁闷的日子，最盼望下雨——于是在我倦心归来时，立在雨幕中的红灯笼，能以最快的热忱，揽我孤寂的灵魂入怀。

心便释然。红灯笼照应的岁月，希望朋友的心，能与我同行。在雨夜的古巷，萦萦的茶香升起。知心的朋友，我在红灯笼下等你！

四月有感

雨，该停了吧；我，也该醒了吧！

在四月，沿着鸟音铺就的梦呓，我走向苍天之远，去迎接扑面而来的艳丽和浩荡。

看，大地都被搅动起来了，花海的波浪在荡漾，在翻滚。哦，这是百花盛开的海洋，这是人间春色的盛宴。哦，由远而近的春天，昼夜赶路而来的春天，请你把我带向另一个世界里欢乐。

五彩缤纷的世界，错动着花朵们的牙齿，错动着新绿们的牙齿。它们在咀嚼蜜蜂，它们在咀嚼春风，它们在咀嚼春色的衣袂，它们也在咀嚼我。我甘愿被它们吞食，如此，我便能化为春天腹中的婴儿，与一粒种子一样，重新孕育和生长。

从云海里颠簸而出的太阳啊，帮我驶出朝霞的风帆，为我拭去脸上冬贮的锈色，馈赠给我一个又一个晴好的心情，暂且化解我压抑已久的低沉情绪。

旧岁的挤压，已让我痛苦难耐。旧岁的艰辛，已让我精疲力竭。我需要调整自己，调整与春天相应的姿态，才能进入到春天的阵地，才能进入到春天的心里。匍匐而来的岁月，让我品尝过多少隆冬的寒冽，又让我跋涉过多少艰辛的路途。不尽的曲折之路啊，交织袭来的寒潮冷风，让我刻骨铭心，让我不停地哀伤和祈祷。而我最终还是跨越了悲伤的仙桥，坚定地抵达了幸福的四月，抵达了春之舞台的中央。笑吟吟的春天啊，现在就站立在我面前，与我贴身对语。我突然想掏空自己，掏出贮藏在心底一冬的渴盼和希冀。因为，春天与我交了心，春天让我放了心。

沿着春天的时光印痕，我启动脚步，去寻觅前世今生的幻影。我赤裸双脚，沿着春天嫩绿的田埂，去寻找日新月异的风景。我张开双臂，请求春风将我僵硬的脸庞，摩挲成绒花般的温软。

四月啊四月，春天啊春天，一切都发自内心地绽放，一切都在欢快的神情中新生。可是，从春的幻影里，我为什么有时又强烈感受到另一种荒凉的意境？

我只能渴求春雷的拯救。春雷啊，春雷，唤醒了昏沉萧瑟的河岸，唤醒了雾障弥漫的原野。看啊！在春雷滚过的地方，那铺展到远方的一树树鲜绿的羽毛，那铺展到远方的一树树温柔的花蕾，浮动着浓烈的芳香。那是梦幻，那是希望，那是为我精心编织的春梦的天堂。春雷啊春雷，是春天心灵的呐喊，震醒我起伏不定的消沉之心。春雷带来的春雨，是这般的轻柔，而这轻柔，又不停地抚摸新苗的鲜嫩脸庞，也给我心灵带来无尽的温存和安抚。

存在于四月的一切生命，拥抱春天的一切生命，用最浓烈的春色打磨我的哀愁，用最纯净的蓝天融化了我隐秘的孤独。它们在近处抚爱我，在远处俯瞰我，在春风沉醉的晚上爱恋我。

痛彻心扉的四月，放纵无度而又过分拘谨的四月，谁说聚在你的麾下，只不过是一场聚散无常的时光倦怠？但是，没有什么力量能阻止我去热爱你，去赞美你。我会日夜伫立在窗前，聆听春风过往的节奏。我会撑开手掌，用纤弱的指头抚摩星光虚无的心巢。我要驾驭春风而行，去超越生命的滞重。我要拥抱鲜花，去强加给自己无限的梦幻。

触摸春天

春色弥漫大地，浩荡的春天在侵占乡村之后，怎么也攻入不了城市。站在建筑高处，鼻子捕捉到溜进城里的缕缕幽香，这不禁让我忧心忡忡——春天悄然来临，且以这样的方式给我捎来绵绵情意，这可是不能触摸春天的春愁啊！城中一隅，也可寻见几树花开，但那怎么能算是真正的春天呢？春天应该是博大的、浩荡的，自然万物一并苏醒，绿木花草、山川河流……欣欣然拥聚一起，共同营造一派明媚绚丽、盎然生机的大地，这才是真实的春天啊！

以往无数个春天，除了站在城市的高楼上对春天遥想，偶尔也会坐在火车和汽车上与春天隔窗相望。春光不多时，鲜花易谢落，在困顿于城市的时光里，在行色匆匆的路途上，我总是遗憾——为何不能与春天紧握一下手？我是多么想放纵身心，撒腿奔跑在春野上，任醉人的春风在耳旁呼啸，让爽心的新绿在眼眶里绽放。我还要停下身来，弯下身去，去抚摸一朵花，去触摸一片叶。如此，才能与春天执手，才能与春天来一场轰轰烈烈的热恋啊！

回到故乡小城，蛇年的春天说来就来了。这一日是星期天，春分已过四日，我正躺在床上迷迷糊糊，一位朋友忽然来电，调侃道："别赖床了，快起来吧，我们一起踏青去！"

"逢春不游乐，但恐是痴人。"多么令人感动的邀约，多么贴心贴意的提醒。无论你是否情愿，春天的时光之轮，眼下正在天地间自顾不暇地穿梭和轰鸣，我总不能老怪罪于事务忙碌和环境所限，一次又一次地与春天错失，从而辜负那珍藏于心底的冥冥期许吧！

一夜春雨过后，泥路上都是积水。我们一行四人坐上小公共汽车，朝城市尽头奔去。终点站在铁路桥，向售票员问站时，邻座一位中年妇女忽然问道："你们是去踏青的吗？"我一怔。她笑道："早些时候，有好多人就到我们那里踏青去了。"她告诉我，她家就在我们下车的不远处，河边种了三亩多桃花，前几天还施了肥，这两日花开得正旺，再迟几天就要落了。并提醒我们，要看花得抓紧时间呀。车到站，她起身下车，走到车门口，还忘不了扭身回头，朝我们一笑："也欢迎去我家的桃花园看看！"

我们终于投身到春野中来。四周的绿风和花色立刻将我们兜抱起来，围剿起来。走乡径，寻花丛，不由自主地，我们朝花绽放最旺的地方奔去，朝油菜花开放最旺的田野奔去。同行一位女士，边走边大声嚷道："好好闻闻，连这空气也是甜的呢。"说完，就撇下我们三位男士，自顾自地撒腿跑到前面，一头钻入油菜花地里，东闻闻，西瞅瞅，不时还怀拥一捧油菜花，亲热得不得了，折腾够了，就赶紧催促我们上前拍照。我们嘲笑她猴急的模样，她语气急促地争辩道："都怪你们，早不来。你们看，油菜花虽然金黄，但马上要过了花开的旺期呢。春景不会等人哟，我们得抢一分一秒。"

我们走着，拍照着，到处是春树，到处是花开，到处是芳草地。在春天的原野上，我们漫无目的，别无选择，也无须选择。

油菜花娇艳炫目，馨香浓郁，不敌我伸掌抚触她们感知的那份柔凉来得真切。萋萋春草传递的绿意，不敌我蹲身抚弄它们柔软的腰肢来得踏实。抚摩着花草，仿佛我也是在摩挲春天多情的发丝。

行至一片桃林，盈盈桃花，醉开枝头。我率先上前，在花树下穿梭，不时还用手抚摸一下娇嫩的花瓣。我将鼻尖触及桃瓣，深嗅沁出的芳香。朋友们痴笑我，还抓拍我触脸花丛的瞬间。桃林地面上，也有粉红的落瓣，与蓝色的小野花相映成趣。地面松软，生长出大片的野韭菜。我们一个个蹲下身去，轻松地拔扯起野韭菜来，装入自备的塑料袋里。有的还去探摘桃林边小水沟里的野芹菜。末了，大家拎起装满野菜的塑料袋返程，一路互开玩笑道："我们对春太贪婪了，看了春，嗅了春，摸了春，这还不够，还要兜春回去吃了春！"

春天确实慷慨，给了我们青嫩的翠绿，给了我们最美的芬芳，我们却无以回报。或许，我们唯一能做的，就是献出赤诚，与春天肌肤相亲，与春天贴心相慰，对春天全心全意。只有这样，才能与春天真正交心，真正换心，才不会辜负春天的深情满怀。也只有这样，我们才会拥有与春天一样浩荡的情怀和博大的爱心！

难染花色

不怪我不怜惜这些绚丽缤纷的花朵，揪瓣几朵，放入掌心里揉搓，但看我手掌，还有指缝间，只有湿凉的清水。看这些被搓得萎蔫的紫色花瓣、红色花瓣……我只是想沾染上她们的颜色啊！并借她们清韵的灵气，来打通我经络的阻塞，与她们血脉相通。看来，这只是奢望了。

真的，我确实沾染不上花朵们鲜艳的颜色啊！我又用指甲掐，指甲缝里仍不见一丁点儿花瓣的原色，试来试去，总是枉然，总是失望。我终于明白，花朵们的血液早与她们的灵魂交融一体了，你能夺去花朵们冷艳的肉体，却夺走不了她们灵魂的本色。她们的本色与美丽的生命共生共存，谁也不能将之分离。是的，不能分离。

地球上有很多以花为食的物种，譬如我们人类，是万物之灵，居食物链之巅，很多人啖花，或以花泡酒。如此，我们可随意剥夺一朵花的生命，由此延伸，如果恶意迸发，还可随意去伤害一片叶，乃至一棵树，乃至一条（只）对我们友善的动物生命。我掐花一朵，只能得到短暂的美丽碎片，但永远不会占有她完美的心灵，如此还会失去善诚的本性。当然也有例外，如果你采撷一束鲜花，赠予所爱的人，或用来美化我们的生活，用来表达我们的情感，这也未尝不可。但前提是，除非你真心热爱她，并能以此代表你温情美好的心灵。如此，花朵才能与我们的生命同在，才能与我们的精神血肉交融。

花朵带给我们生活的美好，带给我们生命的愉悦，我们只有尊崇这份奉献，珍视这份情义，才能收获真正的美好，才能得到真正的快乐。在我看来，世上没有什么比花朵更能带给人的希望，带给人的美好，带给人的柔情。花朵们为我们装饰了人间，却毫无怨言。她们为果实怀孕，为果实们在早春的寒风中拼搏，挣扎。她们一直在作自我牺牲，直到凋谢化泥，把全身的气血留给了果实，最终让人类得到了果实，享受到了果实。

所以，我不能过度贪婪，不能奢望能染上她们的颜色，更别指望能分享她们内部的气血。我要的是真喜欢而不是真毁灭。因此，再碰到花朵，无论是徜徉在庭院，还是徘徊在城市的花坛旁，只要有花朵们存在，即使再喜欢，除了注目，我会抑制住自己的手，管好自己的手。如果确实很喜欢，只是趋步上前，用手掌抚弄花瓣，揽到鼻前深嗅。而花儿们呢，绽笑起芳脸，回吻我的脸。如此，养目，养心，怡神。我让花朵留住了生命的本色，也收获一份属于自己的心灵果实。

峡中蝶

夜半时分，登上客船，身心俱疲。一入舱，便爬上铺位，沉沉睡去，仿佛只有在睡梦中，才能将俗尘的一切放下。

一觉醒来，天已大亮。起身走上船舷，忽然发现，自身已被置放在西陵峡的青山湍流中了。客船逆流而行。右岸边出现一叶小舟，一位老渔民双手摇橹，驾舟逆流而上。不远处，陡峭的山壁上，零零星星，悬立几座白墙黛瓦的民舍，踞险临水，隐世于峡江边上。

熟悉的纷繁红尘远去，眼前剩下的是江野清寂，白发渔樵，浊酒孤舟，峻山远水。如此世外景象，千般万般，契合我心意，神情一派安详。

儿子起床后，也加入扶栏望景的行列。船尾，螺旋桨扬起的水雾不停地向后隐去；峡江两岸风光，不停地朝船后挪去。船行至瞿塘峡，两岸峭壁，似刀斧劈成，把水道挤成重重窄险的关口。水流在挣扎着，仿佛都在争一口气，要抢先挤出去。船身剧烈摇晃，被水流的巨掌推击得嘭嘭作响。客船喘着气，在与急流的搏击中，耕牛般地逆流爬行。雾气在深峡幽谷里升腾，山水云天，难以分晓。突然，一只蝶，贸然闯入这绝景里。它一身的黄，形体不大，很平常的那种。峡江宏景中，这不起眼的黄点，吃力地扇动着翅，不停地张合着。没有翩飞的那种洒脱，更没法展现诗意的舞姿。它只是向上飞，力图向上飞。它的双翅仿佛很沉重，仿佛没有任何选择。它只能往上飞，往上飞……峭壁直立，伸入云端。它的上方，高不可测，不着边际。它的下方，水流湍急，水气弥漫。是的，它没有选择，它唯有奋力向上飞升，才能突破峭壁围堵的狭小空间，才能到达理想的境地。那理想的境地，那峭壁顶上的开天阔土，才会有草木葳蕤，才会有它栖息的世外花园吧！

我指黄蝶给儿子看，他仰脸，眼神痴迷，被蝶飞的影姿牵引着，脸上绽放起莫名的惊喜。船还在费力地逆行，那只还在向上缓飞的黄点，在我视线里逐渐变小，直至慢慢地消失。视线，仍牵扯在黄蝶挣扎的那方虚空里，好一阵子，缓不过劲来。

三峡水路，景象奇丽，但就这只蝶，一只极普通的蝶，在延绵展现的千峰万水的变幻中，一直占据在我脑海里，不断地放大。在一家博物馆，我曾参观过一次蝴蝶标本展览，上千只的标本，体型、色彩、形态各异。宣传牌上，赫然宣赞蝶是“会飞的花朵”，是“大自然的舞姬”。不过，展览的蝶，躺在室舍，尸体富贵，是众蝶死亡的大杂烩，丝毫没有带给我震撼，但作为科技活动，其意义我倒认可。蝶也有鲜活的，譬如那春堤上的蝶，那暖山清泉边的蝶，但怎能与瞿塘峡这只蝶的精神相媲美呢？峡中的蝶，是用生命的力量在飞，用生命的力量在舞。它才是大自然真正的花朵、真正的舞姬。在急流雾障中，在深深峡谷的险境中，在激浪的啸声中，它，飞舞起卑微的生命，顽强地去升华自己的精神层级，将生命之美发挥到了极致。

我把对蝶的体会讲给儿子听，他懵懵懂懂点着头。回程的路上，我的脸色，渐渐明朗起来。

春天的盛宴

春天的大地，像一张阔大的桌面。我站在桌边，看桌面上高峻的山峦，纵横连绵；看桌面上春枝齐发，百花盛开；看喜鹊衔着花瓣，在山脉间穿飞，在鲜花盛开的村庄上空盘旋。

这景象，是在梦境里，还是在仙境里？

哦，确实，现实的春天现在就诱人地摆放在我脚下；现实的春天现在就搁放在我面前；现实的春天现在就收缩到我眼窗里来了。站在桌边，我从没有像现在这样，把春天看得如此宏观，如此清晰。

是的，春天的盛宴，现在就摆放在阔大的桌面上了。桌面上铺盖着彩色的绸布。桌面上铺盖着新绿的绸布。时尚的美女们，穿梭在桌面上，裙裾飘飞，香风弥漫。衣裙下的河流，在多情地荡漾。衣裙下的山峦，在多彩地飘荡。

桌面上的春天，静穆中的春天，春林里也有墓穴在晃动。在墓穴晃动的春林上方，列队的乌鸦在飞行，在整齐中保持着一种安静的姿态。桌面上的春天，也有薄雾笼罩的时刻，明媚而又凄清。

桌面上的春天，我看见魔术师站在阴暗的角落，双手捏握着神器，变幻着春景春物，把春色把玩得随心所欲。

桌面上的春天，演绎着梦幻般的剧情。我看见牛群行走在乳白色的暮霭里，漠然地穿行在红色的植物间。牛群们竭力去抵达桌布的边沿，去抵达离人类最近的一颗星球，去抵达另一颗正在上演春天的星球。

最终，我跳跃到春天的桌面上，我走在春天的阔大桌面上。我去穿越春林，我去追赶渐行渐远的红色牛群。

刹那间，我仿佛飘飞到空中，越飞越高。春林已在我身下，村庄已在我身下，地球已在我身下。俯瞰春天的桌面，只剩下暮春的残羹。我看见喧闹一时的春天终于被夏天深绿色的桌布兜走。

西施泛舟隐去了

西施泛舟隐去了，烟波浩渺里，转眼不见她的美颜。沿着她裙裾拖曳的香风踪径，我拾回一盆红杜鹃。

去年春天，这盆红杜鹃还摆在家门前。花朵们簇拥起醉红和虚荣，袅袅娜娜，轻摆于风中，宛若美人挪步的情态，令人神怡，惹人心醉，在市井繁华中，确实热闹过一阵。不过，花朵们眸眼里游离着的幽怨和不舍，尽管含蓄，还是被我捕捉到了。春天阴晴不定，四处飘荡着春愁。那盆杜鹃花幽怨的神情，同样让我心神不定。我的目光不时投向她那鲜丽的容颜，以表达我真诚的关切和隐隐的担忧。

今年春天，已入四月，果然不见花朵们回来了，我的担忧倒真灵验了。那盆杜鹃花只剩下了清清瘦瘦的茎秆，面色灰暗，不露任何绿痕，不见任何红颜。美好事物逝去，彻骨的怀想和无奈的遗憾，胜过痛彻心扉的悲凉。

活着的时候，这杜鹃花似乎笼罩着仙物的灵性，外形圆润流畅，枝叶疏密有致，花开时艳美的容颜、娇媚的身姿，如美人西施般娇娆。这花，是我一位朋友远行前送我抚养的，我十分喜爱。白居易盛赞杜鹃为“花中西施”，留有“花中此物似西施，芙蓉芍药皆嫫母”之佳句。想必他与我一样，曾遇到过此类仙物，惊羡过她的容颜，近身感触过她的香息，唯有用如此佳丽的诗句，才可寄怀那份交集的惊艳和对她的珍爱吧！

这盆杜鹃花与我缘分深厚，经历众多考验，一直陪在我身边。她曾躲过数载严冬，包括百年一遇的那场冰冻。冰冻那段时日，我将它搬进我居住的房间，室内只有蜂窝煤炉火的低温，炉火不到半夜就自动熄灭了。如此生存环境，我本打算只是对这盆花尽尽心而已，没想到她不仅倔强地活了下来，而且，次年春天，她花开得更加浓艳醉人。将她搁置在临街门前的屋台上，一团火红的壮烈形象，沐浴在暖春的阳光里，在我脑海里留下了难以磨灭的动人春色，也留驻在了不少过路人的心坎上。现已春暖，历经大劫大难考验的芳影反倒无踪可寻，是她对俗尘丧失了耐心，还是与我缘分已尽？

没有了她，这个春天，只有盛开寂寞了。一个女歌手的歌声凄凄哀哀，在耳畔回荡，缭绕不散。我不禁回想起那曾经灿烂的杜鹃花往事，想起清泉寂流的山谷，也思念起送我杜鹃花的那位故人。

送花的朋友也偏爱杜鹃花。那年春天，我与数名朋友远足峻山，登高探险，采回一捧捧殷红的杜鹃花，但大多都去根断枝，只有这株弱小的杜鹃红，被她相中。她用随身携带的小铁铲，费劲地将它连根刨出。归途中，她张开柔怀，小心翼翼地抱着，生怕崎岖的山路之行会给杜鹃花带来伤害。一路跋涉，红杜鹃花相伴，也映红她美丽羞涩的脸庞。谁是花中西施呢？是她的美颜，还是花的红颜，我倒真无法分辨了。

抱回家中，她将杜鹃花植在盆里，未想到竟然成活。花只开了一期，春去人亦去了。远走苏杭前，她把花留给了我。我猜想她下这样的决定是动过一番心思的——我喜爱四季常绿的植物，更挚爱从山里走来的花物，这盆带灵气的杜鹃花倒是占全了。到了年底，她寄来一张贺年卡，简洁的画面上，有三五朵红杜鹃花昂首吐艳，飘逸盛开，留下更多的空白，却无一字的问候。她在传达什么信息？对花，还是对爱花的人，难道只表达一种无言的关切？

我知道她最终是会隐去的。她真音讯全无，不知踪影。她现在在哪里？她还在红尘中奔波吗？还是仍难摆脱那些纷繁俗事的羁绊？看来，无论这杜鹃花开过几回，无论这杜鹃花等过她几春，她已再无暇顾及这盆杜鹃花了。她带杜鹃花入俗，杜鹃花却不能忍受她的背叛，殉道化魂，追随唯美的宗教而去了。她是否心有灵感？难怪再也没有收到她问候的讯息。

小城时日，我再也没有闲情结伴上山采摘杜鹃花了。那位常在我家门口卖花的老妇，总向我热心推荐各色的杜鹃，有本地的，有外地的；还有比利时杜鹃，盆栽后可四季开花，颜色有红的、黄的、紫的，等等，怂恿我再育养，我并不领情。有人说过："美景总是布局在险崖上，仿佛，绝美里头蕴含一道千古不改的宿命，必须以身相殉。"杜鹃花理应开在险崖间，花开花落，自有天命，带它入俗，本是错误。花若被尘气熏染，灵性丧失，丢掉了仙物的本性，成为变异的美，倒不如没有了好。如此，她殉节去了也好。不过，在现实中，没有了真实的杜鹃红，我不知道是沉重还是轻松，每天拖一双疲软的腿，奔波在一片繁杂而又没有生气的窄林里，不敢踩踏出一声单调的鸣音。遭遇的烦尘，也是杜鹃花曾遭遇的烦尘，遭遇的苦恼，也是杜鹃花曾遭遇的苦恼，明知没有希望，却还在茫然地找寻着什么。没有了杜鹃红，除了寂寞，我并没有收获到宁静与快乐啊！春来了，花去了，而现在，我只能躲在一枚春叶的背后，去暗看万叶映衬下这尘世万物的本色了。

杜鹃花去了，如西施泛舟隐去了。

给春笺着色

春笺缓缓展开。青涩的枝头上，绽开朵朵花瓣。丛丛花色，或紫或红，或黄或蓝，绚丽纷繁，组成千树万树的花开浪漫。阳光温和，春水澄澈，时光的落花在春风里轻轻飘扬。

无边的春笺大地，一个“春”字的标题，简洁单纯，激活我蛰伏在灵魂深处里的凝泪，让我绽开了心灵的花蕾，让我舒展了心灵的枝条。

无边的春笺大地，正在书写激情和热望。我不能无动于衷。我要提起灵魂的巨椽，为春笺的美章添彩增色。给春笺着色，我就会成为春天的赤子。如此，大地的春天，就是我的春天；春笺的诗行，就会成就我痛彻心扉的美丽。

我给春笺着色，我就要跋涉到春天的旷野上去，去吮吸惊鸿的景色，为贫乏的灵魂添彩增色，去参与春天的成长。我给春笺着色，就是要将生命的忧伤珍藏于春的章节中去，将生命的欢乐倾注到春天的一行行文字中去。

窗外正轻响着细微的爱雨，我梦见另一个春天正在我视线抵达不到的地域上演。你颤动着长长的睫毛，是否像花儿一样在春天的某个角落里安睡？你心灵的晨风触动着原野的绿意。你灿烂的脸容上流淌着春天清澈的碧水。你鸢尾花般的容颜啊，即使绽开在远方，也同样绽放在我抒写的春笺上！

季节阵痛，再生芳华。在春天，我最需要你的爱。这是春笺上最美的色彩。

美丽的毒

清明刚过，与几位朋友到山中茶园踏青。行在荒坡的路上，见一株花兀自开放在杂草丛中，主枝半人来高，枝头各有三五只花朵簇拥着，惊艳的黄色，形貌酷似杜鹃花。

“看，黄色杜鹃花，真漂亮!”同行的那位从事摄影的朋友大叫。

我们一行人停下来，围绕花枝欣赏。其中一位酷爱花的朋友说：“干脆，去附近找户人家借来挖锄，挖回去种植。”

虽赏春花无数，但不知怎的，总觉得这花显得有些特别。大家边赏看边琢磨着，站在花枝旁留影。一位茶农路过，见状，赶紧上前嚷道：“这不是杜鹃花，是老虎花，别碰，有毒！要不，早就被城里人挖走了。”

听到此话，我们受惊不小，想不到如此美丽娇艳的花枝竟藏有剧毒。不过，仔细想想，它被冠以“老虎花”的名字，足以让人联想到凶悍食人的猛兽吧，仿佛那猛兽正卧在一旁，张开布满利齿的血盆大嘴，随时向我们袭来。看来这世上万物总那么矛盾，越美的事物越是危险，叫人不可思议。

晚上回到家，打开电脑，仔细端详拍摄的老虎花图片，再与院中开放的杜鹃花比较。从外形看，两者花朵相似，但叶形有些不同。再看神态，老虎花朵开得野性，没有一丝媚俗之态，似乎从骨子里散发出来一股仙妖之气。查阅老虎花的资料得知，这花确有大毒，但可入药，能散瘀除痛，祛湿活血，还能治疗皮肤顽癣。而且，此花还有一特别之处，就是花开的时间很短，通常早上日上三竿后开放，到下午三四点就凋谢了。若要药用，还得趁晴好花放时，抢时采摘，可谓朝花夕拾了。

咏花的诗词，历来浩如烟海，我虽薄读，却没有发现有一首赞叹老虎花的，与其说它不愿入诗词的卷帙，倒不说它是不愿入诗人的眼罢了。它躲避人类，藏于深山，远离浮华，似昙花一现，并以“毒”为盔甲，美得孤傲，开得寂寥。

难怪现在才见到老虎花呢！

春天的乡野

春意已浓，繁花接力。走向乡野，随处可见一棵棵花树，绚丽缤纷，烂漫热烈，像一蓬蓬火炬，燃烧在广袤的田间地头。

此时的农舍，门户大多都紧闭着。但是，我并不觉得落寞，因为每家每户，屋前屋后，都有繁茂的花树热闹地开着。桃花粉艳，梨花雪白，海棠娇丽……目不暇接，在我心头漾起无限的温情。

“一年之计在于春。”春天开启了人的希望，春天催人劳作。有春花才会有秋实，有播种才会有丰收。站在屋台，立在田埂，朝远处眺望，绿涛般的田野里，三三两两的农人们正躬身劳作。他们或许就是花树的主人吧！他们与花树一样忙碌，让我在领略春天繁华的同时，也领略到春天耕耘的意义。春回大地，展现的一幅幅春景图中，耕耘者是画中最不可缺少的亮丽元素。我羡慕起与花树日夜伴守的农人，他们是耕耘者，他们才是春天真正的主人。他们不需要踏春赏花，不会惜时伤春。他们贴合大自然的律动，生活纯粹，生命纯粹，用劳动揭示春天的意义，用劳动揭示春天最本质的美。

春风骀荡，田野芬芳。行走在春天里，行走在花树的烂漫艳影中，灵魂沐浴着春晖，精神朝气蓬勃，整个身心滋长着一种活泼向上的力量。我明白，这一切都是春天赠予的，都是大自然赋予的。春天，是劳动的美，是生命怒放的美。

春天盛开寂寞

2009年4月了，今天是27日。转眼间，春就要溜走了，人生又一个岁月片段没了，人生又一个黄金时段没有了，而我却没有留下任何笔墨的痕迹。

春色笼罩的四月，空留小城的一方喧杂。墙角的杜鹃花早已凋落了，唯有留在低处的那抹红霞，萦绕在脑海间，不愿散去。听阿桑的《寂寞在歌唱》，我唯与灿烂如歌的温风对语了。消散在风中的都是逝去的怀想，流泻在阳光里都是滋长的愁绪，袭在心头的都是丝丝缕缕的哀伤。

“尤其是在这种特别明艳妩媚的好天，你觉得自己的生活，无论如何都配不上它。你必须经过忧郁的历练，才有抵抗力，抵抗春天的诱惑。”

是啊，难得有这么美好的四月暖阳，把它的明媚，从头到脚砸下来，殷勤得让你无处躲避。然而，在如此良辰美景里，我却遇不到任何有诱惑力的事物，也听不见任何有诱惑力的声响。我唯能冥冥感受到的，就是阳光那沉甸甸的分量，怀抱着时光的温香，压在我身上，让我忧郁得缓不过气来。

是啊，我唯有甘愿寂寞了，在孤独的时光里去历练忧郁，如此，才可为自己忧郁的心事披上一层厚厚的盔甲。在历练忧郁中，我渐渐明白了，再美好的时日，再美好的春景，无论你是否在意，无论你是否珍视，都会猝不及防地溜走，都会无情地离去。渐渐地，我也明白了，再美的春景，再美好的事物，既然把握不住，倒不如与自己无关好了。

想是这么想了，不过，我还是愿意在自己心灵上垒起一道围墙，并在墙上开一扇小窗，以留给春阳的照临。如果有可能，我希望在我心房里垒筑一道篱笆，既能隔离某些俗物，又能漏入阳光和空气。我在篱笆里种植一畦畦蔬菜，抑或也能自生自长一些萋萋芳草，伴同寂寞一同生长。

只是，在这个春天，除了寂寞，我没有收获到任何快乐啊！我那曾经美丽快乐的心缘呢？如今丢在了何处？是不是也像春天的花瓣一样，不知不觉被抖落掉了，与春花一起埋葬了？虽说人到中年万事休了，可是，为了不辜负那份与生俱来的心愿，为了不辜负那份不断滋长、并时刻压盖在心头上的不甘，也为让这易碎的人生不留下更多的遗憾，在良善的春天面前，我还真想拥有一份天真烂漫的诗心罢了。我暂且将逝去的春光埋在深土里。我暂且将远行的梦想搁放在一边。在本性无私的春天面前，在慈善博爱的春色面前，我倒真领悟到了这世道人心里，还有那么多幽邃繁杂的东西。或许，这便是我在这个人生春天里，留下的唯一感想。

画卷里的油菜花

惊蛰前后，一轴轴油菜花画卷在山川大地摊开。浩瀚的丽景，就此开启了春天的气势。我想，倘若没有油菜花这个主角，春天，一定会乏味不少吧！

平畴旷野，油菜花的场景是壮阔的，也是博大的。走进这画卷中，穿行在田畴间，涌荡而来的油菜花包围了我，淹没了我。我被抛弃在金黄色的海洋里，成了一叶飘荡的幸福小舟，在油菜花波峰浪谷里寻找不到出路。近处，远处，都是黄，浓浓密密的，蹭黄了我的衣摆，染黄了我的双眼，让我眩目，让我沉醉。田埂上，兀立几株桃花，一抹抹粉红，映衬在油菜花黄澄澄的底色里，成了油菜花海里最好的调味品，让春天的色味更加鲜美，也成了我在茫茫油菜花海里的指路灯塔。油菜花海里，倘若地上有一湾碧水缓流，空中有纸鸢飘飞，还有淡淡忧伤的歌声在耳畔缥缈。你不得不承认，春天真是一位老道的厨师，借油菜花这道主菜，将春天的盛宴搭配得色香味俱佳，精妙芳美，令人垂涎。

山里的油菜花也有其特别的味道。这个春天去了一趟度门寺，心里也有沿途赏看油菜花的意愿。山坡上，山脚下，田垄间，那一片片油菜花，面积虽然不大，却似一块块金色的毯子，恰到好处地铺就在山水间，点染在春景里。空山清静，人迹寥寥，油菜花在幽寂中盛放，独自热闹着，等待有缘人前来相会。有一块山坡地，种满了油菜花。山坡顶上，生长着三两棵春树，伫立在湛蓝的天空下。油菜花沿坡而上，金灿灿的花丛涌向高处，簇拥着那几棵春树。这幅春景图，我好像在梦中出现过，没想到现在就展现在眼前，存在于现实中。

皎洁的月光下，还有沿河岸盛开的那一湾油菜花。这也是一幅绝妙的油画吧。漫步河岸，月亮悬空，柔黄的光波漫泻在小河两岸。蜿蜒远去的河流与芦苇荡，夹持着一湾油菜花地，睡眼惺忪地铺向远方。在朦胧月光下，在河流幽幽的轻声低语中，你会发现油菜花那炽热的色彩似乎柔和多了，甚至有些泛白，依依偎偎，拥在一起，一副娴静淑女的模样。对岸，泊着一条老木船，老木船上还有一个老船夫。在浓烈的油菜花香中，忽然听见有夜行的客人亮起嗓子喊道："过河啰，过河啰！"过了好一阵子，老船夫才懒洋洋地钻出船篷，慢悠悠地撑篙点水，朝河岸这边影影绰绰地划过来。被油菜花熏染的一河月色静水，瞬间被搅乱。船缓缓靠了岸，又缓缓离岸而去。隔空听着客人与老船夫的夜语，连夜虫都有吟诗的冲动了。

再结诗缘

深居新疆大漠时，曾发表过一些诗歌，内容多是些大漠的雄浑，或由此引发的感悟等。看过的朋友都恭维“写得不错”。然而自 1997 年从罗布泊回内地工作后，便与诗绝缘了。前不久，在“玉泉山之春”笔会上，面对济济一堂的新老作者，我解释道：“或许是到了这红尘，杂念太多，俗事也多，湮没了这份本不透灵的诗性了吧。如今到了这玉泉山，我倒想拾笔了。”

说实话，游了玉泉山，我对其外在的东西是极为淡然的。总以为，比起所见过的名山胜水、古迹遗址之类，这玉泉山的铁塔气势委实谦卑了许多。珍珠泉也仅那么一汪碧水。至于山高仅 394 米的覆船山，更无法与黄山、泰山之类的巍峨气势相比了。然而，真到了玉泉寺，放身于这山刹古殿间，古柏、小桥、流水、清泉、仙风……一切的一切，仿佛一下子就拂去你躯体深处的凡俗之气，唤醒潜藏在你灵魂深处的灵性，不知不觉间，眸光里盛满浓浓的佛意来。

对玉泉寺的诸景，我最在意的就是覆船山的气韵和禅意了。覆船山又叫堆蓝山，“堆蓝不与众峰群”。仔细打量，此山确实形体奇特，形如覆船。满山树木，平展似天然剪成，令人不得不惊叹这鬼斧神工的魔力。山脚下依卧着殿宇，真可谓是“半天空翠落禅堂”，精准地道出了这自然与人工景致的绝妙和谐。我意念中竟蹦出个“佛船山”来，这念头倒与本地民间传说有些巧合了。传说，这“覆舟”正是观音曾坐过的宝船。当年，这玉泉山曾是水浪滔天的北海，观音前来惩治在此兴风作浪的虾精，船被虾精打翻，沉入海底，后来这里变成陆地后，观音的宝船就成了覆船山了。难怪感觉这山总像是罩着些仙气呢！不过，叫“佛舟”也罢，叫“覆舟”也罢，似乎都有同样的禅意，告诉尘寰的人们，一旦遁入佛国天门，人生的苦航便终结了。连纵横沙场、英雄一世的关羽不也在此显圣皈依了吗？而且，关公最终化成了伽蓝神，在玉泉寺伽蓝殿里坐着，化神佑民了。看来这些异想倒是有些验证了。

夕阳晚照，山色黛蓝。玉泉寺的晚钟，添浓了黄昏的禅意。坐在草地上，周身笼罩一派祥气佛光。静夜渐深，最后不得不起身离去。转身仍见覆船山巅银光闪烁，那该不是佛祖头上的灵光吧！这佛地真是清净了得，连寺内丹池里的青蛙也不会鸣叫了。回归的脚步轻捷，仍能听到鞋掌蹭地的轻响。夜归的脚步没有搅乱满寺的清幽，倒是偶尔那几声空谷里的鸟鸣，唤醒我沉眠的诗性来。灵魂洒满佛的圣光！

于是倒真想在这里留下，在袅袅佛音中，去了却灵魂里那不可名状的渴盼。而不愿丢舍的，也有在这玉泉山获得的那份心灵的安详。将此感受诉与同行的朋友，他们笑道：“这下可拾回你的诗性了。”我回敬道：“诗与佛本是结缘的。”话语所表达的虽是自己对诗与佛关系的领悟，倒不如说是寻回自己被红尘日趋湮没的真性罢了。难道不是吗？在佛的眼里，他足下的肉身，如覆船山弦下的浪花，旋起旋灭，逝者如斯。而放眼我们自己，在埋身于红尘时，是否可抽身一刻，到这一方超世的佛地净土来，以洗涤一下俗世的脏尘和凡骨的龌龊，塑造一颗慈悲的佛心，如此去容纳万物，去容纳宇宙，追求一种生命的极致，于己于人，不都是一种造化吗！而于我自己，什么时候不想写诗了，便再回来看看。

城乡花事

春天裹挟繁花而来。花的浩瀚之美，花的惊艳之美，如同时代大潮，裹挟新的生活，滚滚涌来，让你惊心动魄，猝不及防，又心花怒放。

随着旅游业的发展，现今乡村里也有专门开发供游人观赏的大片花树了。清明节后不久，我去乡下看了樱花，几百亩的花海，卧在山坳里，铺在山坡上，如彩云降凡，引来游人如织。游客有当地人，也有外地人。花树满枝，叠艳堆红。走在坡地，行在山径，人，掩映在花海里。我分不清哪是花树，哪是人面。春风和煦，空气清新。在旷阔的大自然中游赏花树，与在城里赏花的心境截然不同。融在这花海中，融在这自然山水间，心绪净远，心胸明媚。被撑开的胸怀里，装容下许多平常不能容纳的东西。

城市的街道两侧，观赏的植物逐渐增多，引进了更多春天开花的品种。春天来了，一株株花树，亮丽在城市的绿地间，亮照在城市的街巷里。从一棵棵纯粹的花树中，我认识到了城市另一面的美。这美，从我赏看的画面上，从我阅读的文字里，从我的想象中，终于走到城市的角角落落。穿梭在城市里，穿行在街道小巷，一树树繁花告诉我，如果没有它们，春来会来得不知不觉，离去得也会不知不觉。

在我常去的河边公园，紫荆花成行成排，紫红色的花枝，最适宜编织花环，而这花环现在就戴在了春天的头上。一棵高大的樱桃花，树冠巨大，开得热烈火爆，我不明白为什么它会在一瞬间释放出如此巨大的能量，仿佛整个花树都在燃烧，灿烂的花朵随时会爆炸一样。只是樱花如烟火，灿烂只是一瞬，旋即就会寂寞地飘落。生命如这樱花，虽繁华美丽，却也花期短暂，易逝飘落。人们涌到花树下留影，惜时感怀，留下了与春天合拍的相片、留下了对春天的记忆，留下了不可逆返的生命美好时光。城市的花树，只需绽放，无须结果，不问收获，却能让城里的人们从中去体味到时序的变换，去收获生活之美、情感之美。

一树树繁花，一片片花海，自然完美，与人类相依相存。从一棵棵花树的背后，我敏锐地感受到这繁花背后潜伏的精神力量。我认知到了花的美，便认知到了生命的美，便认知到了一切事物的美。当一捧鲜花敬奉在你面前，就能调动和触发你生命深处的感动，你就会敏锐地感受到这播扬在花香里的生命情意和精神营养。一朵花儿，寓意的或许是爱情，或许是信念，或许是希望……花朵赋予了我们生命的丰富意义，也带给我们生命的深刻觉悟。

杨柳青青的城市

所涉足的城市大多有杨柳。青青的杨柳，无论在哪里都活泼好动。柔软的枝条，在软风中披挂轻柔的笑，轻扬起多情的娇姿。一看见它们，深藏于心底的冥冥情愫，仿佛一下子又被撩活。走进一座又一座的城市，告别一座又一座的城市，那些在物理距离上与我疏离的城市，因有青青杨柳存留于心底，那割舍不断的柳丝般的情结，便时常拂扬起我的温馨，撩拨起我的哀愁。

我走进了一座城。高挺硬冷的建筑夹峙着宽阔的街道。华灯初放的时刻，人群如蚁般蠕动。芸芸众生，背负各自的梦想，彼此在淹没，彼此被淹没。我被人流裹挟，疲惫不堪，踯躅到一霓虹灯旁。灯下有一棵杨柳，一蓬蓬柳丝披罩绚丽的色彩，罩在我头上，在风中舞荡。心，瞬间被融化。这柳丝多像我一直在不停追寻的梦啊！虚幻多姿，又飘忽不定。一排杨柳，从我面前出发，伸延到前方，像我多情的牵挂，牵引我的脚步，漫无目的，沿街而下。延绵不绝的柳丝，被轻风挽起柔臂，对我投怀送抱，不停地抚摸我的脸颊。它们知道我一路的失意，一路的孤独。它们一路絮语，一路慰藉，将我送到街道的尽头，把我送到更深远的路途。有一幢孤耸的高楼，迎挡在前。我攀登到高处，凭栏，仰望虚空。宇宙的深蓝，寂静如水，像是望不尽的天涯路。熠熠星空，千点万点，热闹地挤在我头顶，在高处高谈阔论。神明在上，可望而不可即。我窥测到了神明的眼神，冷漠森森。我懊丧地低下头颅，俯瞰街面上的灯火。那红尘喧嚣处的青青杨柳，宛如一团团彩色的雾岚，笼罩着人蚁点点。青青杨柳，落在凡尘低处，参与编织人间烟火，为人们消融寂寞。青青杨柳，在肉体与肉体堆积的城市，让人们将心与心黏合在一起。柔情的力量，足可春耕心底冷却发硬的石头。

我走进了一座城。一辆辆轻轨列车，从楼房腰际间穿过。爱情的剧本、生活的剧本，在这里翻演不停。我看到一对恋人，走在天街上，一起奔跑着欢笑。我看到一对恋人，手拉着手，迷失在城市最后一个街灯熄灭的路口。我还看到很多人，在杨柳青青的城市，在杨柳青青的地方，一起相拥着，看杨柳枝繁叶茂。在杨柳青青的城市，在窥不见的房间里，还有一对对恋人正相拥入梦，他们轻轻地哄拍对方的头，用梦的绳索，捆绑起红尘的寂寞和荒凉，捆绑起白日奔波的疲倦和哀伤。

我走进了一座城。租住的楼舍窗口正好有青青杨柳妆饰。我奢拥了这份诗情画意。不外出的日子，我久久静坐窗前，看杨柳轻盈起舞的娇态，看杨柳如何飘飞到空中，试图去追逐流云匆匆的脚步。是谁把流云涂鸦在蓝天上，在我窗前飘浮，在我窗前随风写意？白云自由地行在蓝天的庭院，而柳丝只能舞行在囿有的空间。杨柳无法离根系太远，只能衬伴往来的白云，坚守自己的寂寞和孤独。流云与杨柳一样柔美。流云在绿柳丝的衬托下变幻不停。流云原本就是开在天空的花朵，拥有天空海洋的幽深和宽广。有一朵流云，迈着轻盈的脚步，长着桃花般忧伤的颜色，多像阔别已久的那张笑靥，停泊在我窗前的柳梢上。在很久很久以前，有一朵流云，曾带给我红花柳绿的念想，曾带给我清泉碧溪的甘甜。

我走进了一座城。它坐落在长江边上，它躺在长江之水的臂弯里。同样有青青的杨柳，日夜守护在我奔波的路途。同样有成群结队的流云，闪烁柔情的眼波，与我顾盼，然后又含情脉脉地与我别离。杨柳和流云，都包裹着鲜活的灵魂，都是我前世的恋人，飘着白色的玫瑰香，带着疲倦的旅行色，与我一起在风中缄默，与我一起随风流浪。杨柳和流云，还有我，都怀揣着一颗追求自由的文明心，无时无刻不在奋争的路上，无时无刻不在唱吟灵魂的歌谣。我们一起守护峡江的涛声。我们一起思念碧海的热浪。我们一起用嘶哑的喉管歌唱梦想。我们一起仰望流云，送达我们的向往。

杨柳青青的城市，就这样牵系我的时光过往。杨柳青青的城市，就这样让我魂牵梦绕。

谁不希望自己的生命丰盈饱满？谁不希望自己的生命能绚丽绽放？

孤独的花树

春天刚拉开门
一棵花树便迫不及待地
拜访
她立在田垄
显得孤独的样子
很多次，我揪心地看到
一些花瓣被春风的利刀割颅
死去的精灵们
依旧在冷风中活蹦乱跳
她们深信春天的前途
反倒比生前悠然

过了多少年
我发现，这棵花树
仍守候在春天的门口

早春三月，一棵孤独的花树，色彩粉艳，身姿昂扬，屹立在平畴原野上。看它身下，禾苗青青，铺展无边无际的平滑绿毯。曾经一派迷离的绿色旷野，因为一棵花树的盛开而振奋了精神。一棵盛开的花树，就像一面招展的旗帜，收拢、召集她脚下所有的弱小嫩苗，信心十足地似乎要率领弱苗们走向必定温暖的日子。苍茫天地间，温润的色彩在飘逸，晶莹的绿意在闪烁，我仿佛闻到了正款款走来的春天的体香。

我从寒冬而来。我刚脱下厚重的衣袍。我经历了由冬过渡到春那一场又一场的寒潮。我经历了重重苦难的考验和煎熬。心，仍有余悸。一棵盛开的花树屹立在早春的原野上，激活我蛰伏的情绪，打开我一度逼仄的视线，给我温暖，给我鼓舞，给了我灵魂的指引。

依旧有寒潮来袭，依旧有冷风呼啸扑面。料峭寒风中，不断有花瓣被吹落，洒洒脱脱，在空中飘旋，不停地落到地上。即使落在地上，这些心碎的花瓣，这些忐忑不安的花瓣，这些在地面上的残瓣尸骨，仍在风中活泼地旋舞，抖落出春天新生和成长的苦难。我愿为她们化解沉甸甸的哀伤。我愿与她们共克时艰，携手走向春的深处。

穿越晨暮喧嚣的街头，越过铁轨横穿的旷野，行走在蜿蜒的春堤上，我走向更辽阔的春的时空，走向诗一般春天的远方。我寻找到了更多的花树。

我纵心于欢乐，灵魂的马蹄在花树周遭绕奔。我听见了我灵魂的蹄音，清脆，不急不缓。是的，我真怕惊破早春的浅梦啊！我希望天地能有更充裕的时间，蓄积春天的力量，诞生更多美艳的花树。是的，新枝在吐芽舒展，绿荫在云天涌荡，花朵在接连盛开。春天，真的越来越强大了。

春天铺天盖地而来。春天覆盖了大地。最终我还是要感恩这棵孤独的花树吧。如果说春天是宏大的诗集，那么这棵花树便是开篇的诗章。是她，启动了春天。是她，鼓舞万物出发，逐页翻开了春天的诗章。是她，启迪了我的勇气，鼓励我从她身下出发，催促我坚定不移地去追随春天的脚步，一步一步，攀爬上花树暖光的云梯。是她，让我正式领略到春天的丰富内容，看到了春天的灿烂之海和沸腾之海，并深深体味到春天成长的酸甜苦辣。

春天既然来临，我不能辜负，更不能无动于衷。我得学这棵孤独的花树吧，奉献春临的痕迹——那就用文字吧！春眷顾了我，我得尽心去为春天着色啊！

此文，就留在这个春吧！

第二辑

夏日畅想

XIA RI CHANG XIANG

○
○
○
○
○

漂移的甜蜜

初夏多雨，江水上涨。趁雨歇片刻，夜色浓重时，登上一临江的茶厅。茶厅设在名叫镇江阁的亭阁里，近可看江水的雄阔，远可眺西陵峡的如画美景，平常喜到此处品茶，就是为了有这般的好处。

茶厅老板按我要求，在临江的廊地上，择一处支起桌椅。我要了一壶掺冰糖的菊花茶，蜷缩在藤椅里，一手搭扶着栏杆，一手端杯贴唇，最急迫的是一双眼，赶紧转投到江风暗浪里，随性游荡。

江面黑浪迷离，一江墨汁飘飘荡荡，与夜色里的岸山融为一体。隔岸最近处的山峦，颜色深一些，山峦绵延着，沿江岸蜿蜒，逐渐地向远处淡去。阵雨袭来，浓黑的江水里，有咕咕嘟嘟的声音响起，似江底有无数美人鱼嘟起嘴唇在吹吐，搅起了江底腥凉的水汽。我不禁神思迷离起来，仿佛看见江中不断有色彩丰富的水汽喷涌出来，红橙黄绿青蓝紫，织成无数个彩色的圆环，相互套连着，扯在一起，激起一阵紧似一阵的腥风雾雨，从江心滋滋地拖拽而来，掷向我，抛向我。

衣摆被气流撩动，拂起。脸被砸得生痛。神志迷蒙中，移目回到灯光昏照的楼阁过道，发现周遭早已跳跃着彩色的鳞片。原来江中美人鱼早已出水临身。她身躯缀满彩鳞，尾摆着冷风，潮潮湿湿地，旋游在空中楼阁间，旋摆在我头顶上，旋游在我周遭，让我迷迷幻幻，分不清彼此。岸山一色，天地一色，物我一色，许多毫无关联的事物聚拢一体，融合碰触，能飞则飞，能漂则漂，思思扬扬。

忽然一道闪电，眼前江景蓦然显现于昼日白光下。江水浩渺，铺连天边。镇江阁层叠的飞檐，像多翅的神鸟浮升，载我飞空而去。俯瞰露脐的女神，袅袅娜娜，正出入于江水中，她樱唇启合着，魔力般的歌音响彻天地间。

长江急浪，裹挟水气漫溢，遍地水波荡漾，洪荒一片。我的灵魂在波浪里起伏，追随女神在水中沉浮，可我追逐不上她啊！女神倏忽地升空或入水，长发抛洒串串水珠，跌落在圆筛般阔大的荷叶上，噗噗作响。哦，被长江灌哺的远湖，那里也有无数的女神立于高处，吟唱荷花之歌。粉红娇艳的歌声，在仙衣飘逸的空间响起。荷花的香气笼罩着我，高贵的女神在起舞，浩荡的洪水在起舞。荒古的美景，幻化的雨夜，与我邂逅在此刻。灵魂灌饮着天地的玉液琼浆，积攒的尘垢被淘洗空净，轻松如丝，轻松如风，飞旋于洪流与彩云间。

梦境玄妙，却很短暂。等我收回神思，复归清醒，夏天的洪水已不见踪影，女神漂移而去，美人鱼也悄然隐身。只留有我，待在原地，呆坐桌边，桌面上已撑积出两肘泪水。

淅淅沥沥的雨丝随斜风飘入，不时濡湿了我的衣衫。桌面上积渍的雨水愈来愈多，泛射着烁烁红光，像是女神的窃窃幽叹。我不能再凝固不动。起身，挪动几步，凭栏远望，一艘客船从西陵峡口梦幻般地钻出来，一船灯火好似从仙境里来，染红了江面浓浓雾色。船漂移着，出峡后，一会儿便融入到那黑沉沉的开阔江水中去了。在湿湿的雨雾中，在江水的潮影里，客船拖曳一团团彩色的光影，像牵拽起一串串浓稠的珍珠甜汁，缓缓地移动。风雨飘洒，冷苦的江水顷刻间变得柔情蜜意，袅袅娜娜的气韵，浮动起若隐若现的色彩，聚拢成团后又突然升腾，仿若美人鱼复现水面，随船翩跹。客船里都是些什么人？各怀着什么心绪在长江里漂移？回故土的，正漂移着重逢之梦。去陌生新景的，漂移着甜蜜的向往。只有我，困步一隅，亭阁凭栏，凭借一船的漂移，去圆自己漂泊的梦了。

花茶已凉，尽管凉去，玻璃壶囚禁的甜蜜与花色，怎能与客船漂移的甜蜜和未知的前程相比呢？客船拢近，瞬间又远去。感觉风雨中那夜行的客船，仿佛成了一只明亮的蜂窝，在闪烁，在漂移。朦朦胧胧的光亮渐行渐远。那一船灯火都是蜜汁的光啊，甜蜜我的思愁，也牵着我思绪的鱼，钓上我思远的鳃，扯着我追它游去。

来日，我是否真为漂移的甜蜜而驾水远去呢？

夜　鸟

一只夜鸟惊飞而起，惊醒了我。幽远虚幻的思绪猛然收回，身下的石椅不知何时已冰凉。

高大繁茂的巨树，在路灯微弱光晕的映照下，投下影影绰绰的暗影，浮动着一团团水墨画幅。又一只离群的鸟哀叫着，从高树离去，飞过我的头顶，朝对岸暗色的山峦飞去。长江宽阔，江流阻隔，对岸一切皆是陌生。对岸山峦，岸边村落，在沉沉夜幕下，点缀着梦游般的灯火。面对这模糊景致，我不能生翅，这反倒启动我丰富的想象。梦想在对岸？爱情在对岸？想必陌生的地方总会让人产生许多美好的遐想。现实骨感，所以逐梦；身居困境，所以人们爱把梦想寄托在远方。

右前侧不远处，一位年轻女子坐在江岸的石栏杆上。她锁骨瘦削，仙气飘扬。她沉默着，凝神呆望着江对岸山腰间那迷迷离离的灯火。江浪拍岸，一股股风潮不时掀荡起她白色连衣裙。微光映照在她的长发丝上，泛出隐隐约约的黄白色光泽。她该不是一位迷失的女子吧？她更像是一位超脱凡尘的仙女。她属于夜色。她的身影仿佛是一团模糊的风景，装饰了江景的夜梦，却把雕塑一般的侧影留给了我。她遥望着对岸，她在思想着什么呢？又是在渴望着什么？她的思绪里有没有契合我思潮的内容？

又一只夜鸟从高树丛中惊起飞出，飞越我的头顶，朝对岸飞去。鸟影模糊，鸣声却分外清脆，瞬间就消融在黑暗深处。鸟儿们能轻而易举地抵达对岸，抵达自己的梦想之地。鸟儿们或许会认为，它们脚趾下面的人类是否很可怜呢？尽管，人类也能借助钢铁的翅膀飞翔，可那是工具化的文明，哪有鸟翅的自然天成和收敛自如的优势，能任意起落于自己的钟爱之处，安居繁衍，自由呼吸？即使在夜晚，鸟儿们仍能行动自如，找到自己理想的宿地，享拥安然。我端坐在椅子上，夜色中的女子端坐在石栏杆上，或许我们都在生梦，都在凭借想象之翅，寻觅宿地。

夜色更深，江风逐渐增大，石栏杆上女子的白长裙鼓荡起来，呈现出飞扬的姿态。她真的生出了翅膀吗？她像一只白色的夜鸟，真会飞起来吗？她灵魂发出的声音，似悠悠长空鸿雁的鸣叫，我能听得见。

又一只夜鸟落坠于暗树的水墨画里，扑扑哧哧的沉闷声响，增添夜色静寂的浓度。还会有夜鸟飞来吗？还会有夜鸟飞到对岸去吗？做完了梦，我也该回家了。走了一程路，蓦然回首，发现石栏杆上的白衣裙女子不见了。她真的飞走了吗？她飞到对岸去了吗？

空中白莲花

白日噼里啪啦下了一场大雨，除去了近几日的燥热。现在还只是初夏天呀，怎么就把七八月份才能体味到的苦热提前呈上了呢？可是，你不接纳又能如何呢？

得感谢这场雨。凉意来了，我反倒添衣来享受这难得的舒适，也更乐意出门了。从家里走向街道，不一会儿便跻身到街景的繁乱和人群的熙攘中。视觉忙碌，听觉忙碌，开始有一点丧失自我的感觉了。走了一段路，隐隐约约感觉到一股股香气从空中传来，浓郁的气息直蹿鼻腔。精神为之一振，双眼环顾，寻探香源。哦，原来是广玉兰开了，它们是行道树，就在我身边，延展在马路两侧，不知不觉中，已在我前面划开了一条香气袅袅的通途。

游行在香途上，面对香浓的这般好意和亲近，我该如何才不算辜负？忽然觉得，如此走马观花的确不妥，走马闻花更是不敬。于是，就近走到一棵广玉兰树下，驻足，仰头寻索。头顶上的花朵，隐放在厚绿老相的阔叶间，肥瓣乳白洁莹，外形硕大如拳。我突发奇想，这些花朵多像是悬空而开的荷花啊，浮绽在绿浪间，亮洁于清空里，呈现一种轩昂、柔和的大度之美。

相比之下，广玉兰的躯干枝叶却反差极大，怎么看都让人极度灰心。触摸其厚叶，粗糙扎手。而枝干呢，硬朗杂乱，不成形态。纵观一行行树，几人高的树冠，高矮不齐，姿态各异，沿街排竖在灰暗的钢筋水泥建筑间。与杨柳们之类袅娜的秀木们相比，与它们自绽的美好花形和浓厚的香意相比，广玉兰树的外形无疑是自惭形秽的。不过，仔细一想，广玉兰有如此坚韧劲道的花香，其源泉不正是这枝叶钢筋铁骨的实沉吗？也只有如此硬朗的枝叶一起使劲，才能够迸发出如此的硕花和奇香来。这么一想，心境陡然明朗，彻底颠覆了我对广玉兰枝叶拙朴的偏见，一下子觉得整树整树的广玉兰，连骨头都是香的了。

朱自清赏荷花，将嗅入鼻腔里的幽幽清香，转换为远处高楼上渺茫的歌声来听。的确，面对复杂美好的大千世界，要贴切表达其内在的丰富美感，有时用单一的感官来体验是多么的苍白、多么的乏力啊！五官一体，相互贯通，才能将生命的体味融合得更加丰富，塑造得更加形象。对广玉兰幽香的体验正是如此。即使我闭上眼，也能看见这花气张扬的世界里，玉石般的花朵像朵朵素云，披着清香，你追我赶。它们也在追着我，迎合着我，载浮着我。香云追逐中，香气的桅杆在前方引领。香云如船，穿行在城市的急流险滩，两舷香软的浪花溅起，哗哗啦啦地划过。香气的浪花打湿我一身。我瞧见了自己醉香的神态，沉浸在幽香的胜景里逍遥，不能自拔，更不愿意醒来。花香在空中散发，湍急浩荡，又从容不迫，淹没了整座城。有多少人与我一样，在这香城里沉醉啊！

最终还得睁开眼。然而，此刻的我，再也不会因现实中那些不合意的景象来牵扯心情了。广玉兰高搁在空中，它的香气早与我心意相通。它对我殷殷地笑着，我也笑意盈盈地回应着它。这清新来得正是时候。凉的风气，正适配于广玉兰花朵清素的品格，让风中的人，让花中的人，更心神清朗。即使没有雨，即使炎日高照，我也庆幸这广玉兰开得正是时候。

柳帘幽梦

夏夜，坐在河边一棵粗壮蓬勃的柳树下，碰巧，一道天然的柳丝垂帘就悬挂在眼前。

树的上端，一根拇指般粗壮的枝干，被倾挂而下的垂垂柳条拉扯得趋于水平，真成了一根天然的帘杆。柔长丰茂的柳丝，宛如珠帘一般，在我眼前织成了一道天然逼真的柳丝幽帘。幽帘疏疏密密，透过间隙，隔帘望去，能看到对岸高低建筑上的灯光，还有桥上的霓虹灯带，以及倒映在河水里的灯影。映照在河水里的灯影，又辉映到幽帘上。建筑上与桥梁上的光波，也交相辉映在幽帘上。幽帘上仿佛镶缀着无数颗七彩珍珠。此刻，一轮圆月悬挂在幽帘的斜上方，透过疏疏密密的枝叶，也不甘落后地将月色的光华掺揉进来。幽幽闪闪的丰富色光，在柳帘上和谐地融合在了一起。

一位打鱼老人突现在柳帘里，打破了夜的幽静。他划着渔划子，从浓黑的河面钻了出来，瞬间穿过柳帘，然后悄声无息地泊岸。待渔划子停稳，他不紧不慢地跨上岸来，弯下腰，有点吃力地拖弄渔划子上了岸。待一切停当，他从渔划子里抽出一根扁担，挑起渔划子，爬上河坡。长长的竹篙在船前船后晃动，颤颤悠悠。不一会儿，打鱼老人便消失在夜色里。

一切又归于沉寂，仿佛刚才的一切都未发生过。我被幽帘遮拦着，仿佛笼罩在梦幻般的幽景中。我可安心地好好做一下自己的梦了。

灵魂仿佛脱离了躯体，仿佛带着躯体，在河岸上自由地行走，在雨雾中飘逸地行走，在黑白世界里影影绰绰地行走，在另一个世纪里朦朦胧胧地行走。我看见了花的善良，看见了花的病弱。我看见了潜伏在花蕊里的阴云。我看见了在阴雾天里从花瓣里发出的闪电。我看见了层层的雾帘，失色的花容，以及在我脑海里变幻着的奇异脸谱。我又梦回到春风和煦的晴日，蜜蜂们嗡嗡嚷嚷地飞绕在百花丛中，勤奋地劳作着。蜜蜂们采吸的花朵都是我思念的花朵，都是我在心灵土壤里无数次想种植的花朵。此刻，心灵的空间溢满温情，最适宜种植柔草，也适宜种植花朵。当然，倘若栽植一棵浓荫大树更好，栽种一棵在春天能最早开出白花的大树最好。只要它挺拔着，就能让我联想出许多美好人儿的形貌，能让我幻想出许多慈祥山水的形象……

风吹来，柳帘的垂丝微微拂动，为我微启了幽帘，但我仍不愿意醒来。又一股风强劲地袭来，彻底掀开了柳帘，也掀醒了我的柳帘幽梦。丰茂的柳丝，柔柔的柳丝，此刻像绽开的烟花，时而流畅地聚拢，时而又流畅地飘散，舒展到空中，打破了闲静已久的平衡状态。我真的醒了，我听见对岸的民舍里传来的音响设备播放的音乐，轰轰响响，又潺潺湲湲。右侧的桥面上，过往的车辆轰轰隆隆，继续着入夜的喧闹。身后的树丛里，鸟儿们偶尔抛撒几声梦游的音符。鸟儿们在树丛里做梦，我在幽帘里做梦。能有做梦的地方很美好。倘若从梦中醒来，就有些失落了。

夏日畅想

夏季，黄昏的城郊，晚霞浓烈得发酵，挥发着夏日火热的香醇。平畴沃野，绿风浩荡，薄简的衣衫怎能兜得住这盈满田畴的活力。都说夏天属养心之季，倘若避开午间的蒸腾热浪，选择黄昏时分，去远足漫步，去放逐心灵，这样，或许会比待在室内闭目养神，更顺应天道吧。

时常，遭逢一位老人，童颜白发，慈眉善目，步履不急不缓，行走在黄昏里。不时，他停下脚步，侧耳，像在聆听什么。哦，他是在遥听笛音呢。夏日的黄昏，自有神明的晚风把笛声送达。这是曼妙的天籁。这是自然的言语。这天籁的细碎里，漂泊着悲凉的文字，诉说着时光的宁静和生命的欢愁。我听到了音乐的彩翅声。我听到了虫鸣的泣诉声。我听到了幽灵在树上偷摘果实，也听到了成群的蝴蝶滚向风暴。笛音啊，这黄昏的笛音，这天籁的音乐，这生命的心声，这灵魂的语言，这来自城市的民间歌手，这居住在晚风里的文字，像花瓣落雨，浸润在天地间。我看见听笛老人眼角里泛着的晶莹泪光。老人伫立在夏日晚风里，身体的剪影凝固在天际间，浸染在满天云霞里。

离小城十几公里远，有一座山寺，福山福地，清凉可人，常去常往，为的是消解焦躁情绪，安抚疲惫心灵。一次，路途上遇到一位僧人，浅灰色长袍裹身，三步一磕，五步一拜，汗流浃背，朝前方山寺拜去。离山寺还有数公里路呢。夏日炎炎，一路坎坷，虔诚的僧人，选择磨难，将一腔信仰表露得那么具体、生动。同样一段路途，同样一个目标，我是搭车而去的，但那位朝拜的僧人，却虔诚地跪伏而行，表达出比我更坚定的觉悟。山风穿窗拂脸，两旁青翠山峦上，盘坐着莲花般的云朵，让我轻松的路途又多了一份庄严和肃穆。

佛殿前，香客络绎不绝。高大的香炉前，人们手持粗长的香烛，点燃后，神色庄重地插入香灰盈满的炉中。阳光照耀，烟雾袅袅，香火灼灼。香炉前的香客，脸庞上细汗密布，眉梢眼角，却满是虔诚，有的还带有少许忧郁。尽管如此，但我发现，他们脸上皆神光充溢。他们双手合十，是在祈求平安，还是在祈求隐藏在心底更隐秘的心愿？

当古刹的晚钟响起，我缓步去攀爬山峦，落寞的背影融化在夕阳的光影里。天空牵动我的视线，我欲走向离天更近的地方。但我进天退，上天总是离我很远。蓦然我明白，有一种高度，靠脚步是抵达不到的。这便是身躯的悲哀，也是精神的幸运，这就有了修炼灵魂的机缘。是啊，生命与灵魂，相互包裹，又相距甚远。生命与精神，彼此在观望，又彼此在漠然地平行向前。就如时下的远山，噙在我眼里，融在我身体里，却又与我隔空相望，宏远玄深，不即不离。我不停地攀越，却始终与天堂保持着一种永远无法跨越的距离，犹如我与神的距离，犹如我与那位僧人觉悟上的距离。那位僧人现在仍在朝拜的途中吧？他身体贴地，匍匐起伏，靠灵魂的力量驱动肉体，竭尽全力，向精神的高地进发。他的灵魂定能比我的灵魂看见更广阔的风景。

夏季黄昏，我喜欢去河里游泳，去感受流畅的幸福。这流畅的液体，这流畅的物质，处在固体与气体之间，处于有形和无形之间。身体贴靠净水的柔软，贴抚的都是祝福之语。我乐意接受这善意的抚摸，我热爱这低于俗尘、却又与俗尘相隔的安宁。河风不停地吹拂，掀扬起无边的碧波。我遇到一些亲近碧波的人，他们与我不远不近，不即不离。在流畅的物质里，我故意隔离尘世的光和热。在人世间的河流里，也加深了我的忧郁。河里很多赤裸的鱼，与我一样赤裸着。我的眼睛与鱼的眼睛对视，彼此都是满眼的真诚，就好像是叶子对泥土的真诚。我甘愿抛弃陆地上的氧气，在水中的泥土里，生长成水的花朵。我要与鱼儿们一起，在柔水的抚摸中，在水鸟的脚趾下，安心地枕着贝壳做一个安详的梦。

夏夜，搬一把竹椅，躺在院落里。星汉灿烂，罩盖了我。我仿佛拥有了整个星空，拥有了这排山倒海的星浪。星空让我迷幻，也让我幸福。我在脑海里幻写起文字。文字带着我的灵魂向星空漂流。我发现星星蜷缩在我怀中。

我抱着星光的柔。我抱着虚无的真。我袒露出善良的净心，来接受天星的洗礼。我愿把灵魂深埋在星空里，因为唯有星光能给我深幽的欢心，唯有星光能给我爱恋的慈目。我真怕梦醒，我真怕与星空分别。倘若真到了天亮，我握不到星光的手，就会徒留我虚无的苦痛。梦醒时分，星光还是离我而去，拄着竹杖蹒跚而去。星星们与我挥挥手，挥杖给我拽来一缕清晨的缎霞，挥杖给我削下一片青翠的云朵。这霞光，这云朵，都是星空为我留下的爱恋。我仍沉迷在夏夜，我仍等待着夏夜。我等待星空来唤我，等待星空来实现对我许诺的美愿。我坚信星光定能还愿于我。

夏风吹动着浓云，云卷云舒，悄然过往。夏风吹动着绿荫，层层叠叠，往复展现着深浅不一的痕迹，递进到远方。白云与绿荫，都是风抚摸过的有形物质，瞬间飘忽不定，瞬间又归于沉静。夏天的风情，如浓云舒展，如绿荫留痕。夏风吹来，多彩多姿。夏风吹过，了去一切生命的痕迹。夏天已过多时，我在昏眩中轻灵，我在卑微中高尚。我借助神灵的翅膀，卸去灵肉中本就不应有的沉重。

雨夜的声音

雨幕由谁织成？悬挂天地间，给人营造一方温柔宁静的空间。

那厚厚密密的雨丝，充填了平庸的虚暗，织成的雨声幕帘，帮我隔离了外界的景象与喧嚣。我慵懒地享受斗室的安闲。我愿永远被包裹在这雨丝的茧壳里成蛹，而更不愿意破茧化蝶，蹁跹到那令人烦扰的俗尘里奔碌。

可头脑仍无一刻闲歇，总稀奇古怪地想着一些不着边际的事。倚靠床头，随手打开一本书，即使逼迫自己读下去，心神仍无法集中。倒不如放下书，在充溢的雨声中，恣意放飞无边的思绪。我聆听这雨声，我憧憬这雨声。我想象这雨声笼罩的世界，也是一部蕴藏宏大奥秘的书吧。在仔仔细细地辨读中，我恍然发现这雨声里，正演绎着无数奇特的故事。

雨声里隐隐约约传来声音，像是女人的哭声，也像是伤感的音乐。这声音刺穿层层雨幕，幽幽地传到我枕边。

披衣下床，推门站立在竹枝掩覆的庭院里。真的，我真切地聆听到了冷风与雨夜种植的哭声。风雨阵阵袭来，掀荡起声调起伏的喧嚣。那风雨夹带来的哭声，瞬间消失，又瞬间骤起。一阵又一阵的雨浪扑来，窄院上撑盖的塑料雨篷哗啦啦地震响。雨点漏灌而入。周围都是扫荡黑夜的风雨，周围都弥漫着冷雨的潮气。一个风声激荡的雨夜，一个生灵皆归巢的雨夜，万物的痛苦却并没有消停，反而在雨夜的风浪中更加颠簸不息。这是风雨掀荡起来的哭声，这是无法埋葬的哭声。这哭声不断地被雨水洗亮，即使在建筑叠加的城市，即使在灯火点点的城市，仍围堵不了这哭声的浸染。这哭声啊，让我陷入更深层的悲凉，在心底唤起一种更深沉的力量。

夜中的万物，又有多少真正沉睡了呢？沉沉黑幕下的万物啊，都在雨声里埋头低吟，再也不用掩饰自己的痛苦，再也不用掩饰自己的心声。天地混沌一体，灵魂在自由翱翔。一切都在吟咏，一切都在成长。我听到植物在雨夜拔节的声音。我享受这因为成长而创造出来的声响。我仿佛看见植物骨骼里，飘荡彩带般的柔软和硬朗的信念。万物都在加速度生长。我仿佛隐隐约约听见队伍行军的脚步声，夹杂着女人愈加沉重的悲泣声。哦，雨夜，万物成长的过程并非都是快乐，都必须承受骨骼生长的痛苦。这是快乐的生长之声，这是痛苦的生长之声，像茂密的植物一样包围着我，感染着我。这是雨声的号角，这是天地的咆哮，这是生命的呐喊。我喜欢雨夜万物成长的方式。我喜欢这尊重生命而不流血的成长和竞争。

雨夜，很多野兽都在出没吧。雨夜中的野兽，脚掌踩踏泥泞的声响，在黑暗中奇异地回荡。那些不谙世事的孩子躲在母亲怀中哆嗦。母亲，紧紧拥抱着她的孩子，温柔地安慰说：别怕，别怕，我的孩子。怀中哆嗦的孩子，知道大灰狼出没在雨夜，却不知雨中，还能长出很多诗、很多画。人类也需要成长，在雨声的恐惧中思索，在雨声的浇灌中成长。在雨夜，我的灵魂也成了孤独的野兽，在雨夜里出没。我需要心灵的成长，也需要心灵的强大。如此，雨夜并不可怕。我感觉到雨夜生长出很多诗，生长出很多画。

雨声让黑夜饱满，不再空虚。雨声在创造艺术，让黑夜如音乐般美妙。雨夜啊，送达给我震撼心灵的哭声，也送达给我清新的念想，让我心灵的成长与植物的生长达成一致。我多么渴望多有一些雨夜啊！因为这不仅是心灵忧伤的节日，也是心灵欢乐的节日。这不仅是植物忧伤的节日，也是植物欢乐的节日。这不仅是生命萌动的需要，也是万物被激发原始创造力的良辰。你听啊，雨夜里有多少奇妙的声音啊！那是生命悲怆的进行曲，那是万物灵魂在唱歌，那是死去的身体在复活。哦，雨夜，一切事物在复制，一切事物在创新。

感觉必有出没于雨夜的人。他们稀稀落落，冲出雨夜的围剿，奔向冥冥未知的远方。有谁在远方替你举起火把？有谁在千呼万唤你的名字？有谁在给你传递不竭的精神力量？雨柱浇淋不息，浸泡着原野，唠叨着合唱。被雨柱栅栏隔离的远方，通向它的道路充满了泥泞，是多么的艰难。有人一直在雨夜里行走，一直行走到东方破晓。他们终于等来那一刻。他们终于冲向了天光灿烂的远山。他们终于融入了远山那朝霞如缎的锦绣天光。

端午牵香来

卖栀子花的那位大嫂又出现了。她赶在端午节前，拎着竹篮，装满扎束好的栀子花，摆在小巷里叫卖。

离端午节愈来愈近，大嫂的栀子花由开始提篮叫卖，变成了后来用小电动车托运来摆卖。成堆的栀子花就搁在我家门前，挡住了出门的窄道，我没有责怪她。门前栀子花飘香，坐在家里，或出入家中，闻香，沾香，是件好事，也是雅事。

相熟后大嫂告诉我，她家住在不远的乡下，屋前屋后长有十几棵栀子树，有一人多高，枝蔓多，花瓣大，香味好，一直舍不得砍。每年端午前后卖栀子花，大小也是一笔收入。不过，卖栀子花很辛苦。据她讲，凌晨两点多钟就得起床，先采摘约两小时，再分把扎束，也得花个把小时。等托运到街上早市上卖时，天已大亮了。端午节前后几日，她生意最好，一元一束的栀子花每天能卖两百多束。

渐渐地，除了这位大嫂，卖栀子花的人愈发多了起来。每次出门，归家，一街栀子花香，形成了一条节庆似的花街。住进小巷十几载，端午节引起我的重视，很大程度缘于这随节气而来的民间自发形成的卖栀子花的习俗。卖栀子花的同时，还引来了卖艾蒿的、卖粽子的、卖盐蛋和皮蛋的。自春节过后，沉寂几个月的小巷街市又被激活，大大小小的商贩和车辆，挤满了小巷，嘈杂喧嚷，很是热闹。

从栀子花上市头一天开始，一直到收市结束，我家从没有少过栀子花香。花枝被插养在盛满清水的瓶里，放在桌面上，三五天不蔫，香气不散，馨香满屋。而且，花瓣层层叠叠，朵大洁净，素雅不俗，养心悦目。天气开始燥热起来，捧杯，坐于桌前，一边品茗，一边端详眼前的花束，香息阵阵，沁入心脾，让人神清气爽。晚上在电脑上写作，桌边放一束栀子花，不仅可驱除新暑蒸发的难闻气味，也能消减我写作的疲劳。

这段时日，我自己也会抢买一些栀子花。满街的栀子花香，熏在眼下，花香却不多时，得极端珍惜才好。因此，桌面上摆放的栀子花一直不断，少则两束，多达三五束。花刚蔫萎，就赶紧买新鲜的换上。满屋子清香不散，一直持续到大端午栀子花期过后。

除了购买，也有自家栽种的，还有邻居间相互赠送的。我家院落狭小，十几平方米的小院落，曾种养一株栀子花，非盆栽，直接植入土壤。栽入时的小苗，三年后便绿叶肥硕，出苞开花。花属大朵型的那种，很是好看。花一开，我就知道端午节快来了。后来花死去，遗憾了好一阵子。对门邻居家，院落比我家宽敞，用大瓷缸养满了栀子花，朵大香浓。每当花开时节，女主人总会掐几个新鲜的栀子花朵，横过马路，笑意浓浓地递上门来。她知道满街满巷的栀子花代替不了自家花的那份情意，让别人分享她的芬芳，她也得到快乐的芬芳。

无论是在摊位上买的，还是自栽的，或是邻居赠送的，我偏爱这栀子花，自有自己的理由，自有自己的理解。对我而言，栀子花开了，补偿了春花谢去多时，恋花却无花可赏的遗憾。春季众花争宠，争得你死我活，一片狼藉，香魂遍野，留下杂乱的印象，此开彼落，不能说谁最艳，谁最香，反被暖风讥笑乱无章法，少见将什么花束插在室内供养的。但是，栀子花却不同，随端午而来，是端午的使者，是花神送来的端午礼物，不与其他花争宠，有点孤芳自赏的味道。因此，开得单纯，开得浓郁，也开得清洁。人们把它作为家庭插花，净心爽神，有益健康，亦有吉祥之意，装扮出生活的美好。

本地民俗要过三个端阳。农历五月初五为头端阳，十五为大端阳，二十五是末端阳。本地主要过头端阳。端午不仅牵来栀子花香，也牵来了艾蒿浓香。满巷艾蒿，也都是附近农民拉来的，摆放在街巷两旁售卖。也有直接搁放在三轮车上叫卖的。端午当天，来来往往的人们，大多数手里都攥着大把大把的长长艾蒿，招摇过市。骑摩托车的则放在车的尾架上，按响嘟嘟喇叭声，在行人堆里吃力地钻空穿行，鸣笛开道。卖蒿者中老年居多，多是近郊山里的农民，男女都有。他们红红黑黑的脸膛在横竖堆放的艾蒿丛中闪晃着，笑呵呵地叫卖着，还抽空细数一下叠好的钱币，享受劳动带来的收入。我在一辆满载艾蒿的三轮车前停留，挑选一大把艾蒿，蒿叶舒展新鲜，两米来高，握在手里沉甸甸的，仅一元一把。卖艾蒿的老两口告诉我，为图新鲜，凌晨两点他俩就上屋后的山上砍采。老两口解释，端午当天，趁早砍来的艾蒿药用价值更高，避邪的效果也更好。看粗长的艾蒿堆满三轮车，我说，这么粗的一把艾蒿，即使全部卖了也得不了几个钱吧？老两口说，图一份热闹气氛，自己也图一份高兴呗。

将艾蒿拿回家，有朋友已先我送来了两把艾蒿。艾蒿秆细，长不到一米，应是田埂上长成的艾蒿，是朋友自采的。我笑说，管它呢，多多益善吧。凶猛的暑热即将来临，门悬艾蒿，药香浓郁，呛鼻提神，祛病防疫。而且，风俗里，它还有祈福禳灾、保佑平安的深意呢。这一切，均符合人们对美好生活的心理期望吧。

端午里，除了艾蒿的浓香和栀子花的清香，汇聚在香室里的，又多了粽子散发的芦叶与糯米混合的清香——那是一位朋友赶早送来的。我真不知道该如何感谢这端午牵来的香呢！

暴　雨

一场暴雨，打破了惯有的日常景象。雨水倾倒，气势磅礴，给人一种别开生面的力量。炎热夏季，多么需要来一场酣畅淋漓的大雨，来浇灭人类和万物那膨胀、狂热的心啊！

雨帘瀑布般挂在自家屋檐下，也挂在隔路相望的邻家屋檐下。邻家屋顶的瓦面上，水气荡漾，浓雾蒸腾。雨挟风，风挟雨，白色水浪，一泼一泼地在空中飘飞，一泼一泼地从屋檐上飘挂而下。不时，屋檐下的雨帘又突然被狂风掀了起来，在这喧嚣一刻，雨帘顿开，我看到了瓦屋下门槛后，坐着一位老人，一场大雨，就让他加起了厚衣。他坐在破藤椅上，呆望着暴雨。他仿佛成了老藤椅里的一节苍藤，惬意自在，很享受暴雨带来的短暂清凉。此刻，还有很多被暴雨分割的个体，像老人一样，像我一样，正待在自己滞留的空间，独自品味这惊憾的场面。

坐在自家阴暗的旧平房里，我仿佛就住在水帘洞里。暴雨挤占外面所有的空间，喧嚣声压倒了一切。外面的世界在发疯，外面的天地混沌不堪。呆坐着的凡躯，凝望着屋外，在恐惧中夹带着兴奋，在兴奋中又禁不住无际的遐想。大地在返祖，浑浊一片。灵魂似乎被解脱，生命既定的形式被打破。我仿佛回到了生命的初始，无忧无虑地，被一种超然的力量裹挟着，穿越在沉沉无边的雨幔中，穿越在暴雨倾注的森林里，像一粒轻微的尘埃，在浮动，在轻飘，在飞旋。

还有一些人，在小街巷卖菜的人，正在行路的人，遭逢暴雨后，就近到屋檐下，或在附近石棉瓦搭建的透风窝棚里躲雨。我端详他们避雨的处境，揣摩他们复杂的面容。风挟雨，偶尔灌进他们藏身避雨之所。躲雨的人，若是一人，就沉默着，面无表情地凝望着雨幕，迎接这不可多得且无法逃避的清凉。若有几个人，因躲雨挤凑在一起，显得很兴奋，叽叽喳喳地说着话。说什么话，我听不清。我只能从他们复杂丰富的脸部表情来揣度。显得兴奋的人，一定是渴望这久旱的甘霖，对粮食和蔬菜的生长有好处。显得愁容满面的人，一定是担心雨水暴虐，会引发洪水来袭。

当然也有冒雨归家的人。街面盛开起雨花，汇成了辽阔闹腾的花园。他们脚掌如舟，淌水走过，划过雨花盛开的路面。他们从我眼前瞬间消失，隐遁到更深邃的雨中世界去了。

“骤雨不终日。”夏日的急雨，暴戾却短暂。慢慢地，天空被下得白亮，只剩下零星的小雨在马马虎虎地收尾。被暴雨淘洗过的空气格外清新，雨后能外出走一遭最好。行在细雨中，道路盛满积水。有几棵行道树被连根拔起，倒卧在路上，残枝败叶，撒落一地，一派狼藉。不少躲雨后归家的人，穿着半干半湿的衣服，脚步淌在积水的路面上，匆匆走过。我在雨雾中行走。我在残雨细风中行走。我仿佛在另一个世纪里行走。我在黑白的世界里行走。我在行走中回味先前那混沌未开的时刻，仿佛还没有完全脱离那暴雨倾浇的梦境。

夏雨不同于绵长细腻的秋雨，夏雨倾注的力量猛烈而深刻，给大地脸上刻下思想般的犁印。我就这样一直走着。我等来了天空泛出耀眼的圣光。我等来了一道彩虹飞架穹天。我等来了阳光复归灿烂。我想起坐在破藤椅里的老人，还有生长在旧院子里的老植物。老人和老植物是否从一场暴雨的闹腾中，焕发出新的生机和活力？

六　月

我想写写六月。

六月来了，六月充满成长的孤独。六月来了，六月充满希望的孤独。

再也不见遍地挤满花朵的枝条。再也不见惹人情思、令人焦虑的一树树繁花。此时的枝茎上嫩叶长成，掩饰了因花朵陨落留下的道道伤痕。此时到处一派蓬勃盎然的生机，代替了一哄而上的花朵怒放。此时的万物，生命张扬，激情辽阔，只剩下生长的渴求和欲望，只剩下果实膨胀的梦想。

哦，绿意满满的六月，到处涌动生机的力量。浩浩汤汤的绿涛巨浪，点燃了未来丰收的串串明灯。郊外、乡野、河边、公园……草木都洋溢着耀眼的翠绿，洋溢着凄美的明丽，让人从心底油然而生一种莫名的忧伤。六月来了，不只是时光循环的一个符号。那刻在生命里的“六月”名词，已熔铸了我四十多载过往的肉体光阴。六月啊，用欣欣向荣的悲伤，劝说我去欣然接受命运的拨弄和安排。如此，我便坦然地去迎接每一个“六月”的到来，成为岁月篱笆里一株安身立命的蔬菜。

六月来了。六月是布谷鸟啼血的日子，空灵的鸣叫声回荡在城市的山谷，装饰在我每个渴望诗意的日子里。有一种光芒，在睡梦里晶莹地闪亮。有一种音乐，在脚步匆匆的光阴里回荡。你听，布谷，布谷，那虔诚的呼唤，是多么理解我的心灵；那满腔的生命热忱，是多么鼓舞我的灵魂；那善解人意的清灵问候，一扫我沉郁的忧愁。六月啊六月，在每一个向我靠拢的新生日子里，在每一程移动的单调脚步里，我借布谷之音，去触摸春天的远空，而不会再在意身边的春天，是否已绝情地离我远去。

六月啊，拼命积攒能量的六月，偶尔会释放一场大雨。这雨来得猛烈，来得及时，驱走我积存多时的燥热，浇湿我过度膨胀的心灵。我喜欢六月来一场雨。当雨滴减弱时，我爱站在高台，看南边天空那簇拥着的云朵列车，很有秩序地依次朝东缓缓驰行。在行进过程中，它们也不忘给南边天空留下一道明亮的缝隙，时断时续地闪射着幽幽的光亮。这正是六月带给我们的风轻云淡。这正是六月留给我们不可预知的希望。身心沐浴在随雨裹挟而来的凉风里，眼眸盯随着渐渐远行的云朵车队，心灵，仿佛贯注了一股力量，欲奔向新的远方，去播撒爱恋和希望。

六月来了，雨水逐渐增多。谁也不知道，这六月已下了多少场雨。我只知道，昨晚又下了一场雨，缓解了天气的溽热，缓解了我被束缚的阴沉心绪。一场雨过后，我又来到昨天傍晚发呆的地方，那棵粗壮沧桑的凤杨树下，忽然一下子开满一地苜蓿的小白花。哦，六月来了，我听见远处白水汪汪的秧田里，又传来苦恶鸟的叫声。我知道，夏至快到了，天牛和金龟子该爬满我屋后的那棵女贞树了。

雨中钢琴声

细雨中的黔中小城，飘满了动人的音符，斜洒着旋律的彩丝。沿着一条街道，我漫无目的地行走。雨丝笼罩着我孤清的脚步，我仿佛走在一幅妩媚的画里。不知不觉中，我走到了街道的尽头，走到了近郊野外，直到一丘青山挡住了我的去路。

茫然四顾，脚步却不知落向何处。暮色四合，向我围拢。就近徘徊着，霏霏细雨中，一盏高出行道树许多的高杆路灯，率先亮起。湿漉漉的路面上，一洼洼积水，漫射着不规则的黄色光波。倚靠眼前这座山丘的，有一片楼舍小区，小区大门正对着我。小区被绿树掩隐着，屋舍并非摩天高楼，都三五层高，而且很陈旧，被雨丝笼罩着，被绿丛簇拥着。一扇扇窗户，渐次亮起橘黄色的灯光。一户户家庭的温馨光亮，都在向我炫耀。不由自主地，我向小区门前靠拢。一位素净秀美的少妇，撑起一把花雨伞，拖拽一阵香风，从我面前走过。她拐进了小区，飘逸的裙摆和婀娜的身姿，转眼就消失在翠竹与假山间。倩影消失处，留下一片温情的空虚。那空虚深处，残留一盏黄灯的眼睛，藏在稀稀疏疏的绿荫背后，斜瞟着我。

忽然间，雨声夹着钢琴声密集而来，我脚下溅满丁香花般的雨花。琴声溅落在湿地上，像珍珠散落跳跃。一切都在飘拂，一切都在缠织。那湿漉漉的音乐，那蓝色的音乐，那白色的音乐，充溢在每个角落。回荡的旋律，高过雨声，高过风声。眼里的一切事物，仿佛都挤满在这音符的画里，绽放在这音符的画里。

我刻意要挤进这音符的画里，因为这特殊的境地不仅最适合音乐生长，也适合诗意心灵的生长。一切可视的空间，一切能感受的空间，都被钢琴声占据着，都被雨声占据着。我关不住耳朵的窗户。我只能敞开耳朵，让耳朵里板结的土壤里，多长出一些柔软的植物，长满音乐的植物。我的身躯被钢琴声融化。我消融在音乐的风雨里，成了画中的音乐植物。这画中都是音符的植物，都是艺术的植物。绿意盈盈的身躯变得透明，柔软的灵魂在自由地出入，一会儿在一株植物上附悬栖息，一会儿又展翅在空中飞翔。思潮如风，思潮如雨。灵魂带着我的身躯，轻盈地奔闯到更神性的天地。在钢琴声里，在雨声里，花朵们最适合开放，最适合我诗意心灵的绽放，也最适合我文字的生长。我写下了这段文字，文字里充满着雨声，长满了植物，激荡着思潮。每个文字，都是音乐的植物，都是音乐的文字，都是我心灵的文字。

看不见弹钢琴的人。那弹琴的人是谁呢？或许就是那少妇吧。在橘黄色的灯影下，那少妇正在数着自己的指头。她是独守香室的人。她像一朵郁金香，亭亭玉立地开在静夜空旷的原野上。她空灵的纤指，宛如晶莹的嫩叶，宛如开合的花瓣，是天地间最美好的植物。美好的植物，总在特定的时空里茂密生长，填满心灵漂泊的空虚。美好的音乐，像洒脱的雨丝优美动人，填满阴郁凄冷的夜色。音乐的雨滴不停地触地，又蹦跶着弹起，触碰到水光晶晶的叶片，瞬间便化为香雾弥漫的水气。每一滴雨珠，每一个音符，在起起落落中消失，在起起落落中成长，在起起落落中再生和绽放，在起起落落中洒落到我心坎上，细腻而清凉。

罗布泊捉鼠记

鼠们正成群结队，从我帐篷转角的一处洞缝里鱼贯而入。它们为残留在地面上的馒头残渣而来。

这些鼠辈们，每次来，都睁着滴溜溜的小眼睛，从不避我，也不惧我。它们吱吱地叫唤着，一路招摇，悠闲十足，绅士般地走到食物跟前，咯嘣咯嘣地啃嚼起美食来。它们藐视我的存在，偶尔还会用前爪捧起食物，做吃食状。它们闪动着小小的贼亮的眼睛，毫不顾忌地与我对视。

吃不完的剩菜剩饭，我与另一位夏姓的室友有选择性地留点在帐篷里的偏角之处。鼠们无视我俩的存在，倒给我提供观赏它们活动和表演的机会了。躺在简陋的军用床铺上，屏气静声，干脆把热闹全留给它们。因为热闹本也属于它们。看那只肥壮的大硕鼠，灰色毛皮油亮发黑。它总是捷足先登，伸出两只前爪，捧起一块硬冷的馒头渣，龇牙咧嘴，旁若无人地大咀特嚼起来，同时不忘撅拱起肥厚的后半身，做拒众鼠于千里外之状。很少有幼鼠，几只半大的老鼠，在享受盛宴的鼠群中，乱钻乱拱。它们是弱者，只能用高出咀嚼之声的吱吱叫唤声，表达被欺凌的不满。

夏季的罗布泊，中午帐篷里温度高达五六十摄氏度，炙热难当，热风干燥，让人昏昏沉沉，却又无法入睡。时间久了，我们便想出个苦法：在床下地面上洒上水，润湿地面，再铺上一层塑料膜，躺下去。因为上面有一层床板和棉褥隔热，身下暂有湿地降温，这样眯上眼，勉强能打个盹。

于是，鼠辈们更加放纵无羁，它们真以为我沉睡了，真以为帐篷成了它们独立的王国。

帐篷转角，有供鼠们进出的洞缝，洞缝就靠近床腿，床下是我的卧身之地，是鼠们攫食的必经之路。它们成群结队，大模大样，一只紧跟着一只，从我裸露的胸腹、手足，甚至脸上爬过。那种毛茸茸的触觉，那种特有的腥臊气味，让我窒息，让我惊悚，更让我无法入眠。

不得不捉鼠了。因地就简，捡回一只瓶胆被打破了的开水瓶的铁质外壳，里面放些馒头屑，搁放地上，横躺在鼠们的必经之路。再找一根绳，穿过帐篷的一根横梁，一端悬系在空铁壳提手上，另一端吊握在手里。布好了阵，就等鼠们入内了。简单的社会关系，造就了这些鼠们的憨傻与朴质，它们没任何防范之心，毫不犹豫地，一只接一只地一头扎进了陷阱。随着瓶壳的不断吊起，悬空，俘虏的数量在不断增加。将这些俘虏一并放入一个废弃的铁桶里，十多只老鼠在桶里吱吱地乱叫，上蹿下跳，撞得桶壁啪啪响，洋相百出，乱糟糟一团。如何处置呢？我俩经过商议，最终，还是“放鼠归山”。将铁桶倾倒，看鼠们狼狈的惊慌落逃状，我们不禁呵呵笑出声来，一扫压抑已久的沉闷气氛。

虽然这次有惊无险，但群鼠还是略有收敛，我们也清静了几日。但好景不长，鼠们反复试探后，没隔几天，又开始活跃起来，猖獗起来，帐篷里又恢复了以往的热闹。之前的那几日，鼠们与我若即若离，反让我不习惯。我开始意识到鼠们对我的珍贵。它们洋溢着活力，陪我伴我，共患难于这死寂之地，带给我寂寞中的生气，我应该感谢它们才是。于是，再午睡时，我索性仰躺，伸展开四肢，假寐。它们更肆无忌惮，唧唧吱吱地在我身上爬跃，在我身上撒野。一会儿我真幽幽地入梦了。梦里长出了一只眼，居高而视，俯望着我安详的睡态。睡梦中的我，仿佛成了众山丛中的一峦，或是一峦中的一石，灵泉与清流装饰着我沉寂的躯体。没有冷漠，没有防范，没有阴暗，到处是景物的清明。躯体在这里摆放，灵魂在这里漫步。一切充满神性，一切充满光辉。

号称“死亡之海”的罗布泊深处，不是我的乐土，倒是鼠们的乐土。“天上无飞鸟，地下不长草”，生命在这里稀有。独自漫游戈壁，偶尔能看到在戈壁上匍匐前行的形如壁虎的小蜥蜴，见了我，立刻忸忸怩怩地爬避。黄羊三五一群的，总在天际边表演般地驰骋奔越，可望而不可即。只有这些鼠们，几十公里、几百公里………无论我辗转多远，它们都追随我，不离不弃，忠诚之谊，令人唏嘘。苏东坡早有“为鼠常留饭，怜蛾不点灯”的诗句，除了这心怀的慈悲，那身处在熙熙攘攘红尘中的人们，怎么能深切理解我与鼠们在荒漠患难相惜的情意呢？

夕阳西坠，晚霞又在天际燃烧，染红我伫立在帐篷前的身躯。愈来愈血红的光辉，加深我寂寞浓重的影子。呆呆地望着天际，思绪悠悠。又一日流逝了。形单影只，百无聊赖，满腔愁绪，愈加浓郁。而我身后帐篷里的鼠们，仍在顽皮，仍在嬉闹，它们不知忧愁。它们自己都不知道，它们制造的热闹，是解救我寂寞的良药。

雨后远湖

低垂翻滚的乌云向我袭来，它们像滔天的海浪向我扑来，向我压来。汹涌的气势，让人感觉到这乌云的背后，定有神人在挥动巨鞭驱赶。浩浩荡荡的乌云，急急匆匆的乌云，就这样，声势浩大地向我居住的帐篷扑压过来。

罗布泊的变脸，于笑谈之间，气象千变万化，没有理由没有原因。罗布泊荒漠恒久的干燥和酷热，窒息着思维，压迫着神经。这一切，多么需要一场暴雨降临，来调剂，来打通啊！

兴奋之余，我赶紧躲进帐篷，还不忘撩开半边门帘，生怕错过这瞬间即过的骤雨景象。

起初，雨柱稀稀落落，落入干渴的沙砾，发出噗噗声响，有像剥开石榴壳后那种啮咬红粒的触感。转瞬间，雨滴稠稠密密，白色烟尘遍地腾起。充沛的雨水混合着沙尘，围剿着帐篷，侵入到帐篷里来。帐篷的帆布顶上，噼里啪啦的骤响，似千箭万矢射下，嗖嗖嗖的箭啸声浪，令人胆战心惊。

雨水急促倾倒，短平快的雨量，即使再干渴的地表也无法一下子吸吮消化。雨水形成的水流流向低处，把表层松软的沙砾冲走。蚯蚓般的浅沟四处呈现，或宽或窄，或深或浅，杂乱无章，蜿蜒着，向低处的沟壑伸延开去。

一阵暴雨过后，荒漠的空气里，难得有了片刻的湿润清新之气。钻出帐篷，伸展双臂，扩展肺部深吸，神清气爽。只可惜没一会儿，太阳又重新蹦跶出来，耀眼灼热的光芒，刹那间就驱散了清凉之气。站在帐篷前，习惯性地朝远处望去，一屏连绵的裸山脚下，那曾与戈壁同样灰褐的低洼处，忽现一汪湖水，水波澹澹，浪花腾跃。

揉揉眼睛，再望，哟，是真的，荒凉灰暗的背景下，一汪明亮的湖泊真的出现了，水浪盈盈，波光潋滟。我简直不敢相信，这荒凉戈壁之地，还有如此美丽的仙湖。我想，那仙湖出现了，那天高地远处，定是童话的世界，那里或许有美丽的天鹅，还有仙女般的公主……正在演绎着爱情传说呢。

突降的仙境让我情牵心系，我不能无动于衷。次日下午，我独自朝那仙湖走去。湖水就依偎在前方的山脚下，就在眼前不远处翻腾着白色的浪花。地势缓缓下倾，视线毫无阻挡，眼盯着波光潋滟的湖水，朝这终极的目标，径直地奔去。

新疆的山，有“看山跑死马”之说，用于罗布泊地域的山脉也是贴切的。近似在眼前的湖面，我足足走了一个多小时。

终于踏上了湖边，一双沾满沙尘的鞋底被高温的沙砾烫得发软。大跌眼镜的是，远方看似粼粼的碧波，到了眼前却是一方平整、干涸的湖床，比五六个足球场还大。白色的细泥和细沙已板结、枯白，龟裂着指头粗的口子，像不规整的棋盘蔓延开去。湖底平坦，无遮无拦，随处可见胡杨等沙漠树木的不朽尸骨，还有白森森的骆驼骨与马骨。枯木形态奇崛，四处散落。动物骨骸或成堆状，或四散零落。

漫无目的，我在湖床上游荡。阳光明耀强悍，漠风忧郁苍劲，随处可见的破败景象让我惊悚万分。我仿佛被丢弃在另一个星球上独自探险。地面虽似平坦，但我却步履踉跄，呼吸愈发沉重起来。

又一股漠风强悍地袭来，扫荡般地从地面掠过，恐怖的气息压迫着我的心脏。我浑身警觉起来，来不及走向枯湖的尽头，便掉头转身，朝驻地奔返。

重返住地，在帐篷前展望。在晴朗的天空下，那一汪湖泊依旧在远方荡漾。我终于明白：上帝给我开一扇荒凉的窗口，在窗台上必给我搁一束鲜花。于是，那远湖，那虚幻的景象，只能用于滋养希望，只能供我远远地望着。

荒　泉

乘坐一辆东风牌大卡车，在灰黑色砾石与黄沙夹杂的戈壁滩上，旧车辙印当成车道，滚滚烟尘一路，我们从荒凉的驻地，向更荒凉的远处驰去。

一小时过后，一团看似柳烟碧波的模糊景象闯入视线，逐渐地，变得清晰。我惊奇，揉揉眼睛，是幻觉，还是沙漠常浮现的海市蜃楼?

车终于停下。跳下车。就在我眼前，就在几步之遥，果真荡漾着一小汪湖泊，面积约一亩左右，无法正确估测。反正，这湖不大，堪称袖珍湖。湖岸的杨柳被强悍的漠风扯拽着，柳枝如金蛇狂舞。水中芦苇茂密，劲风过处，细叶被摇曳得沙沙作响。“嘎嘎嘎……”从芦苇丛里传来野鸭的叫唤声，一团团模糊的影子在芦苇丛里晃动。还有一弯孤舟，静泊岸边，在粼粼柔波中颤颤悠悠。

我惊诧，如此枯荒的戈壁深处，怎会有如此美妙的仙湖潜伏于此?在罗布泊，干渴的沙土无时不在吮掠水分，无遮无拦的阳光终日在蒸发水分，哪能容忍一点一滴水的存在?仙湖不枯竭，想必有它的源头活水。环顾周围，正疑惑时，发现前方不远处，竖有一尊石碑，上面镌刻有“罗布泊第一泉”六个红色大字，耀眼夺目。

走到石碑前，果然见一小汪积水，水岸边芦苇纤纤。积水中，一股股水珠儿，形如珍珠，咕嘟咕嘟，从水底弹跃到水面。泉水从地下而来，源源不断，积蓄成一小汪水潭，再通过一条小小沟溪，被缓缓导入先前看到的仙湖中。站在一旁的老司机提醒道：“你看，有两个泉眼呢!”俯蹲水面，仔细端详，果然，两眼清泉近为咫尺，相距约三四米，各拢聚着串串的水珠，冒冒失失地往上蹿涌。忍不住掬水分别尝之，一泉甘洌，一泉咸涩。

哦，两眼泉水，串串珍珠，味道为何如此迥异？我寻不到答案。清泉隐于荒丘之下，我蹲下的身躯也随之隐于荒丘之下，罗布泊表层的荒凉随即隔离在我头顶之外，无垠的荒漠瞬间躲在了我的视线之外。眼前的景象，只有柔媚，只有清新。这清泉，这芦苇，这芳草，这些弱弱的生机，躲在低处悲乐，尽管单调，却是珍稀啊！我想，光阴抬着罗布泊泽国的灵柩远去了，在跋涉荒原的艰辛路途中，只遗漏下这两汪泉水，这两汪圣水。看来，罗布泊腹中，灵神未死，仙气未灭呢。它藏着百万年、千万年的雨水在地宫深处受孕，水分充盈的母腹依然在激荡着浩荡之气，诞生了孪生姊妹，通过串串珠滴，升腾到尘间，慰藉荒漠路途的旅人。

是的，罗布泊没有自暴自弃，它在灵魂深处撕开了一处温情的小缺口，为我，为荒漠中的旅人，珍藏一处温润的念想。蹲在泉边一块人为搁搭的石块上，凝注这两泉清水，我不愿意起身。掬一捧泉水仰脸浇下，我祈求泉神的洁手，抚摸我干渴多时的灵魂，我也希望它能带给我永恒的润凉。我的眼神迷离起来，仿佛自己融入了芦苇绿色的光晕中去。那泉水的清润之色，也在一瞬间变成了一汪绿雨，罩洒在我的身上，罩洒在我周边，飘飘洒洒地回旋。

最终，我还是不得不离开。缓缓起身，又回到荒漠那一派苍凉中去。但我发现，在离仙湖边的不远处，还立有一尊一米多高的花岗岩石碑，上面镌刻着“小罗布泊”四个红色大字。走过去，看到记刻在碑上的立碑时间是1992年8月。碑顶与我齐肩，碑顶上呈现着不规则、自然的缺口。我右手扶碑，左手叉腰，咔嚓一声，一张照片让我与小罗布泊凝固成永恒。

大罗布泊消失了，荒枯千里。而今，小罗布泊又诞生了，一掌碧湖，碧波柳浪，这不仅是浩渺罗布泊遗留下来的两滴清泪，也是对它前世的牵盼。它留给尘世以甘甜，也留给人间以苦涩。是喜泪，也是悲泪。有恩泽，也有警醒。

又有花香袭来。我沉入花香，环顾四周，几株高大的沙枣树，伸展着奇特的树冠，在不远处耸立着。硬密枝叶间，淡黄色的花朵密密匝匝，浓烈的香气弥漫飘逸。走到树前，树下有一方绿地，青草茂密、鲜绿，清冽的泉水在草茎间轻缓地流淌，四处漫溢。脚下芳草茵茵，虽没有碧草连天的诗意，却给人以别致的韵味，散发出一股股浓烈的清香。这低处的青草芳香，这高处的沙枣花香，在空中，在水中，碰撞着，激荡着。这是从罗布泊浩大身躯的夏腋里，泛出的珍贵香液吧！我仿佛听见了花香的琴弦在天地间强劲地拨动，高亢而激烈，激荡于心间。

我沉迷，这泉水，这湖泊，这盛香的瑶池，在荒漠散发的芬芳，一嗅便醉。浓郁的花香似曾相识，我与前世的香女相逢了呢。她有乳白的香，她有红色的香。她两眼化着泉水，用晶莹的眼波凝视着我。她舞弄纤细的玉指，拨动琴弦，散射花香的涟漪，闪耀着花香的电光石火，让凄厉的漠风变得温柔，让沉睡的爱欲振作苏醒。我五脏里有花开，我六腑里有香来。我头发像密不透风的墙，围住了一方花香四溢的天地。浓郁的花香，洗亮我的眼睛，湿润了我的头发。明晨，我会多么荣耀，带着染香的阳光，带着四处飞溅的泉水芬芳，在荒凉的戈壁滩上，回味并享受这倾泻的温润。这温润像画眉鸟的歌声，在我耳畔播撒春天的声声爱意。

马兰花开

每到六月，在干燥的戈壁滩上，在明丽的蓝天下，一蓬蓬马兰草，细长的茎秆上，绽放起蓝莹莹的花朵。

当她们开放时，看她们那副急促的样子，真让我疑惑：这戈壁荒滩的，没有牡丹，没有荷花，没有那么多富贵艳丽的花儿与她们竞艳争宠，何必开得这么急呢？

不过，你仔细想一想，她们也该急呀！这戈壁的风沙，尤其是春天的风沙，煞是可怕啊，时常昏天黑地的，哪容得花儿们安然地孕育、从容地绽放？她们只能待春天过后，瞅准六月天的某一日，瞅准天空某个明净的时刻，“噗”的一声，一嘟噜、一簇簇绽开了。此时，风的脾气似乎小了一些，蓝天从风沙的尘霾中露出了亲切明澈的笑容。花儿们抓住了这一美好时机，趁戈壁气候暖和的佳期，飞翔起生命的蝴蝶之翅，在世人无法一睹芳容的荒僻之地，自顾地展现起生命的灿烂之色。

在她们盛开时，我喜欢在花丛中徜徉。谁不热爱马兰花呢？你看那月牙形的花瓣，那洁净的紫蓝色，饱噙着忧郁的气质，布置在六月的戈壁滩上，看似弱小，却把广阔蓝天的梦想收藏于内心。

天气骤变，风沙肆虐中，我看到她们挣扎着柔弱的身躯，不屈服似的向风沙摆舞示威。风沙迷离中，几尊驼峰高耸的骆驼，头颅高昂，从她们头顶上跨过。但我发现，骆驼们那坚定不屈的身姿，却比不过马兰花伏地挣扎的凄美姿态。从风沙吼鸣声中，我仿佛听到了普天下赞颂马兰花的那首歌谣：“马兰花，马兰花，风吹雨打都不怕……”我仿佛也听见了专为这片神奇的土地，专为这片神奇的马兰花儿谱写的那首《马兰谣》：

有一种花儿名叫马兰
你要寻找她请西出阳关
伴着那骆驼刺啊扎根那戈壁滩
摇着那驼铃吹着那鹰笛
敲醒了黄沙漫卷灰蒙蒙的天
有一个地方名叫马兰
你要寻找她请西出阳关
丹心照大漠血汗写艰难
放出那银星舞起那长剑
撑起了艳阳高照晴朗朗的天
…… ……
莫忘一朵花儿叫马兰

是的，她们扎根于盐碱戈壁、荒山僻壤。寒门出才子，僻壤出丽花。她们的晶莹花色，赛过雪山顶上的蓝穹；她们的馥郁幽香，胜过鹰笛的悠远。她们才是万花之魁啊，用静雅之美，用顽强之魂，拥抱起戈壁母亲的凄凉。她们是贫寒母亲的骄傲吧！

沙枣花香

初夏时分，戈壁腹中的小城，因沙枣花开放，卷起甜蜜的风暴。

我闻着馥郁的沙枣花香沉沉睡去，我又沐浴着馥郁的沙枣花香醒来。从黎明开启，到暮色降临，每一日，我尽力抽出更多的时间流连于沙枣花树下。因为我知道这花开的良辰不多，这浓香的情意实在短暂。

晨曦下，走在笔直的小径上，我要去采摘沙枣花那浓情的香蜜。离它们还相隔一段路，我就感受到花香袭来的汹涌。还未到它们跟前，汹涌的花香便贯通了我的鼻腔，穿透了我的身体。哦，这初夏的沙枣花儿，这看似平淡的花容，这淡黄色的细碎花朵，以最浓郁的体香，熏染了戈壁深处这座小城。走到花树下，阵阵花香，盖过了我的头顶，用香蜜的乳汁浸泡我，用沾满花香的长发埋葬我。我摸寻到我爱人的长发。我深深呼吸这沾满花香的长发。我将这长发揽绕在掌心里轻抚。我将脸紧贴在这盈满花香的长发里沉醉。我的爱意开始复活。香蜜的乳汁喂养我，香蜜的乳香淹没了我。

夜幕降临，夜色寂静，戈壁小城，把缀满星辰的珍珠之冠戴在头顶上，又把沙枣的体香珍藏在腋下。浓烈的蜜香，仿佛被装入逼仄的夜色陶罐里，无法稀释。我被压挤在这陶罐里，深醉。浓烈的蜜汁，又仿佛流淌成一条河流。我像一条鱼儿，在花香的河流里畅游，在淌满蜜汁的河流里畅游。被漠风浸染已久的苍白冷骨，在蜜香的浸泡中，又慢慢鲜活。我要把复活的爱意，传递到每片叶里。我要把复活的爱意，传递到这甜蜜的夜里。

就这样，花开时日，无论白天，还是黑夜，我像一只辛勤的蜜蜂，活跃在沙枣树下，漫游在沙枣花丛中。我幸福地采吮着花蜜，又吐出心灵的蜜汁。沙枣的花蜜，甜蜜了我的记忆，在我记忆的风景里，堆积成了一座山，开通了一条河。

寂山晚风

夜色降临，天山深处，神秘浩瀚，幽深如井。白日裸露的壮阔山脊和硬朗岩石，此刻全被暗夜吞噬。

晚风裹挟雪峰的寒仙气息入窗而来，吹到脸上，拂扫在裸露的手臂上，有些硬凉。我不禁打了一下冷战。隐隐约约，我又感受到一股股深沉、浩然之气笼罩全身。空气中，弥漫着天山夏夜那种奇特的凉爽滋味，这让你感受到了一种超凡脱俗的味道，又能让你感受到了尘俗里那种寂寥无边的味道。

又传来了小号声，是那位壮实的体育教官吹响的。小号曲调委婉悠扬，在天山深处的夜色里，在天山山脉夹峙的狭地里，有一种震撼人心的奇特嘹亮，仿佛道出了我寂寞深玄的心思。而这心思似乎可视，又不可言语。宛若雪峰峦顶上悬挂的那颗孤星，清清亮亮地闪烁着远冷的光芒。干脆，全敞开窗，敞开胸怀，全然迎接这夏夜阵阵袭入的冷风，倾心接纳小号这雄浑、深沉的声调吧。

夜风拂拂，小号悠扬，搅动起古山的苍茫气息。禁不住走出门去。天山脚下，曲径幽暗，不时有小石子磕绊脚下。雪峰、溪流、裸山……这些白日里镶嵌在脑海里的画景，此刻在夜色里归隐无形。但我依然感觉到有一种神秘、浩然的力量围拢在我身边，挟持着我走向天山的夜色深处。

天山脚下，雪溪边上，一畦畦菜蔬让我窥见到难见的烟火气息。走在熟悉的粗糙田埂上，我依稀看见一对慈祥的老人在寂寂晚风里荷锄晚归的身影。他俩从江南水乡扎根到这天山深处，开荒种地，生儿育女，引来天山雪水浇灌自己的生活。他俩被遗落在红尘之外，在这远离人间的天堂，相依相随，度过了人生的佳丽年华。

晚风相随，小号幽幽。沿着两位老人刚刚走过的路径，我朝着更深沉的夜色里，走去……

穿越风景

列车铿锵一路。

摇摇晃晃，枕一夜戈壁路醒来，广播报站，列车已到了新疆哈密市。起身，投眼窗外，一抹抹绿荫不断扫来。低矮的房舍，水渠里的清流，公路上穿行不绝的车辆……在旭光沐浴下，皆披上了温馨的霞彩。戈壁浩大荒芜，列车在散乱的景观中穿行，仿佛成了一根蠕动的粗大链线，将分布在灰暗无边戈壁上的绿洲串接起来。愈往前去，愈来愈密集的团团绿珠，让我目不暇接。

猛然间，车身一震，我收回视线，从上衣口袋里掏出一本袖珍日历本，翻开一看，是7月16日。列车此刻抵达新疆东部重镇哈密市后，正向内地驰去。蛰伏已久的生命逐渐从身体内苏醒，升腾。对久居荒漠的我而言，这个盛夏，仿佛更具有特别的意义。红尘的声光将我从梦里惊醒，许许多多的俗念交缠一起，被列车牵动着，织成了一种无法道明的梦想。

车到河西走廊。两边裸峰连绵，夹峙成穿越千年风尘的丝绸古道。铁轨沿长廊顺势贯穿，铁轨两旁的田野上翻腾着青黄色的麦浪。人烟也逐渐稠密，方正的屋舍院落里，高树挺拔，人影晃动，牛羊窜动，呈现出人丁兴旺的气象。

狭窄的河西走廊，路途最为漫长，列车的站点也最多。越往前去，停站时上下的旅客人数也愈发增多。站台上缓缓走动着推食品车的女子，声调清脆地叫卖着。形形色色的旅客，一会儿稀落得三三两两，一会儿稠密得成堆成片。他们大包小包地背着，右臂左臂地挽着，杂沓着脚步赶车。还见几个乞丐，将脏兮兮的手伸进车窗口里乞讨……

车进陕北，黄土高原的雄浑苍凉，似凝固的风情民谣，耸卧在蓝天白云下。飘荡的苍健古朴的风尘，与我灵魂合拍，震颤起琴弦，让我狭窄的胸腔变得开阔。车过秦岭，峻山巍峨，草木葱茏，山下溪流潺潺，景色秀丽，空气湿润。青山之上，老屋台前，常有立看列车驰过的妇孺，有的还在向列车挥手致意。他们立在高处，看列车从他们脚下呼啸而过。他们虽处闭塞之地，但世界依旧完整。有老人、小孩，有男人、女人。有生老病死，有喜乐悲愁。有青山相拥，有绿水相依。有被山水滋养的花鸟鱼虫相伴。还有时时掠过的列车，鸣笛打破封闭生活环境的沉寂，寄托他们对外面世界的向往。

车到河南境内，田野开阔起来，我开始关心起庄稼了。我发现，在甘肃，麦子刚泛黄，还没有收割；而在河南，麦子早已收割归仓，已有一人多高的高粱长势喜人。夜幕降临，城市开始密集起来，灯火璀璨，街景繁华。因与内地时差两个小时，此刻的罗布泊，还正阳光普照，依旧是一派荒寂酷热吧。仅两天两夜的旅行，列车带着我的躯体，带着我的灵魂，从一个固有的环境里游离出来，不仅带我穿越了时空，也穿越了季节。一种莫名的力量在体内慢慢恢复，升腾。

“行走”！我忽然想到这两个字眼，针对的不仅仅是肉体，更是精神和灵魂吧。带灵魂上路吧，只要灵魂一直在路上，只要灵魂一直在行走，沉寂的生命就会穿越沉闷的时空，就会领略到不同的靓丽风景。

夜　光

城市河岸的长堤上，白灯光下晃动着各色各样的人影，白色的、黑色的、灰色的……来来往往的影子从灯杆间滑过，在树丛间穿梭，制造各种虚实叠加的光影，让白日实沉的生命个体，蝶化成一种难言的轻盈，让单调的夜色别有一番丰富的情趣。观赏这些生命的影子，观赏这些洋溢着生气的影子，我仿佛窥见了光阴流动的影子，看见了光阴流动的样子。

河边公园一方平地上，一高杆路灯闪耀着刺眼的白光。那远远近近荡溢着的浓黑夜色，不停地向白光围剿。白光与夜色，时刻在冲撞着，时刻在交融着。灯下，一位衣装时尚的少妇怀抱着婴儿，嘴里边哼鸣着节奏，边移动着舞步。进退旋转间，她一直在低头俯看着怀中的孩子。在她抬头的一瞬，我终于看见少妇朦朦胧胧的脸，她脸上布满幸福的气息。这气息，像河水中散发的水草腥气，直扑向我，清爽而沁凉。夜光，路灯，还有远处微亮的白光，照临着少妇，也照临着河畔因水位下降后显露出来的萋萋水草。桥上的五彩灯光洒在河水里，河桥滚水坝下，河里的水波绚丽多彩，流光跳跃。一团团柔波，漾起夜色的丰富和繁杂。这绚丽的景象因人类生活而起，这夜光的柔和相对于白昼，更贴近生命所需要的温情。我躲闪在一边，在进退之间，也变成了一具模糊的影子，静看着暗度在夜色里的这些鲜活的生命，在城市灯火下所随性展现的脉脉温情。于是我终于明白，是温情的黑夜，让所有人卸下了面具，自由地释放灵魂的温情，让身体轻松，让心灵欢畅。

河对岸，相互搭连的屋舍里，一盏灯孤独地亮起。忽然，一声吠叫，隐隐约约地，仿佛从深邃无底的黑洞里传出来。立刻，有更多犬吠附和。一声吠叫，点燃了一盏灯火；又一声吠叫，又点燃了一盏灯火……犬吠声声，把更多的灯光点燃。犬吠阵阵，像一根无形的暗线，把所有灯火串通起来。隔岸朦朦胧胧的景象，在灯火照映下呈现隐隐的光影，呈现各类花木的姿影。这些影子，仿佛被串连成一条俗世的烟火隧道，蜿蜒着，被灯光牵系着，指引着，延伸至更远方。这明暗生动的景象，这寂静与温馨相映的景象，让我暂忘身处的时空局限。目光，在光明处和阴暗处，不停地转幻，切进切出。灵魂，在夜色里逛游，在寻寻觅觅中，在起起落落中，快快乐乐，又凄凄切切，去寻求与万物交融的缝隙。

夜深沉。有大雁的翅膀飞起来了，仔细一看，原来是路灯那一对发光的翅膀，在城市公园的绿丛之上作飞翔之状，似乎在感召我，让我在梦幻般的夜色里也滋生起飞的梦想。是的，人的灵魂，无论何时，要保持一种一直想飞的强烈欲望。此时，我就站在这光翅下，我知道它是什么时候该亮起，什么时候该熄灭，什么时候会不知不觉地长出光波的翅膀，来装点我所钟爱的夜色。夜，渐渐深了，在幽明强烈的对比中，我正视逐渐暗沉的人间气象。我知道此刻很多人的心灵，都在驾驭着光波的翅膀，在飞，在翱翔。

夜更深沉，河流无声地流淌着。一辆山地自行车，靠在河边石栏杆上，在夜光交织中，反射出祥和的情绪之光，它仿佛是静态的，又仿佛是动态的。尤其是自行车的两个圆轮，似乎在静固，但我却感觉到这车轮仍在做不停息的运动。这是一种安静的运动。其实，运动的本质，就是在静止中运动，在运动中静止。一对父子在河滩上赛跑，那位十岁左右的小男孩，不知怎的，竟跑在父亲的前面，一高一矮、一大一小的两个背影在我眼中逐渐模糊。时光流逝，不可回转，孩子跑过他的父亲，是生命的谦让，也是岁月告诫般的提醒。抬头看天，夜空深沉，一弯月牙，明媚惹眼，离它稍远处，仅存一颗亮星。这图景，让我心生感动，这明净的天象，让我体味到一种简约可亲的孤独之美。月亮与星辰，也是奉献者，为我们在夜光笼罩的原野上，竖立起稀疏的篱笆之桩，为我围系住了眼前这供我思索的河流、草木和影影绰绰的人流……也为我围系住了一方安静的时光。夜光真是神奇美好啊，在呈现黑夜安静的本色时，又让我感受到在日常生活中隐藏于身边的生命的可爱，也让我真切地感受到了那潜藏于自己血脉里的温情诗意。

弱肩担芬芳

夏入中伏，万物茂盛，活力泛滥，一种生命盎然的气韵四处升腾。走在原野，炎日当头，气浪灼热蒸腾，大地的脸被憋得通红。行在街头，建筑炫目耀眼，四周亮花花的一片。这物象、这景象怎能让我心静安适？

“心静自然凉”，想起此语的告诫，我停下了脚步，坐在自家窄小院落里，在墨绿色蔓藤下，闭目静养。

得益于这安静后的禅定状态，我闻到了花香，悠悠绵绵的，如温婉动听的江南民歌，袅袅娜娜，潜入到我肺腑。

花香来自一盆茎秆纤细的茉莉，这盆茉莉被置于院内偏居一隅的石墩上。想起它半年前才入我的家门时，整株高度仅十五厘米左右，茎叶间的花就那么几朵。弱小的骨朵儿，细碎素洁，与我院中蓬勃茂密的翠竹和其他高木阔枝相比，极不显眼。在这之前，这盆茉莉被我疏忽，被我冷落。而现在，当一股股幽香袭来，我不禁怦然心动，神游在这无色无形的美好景象中。花香隐隐地飞逸着，慢慢地，仿佛让我找回到早已遗落的春心，神思荡漾起来，心情婉约而明媚。

就这样，整个下午，沁人心脾的芬芳洇浸着小院，纾解笼罩在我身边张狂的酷热。我安神了，我甘愿时光如此消磨，直到城市在苍茫雾霭中闪烁起万家灯火。闭目躺卧在躺椅上，借助幻觉长出的眼睛，飘浮到屋脊高处，张望四处。那淡蓝色的音乐雾浪，随茉莉芬芳升起，在建筑上空悠悠飘荡。带着梦眼的心灵，追随芬芳的光芒，追随暗香的踪迹，在点点星光下，隐隐地飞翔。我看见活跃的虫儿们在身边跳腾，在茉莉芬芳弥漫的空间里，传送着各种微妙的信息。

黄昏时分，雨点来袭。最先是稀疏的几点，紧接着风雨大作，狂风撼树，地面落叶回旋。暴雨喧嚣中，我不得不走入室内，与花朵们暂且分离。闪电之中，隔窗看那些弱嫩的花儿们在风雨中挣扎，内心一派凄然。我不愿意将芬芳移置到室内，因为我明白，若要芳香浓郁，不仅要靠阳光磨炼，更需要有风雨吹打。

然而，最终我还是放心不下她们的。冒着风雨，撑着伞，我走到院落，走近花朵们，凝视她们在风雨中摆摇的模样，心里甚是痛惜。花朵们被濯洗得纯白，仿佛闻不见花香了。我伸出手指，轻轻捏抚湿润的花瓣，再将指头伸到鼻下，哦，真有一股幽香沾染在手指上，清凉如雨，渗入到我鼻腔里，渗进到我肺腑里。难得有花朵们被天雨沐浴后的纯净，我已不再满足嗅觉上的享受，揪花几瓣，放在嘴里咀嚼，一种略带苦涩的香味在舌尖萦绕。带着一腔苦香，带着满腔心事，返回到室内，张望窗外，我仿佛窥寻到在风雨涌荡中隐匿飞扬的茉莉香魂。

风雨紧一阵，松一阵，最终安歇。我走向院内，地面枝叶零落，一片狼藉。借微弱的星光，我看见我那盆心爱的茉莉，花叶无损，仍焕发着雪白的精神。雪白的花朵，柔怜的花朵，用执着的芬芳精神告诉我，既然与绵绵的春雨错过，既然与霏霏的秋雨无缘，既然选择了在夏季开花，就应该无悔地面对烈日，就应该有承受狂风骤雨的勇气。

雨后的清凉，毕竟只是短暂一瞬，我无福消受风雨过后更多的凉香。夏日漫漫，炎热天气将续，但我有我的茉莉，会继续用它们的弱肩，为我撑展一方沁凉的芬芳。

病房那扇门

他躺在病床上，透过病房那扇宽大的玻璃门，看到石块砌成的高高悬坎上，南瓜的蔓藤被轻风吹摆，阔叶不停地翻覆，露出残存的一两朵黄色花蕾的烛亮，一扫映耀在沉闷阳光中的单调绿意。一些从石缝钻出来的青草，萋萋茂盛，不见一丝衰败的迹象。一只蜗牛孤独的点影出现，迟缓而沉重地蠕动在接地的水泥陡坎上，牵引他呆滞的目光，挪移。

好一阵子，他才扭转回僵硬的颈脖。不一会儿，狭窄的病床周围，响起轻柔的脚步声。天蓝色口罩上，映射着无数只晶亮的眼睛，温柔地俯视着他。量体温，测血压，有条不紊地忙碌，制造出了一种奇异的静谧。他时而清醒，时而昏沉，一会儿，仿佛从床榻上袅袅地飘忽到空中，一会儿，仿佛又随床榻不断下沉到地下。

开始打点滴了，针扎入手背里的血管，刺痛他的神经。望了望早已淤血斑斑的手背，他缓缓侧过头，转移视线，再一次将视线移到门外更远处。那是住院病区难得的一方绿地，古树参天，绿树成荫，粗壮的修竹耸插于假山坚石间。绿莹莹的迎春藤，爬满视线内每一处陡壁。丛丛生机，咫尺天涯，而此刻，他只能靠眼目去细细赏探了。

天渐渐黑了下来。月色下，路径边，那一长溜花丛渐渐隐去了艳丽的面容。庞大的树冠摇动着暗淡的身躯，泛动的树叶在夜风中伸展敏感的触角，膨胀着不息的活力。他微抬起头，通过玻璃门，勉强能看到月亮。那只是一钩弯月，浮在云层之外。它身边，心肺般形状的云朵布满夜空。他凝望夜天，思绪开始悠远，呼吸逐渐平缓下来。一位女护士蹑手蹑脚走进病房，拉拢宽大的蓝色门帘。玻璃门被遮住了，阻隔了他与夜空的链接。他的目光不得不收回到昏暗的病房。病房里只他一个，其他床位都空着。躺在病床上，他缓缓转动眼珠，环顾四周雪白的墙壁，红色的“17”数字，炫目夸张地挂在头顶墙壁上。床头柜上，凌乱地放置着许多药品。一支细细高高的输液架，瘦削的黑影站立在他床前，孤零零地陪着他。一窗之隔的护士站，墙壁上悬挂着的一排排绿灯，阴森森地眨着眼睛，闪烁不停，不时传出急促的呼叫声，在静夜里格外刺耳。

到了半夜，游荡在他身躯里的病毒们更加放荡；还有游离在他身外的那些病毒们，像坏人一样，在他眼前晃悠，对他挤眉弄眼。他束手无策。那些不曾经意的欢乐，早已躲在暗处，不知去处。他明白，人的生老病死，不能洗刷干净，送还上帝！心事无人知晓，无法一一摆在供桌上，让神知道。

后半夜，病情似乎缓解了一些。清醒片刻，他起身，披衣靠床。此刻，暗夜沉沉，万籁俱寂。离病房不远的铁路上，响起火车的鸣笛声，传来铿铿锵锵的车轮声。此时，仍有人在日夜不停地奔向远方。此刻，曾跋涉远方的远方的他，却被囚禁在一张窄床上，守望这长夜未眠的城市，心情万般悲伤。

黎明来临，当门帘再一次缓缓拉开，他急切地扭过头去，朝门外望去。微明曙光中，他看见院墙外的高丘处，矗立着几幢民居，屋顶错落有致，明暗相间，被几棵高树掩映。不一会儿，开始有人早起。逐渐地，响动声，吵嚷声，在晨曦的雾幔中形成了动人的生活晨曲。尘世烟火，平淡时光，如此安详，以前被忽略的生活过往，此刻，让他如此怀想，让他如此感伤。

天终于大亮，他看到病房区绿地上的一尊石椅上，坐着一位穿着病号服的老人。晨风很大，吹摆着老人凌乱花白的长发。老人面容凝重，悲凉，一动不动，眼神眺望着时空的远处，仿佛那里有老人曾经的过往，那里有老人曾经人生的精彩与悲伤。哦，那时空的远处，那老人消失的过往，或许正是此刻滚滚红尘中，人们正拥有并又感到迷茫的生活日常。

太阳开始照耀，老人消失在他的视线之外。目光所及，树上的绿叶依旧蓬勃，而地上的黄叶在不断地加厚。落叶含纳着太阳的金黄，落在门外花圃的草地上，落在泥土里，落在水泥路面上。风行过处，水泥路面上的落叶，唰唰地旋转起来，吱吱啦啦，响成一片。慢慢地，又形成一堆一堆的，被吹聚到坚硬的水泥角坎下。风行不止，落叶不断，落叶剐蹭地面的刺耳声响，不停地透过门缝传来。它们是为找不到自己的归宿地而叹息吧。落在草地上的叶，落在泥土里的叶，才是真幸运，它们终会化成腐叶，归为泥土，归于天道循环中去。

半个月后，他走出了病房那扇门，滚滚人流一下子又将他淹没。那石椅上的病中老人，那在风中飘动的花白凌乱的长发，那凝望远空的悲凉眼神，不时地，在他眼前浮现。落叶飘逸，簌簌坠地。不时地，他提醒自己，调整好步履，不再那么急急匆匆。

七月与蝴蝶

仰躺在河堤上，一片柔草被我压在身下。车前草、蒲公英……像一床厚厚的软垫将我托起。我被青草浓烈的芳香掩埋着，簇拥着。嘴含一叶青草，咀嚼着，咀嚼着，直到咀嚼出绿汁的涩苦与甘甜。

七月，绿色蓬勃，青翠延绵，在目光所及的空间里昂扬不息。我被融化在绿意的仙缸里，被沧桑岁月浸染得苍黄的灵肉，被这悠悠的绿意涤荡得干干净净。身心轻盈，随着绿风携带的缥缈歌声飞向天际，飞向浩渺的宇宙。或许，这绿风，这歌声，正是来自身下这温热的泥土，正是发自这身下的每一株芳草的喉管吧？如诉如泣的歌声，我能听到，我能听懂。

哦，看那蓝天吧，云朵悠悠，它们会飘向哪里？云朵扇动蝴蝶的巨翅，越过碧波荡漾的河流，轻抚岸林的柳梢，轻快的影子从我身上飘过。它们肯定会飘向远方，它们的目标只有远方。白云虽然飘走了，却为我唤来了成群的白蝶。彩云虽然飘走了，却为我唤来了成群的彩蝶。成群的蝴蝶簇拥在我身边，上下翩跹，繁花般地旋转于我周围。我成了蝶舞的圆心，我在这绚丽的时光里晕眩着，陶醉着，直到夕阳落在我脚下，直到余晖洒到我身上。蝴蝶们在暮色中坠落了，为我围成了一个永恒的时空。我与蝴蝶们没有分离，我成了被蝴蝶们围成的圆心。蝴蝶们卧栖花草的表情与我躺卧花草里的表情那么一致。就在我右侧草丛里，就在一朵素花的花蕊里，停歇着一只蝶，彩翅合拢，安若处子。它离我最近，触手可及。它肯定是我前世的恋人，它如此信任我，在我身边安睡。我一翻身，我一叹息，它就立刻清醒，对我闪翅问候，带给我一脸寂寞的幸福。

与蝶同眠，安静如水，沉沉睡去，不愿醒来。此刻，我像一条静淌的河流，正以沉静的姿态铺延开去，沿着碧草依依的绿堤远去，与颠沛流离的光阴远去。心绪的轨迹仿佛与河流蜿蜒并肩，渐渐地消逝到远方。我情不自禁地想起了远方，牵系着远方。我也愿把目光抛向远方。我醒了，站立起来。膝下的空虚，与天上的空虚，被蝴蝶的柔翅填满。我希望能有一只彩蝶伴我飞到远方，痴情地伴我在海滩上沉睡。思着，想着，我发现自己无时无刻不在浪费着光阴，在抛弃着光阴，又无时无刻不在记挂着光阴。无论在这里，还是在远方，我希望有一只美丽的蝴蝶，连接着我与光阴的通道，连接起我与未来幸福的通途。

晚霞绚烂，将河水染得艳红。河流的彩缎飘浮到远方，而远方的远方又在何方呢？趁黄昏我要到河流中去，我需要清波来滋养我柔软的心肠，我需要借河流捎去我难以言说的心意。赤着双脚，涉水缓缓走向河流深处。水波清凉，顺着我双腿的毛孔，渐渐浸润到体内。被晚霞染红了的河水，映红了我的脸膛，填充了我心灵的苍白。干脆脱衣，我扑向清凉的河水，来一番无羁的畅游。昨夜有雨，河床变宽，彩波粼粼的柔水，正好给了我壮阔而舒适的游程。我仰游着，美丽的晚霞染红了我的脸颊。我在水中侧望河岸青青的草滩，侧望河岸披霞的晚树，侧望安详啮草的牛羊，最后转头凝望天际的彩霞。那彩霞里隐含一种深沉、忧郁的快乐，这复杂的情绪又感染了在河面飞翔的水鸟，感染了在诗意黄昏中沉沉拂过的晚风。

从河里起身，暮色苍茫中，我走向乡野。脚下无名的野花，脚下流泻的花蕾，在残霞的映射下懒洋洋地开放着，一言不发地开放着，对我心心相印地开放着。它们与我一样，真怕惊醒这田园乡村的宁静，真怕惊醒在草丛里沉睡的蝴蝶。轻悄悄的脚步，在淡紫色的雾霭中穿行，在竹树掩隐的屋舍间穿行，在仍有人埋头劳作的田间穿行。我明白，黄昏不会因为我的到来而让自己变得精神，变得振奋。我只能用我自己的恭敬之心、热爱之心，去消除田埂浅沟里的那些芳菲们的过度疲倦。我希望芬芳延续，我希望芬芳四溢。这弥漫的芬芳，像是在我鼻尖下疯闹的丫头，在暮色中风生水起。我也希望能找到一瓣菊花，垂着黄色的胡须，静静地，静静地，偎依在晚风的胸前，偎依在我的膝前，寻求一份慰藉和理解。

现在是七月，一切都在疯长。现在是七月，河滩的芦苇正在蓬勃升腾。

当芦花白时，我站在远方的远方，我会掌抚椰树的树干，遥想这河岸芦苇的粗实与浩荡。当浪花卷帘，当浪尖上飞翔起若有若无、翩若雪花的鸥鸟，我真以为是一只只蝴蝶从旧时空里飞来了呢。一只只蝴蝶，像是从远古的时空而来，像是从混沌的光阴里破空而来，像是从一段河流的源头而来，像是从梦中的仙境而来。我该怎样才能抓握到时光的灵翅，以倾诉我的怀想？来寄托我的希望？我拿出一张白纸，抒写上内心的感怀。我走向高处，站在高处，把这附带灵气的文字撕成碎片，顺着劲风抛撒，缓缓放飞。这些零零落落的纸蝴蝶，承载着我的光阴，传递着我的梦想，在永恒的时空里，轻盈地飘荡，消失在远方。

六月盛开的雪花

六月的一日，一大早，我的一位朋友买了一株六月雪，送到我家门口，让我欣赏。

仔细端详，这株六月雪，主干虽只有指头般粗，却皴裂，沧桑。主干加上叶枝的高度，不到一尺。密叶细碎。朴拙平实。在我眼里，它实在是太平常不过的一株小树了。朋友解释说，六月雪虽普通，却是培育盆景的好材料，更适宜当配角，无论配衬红玫瑰，还是康乃馨等，都能表达丰富的含义，带给人吉祥和祝福。

甘当配角，陪衬其他花草出彩，算是六月雪存在的高尚价值吧。当然，这需要有匠心的人用心来摆弄了。

其实，我最感兴趣的倒是六月雪的名字。赋名“六月雪”，并非徒有虚名，也并非附庸风雅。仔细看它，虽是一株小树，但丰满的枝冠上却挤染着米粒般大小的浓密白花，星星点点的，像是无数清凉的雪花，迎头撒在这炎炎的时空里，煞是雅洁可爱。现在正是六月，随即我们将走向更火热的盛夏，朋友为我带来六月雪的清凉，带来六月雪的祝愿，自然熨帖心意。

过了一段时日，我似乎忘记了那株六月雪。悠悠夏日，依旧是花的天堂。立夏前后，艳丽的桐花刚刚凋谢，转眼，街巷里就摆满了售卖金银花的小摊，芳香扑鼻。紧接着，河边公园及马路两侧，月季花开了，四季桂也开了，紫薇花爆满了枝头。尤其是紫薇花，红色的、紫色的、白色的花枝，如火焰燃烧，如云霞降凡，绚丽缤纷。更令人感动的是，有一位朋友的老家，几十亩荷花也适时盛开了，他邀我及朋友们一起去赏看。荷叶田田，粉红的花朵，凌波绰约，铺陈到天际。

流连于花丛，流连于田野，汗水涔涔中，我忽然又想起了那株六月雪，那清凉如雪的影子蓦然又闪现在眼前。比起这些花朵，六月雪没有娇艳的花容，更没有浓郁的花香，但它却开在火热的夏季里，为我们挣扎出一树细微的洁白，赠人以清凉。

这别致的品格，才真值得人尊崇呀！

夜里登高

夜里登高
我掉到一只高脚杯里
是谁在摇晃
让我碎裂
散落到夜色的湖里

是城市举起杯
想饮用我
我刚逃离
此刻，又在它举起的
杯里

白日阳光下，许多人，或游荡街头；或蜗居陋室，隐匿在城市的建筑里。有醉酒后的失落，也有热闹过后的空虚。凡尘俗水里，我像一条孤独的鱼，独自游弋，周围仿佛有一张无形的网，早已铺设好，我不能游到网内，网内的鱼群也不会让我融合。不过，无论是网内的鱼，还是网外的鱼，都与我一样孤独，在失意后都会患上孤独症，游晃在各自的路上，寻找各自的归宿。

但愿这只是我一个怪诞的梦，但愿我不会染上这些鱼类的消沉。晴光下徜徉江边，眺望江对岸那座山巅，树丛融入天际，瑞光清朗畅达，凝聚的神气，疑似庄子静默时的沉思眸光，召唤之音，萦绕耳侧。

夜幕降临，我朝那座山峦奔去。横穿灯火迷离的闹市，跨越城市的边缘，脚步拖曳着我魔影般游荡的影子，终于将一城繁华丢落在身后。月色下的乡途，一汪远古的池塘与我相逢。池塘里荷叶田田，在暗风中翻卷梦幻般的幽痕。那荷叶接力的生命冷唇，一层一层地，漫延开去，逐渐触吻到池塘冰冷的边沿。阵阵絮语，声声叹息，宛如时光的低吟，隐隐约约过后，又渐渐地，悄无声息地隐没到岸边浓重的幽光中去了。当风停歇，一切恢复平静，仿佛什么痕迹都没有留下。站立池塘边，一具冰冷的影子想象着无数曾经站立于这池塘边的影子，现今早被时光的黑夜无情熔化，空中依旧传递着缕缕不绝的生命气息，贯穿于风中。

沿着山坡台阶，一级又一级，脚踩着一串串黑暗，我朝高处攀去。行到半山腰，坡上的橘园、杂树林，与月光的皮肤一样暗淡，脚步开始凌乱，仰望头顶上的星空，仿佛在为我指引路途。我不断调整好脚步，一步又一步，逐渐去靠近那高处的星冷。

终于，攀爬上这座瘦山的绝顶，我枯黑的身影无言地峭立着。山脚下的江水，仍不失一种浩气，在迷蒙中蜿蜒。吸吸鼻子，吸进去的都是凉夜的气息。我刚逃离出来的那座城，现在就卧在我脚下，与我隔江相望。俯瞰那座城，大街小巷的灯火，像一棵棵明亮的圣诞树，倒伏在地面，枝枝叶叶粘连着，幽闪着，绽放着琼枝银花的璀璨。那灯火，又像一团团浓厚的笔墨溅落在夜色的宣纸上，微弱的光芒在纸面上贲张，在纸面上洇染。蠕动的车辆，明暗生动，像龟壳一样漂浮，又像发霉的面包变幻着形态。人群疏疏密密，光影枯黑如蚁，在我脚下的红尘里若隐若现。

站立于孤山之巅，城市在我脚下，灯火在我脚下，我恍若被隔离，被放置在黑夜竖立的炉里。炉中黑焰熊熊，在炙烤我，在熔化我。我无法动弹，更无法逃离炉外。我虽逃离了那座城，却仿佛再一次作茧自缚，迷失在一只无形的杯里，无法挣脱。跺跺脚，再跺跺脚，山川像易碎的玻璃，随我的足音碎裂。裂纹发散，扩散到我居住的城市，听不见任何回音。现在，我终于明白，趁夜色，我将影子移落到了高处，以为这样就可以把山川和城市踩在脚下，以为这样就可以把凡尘生活丢落在低处，以为这样就能找回丢失掉的快乐和轻松。然而，我恍然发现，此刻，我仍被举在黑暗的杯里，被举在红尘的杯里。

水之恋

都说水是生命之源，没有水就没有生命，这是从生理层面来说的。倘若从精神层面来说，水，同样潜移默化地影响着人的心情，影响人的情绪，进而会潜渗到人的精神领域，引导人反观自身的生命。世上再没有什么事物比水更灵透、更有智慧了。先哲老子在《道德经》里就提出“上善若水”的观点，把水上升到哲学层面和人格的修为方面。这里，我先不谈哲学的水，不谈文学的水，我只想谈谈我对水的切身感受，水对我身心的影响。

有一日，炎日晴空，朋友好客，邀请我到一农家山庄相聚就餐。农庄周围，山丘林木，苍翠葱茏。旱田里的农作物，绿意盈盈，却见不到一丝水气。心，陡生焦虑，身体斜躺在椅背上，恹恹懒懒的。朋友们看我打不起精神，都怪罪于盛夏的溽热。我突然意识到这样会扫朋友们的兴，更不可拂了朋友们的一番好意，于是将对眼下无水景的失望情绪隐藏起来，强打起精神，谈笑风生中，又调动起与朋友们相聚的兴致。

又一次，去山乡采风，正值端午，采访地点设在一个普通农家。房舍同样卧在绿山苍翠间，但屋的一侧却有水田汪汪，秧苗青青。虽为浅水，却晶晶莹莹地映着白杨树的新绿和天空的蔚蓝。屋角下，紧挨着一条小沟渠，细流悠悠地滑过，里面小鱼如蚁，点点成群地漫游。不远处，绿丛掩隐下，有一条隐藏在深河沟里的水流，发出哗哗啦啦的声响，一股股潮气从沟底生发升空，弥漫开来，氤氲到我们周围。一座简易的木板桥横搭在河沟上面，连接着两边零落的农家屋舍。一波波情意切切的柔水，温情地将风景软化、嫩化。丘山连绵，农舍田畴，好一派世外田园风光，恍若一幅优美的风景图。人置身这画中，精神陡振，身心灵润起来，缓解了天气炎热带给我的情绪波动。坐在门前，与主人闲聊起来，心情无比畅快。

我以为，是水，将天、地、人三者联系一体，将同本同源的万物挽聚在一起。是水，调和了天地的刚硬和粗糙，给这个世界带来了一份清丽柔和的品性。人，作为万物之灵，也是水做成的吧。人的躯体里遍布着河流，有大江大河也有着涓涓细流，无时无刻不在无声无息地流淌，不仅疏通了我们的生命，滋养了我们的生命，而且也清洁了我们的灵魂，活络了我们的精神，丰富了我们的情感，启迪了我们的智慧。

自然，选择居地时，如果有可能，我定会近水而居。屋舍毗邻一条河流，那河流便是我静心散步的好去处。河水流变，万物起落，对应着四季。我视不舍昼夜流逝的河流为大自然一条跳动不息的脉搏，无时无刻不在无言地启示着我。无论风雨晴日，无论春夏秋冬，行走河边，伫立水岸，凝望那条由远而近、再由近而远的一河流水，心生无限感慨。河流拂荡着悠思的烟云，不仅带走了我庸常的时光岁月，也荡抚起我起起落落的喜怒哀乐。夜行河畔，沐浴在月辉里，一河流水，披着扇形的彩光，驾驭着夜风，不停地隐入到茫茫夜色中远去，撩起了我无边的遐思，也延伸了我无边的梦想。河流深邃，是让人思索的母体，如同山峦，如同星空，人类所需寻觅的宇宙真相或许能从中找出答案。

河流不息，送走逝水的白光。河流不止，又迎来新水的白光。即使到了冬季，河床显露，依然有残水清流。河流的品格和秉性是永恒不变的。河流像绵延着的时光，一截又一截地，延系着，牵扯着，从没有断裂过，用它坚韧的品行，滋养着万物的生长和生命的循环。在水的灵动中，在光阴错动中，我由此感悟着生命的起伏，世事的变迁，因为亲水近水，每一年，我都能敏锐地捕捉到惊蛰后的第一声蛙鸣。转眼谷雨来临，蛙声渐起，逐渐地，我又等来了一河蛙鸣。岸边的河柳，也让我见证了时光的变迁，从早春吐丝，恍惚间突然茂密，又恍惚间叶黄飘逸，再恍惚间枝条光秃，一轮四季循环，我能从它们身上看得见流年的光影，也能感觉到岁月的有迹可循。

我亲水而乐，我临水而思。水，滋养了我的身心；水，升华了我精神的高度。

沉思的绿

家里养了一盆吊兰，喜欢的理由很简单：一是它四季葱茏得精神，能时时提振我的生机，补充我的能量；二是吊兰很谦卑，像入定的老僧，总在安静地垂眼悟道。这神态有种让人入痴入迷的道力，诱使我在写作时，不由自主地受到感染并陷入这种状态。

夏冬两季，家居时间相对较多，与吊兰相处的时日也最多。

夏热，将吊兰搁在窗台上，正对着我。小屋里没有空调，我习惯趁早晨短暂的凉爽写点东西。朝东的窗户始终开着，涌入阳光，也捎来炽热的蝉音。不到九点，空气便燥热难耐，暑气蒸腾，汗水沁出。抬头看看吊兰，强烈的光晕跳跃在绿意间，浮溢着幽深的含意；不急不躁的绿意，在热浪中镇定自若，一副沉思安然的模样，带给我丝丝清凉之气，安抚我焦躁不安的心绪。渐渐地，我的思绪被放飞，许许多多的事物在脑海里交织晃过，很多奇异的景象在脑海里漫溢而出。手指在电脑键盘上有节奏地弹动，荧幕上显现出一行行心灵感怀的文字。

冬来了，吊兰仍生机盎然，没有丝毫的衰朽之状。它绿得欣欣然，绿得能让你忘掉隆冬的阴冷和衰败。若是晴天，阳光复现，我将吊兰重新放置到窗台上。窗台上的吊兰，与窗前的一窝竹共勉，一派郁郁葱葱的气象洋溢在眼前。在写作时，我爱听茂竹里的宛转鸟语。如果是几只鸟儿，它们就会在一起谈知心话。如果是一只鸟儿，它则用高亢之音唤来同伴共鸣。鸟鸣的绿意，吊兰的绿意，皆是不惧寒冷的温情元素，助长并活跃我飞溅的灵感。我想到了远方青山，想起了空山鸟语，甚至想到了春天渐行渐近的身影。

大地万物，都需要被风吹过，被雨淋过。大地万物，都无法回避不同季节的洗礼。我的吊兰绿色不衰，并非对时光的变迁不理不睬。其实我的吊兰无时无刻不在新陈代谢，一直在劳作不止。

“天何言哉？四时行焉，百物生焉，天何言哉？”坐在吊兰面前，看着吊兰作低头沉思之状，我也作沉思之状。其实，我真害怕它开口说话，我希望它一直是安静的智者，是安静的禅者。我希望它永远沉默，我需要身边有这样一位沉默的智者助我成长。想起这么一句话：人，不仅仅是为了沉默去学会沉默，而是等到你自然沉默了，便真正成熟了。吊兰便是这样一位成熟的智者，一年四季，带我进入禅定的境界；一年四季，让我在思绪的漫游中，静静地跋涉自己的生命！

女贞花开

现在，她开花了，选择在端午节即将来临的时刻开放，选择在我们即将走向炎炎夏日的时节深处开放。

现在，我就沉浸在她流泻的芳香里，沉浸在她为我酿出的浓浓甜蜜的光阴里，沉浸在她花枝光芒的渺茫倾诉里。

她选择在这个时间点开放，选择在这个时日吐露芬芳，或许，她就是想证明，她压根就没有与谁一争高低的心思吧。是的，她坚守这份自我选择的孤独，宁可孤独地花开，宁可孤独地播撒芳香，也不喜欢与春花为伍，也不愿意庸俗地扎堆，去凑合着那份表面上的热闹吧。

她选择这个时间点开放，选择在这个时节施展香韵，尽情地挥洒一树繁密的花蕊，或许是为了在我与春天分离一段时日后，再一次勾起我浪漫的怀想，带给我莫名的悲喜吧。

花开时日，每次，从她身下走过，米粒般大小的细碎白花落在我头上、肩上，馥郁的香气，仿佛要穿透我血液、骨髓似的。落在地面的花朵儿，白白的一层，像铺上了一层温情的雪花。浓浓的馨香，倾泻在街巷里，散发在空气中。幽幽的花香，印刻着光阴流泻的痕迹，又多像破碎而又连绵的时光心灵啊，照亮我匆匆的脚步，照亮我尘梦的光亮，撩起我对往昔岁月的幽幽回忆。

她陪我在这条巷陌里，历经了多少年的风霜雨雪了呢？她未花开时，确实给我印象平平。印象里的她，只是十几米高的样子，一副葱茏憨绿的模样，四季常青地撑展在我居住的这条街巷里。她质朴的身姿，多像我日复一日、平淡无奇的日子啊，披挂着风尘，毫不艳丽，也不张扬。

现今，她开花了，密密匝匝的花儿开得满枝动容，又显得那么质朴低调、雅致洁净，让我恍然明白，她真是最适宜开在这岁月无惊的时光深处啊，不骄，不躁，不悲，不喜！

她开花的日子，便是我幸运的日子了。在她一程花香的陪伴中，内心的郁闷和不快，似乎得到了纾解。心底仿佛流淌着溪水般的清亮，常常滋生一种猝不及防的感动，引发我对生命的百般惜重。

立夏闻杜鹃

谷雨节气的最后一日，天气异常酷热。窗前山丘，荡掀起虫嚣的声浪。半夜时分，突来一场大雨。雨声过后，房舍四周，又变成了蛙潮的海洋。

迎来了立夏日。

早晨，一阵鸟鸣之后，我终于听见了杜鹃鸟的歌鸣了。

可这歌鸣的内涵是不同于去年春天的。这个春天，我与她分离，与她隔绝好长一段时日了。今年首次与她的歌声相逢，我不禁眼角湿润。在这个春天就要离去之前，我还没有听到过她的歌声呢，这成了我留在心底挥之不去的遗憾。立夏了，春走了，原以为只要错过了春天，便错过今年与她相逢的机会。然而，就在我深深失望之际，她却如远游归来的情人，惊喜地闪耀在我眼前，展喉歌唱。

我该如何来叙述她的歌音呢？天亮得早，卧室朝东的窗户，最早迎来微弱的晨曦。到了六点多钟，天已大亮，久别的她，终于来问候我了。听起来只是孤独的一只，歌声远没有以往的亢奋，只是在鸟鸣与蛙声之间，偶尔点缀几下，之后便静默不语，歇息好长一阵子。我默数了一下，鸣唱最短暂的，只连续叫了四声，鸣唱最长的，也只有十多分钟。她再没有像去年春天那样，整夜整夜地歌唱了，再没有像去年那样，在白日和晨暮里欢快地唱鸣了。或许，这个春天，她也遭遇到了罕有的伤心事，伤透了她的心，伤了她的精气神。或许，在春天，她唱了该唱的，做了该做的。现今夏日来临了，她完成了使命，也该退隐了。

卧听她的歌音，感觉她似乎已在春天耗尽了所有的气力。她能坚持到现在，或许是在等我归来，要与我作别的吧。是的，马上，她又要与我有一年的分别。我相信，她依旧是去年春天的那一只。尽管她声音疲倦，但我仍能从这疲倦的歌音里，隐约感知到那熟悉的天籁音韵，感受到那音韵里的情深意长。

昨晚忽来一场疾风骤雨，不禁让我为她着急了，为她的遭遇担忧了。她昨晚在哪里躲雨呢？而且，在这个多雨又寒凉的春天里，在这个命运多舛的春天里，她本来就受了不少的苦呀！

我躺在床上，想着，思着，痛着，我那只孤寂的杜鹃鸟啊，又时隐时现地传来她的歌鸣，听起来哀哀戚戚的，真让人揪心。

九点多钟了，天已大亮，但阴雾锁城，迷蒙潮湿，也罩住了长江对岸的连绵山脉。此刻，我那只杜鹃鸟的歌调穿过迷雾，忽然又清亮起来了。她的歌音，宛若嘹亮的号角，率领远方的蛙潮滚滚而来………

我不禁放下心来，心想，我那只杜鹃鸟，是永远不会丧失斗志的。是的，不会的！

城中仙人掌

在我偏执的印象中，仙人掌是耐旱、喜阳的植物，应长在荒旱之隅，避人之角。然而，在这座小城，在六月天，我突遇到它惊艳的花朵，确实给我一阵时日的惊喜。

那只是一丛花，现身在临街一幢旧楼房的二楼，从水泥栏杆的缝隙间悬挂下来，开在我每日上班必经的街面上，开在仰头即视的低空中。

说这花色惊艳，其实只是一种单纯的黄，是无法用语言来形容的一种黄。这黄，是一种明艳的黄，是一种你一看就心动的黄。这黄，黄得耀眼，却并不刺眼，能让你倍感舒爽、惬意。我以为，这种黄，是任何颜料无法涂抹和调和出来的黄，是梵高画笔下的向日葵一样的黄。它开成了太阳的颜色，开成了太阳的花容。

在它开放的这段日子里，每当我路过花下，仰目与之对视，我就在想，这一窝盛开的仙人掌花，如果将其放在任一方绿丛里，或放在繁花绚丽的花圃中，反倒不会引起我的注意。而它现在的安居之所，只是临街的一个陈旧的二楼凉台，栏杆已十分破旧，凉台外壁贴有浅黄色的瓷砖，早已残旧褪色。或许，这正好衬托出它的外貌特征，契合它的内涵气质吧。也许，它正需要这样颓败和荒芜的背景，才匹配于它暗淡的绿色和毛刺茸茸的硬朗身躯，同时，也用来反衬花朵们怒放的美艳吧。

从此，这丛仙人掌，便炫目地闪耀在初夏溽热的风尘里。即使光影寂寥，即使风声沧桑，但在花开的日子里，它仍尽力展现它形色的明亮，与我在尘世奔波的心灵，达成某种默契。

在初夏，同时开了许多种花。前院那户人家的竹篱里，紫阳花已盛开；

河岸陡壁上，凌霄花映衬在湛蓝的云天里，炫耀起它红瘦的美颜……在夏天的花海里，树立了那么多花的榜样和灿烂的色彩，然而，能在视觉上引起我强烈刺激的，并能引发我时过境迁知觉的，还是这一丛悬空开在我头顶上的仙人掌花。那晶莹灵动的热烈神色，总让我为之动容，并滋生一种发自心底的热爱。

初夏的雨

拂晓，半梦半醒中，远方滚滚而来的雷声，像天地吟诵的隆隆诗篇，一阵一阵地，传送到我耳畔，让我感觉到的不是惊惧，而是喜悦，是振奋。

在雷声的声情并茂中，婉转的鸟音啊，在窗前溅起舒适的浪花，悠悠然然地拍打我梦游的船舷，推拥着我，滑向更深的梦境中去。不知过了多长时间，滂沱大雨终于盖天而下，汹涌的雨声几乎盖过了所有的声音。雷雨喧嚣，慢慢地，又唤醒了我，给我营造了一方比梦里更加宁静的避世之所。享受其中，我真不知道这场大雨会下到什么时候，我希望这雨别再走过场，别再像以往那样没有耐心。我真希望这豪迈激越的雷声，这淋漓酣畅的豪雨，能认认真真地降临于尘世间，浇透我干涸的心田，也让我心田里生长出一派茂盛的植物。

在对初夏雨的期盼中，在对初夏雨的倾心中，在对初夏雨的咀嚼和体味中，逐渐地，我对初夏雨的多面性、丰富性，有了更客观的感知。

初夏的雨，有些时候，是极有韧性的。一场小雨，从傍晚就开始下了，又洋洋洒洒、连连绵绵地溶入了夜色。时下时停的雨，接着又缠绵了一夜。在这样的雨天里，白日更适宜待在家里，在不冷不热的气温中，打理春去后还来不及绾结的思绪。到了夜晚，被雨声浸润着，也是很适合睡眠的。心灵一派舒坦，弥漫着安宁。

初夏的雨，有时又是变幻莫测的。有一次半夜里，睡梦正酣中，忽响一声惊雷，惊醒了我。接着，雷声挟着声势浩大的骤雨铺天盖来。浩大的雨声像是在为雷声鼓掌，厚沉的雷声也像是在为雨声鼓掌。雨，就这样时大时小、时急时缓、任性恣意地下着，下了一夜。待到早晨，雨，连着白日，仍不停地下着。到天大亮时，就开始稀稀疏疏、若有若无地下着。待一阵细雨后，便收尾停歇。接近中午，太阳又猛然出来一照，强烈的光线刺痛了双眼。可到了傍晚，细雨又开始飘洒。这样的天气，连续多日，对爱雨的人来说，又何尝不是一种惊喜呢？

不得不说，初夏的雨是令人舒爽的。白日里，忽来一场雨，仿佛在预料之中，仿佛又猝不及防。走在半路上，飘飘洒洒的雨线，落打在身上，湿透了衣衫。我乐意承受这冷凉的刺激。这冷凉并非刺骨的那般冷，倒有一种清凉的舒适感。一场又一场的雨就这样下着，缓解了连续几日高温的烦扰。在初夏时节，在这样忽雨忽晴的天气里，适时添一点衣，或减一点衣，都是极为舒适的。

初夏的雨，有时真像一场音乐会。这日上午，小雨仍洋洋洒洒地下着。站在楼顶高台上，雨声滴落中，不知从何方，忽然传来悠扬的音乐。雨云悬在空中，在灰色调的天幕上又不乏透亮。燕子们呢喃着，轻盈的身姿从雨中穿飞而过。斑鸠强劲的声调穿越雨空而来，听起来深沉而哀愁。一丛绿丘卧在远处，映衬着掩埋它的高大建筑。从不同方位，更多的鸟鸣声响起，传到耳边。马路上，车轮行驶着，传来湿漉漉的声音。耳畔，回荡着大自然与人尘融汇的交响乐曲，让你应接不暇，让你又丰富多情。

夏天的雨，就这样丰富多彩地下着，赋予万物以诗意，赋予万物以灵性。户外的欧月、石榴、茶花，在细雨中鲜艳欲滴，花叶上缀满明亮的雨珠。一丛丛绿意，经过春天的成长，此刻再经过夏雨的滋润，嫩嫩的新绿，闪闪发亮，惹人爱怜。每片绿叶，在雨中，或在雨后，都挂满晶莹的珍珠，醉酒似的，在风中摇晃。一片片叶，一丛丛绿，组成了绿色生命的诗意海洋，映衬在干净的灰云下，像摊开的一幅画轴，美美地飘荡在大地上，飘逸在天地间。因此，你又不得不说，初夏的雨，又充满着诗情画意，让人百看不厌，流连忘返。

意外之花

我家临街的平房墙缝里，不知什么时候，挤出了一丛酢浆草，茎蔓茂密，碎叶旺盛，淡红色的花朵，泛着晶莹的光芒，开在初夏的风里。

这真是一丛意外之花啊！

街巷闹市，均为水泥、砖石覆盖。我家屋台高于马路街面二十厘米左右，砌满了乳白色的瓷砖。这丛酢浆草就生长在屋台与砖墙的交缝处。我猜想它能成活的原因，或许是因为它根系的顽强和敏锐，能从老平房的缝隙里找到一撮聊以寄养的泥土吧；或许是因为老房子坐北朝南的地理位置，满足了它那颗向着阳光的心，能帮助它完成开花的心愿吧。

在它开花之前，这低处的一丛弱绿，虽然抢眼，却并没有让我上心，更留不住我驻足凝望的身影。直到六月的一天，它忽然开花了。一撮粉嫩的花朵，夸张地粉艳着，惹目地开在这寸草不生的角落，表达出一种不服输的气度，招来了我对它殷殷关切的眼神。是的，它不仅惹人怜爱，也令人佩服。它挤长在一方贫瘠处，柔弱的茎蔓支撑起一丛灿烂的花容，是多么的不易啊！

从此，在炎炎夏日里，在强烈的光芒里，它开一阵，就歇一阵；歇一阵，又开一阵。在开、凋之间，仿佛非得要歇一下脚，喘一口气，非要等到再铆足了劲，攒足了力量，才能再做一次怒放。我感觉它已使出了浑身的力气，仿佛是拼着命来完成它的绽放使命的。粉紫色的小花朵，像是从阳光伤口里流出来的艳丽的血。它凋谢时，茎叶耷拉着，蔫不拉唧的，像一只病鸟，得了一场重感冒似的，无力地垂下蓬乱的羽翼。可是，当它沾上了一点雨水，又复活了，恢复了那股精气神。我知道，它是靠断断续续的雨水存活的。而它所处的位置，决定能溅到它身上的雨水十分有限。阳光尽管充足，也无法替代它脚底下泥土的贫瘠。尽管这样，它却一心想活下去。我知道它一直在挣扎着，挣扎在花开与花落之间。它挣扎着活着，仿佛是为了在有限的生命里，尽力多开花几次。正因为它一心想着开花，或是一心准备要开花，于是便有了专注的斗志。由此，它无须了解头顶上迷局般的星空，也无须去在意脚下川流不息的喧嚣世俗。它唯一渴求的，就是在自己生命一息尚存时，能天降甘霖，顽强复活，在这个黑暗与光明并存的天地间，竭力多放飞一次粉嫩的理想，证明自己生命的神奇。它就这么卑微地活着，开着卑微的花；它就这么高尚地活着，不求回报地向尘世奉献着亮丽的花色。

到了八月底，有一天，我忽然发现它完全枯萎了，死掉了。在这之前，每当它耷拉着细碎的叶，我总是提心吊胆，但又心存侥幸。因为每当它生命奄奄一息时，或大或小的雨点就会及时降临，溅洒在它身上，它马上又重现生机，活了过来，并且不到几日又开满了花朵。那艳丽的花朵，舞摆在轻风中，舞摆在灰暗硬朗的墙壁与马路间，给人一种浴火重生的感觉。

仿佛时运不济，今天恰逢夏秋大旱，从七月份开始，已有一个多月没有下雨了。即使偶尔飘洒一点小雨，也是不像样的雨，连地面都湿润不了。看来，这一次它彻底地干枯死了。

它死后，每当我站在它曾挥洒生命奇迹的墙壁前，它那娇柔、艳丽的芳容，那清冷、寂寥的姿影，便立即浮现在我眼前。一想到它葱绿时，它花开时，所呈现的那种破迷开悟的神情，总让我内心涌动起无限的感慨。我哀伤地凝视着现在这方灰暗、毫无生气的墙角，屏住气息，好像在聆听什么，好像又在期望着什么。是啊，我多想能听见它婉约的回音，我多么期望它能再回到这贫瘠、严酷的低处，举起生命的本色之火和神圣之火，为我庸常的生活点亮一丝丝希望啊！但我是失望的。它仿佛属于宇宙，它只是宇宙繁花中的一束星光，熠熠闪耀之后，转瞬就熄灭在天际间，消失在时光深处。但是，我仍要感激它，它毕竟以生命之爱，以诗的名义，为我展现了生命最终极的意义。

我期待来年风调雨顺，我希望从我家的墙缝里，能再长出一丛酢浆草。

第三辑

秋野天堂

QIU YE TIAN TANG

○
○
○
○
○

黔中绿秋

印象里原本是没有绿秋的，直到寄居黔中这一方山坳，忽然发现这里是没有秋虫吟唱的，满眼尽是那遍山遍地的绿，绿得神采奕奕，绿得欣欣然然，让我迷惑不解：现今已经是晚秋了，秋，却始终没有“粉墨登场”，是在躲着我，还是不习惯我的到来？

晨起，拉开窗帘，玻璃上附满模糊的水气。拉开窗，探出头，吸入满腔的清新空气。远眺，山峦苍翠，绿草漫坡，野花含笑。俯瞰，楼下花圃，花卉竞艳，绚丽热闹。花圃一旁，绿毯般的草坪上，一位年过六旬的老门卫手握胶管，正给花草浇水，哗哗啦啦的水声盖不住他咕哝的话音：“草坪有点儿泛黄了，是不是缺肥了？”在他眼里，秋来草黄，没这个理。而在我惯有思维里，秋，应该有秋的样子吧，草枯叶黄，落叶遍地，雁鸣南归。而这分明的秋况，又有多少人还未品味到呢？

我不能老停留于眼前的蜗居，那绿意的执着，那绿意的深远，似乎一直在讪笑我自设的局限。我必须有所作为，哪怕是做一番随意的探究，也可能会打破我因故步自封、而对这绿秋怀揣的不解和疑惑。

毕竟是第一次涉足，毕竟已是黄昏时分，就近寻一处山峦攀爬。从山脚开始，有一条石块砌成的山径小路，崎岖蜿蜒，向山里伸去。路径由附近村寨的农民修筑而成。镶嵌的石块大如手掌，小如鸡蛋。行在上面，凸凹不平，十分硌脚。石缝间，挤长出一绺绺柔软的木须草，还有一些星星点点、露珠般大小的小花朵，红色、蓝色都有。花草们充填于石缝空隙，贴地眨眼，行人的脚掌极易忽略它们的存在，但我却珍视这从脚掌传导而来的柔软感觉，微微弱弱又实实虚虚的触感，像每日逝去的散碎的生命时光，虽易忽视，用心却又能感受得到。

山并不高，一会儿就行至半山腰。转身看夕阳徐徐匿山，微光映照树梢。远处山脚石砌的民舍上，红窗闪耀，煞是美丽。沿山径爬上一方宽大的草坡。草坡坡面平缓，整个场地无乔木与硬石，上面软草茂密，漫过鞋面，踩下去极为松软，虽属天然，却似人工植养的草坪。此坡向阳，坡上有一些石块围砌的坟冢。有一独户人家，房舍一侧，紧邻一座坟墓，一位老妪在屋前忙活，一男一女两幼儿在坟冢上爬上爬下地嬉戏。生与死，如此贴近，纠结一起。想想也是，天道轮回，雨云转换，去去来来的生命，其实都在无可名状的宇宙大道中，循环交替，有何想不通呢?

随山坡绕到山里，一番景象推展在眼前。青峰延绵，重峦叠翠。山坡皆陡峭。稍显平缓的一丁点儿的地方，被整成梯田状，窄宽不齐，极不规整。窄埂上，立堆着几堆玉米秸垛。玉米已收获，地刚被犁耕过，踩上去松软陷脚。山中难寻人迹，只有一老妇在田间持锄劳作。前去问候，她亲切应答，说是除草松地，保持土地肥力，待明年四月再种玉米。在贵州，有“天无三日晴，地无三分平”之说，能开垦出一方窄地种粮食，望天收成，着实不易。因此，农田只是山里的小小点缀，主导这山峦世界的，仍是成片的山林与野绿地。坡上的松柏，高大直挺，枝叶浓翠，密密匝匝。树与树搭着肩，手拉着手。有风掠过，枝叶晃荡之间，发出一声长长的叹息，仿佛是从大地深腹里吐出的郁积气浪。稍歇，又是一声长长的叹息，宛如大地张开其厚大的肺叶，又深深地吸进了一口气。呼吸之间，声浪起伏，往复循环，在我周身涡流般地回旋。我被吸纳进去，浸泡在浩荡激扬的风浪中，飘浮着前行。稍缓的坡地或林地空隙地，被嫩草野花覆盖，繁茂的花草们拥挤着，形成条条块块的花毯和绿毡。走在上面，鞋面被掩没，蚱蜢们受惊，从草丛中倏地弹出，漫无目标地跳腾着。黄色的、白色的……五彩缤纷的蝴蝶们纷纷扬扬，绕我身边蹁跹穿飞。遍山遍地的嫩绿与生机，我真以为是误入春山了呢!

山径蜿蜒，飘伸向绵延山脉的深处。山外有山，群峦霞染，气息神秘。群山万物，仿佛都是神秘的生命体，深沉博大，容不得我做更深远的探究。我已陷入绿翠的缸里，最终还得靠醒悟心念，脱身而返。回归途中，绕道而行，俯望远处一畦畦瘦田，被绿山挤压到山脚下。稻被收割，茬桩凸立，几位秋耕的农人，墨点般在田地里蠕移。脚下的碎石路，坎坎坷坷。一位汉子，身子稳稳当当地直立于骡马车上，执缰扬鞭，噔噔嘚嘚，从我身旁跑过。追随他背影而去，一幢民居前的绿坡上，一位男子健硕的身躯映在暮色霞天里，他立在一人多高的稻秸垛上，垛边的女人，昂头用力，将一捆捆稻秸朝着他怀里抛掷。堆完的黄草垛，立在阔天壮山下，尽管孤零零地竖着，却点亮了我意识里的秋韵之火。我猛然清醒，原来，这遍野的绿笺上，其实早已写下了不少“秋”字，我怎能说这里没有秋呢?

次日早晨，入座窗前，抬头，视线与昨日攀爬过的山脉再度重逢。湿湿的雾气，正从山坳里升起，坳中的松柏及其他树木，更增葱绿之感。一夜秋雨不依不饶的精神，仍未改变眼前绿秋的面容。雨声拍掌，欢迎我从远方来，却又不让我感受秋寒之气。四季变换必然，秋却无通规可循。黔中绿秋，那只言片语的秋意提示，反更耐人寻味。

秋夜听溪

受仅两公里远香溪源灵水的恩泽，木鱼镇便得天独厚，使得居住在这世外小镇上的人们，日日夜夜与淙淙的溪流相伴，聆听香溪水流的弦音琴韵，真是美哉乐哉啊！

当然，你若在静夜听溪，万籁俱寂中，那萦绕于枕畔的缠缠绵绵的呢喃，让你在不知不觉中睡去，又会在不知不觉中醒来。一夜清梦，溢满的岂是卿卿我我、柔肠百转的情思？

不过，今年到木鱼镇听溪倒有些晚。10 月 30 日已是霜降节气的第七天，离立冬只有一周时间了。当日抵达木鱼镇已近傍晚。晚秋的细雨飘飘洒洒，薄薄的轻雾缥缈在峰峦与房舍间。车从木鱼镇主街——香溪街，拐进了一段并不算长的小巷，沿着香溪清流前行了一段距离，我们一行人被安排在临溪而建的一幢三层楼的民宿里。

这民宿确实清幽了得。门前有山，山脚下便是溪流，而溪流边上，便是这民宿。民宿也没有辜负这番好景致，装饰得典雅别致。门两侧低矮的木栅栏里，开放得并不稠密的格桑花显得灵气十足。一侧外墙的低处，横刻着“听溪清舍”四个字的店名，半掩在花丛中。进入一楼大厅，也是别有洞天。老板真是舍得，空出这么一方偌大的空间，放置着雅致的茶桌、茶具。茶桌一侧，一排红木书架上，摆放着各种各样的书籍。书架的左边，有“书香之家”的匾牌，在吊灯柔和光线的照临下，反射着耀眼的光芒。

看来，宜昌职工读书会首场“阅读与旅行”活动，选了这么一处地方下榻，并在此授课、座谈，真是极合时宜，也契合众人心意了。

一场“阅读与旅行”的晚秋之行，于是便在这溪声的迎来送往中徐徐展开。

两天的路途，时而细雨时而阴天的神农架，云海在山峦沟壑间涌荡。点缀在这其间的点点房舍，如同缥缈在蓬莱仙界间，貌似在眼前，却似乎又很幽远，给人一种避世而居、恬淡闲逸的味道。步履时而匆匆，时而悠闲，我们在一派童话世界般的景象里流连忘返。

板壁岩景区是我们抵达木鱼镇后次日出行的第一站。我们到达景区时大约九点多钟，在浓浓雾气笼罩下，形态各异的石林，遍地的箭竹，还有在雾中影影绰绰的旅人，仿佛皆置于仙境中。寒湿的天气并没有影响我盎然的游兴，身背重重行囊，我常常独自走下石径，脚踏柔软如毡的草甸，朝着那一丛丛在雾中若隐若现的林带走去。我真想走向更远的远方啊，那神秘的雾景里，那野人出没的地带，必有众多的谜团，必有诗意深藏吧。

待我们抵达金猴岭森林里，天气有些明朗了，但薄雾仍缭绕在参天林木间。沿着崎岖石阶攀行，人置其间，渺小如蚁。一个多小时的森林徒步，我们恍若进入了另一番静谧安详的秘境。一路不时仰望笔直高耸的冷杉林，它们似乎一直在向苍天祈望着什么，又在诉说着什么。溪流淙淙的咏叹，还有鸟鸣清幽的啼唱，使得我这颗被红尘浸染已久、脆弱的心灵，仿佛不堪承受这一幅原始森林的鸿蒙之美。眼前这裹满苔藓的毛茸茸的枯木，这深扎岩石、裸露在外的苍脉，它们独立于世外，该经历了多少年轮的风霜雨雪的浸染，才等来今日我的瞩目。哦，这些神奇的影像，就算我告别它而去，也会在某个不经意的夜晚，在我梦中飘忽出现吧。

迢迢千山，茫茫林海，我仿佛听见它们都在向我不停地发出呼唤。这是远方的呼唤，这是诗意的呼唤啊！可两天的时间，毕竟能去的地方有限啊！

在天燕景区，登高望远，看苍松临涧，看群山逶迤，一种“会当凌绝顶，一览众山小”的豪情便油然而生。而颤颤悠悠的彩虹桥，在我横跨它的那一刻，我仿若登上了天庭之上，也变成了那短嘴的金丝天燕，与云天融为了一体。短嘴的金丝天燕，你是从远古海洋飞来的贵宾啊，惊天的海浪造就了你的坚强，沧海桑田造就了你的模样。此行虽然我没有一睹你奇美的英姿，但我的眼眸可以遨游云天来追寻你，我可以展开无限的遐想来讴歌你。你就是穿越时光隧道、射来的光阴之箭吧。以你来观照我们的生命，这如白驹过隙般的人世一遭，实在是卑微可怜啊，我该怎样才能求解出这人生意义的答案？我想，唯有让我们每个平实的日子翩跹起诗意，唯有在追求生命诗意的过程中，才能去探求生命的大彻大悟吧！

一阵扑面而来的凛冽寒风让我打了个冷战，把我从沉思中拉回了现实。凋零的彩叶纷纷扬扬，从我身边悠悠然然地飘向深谷。一旁陪同而行的小彭导游满脸遗憾地对我说，要是我们早来一星期就好啦，就能观赏到天燕景区满山红叶似彩霞的壮丽景象了。人生何处不遗憾，心存感恩便圆满吧。况且，神农架的晚秋，仍时时处处给你惊鸿一瞥，似乎在你意料之中，又让你猝不及防。无论漫步在官门山景区的山径溪边，还是车行在道路蜿蜒的红坪画廊里，落叶松、枫树、槭树、柿树……赤橙黄绿青蓝紫，那层林尽染的斑斓绚丽色彩，或许只有上天的神来之笔才能描绘得出如此动人心魄。一幅幅浓墨重彩的山水画卷，美到人的血液骨髓里去了。于是啊，渐渐地，渐渐地，褪去心底的喧嚣；于是啊，渐渐地，渐渐地，心灵回归了宁静与天真。真的，神农架的晚秋，除了给人一种浪漫温柔的懂得，更给人一种远离尘嚣的踏实。在这样一个季节，在这样一场阅读与旅行中，新的体验、新的感受、新的思索、新的灵感，不停地涌入脑海，占据着心田。或许，一腔诗意，正是在这场如梦如幻般的、与美景的邂逅中，渐渐地，融入到自己的生命里。

当心事还在风景中迷醉，在31日，在这个难忘的秋夜，我们一行人又聚集在听溪清舍一楼大厅里，聆听了张永久老师题为《让生活更多诗意》的讲座。屋外，溪声潺潺，如奏仙乐；屋内，话语朗朗，滋润心田。

“一个人内心层次愈是丰富，对世界的理解愈是深厚。”

“生命的意义不在于物质求得多少，而在于赋予它诗意多少。”

“一个人，只有让自己发光，才能让世界发光。”

…………

凿山穿石而来的溪流，带着幽深的精神，流淌一路款款含香的心语，滑落在我们心灵深处。这是灵魂的互动，也是精神的重塑。满纸墨痕，落下的都是睿智的话语。生命，没有辜负这一刻。

或许，每一个喜欢读书的人，都有一颗丰盈而温润的心吧！在这个美好的秋夜，一群志同道合的人，聚集一堂，谈诗论道，一边还忘不了煮茶听溪，把酒言欢。那举手投足间的淡定与从容，亦如这门外溪流美妙的音符，弹奏着季节与生命的静美，舒缓如度，不疾不徐。人世间最美风景，亦莫过如此吧！

眷恋于这泉流的恩泽，眷恋于这书香的恩泽，离开神农架之前，我决定在听溪清舍，留下我那本诗集。我种下了一朵诗意的花，让它在这世外的伊甸园里，与香溪泉音昼夜相守。也愿我的诗情，亦如这香溪源流，延绵不绝。

归来的日子，白日，夜里，乃至我静坐桌边写这篇文章的时候，那香溪河谷的溪声仿佛一直在我耳畔回响。听溪岸边，那一树临溪红叶的映照，那一段铺满落叶甬道的寂静；还有听溪清舍门前，两棵盆栽红豆杉的憨绿与可爱……也随着这溪流的回响，在我脑海里逐一呈现。我且将在这晚秋邂逅的美意在心间一一收藏，从此在我生命的记忆里又多了份深深的念想！

平原秋色

时至仲秋，一路车行，沿途浩荡的秋意，荡溢在广袤无垠的江汉平原上。

你看啦，最亮眼的是那一垄垄稻田，在平原壮阔的秋色里，或零星，或成片，像金黄色的调色板，醒目地张扬着大地秋收的喜庆，不拘一格地证明着自身的存在。这金黄的颜色，是任何人工涂料和人工技艺所无法描绘出来的颜色。这是纯天然的喜悦之色，宛如画卷，宛如彩缎，让人随时随地能强烈感受到丰收所带来的欢愉。我以为，沿途所见，任何景物都比不过粮食们所带来的动人气派，都比不过粮食们奉献的美好心灵。饱满的粮食们低垂起高贵的头，是我们生命的榜样，也是我们希望的本源所在，给人一种踏实、温暖的力量。在这里，我自然要将关注的目光，首先投入到这随秋风荡漾的稻穗金浪中来，并深情满怀地予以歌颂。

尽管秋分已过，在江汉平原，如果你要到草木间来寻找秋的萧瑟之感，恐怕要万分失望，至少我是这么认为的。你看，那葱葱郁郁的树木，仍是平原的主角。虽然也有一些叶子发黄和果实艳丽的树木，但那只是广袤绿毯上，对秋色稀疏地点缀。然而，往往正是这不经意的点缀，把平原秋色的本质展露无遗，让广阔的平原秋色里，洋溢着动人的诗情和画意。

从没有见过栾树的果实在阳光的照耀下如此艳红。或许只有在空旷的平原上，在晴朗的秋日里，在蔚蓝色天空的映衬下，才会把栾树那一嘟噜一嘟噜的果实，渲染得如此绚丽、炫目，如此震撼人心吧。当然，我是无法用文字来描述这景象的。如果赶上这时节，你最好能到江汉平原上走一走，来到这平原秋野的天堂里看一看。如果你亲眼见了，相信你会与我一样，同样感到震撼!

这里，最值得一提的就是平原上的白杨树了。在我看来，它们似乎成了平原上具有某种特殊意义的标志，它们消除了平原因过于辽阔和平坦，而造成的过于平庸和空旷。相对平原其他树种，它们高大挺拔，出类拔萃，要么一排排，要么仅孤单的几棵，也有一小片勉强算得上是成林规模的。它们在路旁，不，更多的是在房舍前后，牵引着我们的视线，让我们很快就能寻找到平原上居住的人家。而筑在白杨树高端上的黑色鸟窝，便是鸟类对它们最依赖、最信任的证明，让我感受到白杨树身上，所洋溢的烟火气息和凝聚的世俗幸福。而且，也正是在秋天，在这个时节，是白杨树呈现最丰富、最具多样性的时刻，尽情展现出它们各自的个性特色来。你看，有的白杨树，它们的叶，下半部已凋零一大半，而树顶端或最上部，依旧保持翠绿的精神。有的枝叶茂盛，似乎无一叶凋零，却全身泛黄，不逊于银杏树身披金灿灿衣妆时的动人风采。当然，也有少数，全身依旧葱绿，不减春夏的绰约风姿。

平原湖美。此刻，秋色中的水波更加清澈，在蓝天映衬下更加妩媚多情，“秋波”一词真是极妙的形容。这些湖泊，有的是浩渺的，有的是袖珍式的，但它们都有着很好听或是很有意思的一些名字。坐在车上，那些标注它们名字的硕大招牌一晃而过，我记不下几个，而且有些只看清了几个字。为了不发生错误，也为了以示公平，这里就不提及任何湖的名字了。当然，随处也会遇到池塘、河流、水沟等等，与湖泊交错在一起，组成了水泽密布、灵气生动的水网，营造出江汉平原另一种韵味的秋色大美。在这里，我无力用文字来叙述这种感受；在这里，我只想告诉你，如果你能融入江汉平原里的秋色中去，并幸运地在湖畔走一走，你会亲身感受到“落霞与孤鹜齐飞，秋水共长天一色”的美妙景象。

最后，我必须提一提江汉平原上最震撼人心的落日。当我们在黄昏中归来，当我们满载着平原秋色的诗意归来，我从没见过这么大的一轮夕阳，在归途的前方，招领着我们，吸引着我们。平原上没有什么大的障碍物遮挡视线，一轮夕阳，就这样平平稳稳、安安静静地悬挂在西天的旷野边际。这是多么美丽的秋天落日啊，红红的，圆圆的，像簸箕那么大，醒目地点缀着暮色的苍茫。可就那么一瞬，它就忽然不见，消释到一方绛红色的霞彩中去了，让我沉陷于无穷无尽的遐思和怅惘中。

因此，我不得不说，这次出行，我们不仅收获了平原秋色，也收获了一轮在脑海里永远不落的夕阳。或许，这是秋奉献给我们的最大一枚果实吧！

秋声之悟

秋来了，迈开脚步，不舍昼夜。我听见了拖拖沓沓的步履之声，带着清凉之气，在我耳畔回荡——这，便是秋声。

对于秋声，若是自己喜欢，最好你静静地听一季。若问静听了一季秋声后有什么收获，我真是不好说。这多半得靠自己去觉悟吧。其实秋声是有形象的，而且被塑造的形象是丰满的，是可以感知的。这份感悟和体验，我不知道是否会得到他人的认同。

我以为，立秋过后的半个月，秋声最强，像健康女人的气息，飘荡在空中，漫溢在地面，有一种雌性的味道。这是果实即将成熟的预告，也是即将收获的号角之声。秋风阵阵，母亲就要临产，秋声洋溢着母爱的幸福，清爽的欢乐如初升的太阳，喷薄而出。我怎么也享用不尽这笼罩在周身的时节气息，我深深地依恋着这特有的体香。我甘愿把灵魂浸泡其中，沾染上香气，让生命弥漫在无尽的喜悦中。

中秋前后，秋意浓稠，秋声也到了高潮。果实开始成熟了，我聆听到果实们发出的不同声音。这声音确实来自果实自身。是的，是果实们在歌吟，它们随着秋声成熟，散发出芬芳的旋律，回旋在我耳畔。我灵光乍现，我恍然发现，哦，原来秋声也是可以视为果实的！

不信？穿行野外，仔细谛听，那节奏起伏的秋声，那四处漫溢的秋声，弥漫在草地里，洋溢在灌木丛中，飘浮在空气中；或宛如秋果，成熟地挂在树的枝杈上。如果说，秋是一棵大树，结满丰收的果实，那么其中也包括秋声的果实吧。大自然里果实无数，形态各异，有有形的，也有无形的。秋声活跃，在弹跳之间，赋予了果实的形态，在果实应有的高度上晃荡着，挂坠着。有的起初是无形的，最终都化为有形的了。夜色中，走在树丛里，仿佛秋声就挂在附近某棵树的枝节上，我用耳朵就能精确地捕捉到它们。我隐隐约约看清了它们的形象，似乎一伸手，就能探触到秋声的巢穴，就能采撷到满枝的秋声果实。

秋声除了高度，也有密度。如果说秋声像果实，腾跃在高处，错落有致，那么秋声的密度，俯在低处，则像一把柴火，被紧密地捆绑在一起，一旦点燃，真让人触目惊心。对这一点，我体验颇深。那是一个秋夜，下乡吃过晚饭，我一人在农舍前踱步，一方虫鸣冲耳而来。稠密的声浪来自一小方菜园。小菜园面积不足十平方米，上面搭建有瓜棚架，里面藤蔓缠绕，中间有一棵不高不矮却枝叶繁茂的绿树，树下种有一些稀稀落落的菜蔬。就是这样一方小小天地，制造了我从没有听到过的亢奋秋声，好像是一群纺织娘在里面闹腾着，轰轰烈烈地张狂着，像千百架纺车在摇动，像一锅爆炒的豆子在蹦跳，散发出一种雄浑的内在力量，侵占了我的听觉、视觉。只是，听了一阵之后，又觉得这秋声是极有内涵的，你得把这秋声的外壳剥去，才能看得清它隐藏于里的内核。这内核黑亮的果粒挤裹一起，爆裂开来，最后煮成了一锅浓稠的秋声，被我有幸品味到，并灌注到我生命深层里流淌。

相对秋声的稠密，其实秋声的萧瑟和稀落，也是极有韵味的。重阳节后，秋声逐渐衰弱，阳光依然灿烂，却变得柔和。窗下只留下几声孤鸣，清晰而单调。此刻，待在室内最好，透过窗望去，红红的火棘果枝在秋风里摇晃，合拍着秋声，荡起了秋千。秋声的平仄，尽管残弱，但我还是从一丛丛小红果中发现了奥秘。除了节奏，秋声也是有色彩的。秋声的果实荡漾着秋色的红艳，鲜润而沉静。此时的秋声，用浓烈、晶亮的色彩代替了先前强大、浩荡的声浪。到了农历九月底，秋声难寻了。深夜小起，静静秋夜里，竟意外听到了一息孤单的秋声，在窗外弱弱地响起。这冷静的哼鸣，比秋声燃烧的火热，更让人揪心。

最后听到的秋声，是在立冬前窗前草地里的一只蛐蛐的孤鸣。这声息绵软细腻，叹息着，叹息着……像是一根纤细纤细的线，最后费力地拉闭上了秋声的厚幕。哦，闭幕了，闭幕了，秋天的舞台上，那厚厚的幕帘慢慢合拢了。

一街凉风满屋秋

午后昏昏沉沉，正短暂睡眠，一阵凉风入窗，帘钩被掀动得叮当作响。浅蓝色的帘布随风飘摆，像时令的歌舞唤我醒来。我奇怪呢，脑海中似乎也掀进了一股柔气，形成气流。气流悬浮于宏大的天宇，星星点点地翻卷。飕飕掠过的气流，挟裹音乐的蓝风，从秋天高耸的殿堂奔飞而下，托我身躯飘来浮去。我仿佛听见了秋之天籁围绕在我身边，回旋激荡。

似醒非醒中，仿佛感觉秋，一会儿搁置在云端，一会儿又搁置在梦中。今年夏季漫长，暑热难当，让我心有余悸。待清醒后，目光瞥向街道，三三两两的老人们正立在屋檐下交头接耳，摇头晃脑，恐怕又在说："唉，一辈子很少遇见这样的鬼天气呢！"再仔细盯视老人们的表情，感觉与以往又不一样，他们布满深深皱纹的脸上，似乎又布满了喜悦，瘪动着嘴唇在嗫嚅着，我似乎隐隐约约听到："呵呵呵，嗬嗬嗬，凉风来啦，秋风来啦……"我真的相信秋风来了呢！

真的，秋风拽着秋来了。尽管来得有些不情愿，该来的时候总该来了。我满心欢喜，起身拉门望去。一街凉风，正迈开步履，在古巷里盛情豪放。秋风从前门登堂。我家里的小黄猫，慵懒地躺在屋台前，它比我先知，把秋风挽留在它柔软的长毛上。它身上起起伏伏的波浪，正是秋风走来的痕迹。

秋风过处，屋前树丛，眨巴着绿痕的眼波，迷迷瞪瞪，茫然地打量着我。我被盯得迷迷惑惑。耳旁，风语絮叨，让人感觉午后安静异常。我看到秋风的姿影，似乎从泥土里迸发出来。发芽的气流，青嫩的气流，一股股涌动，再一次助我上青云。

秋，真的就来了，现在就搁在眼前，变成了现实。我不必再耽于秋梦了。

秋风出笼了，让暑热气若游丝。秋风在飘，秋风在荡，曲曲折折的足迹，绕过屋脊，拂过猫身，拂动花瓣，穿越门窗，朝我奔来。我真不能再昏昏入睡了，我必须从酷热中尽早清醒，以不辜负秋率先对我表达的情意。

起身，一人端坐在庭院的竹下。小木桌上，搁上一杯热茶。品茗中，我尽显优雅之态。前几日还短袖短裤，偶尔还赤膊上阵，现在忽然就穿上长袖长裤了。我惬意地享受着这有了凉风的天气。我将身体隐藏了，但快意的心情却流露了。我沉下心来，呆坐着，在茶气熏染中，调动起更细腻的心绪，来寻觅秋潜来的丰富痕迹。你看这身边的一丛竹，部分枝叶透亮，映射着阳光的明媚。另一部分枝叶，在阳光照耀不到的地方，浓墨深厚，故作深沉，又略带忧郁。但它们都无一例外地在制造秋风跸动的声息，迫不及待地营造着秋凉。我倾听风中的竹枝翠叶用心收集来的秋的言辞。我观赏葱茏蓬勃的竹枝翠叶间，流动着或明或暗的浮光掠影。捧起茶杯，内心诗意弥漫，思绪畅达无边。

秋来，尽管来哟。我知道，秋也会遭受到暑热的反袭，我也会遭遇到突发的阴郁天气而引发的情绪低沉。这是自然的矛盾，也是人性的矛盾。但是，总体而言，秋带来的更多是热闹，是喜悦，是收获，是多情的风潮。我倾听到了屋外的热闹。我仿佛看到街巷里游动的人们，面带喜色，相互转告：秋来了，秋来了，秋真的就来了哟！

秋　居

立秋之后，在宜昌这座长江之滨的城市，在伍家岗新区，我闲居了一段时日。

家居高层，站在面朝东南方向的宽大凉台上眺望，一座高铁虹桥，飞架长江南北；隔岸的江南，群山逶迤，峰峦如黛。楼下，绿丘相拥，环绕楼区。

此时，蛙鸣再没有像春夏时那么喧嚣了，涌荡在山丘间的，只有高亢的虫鸣声浪。

半夜起身，喜欢在窗台上或卧室窗前呆立一阵。此刻，灯影稀落，山色暗静，虫声的浪潮拍打在深邃的夜色海洋里。点缀在这虫声浪潮里的，只有时断时续、幽幽弱弱的蛙鸣。夜半时分，天静人寂，是聆听虫声的最佳时分。此刻，你会发现，这四方涌来的秋虫声浪，形成了规模浩大的气势，把你淹没在无边无际的秋夜的音乐海洋里。其中，纺织娘的鸣叫最为清亮，敞开的噪音最肆无忌惮，那种不受约束的亢奋声，像是从天际涌来的浪涛，似乎要荡涤掉你沉积多时的郁闷心情。呜呜呜、呜呜呜……从江中隐隐约约传来的汽笛声，把你的幽绪带向远方的远方。

凌晨四五点钟，东天灰暗，曙光仍未显现，城市尚未醒来。终于可闻听到犬吠声了，是从不远处的农家小院传来的，区别于被圈养在城市高楼里的那些扰民的犬吠声，这犬吠声在静寂的夜空传导，有种空旷的诗意。我听见火车清晰的鸣笛声，以及它驶过长江铁路大桥时，车轮与铁轨碰撞时发出的隆隆声响。

薄明时分，鸟儿开始稀疏地鸣叫起来，待早晨六七点钟后；一阵声势浩大的蝉声终于取代了秋虫的声浪。

天亮了，走在新建不久的城东大道上，路旁的树木，已显现秋临的痕迹。紫薇花再没有先前繁盛了；还有一些花树，色彩也是黯淡了不少；一排排茂密的樟树上，稀稀落落掉下一片片红红的叶子，点缀在人行道上，分外显眼。还有一片樟树叶，悠悠忽忽地掉落在我脚前，这是在给我传送秋来的信号吧。

在一路口转弯后，我走上另一条宽阔的马路。路的一旁，一排高大的梧桐树，树干直而白，拥挤的阔叶笼罩着一派葱绿，秋蝉深鸣其中，热闹非凡。在秋蝉声情并茂的喜悦声里，我也感觉到了隐含其中的淡淡哀伤。

下午也有骤雨来临。先是忽起一阵风，有乌云扑来，接着是粗大稀疏的雨点打落下来，打在身上发痛。雨声喧闹一阵后，又猛然打住。整个过程，太阳不知怎么回事，仍一直照着。傍晚漫步，突袭来一阵风，挟带来一阵大雨，好不容易就近找到一处地方躲雨。马路上，劲风吹刮起来的雨水蒸气扑面而来，有股很舒爽的腥热气息。有人说，这叫“跑暴”。这秋天的天气，说变脸就变脸，这样变着，变着，会不会带给我们一个更绚丽而惬意的秋天呢？

透明的隔膜

阳光灿烂，在秋冬之交，单相思般地过了头。有午睡的习惯，拉上墨绿色的窗帘，以减弱阳光的热情，想冷静地睡一觉。

一只苍蝇，忽然飞至，嗡嗡的哭语，与微翅扑打玻璃窗的啪啪声响，惊扰得我无法睡眠。前段时期寒潮，这些被灭杀的生物们，又寄生阳光的温暖，卷土重来了。蒙头堵耳一会儿，仍无法入睡。阳光执拗地照耀着。苍蝇因受阻拦发出痛苦呐喊，嗡嗡之声，萦绕耳畔，似乎没有停歇的意思。它倔强地冲撞着，似乎非要穿越玻璃窗这层透明的隔膜，奔向阳光流泻的真实天宇中去。

我烦躁，它愤怒。那么，罪魁祸首当是这透明的玻璃了。

可是，玻璃是人类智慧的产物。有了玻璃这类工业产品，无论是平舍民宅，还是高楼大厦，既能遮风挡雨，保温御寒，又能消除阴暗，给人以明亮的空间。只是苦了这些苍蝇、飞蛾、蝴蝶、鸟类的低级生物，弱势的苍生们，怎么能想象到这世上还有玻璃这类透明的隔膜呢？

“土为万物之母”，它们或许还不明白，土生金，土生万物，土生一切。人是土所生，苍蝇也是土所生，而玻璃呢，也是土所生。只是玻璃是因土而生的工业产品，是通过人类智慧转换的另一种物质。既然都是同一起源的物种，为何具有智慧的生灵非要费尽心思，为了自己的奢侈享受，要为低级生物设置透明的阻碍呢？

伴着嗡嗡声的持续，我在烦闷中想清了这些理由。苍蝇向往光明的倔强真让我服了。睡不踏实，倒不如起身，索性拉开窗，留一处足够宽敞的缝隙。苍蝇哼哼唧唧了一会儿，不知采用了什么法子，骤然找寻到突破的方向，起身飞出去了。

室内终于归于沉寂，重新躺下，我似乎闻到了丝丝缕缕的香气，这香气是无法通过玻璃折射和过滤的。这是阳光的香气，还是花开的香气？如此这般的诸多美好，皆是无法道明的，只有靠心灵才能感应到。我没有想到，我拉开一扇窗，给了弱智苍生们一条光明的出路，也留给了自己一条感知世界的真实通途。

天地无处不供奉着清新的氧气，无时不笼罩着阳光和花草的香气，反倒是苍蝇教我去感悟到这些道理。我才是真正的弱智者啊，安于现状，麻醉自己，即使遭遇到透明的隔膜，也茫然无知，更不会学苍蝇去奋争，为自己的灵魂去寻找一条光明的出路了！

芭茅花开

秋来了，一蓬蓬雪白的芭茅花穗，在屋前日夜摇曳。屋外溢满了秋光，这秋光仿佛一下子又堆满了我居住的屋子。哦，这屋内的秋光是被雪白的芭茅花穗摇荡进来的吧。身心，宛若摇荡在清凉的风里。满腔喜悦中，又夹带着丝丝哀伤——这便是被撩拨起来的秋思吧。伫立窗前，眺望秋野，裹足不前的遥思，又怎能释怀掉对秋色远景的深深眷恋和向往?

一蓬蓬芭茅花穗，从窗前出发，从我身边接力，将秋光拂扫到远山。追随而去，沿着芭茅花穗摇曳的小径，曲曲折折，我向一座秋山进发。秋高气爽，秋野无垠，我手持相机，拉移镜头，急切地将一丛丛芭茅花穗拉到眼前。秋神正端坐于云端里俯瞰，他眼里有一如蚁的人影在芭茅花穗间蠕移、流连，那就是我吧。秋色浩荡，芭茅花穗为我凿开秋色的四壁之窗。站在这透明空旷的房间，我不愿离去。我并不孤独。环顾四周，这些芭茅花穗多像美丽的小天使，脚踩秋水鳞波，手持金色的话筒，唱咏着秋之颂歌。天真之美，沉静之美，萧瑟之美，浪漫之美，将丰富而又单纯的秋之本色，表达到极致。

一座秋山，环绕着半湾碧水。一丛丛高大蓬勃的芭茅花穗，一簇一簇地，抱拥成团，从山脚下延伸到山腰。直直细细的茎秆上，举起丰满柔绵的芒穗，挂满秋风的絮语，摇晃在秋水明澈的山脚水畔。从此出发，沿着芭茅花穗夹峙的荒径，我向山巅攀去。一人多高的芭茅花穗在我头顶上摇晃，让我浑身罩满白色的荣光。身心沐浴其中，涌荡起一股股热恋的欢潮。郁积于心的热暑尘垢，终于被芭茅丰满的花穗拂扫一空，紧闭的生命土层裂开缝隙，激活沉潜的诗性种子。其实秋才是伟大的作家啊，摇动芭茅花穗雪白的笔头，在博大空旷的秋纸上，以点睛之笔，点缀着秋意，抒写着秋之华章。这文章，抽象，也具体，于空灵之中洋溢着无限的爱意。我最爱读。在芭茅花穗间穿行，我仿佛在秋的神殿里穿行，脚步轻盈，诗意满怀！

芭茅花开的时日，我时常到河边去。我力求与芭茅花能有更多相处的时光。河坡上，岸水边，盛放的芭茅花穗清柔洒脱。以往，那平常相见的一蓬蓬芭茅草，叶片宛如刀剑般昂扬，粗粝硬朗，似乎有一种直戳心间的不适之感。而此刻，仿佛一夜之间，芭茅草由丑小鸭变成了美丽的白天鹅。那一丛丛看似芦荻的白翁头，雪白朴素，爆发出无限的柔情，相伴着秋水的涨跌，承接着秋风的轻拂，将诗意的柔美，洒向河流两岸，洒向人们温柔的心间。

细雨弥漫的夜晚，漫步河畔，烟柳朦胧，鸟声啾啾，被割草机刚刚修剪过的草坪，血气香浓。沿着芭茅花穗夹峙的水岸小径漫步，任凭垂柳的长丝拂扫伞面。像梳子梳过的雨丝，洗亮了芭茅花穗，让芭茅花穗在夜色里显得更加雪白。秋风劲凉，秋波涌荡，秋柳拂水，秋意弥漫。夜中静听，那在风中摇曳的芭茅花穗，发出小曲般渺茫的凄婉絮语，将我一颗本来就脆弱的心灵，变得更加柔软无比、善感多情。就这样啊，秋风集中更多的精力，不停地摇荡着芭茅花穗，不停地拨动着芭茅花穗的琴弦，让其在与秋风的共鸣中，播洒起动人的旋律，萦绕在耳畔，缭绕在天地间。遍洒的爱恋光芒，柔化了天地的歌音，柔化了人的心灵，柔化了大地的诗性。

从白露开始，从河边芭茅花穗飘扬之时，心，便系于芭茅花穗上。从它们身上，我观察秋的变迁，也牵挂秋的变迁。即使来了一场晚雨，也阻挡不了我探望芭茅花穗的脚步。河流一天比一天瘦，花穗却一天比一天丰满，一天比一天沉重。银亮的芭茅花穗与秋风同斜，与秋水同斜，与夕阳同斜，同我漫步河岸的脚印同斜，与我挥洒的光阴同斜。

霜降了，芭茅花穗变得与河流一样消瘦，像幽闭楼阁相思成疾的佳人儿，那一脸憔悴，那一脸消瘦，让人心疼。低沉着头的花穗啊，已像是湿翅的蝶，已像是断翅的鸟，再怎么也飞不起来了。我知道，不久之后，芭茅花穗就要香消玉殒了，在寒风中闪烁的，又将是芭茅叶那尖锐的剑，那曾有的硬朗与落寞，又要回到我屋窗前。

旭　光

清晨，缕缕红光飘浮在我窗棂上，跳跃在我暗室里。明亮的光芒，彩蝶般的光团，占据我的眼眸，充盈我的胸膛，照亮我心灵的阴地，似犁铧耕耘我身体深处的土壤。生命与花朵都在这一刻如歌绽放，肉体与精神共振，飞翔起光明之花。我要抓住这瞬间的幸福，把诸多的希望托付给初升的朝阳啊！

窗前这座山脊比我更幸运，最早享受到旭日的光辉。每早起床，面朝东方时，红色的光晕早已勾勒出它起伏的轮廓。山躯深暗，轮廓边沿却色彩浓烈，泛射的光芒涟漪，向周边漫开。与天空相连的山巅，色彩最为丰富，光芒绚烂，橙色、橘红色、黄色……似乎有一只艺术神手在挥笔涂抹，我无法用言语道明。灵魂涌动着希望，有一种向上飞升的冲动。

以山体为中心，由近及远，色彩由深及淡，由丰富变为单纯，最后渐渐地融化到壮阔的浅蓝中去。在更广阔的天地间，我看到了如约早起的鸟儿们，或成群，或成线，在树丛里，在天空上，无拘无束地飞翔。鸟儿们染红在旭光里，以诗意的方式，与自然万物融为一体，享受着鸟类世界的幸福。鸟儿们总比我醒得早，在霞光中播洒动听的语调，为我报晓。那都是些肺腑之言，是随意的，是单纯的，连歌声也浸润着自由的光辉，表达灵魂自由的喜悦。

朝霞映射，又一个平淡的日子来临。面对山容的暗沉与光明，面对眼前或明或暗的房舍屋顶，面对被晨光照得愈发清晰的室居什物，我忧思满腹。旭光旋生旋灭，仍没给我完全明朗的心啊，它与我瞬间相会，又要告别。如同我无法将时光捧在手里，抱在怀里，留给我仍是空空茫茫的平庸啊！不过，在瞬间的光辉之后，我学会了自我安慰。因为明天的清晨，旭光还会再次照临。人生旅途，每日能有旭光一刻的照临，也是生命灿烂的体验啊！

月光在，影子在

走在月光下，一段月光下的小径，我重重复复走了多少遭？

月光明了又暗，暗了又明，这条小径我来了又走，走了又来，陪我度过了多少个月夜？曲曲折折的小径，现在我熟悉得闭眼可走。

今夜，正值中秋，月亮的光华达到了极致。迎着月亮走，侧着月亮走，背着月亮走，月亮在前边，月亮在后面，月亮在左边，月亮在右边，无论月亮在哪方，只要我在走，往不同方向走，总能看到自己的影子。朦胧的影子投到草地上，投到路径上，投到树丛中，扭曲着，飘忽着。身躯变换着不同的方向，影子也在变化着不同的形态。月光给了我影子，证明了我的存在，而我的影子又证明了月光的存在。在真真实实中，在虚虚幻幻中，我感觉有一种虚无的存在，存在的虚无，在沉重中有轻盈，在轻盈中也有沉重。

我就这样走着，影子牵着身子，身子拽着影子，两者再也无法分离。当我弯腰嗅闻小径旁的花香时，花香就涂抹在我的影子上。我的影子很干净，我的影子很芬芳。影子下芳草也很干净，没有沾染上任何不洁的尘埃。这一切归根于月光的干净吧。风吹过，拂抚我的发际，我惬意且安静，一会儿仰头观望月光的皎洁，一会儿低头专注于影子的形态。我暂且在这影子里沉醉，不用去想月光之外的事情。那坚硬的文字，那尖锐的文字，那功利的文字，正搁在无灯光、无月色的暗室里沉睡。此刻，我只想阅读月光，阅读我在月光中飘移的影子。月光透明，月光无形，月光让我产生奇幻，飘移着我轻松的灵魂，飘移着我清新的灵魂。月光在抒写文字，我有幸读到了温婉的散文，读到了清丽的诗章。我在月光下行走，有幸能读到自己的影子，有幸能赏析到自己的影子。走在小径上，我赏阅影子的飘忽，我赏阅影子的清灵，我赏阅影子的洒脱，我赏阅影子的空远，我最为幸福。月光皎洁，肉体被忽略，被模糊。影子是否能代表我从身心里提炼出来的精神纯度？

我行着，走着，被影子牵引着，似乎有一种无形的力量把我推着。难道是月光在用它清洁的光能助我前行？难道是月光在用它神圣的光泽引领我的灵魂翩跹起舞？我的影子时而飘落到路径之外，我的影子时而拖曳在路径之上。其实我的影子不需要路径，我的影子不会践踏任何植物。我的影子无私，我的影子无害，我的影子与路径两侧的花草浑然和谐。月季花正开，紫红、水红、粉红……不同的颜色，此刻在月光下仿佛都失去了颜色，仿佛被月光染成了另一种颜色，染成了与我的影子一样的颜色。月季花在月光下才形成了它独有的光影，化为了文明的颜色，化为了善良的颜色，化为了同我的影子一样单纯的颜色。这是生命神圣的另一种样式，这是生命神圣的别样姿态。

中秋月亮正圆，中秋月亮很亮，黛青色天幕上不见一丝云彩，也不见一颗星星。一声犬吠，送来秋夜的清凉，送来月光的清凉，也送来一份额外的安详。月亮是海，月亮是河，泼洒给人间的都是温柔的圣水。灵魂在月光里沐浴，使影子变得更加晶莹剔透。我得感谢月亮，圣母在上，让我感知自己影子的存在。影子就是我灵魂的花朵，让我嗅到灵魂幽幽的芳香。影子其实就是灵魂的翅膀，带我漫游到红尘之外，感受到纯净无比的幸福。

秋天的守望

今年秋天，天气依旧凉得晚，处暑已过多日，到了早晚，才有些凉意。至此，也才算是真正感受到了秋凉。这算不算是秋天的正式开始呢？

一个双休日的早晨，天气晴好，沿途都是秋虫的吟音，我照常来到河边，坐在水岸上。周遭遍布美景，身处其中，我仿佛只是秋画中的点缀。面前的河洲上，几只白鹭在栖息；也有几只白鹭在飞翔，映衬在对岸的绿荫背景上，为画境点染着舒心的白。河边公园里，紫荆花粉红的花束，在葱茏的绿丛中，艳丽耀眼。头顶上，茂密的杨柳为我遮挡住强烈的阳光。秋蝉在密叶中叫唤，声浪歇歇停停，不时有蝉从枝干上掉下来，叭的一声落在水泥地面上，做苦苦挣扎状。这时也有凉风，悄无声息的，柔和而舒爽，温柔而体贴。我只感觉到临河的柳丝在微微地颤动，还有临河靠前的树叶也在微微颤动着。但是，转身看背后深处的繁茂草木，从它们身上却感觉不到任何风的存在，它们依然是一副沉稳不惊、安静异常的模样。风，就这样，像一曲轻音乐，若有若无、轻拂细抚地吹着。几片瘦黄的杨柳叶，飘飘然然落下，温温柔柔地打在我头上。

在这样的秋晨，河岸是很安静的，游逛的人不多。偶尔有人，一般也是单独而行，脚步静悄悄的。朝河流上游眺望，阳光下的河水，敞亮，安谧，几位钓鱼人坐在遮阳伞下，身姿一动不动，全神贯注地盯在河面上。对岸，几幢并不高大的建筑，稀稀落落，在连绵青山的映衬下，撑顶着浅蓝色天空的深远。

从远方传来斑鸠的唤鸣声，与头顶的蝉声一起，奏响了秋天动人的旋律。不过，倒是各有各的声色。头顶上柳枝里的蝉声，与河对岸的蝉声，连成一片。蝉的声浪，高低错落。这动人心魄的音乐声浪，还会恰到好处地停歇一下，留下一瞬完美的空白。只是斑鸠的叫唤声却更为执着，声调恒稳，对应着蝉们的急切之声。而且，在蝉们静默时，在万物静寂的片刻，斑鸠们也能极为适宜地发声，进行适宜的点缀，保持着自己那份独有的耐心。不远处，也有车辆从桥上驶过时发出的隆隆声响。还有稍远处，从铁路线上传来的火车鸣笛声，还有从周边传来的其他稀落的、温静的鸟声。但是在蝉声的笼罩下，在斑鸠的高调唤鸣声中，那些偶尔的声响影响不了秋声的主旋律。就这样，在这段河岸边，在我静听大自然的声息中，我迎来了更为光明的时辰，阳光也照耀了它该照耀的地方。周围的河岸地，再没有可供坐着发呆的阴凉地了。

看了看时间，已是上午八点多钟了。

我确实坐不住了，正好起身，沿河岸走一走。沿途，发现好几只镶着花边的紫色蝴蝶，或在低空蹁跹，或栖落在干净的地面上。不少低飞的蜻蜓，绕着膝腿打转。愿这些美丽的生灵们，能多陪我度过一些秋日的时光，留给我一些美好的念想吧。

今年的中秋节天热异常，次日便是持续的雨天，接着开始降温。在家憋了几天后，在一个雨停的晚上，我沿河边漫步。河水溢满河床，桥下滚水坝发出汹涌的水浪声响。一树丰盈的桂花身下，落满一地碎黄的花瓣。原以为桂花弥漫的香气，会持续到中秋过后，没想到因中秋节后的连绵长雨，打断了既定的进程，已不见桂花的踪影了。这样也好，我就可以闲坐高楼，倾听风声的呼啸了。在想象中，我看见风寒举起了重锤，开始锤炼秋的绚丽色彩了。即使桂花落了，即使桂花没了，我相信，不久的将来，秋天也会给我们回馈一个更加丰富多彩的世界的。

转眼到了寒露节，渐渐地，厚衣上身了。这一日，冒着小雨夜归，走进居住的小区，在一派寒冷气象中，仍可听见花坛里秋虫的低吟。从孕育到成长，身怀春夏光华的银杏树叶，已微微见黄了。

再过几日，便是霜降，这是秋天最后一个节气了。晚上，到河边漫步，身上的厚衣似乎抵抗不住秋寒了。可是银杏树依旧固执，还没有泛出富有震撼力的金黄。看来今年还得再等一些时日，才能赏观到银杏叶金灿灿的盛景。

霜降节气的第三日，是重阳节。下午，沿河边散步，看到开了几季花的紫薇树，细碎的叶子已泛红，给人以霜染的美感。天阴沉，空气带有浓郁的寒意，但清新凉爽。看来，秋，只有到了这个份上，到了这样的时节，才能开始显现出它应有的色彩和气象。这不禁让我又想起昨日山行，那开满黄菊、白菊的山坡，还有那铺满山脊成片的鼠尾草了。

再过几日，四处可见有叶儿红、叶儿黄了。穿梭其间的白蝶，倒是愈发稀少了。

再接下来，该立冬了，秋天该结束了，离春天就不远了。这里要强调的是，我说离春天不远了，并不意味着我急于要回避冬天。经过冬天的蛰伏，我们必定又要踏上春天的路途。时节无论走向哪里，毕竟都是我们的未来啊！

芦花白

洪水曾漫过的滩涂之地，芦笋借春天之力破土而出。没多时，墨绿宽肥的芦叶开始舒展，蓬勃野蛮地覆盖河岸。到了夏天，蜿蜒壮丽的芦苇荡终于形成，一道浩荡的绿色河流与沮漳河水并驾齐驱，莽莽苍苍，奔向远方，奔向长江。

秋终于来了，芦花终于白了，一下子，又扬举起那么多白穗头，陪衬秋月，陪衬一河绰绰船影，在沉沉夜色中点燃了星星点点渔火的愁眠。

秋夜静寂，站在芦苇丛边，芦花摇晃雪花的头颅，在高我几倍的空中沙沙啦啦，擎起音喉唱啸。一根根刚柔的丝弦拨动，激越起秋风的声浪。飒飒响应的，还有满月的光韵，还有星光呆望我身影的沉郁和悲叹。岁月凝望着岁月的背影，一年又一年的芦花染白了月光的鬓角，又将染白的一河秋水托付给诗意，沉重地压在我肩上。芦花摇曳，河流里桨橹欸乃，时而脆响，时而沉闷，激荡起暗波忧郁的幻影，也激荡起多少陈年旧事的回响。站在历史的画面里，历史无暇记住我这一刻的剪影，就像眼前的流水，单纯，又不着痕迹地流奔到远方。

沿着密密匝匝的芦苇丛，逆流而上，又顺流而下，一串串脚印在沙滩上曲曲折折，去追寻那一湾秋雪之白，看它们是如何蜿蜒地走向远方，走向长江的。最终，我的意志跟不上芦花在风中传承的步伐，我的心绪无法承接芦花呈送的柔情。更多时日，我只能赤足伫立在沙滩，脚掌踩覆柔湿的细沙，直至被压挤沁出的清水悄悄淹过脚趾，淹过脚背。但我不畏冷湿，仍长久呆望。芦花眉目传情，由近及远，曲曲折折的穗丛，像一湾绸缎，牵引着我的眸光，顺向河流的曲线，放飞我的情思。帧帧画面，柔情似水。在无限遐思中，我将诸多的脸谱融汇到河流的无穷变幻中，眼前浮沉起岁月的记忆和感怀。

涌涌荡荡的芦花，雪白了千年，传递着祖辈们的旧情爱意：“蒹葭苍苍，白露为霜。所谓伊人，在水一方。溯洄从之，道阻且长……”我一咏三叹，诗句也道出我幽幽的情思。这情思“哀而不伤”，只有忧愁，没有哀伤。这忧愁是思慕佳人的忧愁，是美好岁月流逝的忧愁。

诗中，在水一方的佳人，现已不知身归何处，思慕她的人只能在诗中想象。她真逝去了吗？如这日益枯竭的河流，日夜软弱地向我悲鸣，乏力地沉淀着思念。我本想为她写诗的，在白穗的柔秆下，在凝望沙滩的足痕中，我挥笔了却漫无目的的思念。见证人类美好爱情的芦花，请问在你们霜白之际，那与你们邂逅的千古爱人，现今都去哪了？此刻我只能站在你们的白穗下，靠遐思去经历爱意的萌动，去承受诗意的惆怅，不禁也思白了头。那曾在《诗经》里邂逅佳人的才子，才是真幸运啊！

沿着芦花白指引的蜿蜒河道，我行走不息。我行走在现实的河流中，我又飘荡于远古的风色里。我追随那包裹诗魂的青衫人，真想去做那采诗人。

秋　萤

寒露一过，渐入深秋。夜色中漫步河边公园，柳丝拂水之际，一道银色的光线斜穿水波而起，瞬间从密枝间划出。不一会儿，一只孤萤落坠草坪中，一丁点儿的萤光，在草丛里忽明忽暗，合拍着秋虫残声的起落。有关萤火虫温情的记忆，细细弱弱地浮现在脑海里。

在我印象中，萤火虫是乡村夏夜的美好点缀。儿时夜走稻田田埂上，稻田里有群萤飞舞，银线缤纷，伴着星夜蛙鸣，渲染出浓郁的夏夜风情。有时，也有孤萤飞到屋台前，引来孩子们雀跃，争相追逐。只是在夏夜，萤火虫飞力遒劲，偏高，极少有被芭蕉扇扑落的。若有幸能扑落到几只，则像珍宝似地放入透明的玻璃瓶里，挑在竹竿上照明夜路。有时还会将装有萤火虫的玻璃瓶吊挂在夏夜的蚊帐里，在一方忽明忽暗的小天地里，做一些懵懵懂懂、多彩的稚梦。

往昔萤火虫的画面清美而浅显，随时光流逝倏忽晃过。之后在匆匆过往的岁月中，萤火虫再没有出现过。栖居沙漠戈壁，萤火虫是请不去的贵客。在城里飘荡，游历四方，萤火虫仿佛从我生活中剥离，消失，直到被渐渐遗忘。转眼人到中年，没想到，在深秋，在这特定的年龄阶段，在这样一方河岸的草木间，萤火虫以这种孤寂的方式，与我重逢。

从此，晚饭后去河边闲步，又多了一份心思，我希望能看到萤火虫，能看到萤火虫在夜空中闪耀。连续几日，总就是那么一只萤火虫，囿于一方空间飞舞着，孤独地闪烁在我漫步的暗夜里，闪烁在树木暗淡的背景里。只是，这闪闪的光点，这点划线般的银线，多是出现在低处飘燃。一次，追逐一萤点到它正欲坠落的地点，没想到这萤火虫却落在我的裤腿上，缓缓地爬动。

我用手指头将它轻轻摘起，放入另一只手的掌心里，它爬动了一会儿后，又自个儿离掌飞去了。

又过几日，晚上去河边散步，那原地的孤萤不在了。我继续前行，扩大搜索范围，万般失望之际，在另一处人迹罕至的草地树丛里，一只孤萤闪现了。它几乎贴地飞行。我赶紧趋上前，伸出双手，很轻易地就将它捧入掌心里。它身子在我温热的掌心里翻来覆去，动作显得很吃力。它翻仰身子时，腹尾上露出两条像日光灯一样的发光亮带，两条光带是平行的，各有点弯曲，一长一短，又像两只亮晶晶的微虫。它在我幽暗的掌心里不停地爬动、翻滚，发出晶莹的光芒，两根头须不停地蠕动。不知怎的，它就是不再想飞了，它确实没有再飞的欲望。但是我希望它飞，希望它能燃起微火，重新启航，去照亮深沉单调的夜空。是的，它本应该属于夜空，它应该飘舞在空中去展现诗意，去展示生命的光华。我将它抛出，第一次，它无力似的直落到草丛里。我小心翼翼地将它捧起，再一次用力抛出，助飞之后，孤萤终于起飞起来了。

又过了半月，在河边草滩上，我仔细搜寻后，又发现了一只孤萤。只是它低飞了一小段距离后，就自坠于草坪里。我拾起它，这一次，再怎么用力抛捽，它无动于衷，飞不起来了。耐心抛捽几次后，它还是落到草坪里去了。我蹲下身来，扒开萋萋荒草寻找，可再怎么费力，也找寻不到它了。因为，它身上仅有的一点微光也熄灭了。

最后一次看到孤萤，是在农历九月二十。一只孤萤，贴地而飞。不等我走近，便落入草丛中熄灭。我弯下身子，拨开草茎，仔细搜寻，再怎么努力，怎么也扒寻不到它了。

“腐草无光化为荧”——萤火虫从腐草中诞生，寂灭后又会归化到腐草中去了，这是遵循生命循环的自然天道吧！我想，萤火虫的生命历程是圆满的，我没必要为之感伤。只是在深秋那段特殊时日里，我遗憾从没有看到两只相伴而飞的萤火虫，更没有看见凑堆在一起的萤火闪耀。孤独的萤火，闪烁着自己的生命之火，终于完成了最后一段孤清的生命旅程。或许，这最终的大孤独，才成就了大圆满吧！

转眼又到了冬至，我知道，今年再不可能看见萤火虫了。我不知道明年深秋，我在河岸，会不会等来秋萤，会不会等来秋萤那飞舞着的孤独。

一车秋菊过老街

一条老街，被搁置在深秋时节。

一位卖花的老妪，推着一辆三轮车路过。一车金黄色的菊瓣，闪耀着金秋的惊艳，喷发着湿香，颤颤悠悠，“招摇过市”，从我身边晃过。

我并不熟悉这座城市，走进这条老街也纯属偶然。抬眼打量，一条老街的主干道，缩起成片的古屋。老屋墙体斑驳古朴，连绵错落。寻常巷陌，曲折通达，延伸开去，淹没了一幢古老的教堂。

一车金黄色的菊瓣，散发着袅袅菊香，像浸染的岁月，像风物的新变，从我身边走过，又不停歇地远去，将我从麻木混沌的状态中唤醒。贮存于生命底色的记忆，此刻被一车艳菊照亮。恍惚间，感觉我又似乎熟悉这条老街，仿佛这里处处残留着我生命的痕迹，散发着我生命的气息。别样的惆怅，从心底滋生，漫溢。

傍晚降临，疏离的街灯，从古树婆娑的枝叶中漏泄出迷离朦胧的光亮，幽雅别致的东方风情扑面而来。老街老屋，不适合成为繁华的商业市街，独特的幽静古朴，倒成了茶舍汇聚的休闲之地。临街一间老屋，窗扉幽明，木刻的招牌，寂寥地横悬在门楣之上，告诉我：这是一间咖啡屋。

踱进去，里面倒显得宽敞。依窗而坐，松软的藤椅撑卧起疲惫的身躯。室内，灯光温馨迷蒙。墙上，挂着镀金边框的大型古罗马油画；还有西式的壁炉，弥漫着浪漫的欧式风情。透过轩窗，灯火阑珊的街景，还有古屋石阶，在暗夜里散发着悠悠灵韵。人影幢幢，芸芸众生，一群群都市人正经历着浮华与喧嚣。在东方与西方风情的交错中，在岁月的流变中，又有多少人能重拾起飘落的时光，沉湎于对陈年旧事的怀想？

精巧的茶匙在深褐色的咖啡里搅动。咖啡比秋风浓稠。品啜入胃，温暖心窝的歌谣一瞬间变得可视可触。钢琴声如泉水叮咚般奏响，那深深的落寞与美丽的愁绪，随琴声，缓缓渗透到我灵魂深处的隐秘角落。任窗外脚步匆匆，任秋光飘忽不定，我只想呆坐一阵，用来抖落风尘满身的疲惫。眼角的余光，也会偶尔扫射一下窗外的街巷路道。除了歇息身心，我是否也在等待那一车秋菊的晚归？

然而，终究没有等来。走出咖啡屋，站在老街街口，回望那一车秋菊消失处，我只观瞻到一方灯火迷离的空蒙。

壮阔的秋雪

中秋过后，壮阔的秋雪，铺在农舍前后。我知道棉花白了，星星点点的柔软，串起一畴畴白晕之光，铺开了宏大朴质的温暖，照亮了旷野，也照亮了低矮的草棚瓦舍。

棉花绽开了白，散落在田野中。是谁张开粗糙的手指，在雪白间揪捏飞舞，让朴实的温暖走进人们的生活日常？

一群表姐们，一大堆乡下无数的表姐们在拾摘棉花。她们长长的辫子甩在身后，白底碎花的衣衫与雪白的棉花相映，灵巧的双手在棉枝间穿梭，手背不时被黑硬的棉壳尖划破。汗水湿透衣衫，盐渍的白，映衬棉花的白。表姐们伏身的身姿像美丽的云朵，在田野间逐渐飘荡远去，在劳作中逐渐飘向雪白的远方。田埂上开满了野菊花，吻含着秋风，诗意般晃颤。它们星星点点，眨着眼睛，贴伏在草丛中笑吟吟地看我。终于看不见远去的表姐们了，她们像微小、美丽的野菊瓣，在秋风拂荡中，缥缈无踪。但我能感受到她们会不时地回过头来，一双双美丽的眼睛，向我投射来爱怜的柔光。这一双双眼睛，多像我周边的野菊花那般温柔美好啊！表姐们远行天际，只留下了我，只有风陪伴着我，只有野菊花陪伴我。我在棉田里疯跑。风跑累了，野菊花打盹了，我也跑累了，就躺在棉花堆里，看阔天云飘，听虫吟鸣唱，然后沉沉地睡去。

中秋明月升起，村庄里的表姐们停止劳作，她们从棉地里起身，向我走来，带我回家。她们似乎永远都在对我微笑。即使不开心的表姐，一看见我就旋即松开紧锁的眉头，对我微笑。其实我常瞥见她们皱眉的样子，我希望她们能舒展眉头，一直对我微笑，我希望这柔软的微笑能化解压在她们心底上的石头。我跟随着表姐们走回村庄，打开篱笆的门。不一会儿，草壁上开始漏出细弱的灯光。白露秋歌，凉风骤起，茅檐下的草帘，被秋风掀荡。表姐们饭后在油灯下补衣纳线，她们安静地坐在椅子上，化成了一株株向往爱情的小草。她们在黑夜里终于敞开心扉，她们幽深的心思此刻终于被星光点燃。我在睡梦里看见，她们时而暗自微笑，时而暗自垂泪。

夜半三更，她们还搁放下带针线的补丁衣衫，独自走向黑夜的旷野。我尾随表姐走向黑夜，黑地里站着的表姐，像站立的一株柔软的棉花。长辫子的表姐，她们的身影，像从黑暗天壁缝隙里漏出来的丝丝星光。她们站在棉地里，心里依旧压着沉甸甸的石头。她们痴望着星空，在油灯照不到的地方，长成棉花的样子。她们独自在野地哀伤，黑发上留下一绺绺星光的白。我能看到她们眼角的泪。那微弱的泪光，在油灯照亮不到的地方，像遗落在人间的小小星光，微弱地闪耀着生命的光芒。

长大了，我开始明白，无数个贫寒可怜的表姐，无数个柔弱善良的表姐，都是棉花的代名词。她们是一朵朵鲜花，又是一株株普普通通的植物。她们就像棉花，有花之名，却花开无色。她们用一朵朵孤独的白，织成乡野秋雪的壮阔，织成爱的风景，带给人间温暖。她们区别于春花，区别于秋实，更区别于雪花的消融无常，是质朴爱的化身。其实，她们才是最美丽的花朵，是贴身踏实最温暖的花朵，是滋养我们美好生活的本源。

从此，只要看见白棉花，我就会想起那无数个的表姐，那些在生活艰辛中仍秉持着善良和美好的表姐。她们是花朵，也是温暖。

芳草弦音

黄昏，微风沾衣，立在花池旁休憩。花池里花叶并不多，更多的是空闲之地长出的一些稀稀落落的青草，纤纤细细的嫩绿，被夕光染照得透亮。

忽然一阵风来，柔细的小草们颤动起来，不是舞蹈般大幅度地摆动，而是像琴弦般微微地颤抖，似乎被千万根无形的纤指轻拢慢捻。我被这奇妙的动感吸引着，不仅听见了音乐的声音，而且实实在在地感觉到了音乐的形态。余音袅袅的天籁，在眼前飘荡，在耳边萦绕。

一只小黄狗蹿上来，前爪趴着花池墙，伸舌要吃音乐的草了。难道它依靠灵敏的嗅觉也闻到这音乐的香了？一旁有人提醒我说，这狗或许是想借这嫩草，来消化它那因吃了过度的油腻食物，而造成的肠胃不适吧。但我仍执念地认为还是音乐草的魔力，招引来狗对它们的钟情。

是的，你看，你听，和风拂来，纤草战栗，抖身舞蹈，拨响它冥冥的音律之声，泼洒起它阵阵的清新气息。在我周身，洋溢着一种奇特的魅力，催人振奋，扬人精神。难怪，一经这音乐草的浸染，连那沉郁多时的夕阳枯脸，不也开始鲜活了吗？

风吹草动，疾风劲草，此类词句所表现的是一种狂动，或是一种奔放的状态。如果在草原上，如果在莽莽旷野和荒原上，倒是一幅辽阔粗犷的壮美画景。但是，若与颤动在眼前的纤草相比，却是少了这般音乐的柔美。纤草为弦，被风的万千无形纤指拨动着。拨动的不仅是万物的心弦，也是人性深处的柔美之弦。你若善于发挥想象，你就会发现，原来演古筝的女子，那无数个美丽的女人，现在就坐在你身边，仙气袭身，活灵活现。她们低眉拨弦，奏响了大地心灵的颂歌，用来舒缓我们灵魂的沉重啊！

纤草借微风之力，献给我一场无声的音乐，这倒启示了我，纤草虽身居俗尘，却制造了清新的空气，美化了自然，是大自然的清净之物。它们没有奸巧的心机，它们没有索取无度的贪婪。它们是大自然的仁者，具有伟大的善心：它们不仅提供给牲畜食物，提供给人类清新的空气，而且从不会去伤害其他生灵，更不会去杀戮和掠夺同类或者他类。人类受益于他们，而这益处无处不在。譬如，就在这特定的时刻，就在这不可捉摸的无形时光里，它们让我意想不到地享受到了音乐之声和瑶池之乐。它们在为大地抚琴，赋予大地柔美的情怀，也赋予我心灵丰富的感怀。

荒漠沙枣

跋涉在雄阔荒寂的罗布泊，如果有幸，便能邂逅到三五棵沙枣树。这戈壁上生长的乔木，树干奇特坚硬，树皮沧桑灰黑，叶却细碎，绿得暗淡，绿得低调，稀疏地点缀在荒凉干涸的戈壁上。

现在是深秋，正是沙枣果满枝的时候，我遇到了几棵沙枣树。沉甸甸的沙枣果，像奶牛的奶头一样饱满，在我头顶上悬荡着。伸手，攀摘一颗沙枣，放入嘴里，用牙齿咬碎。舌头搅动着，慢慢咀嚼着，感觉这破碎的肉质里有一种如沙粒般粗粝的感觉。这是一种特别的味道，让你感觉不到透彻的甜，却又值得你反复去咀嚼，去细细品味。干脆，摘一捧沙枣果，背靠在树皮皲裂的树干上，一边极目远眺绵延铺陈到天际的沙丘，一边咀嚼着沙枣果。咀着，嚼着，咀着，嚼着……慢慢地，我品尝到与沙丘某种相通的味道。慢慢地，我品尝出一种甜味，这甜味充溢在整个口腔里，像是从沙漠深处冒涌出来的晶莹泉水那般甘甜。

风挽着沙尘，沙尘挽着风，唱着，哼着，扫荡而来，又扫荡而去。渐渐地，也捎着我感知的味道远去了，揪着我青春的尾巴远去了。在荒漠空茫的秋空下，我蓦然感慨起即将逝去的二十九岁，这正是青春一个重要的临界点。端坐在荒丘上，在浩荡的漠风中，在迷迷蒙蒙的苍景中，呆望着游离在荒丘间的沙尘，听着它们不停歇的、枯燥无味的歌吟，心生无限感慨。我就这样长时间地坐着，口腔里咀嚼着沙枣果，久久眺望那无边无际的大漠荒景，反复回味着飘散在大漠深处的青春年华和单调时光。

一阵阵沙尘从身前掠过，攥捏沙枣果的掌心已空空落落。起身，回到沙枣树下，手掌摩挲着扎手的开裂树皮，这树皮粗糙得真让人揪心，让人叹惋。

这几棵孤傲的沙枣树啊，成长在干渴的死亡之地，抗争在昏黄的风沙之域。它们挨过了自己的青春韶华，又迎来中年的满满收获。它们在绝境之地，磨砺出生命的本色，也撑展起自己丰满的理想。它们属于远方，坚毅的目光，始终凝视着更远的远方。它们才是生命的榜样，是力量的源泉……

坐着，想着，起身，又坐着，又想着……直到血红的夕阳西沉，才起身返归营地。临走时，又摘来一把沙枣果装入衣兜里。归途中，常扭头回望那几棵沙枣树，它们沉默敦实的身姿，浮雕般地凝固在荒漠深处，也就这样凝固在我记忆深处。

回到驻地，钻进帐篷，一张简陋的折叠单人床，一张简陋的折叠桌子，还有一把简陋的木椅，在空落中等我回来充实。我将沙枣果从兜里掏出，一把一把地放在蒙有厚厚沙尘的桌面上。望着沙枣果，独自坐着，想着，那几棵沙枣树的寂寞孤影又浮现在眼前。风声豪迈，沙尘随影相随地钻入空荡荡的帐篷，撒在桌面上，撒在床上。不一会儿，白床单上就铺上了一层厚厚的沙尘。沙尘撒在床单上很均匀，开始是浅灰色，愈来愈厚，最后变成灰褐色。抬手，习惯地用手掌掸拍床单。沙尘纷纷坠地，不染衣被，恢复了白色的本色。不一会儿，床单上的沙尘又蒙撒了厚厚的一层，等我再去掸拍……

罗布泊，那个秋夜

望着设备塔顶上的那盏炫目的灯光，我蹒跚着，独自，朝它奔去。

哦，现在，已是深秋了。此刻，缠绕在我周身的，没有秋风的爽，没有秋意的浓，没有秋吟的诗……此刻，已是夜半时分，在罗布泊，只有满耳风啸，一片死寂。此刻，使命，急需我从营地的居住帐篷赶到施工点。

要到达目的地，只有一段路。这段路，只是一段很平缓的坡路，几公里长，是人工修成的一条简易道路，坑坑洼洼，凹凸不平。

这段路，白日里，我无数次走过，轻松得似乎将它忽略，将它遗忘。白日里，沿途，引起我注意力的，在眼中重复叠加的，永远只是戈壁荒漠那一派荒芜寂寥的单调和开阔。

此刻，就在暗夜之中，就在这段路上，我感觉到路途不再是那么短近，步履不再是那么轻盈，而路途仿佛不再是路途。我像是流浪到另一个荒寂暗冷的星球上，前行每一步，是那么的艰难，又是那么的深不可测。

走着，走着，走不了几步，粗糙不平的路面，一下子让我跌落到了低处。

那塔顶上的灯火光明，突然在我眼前熄灭。牵引我的那根线断了，那根光明的线断了，那唯一的光明丢失了。我仿佛陷入黑暗的沼泽地，我仿佛跌落到了深渊里的深渊。荒漠黑沉沉的洪流，一下子扑涌过来，将我罩住，将我淹没。我窒息了。一股股气息，带着巨大的压力，压迫着我，挤兑着我。我想，此刻，在这夜海茫茫的神秘之地，如果有任何危险从暗处潜来，把我掳去，把我吸去，将我招去，必定无任何人知晓。是的，我会像一粒沙尘一样，消失得无影无踪。因为，在这里，即使在白日，即使与群体近在咫尺，一个离群的人，也是很容易失踪的。

此刻，我被围困在黑洞中，只能听到两种声音。

一种是在远处高举着灯盏的那座高大的机械设备之声。发出的声响，低沉有力，似乎隐隐约约，似乎又显得分外清晰。或许，只有在被罗布泊浓重的夜幕包裹后，在如此寂寥的时空里，才会发出如此的声音吧。那种奇特的声音，仿佛被某种神秘力量修饰过，包装过。

另一种声音，是漠风的吼鸣之声。深秋荒漠，夜半风声，比白日里更雄浑低沉，不事张扬，却又极有力量。回旋的寒气，奇冷异常。我身着厚重的军用皮大衣，仍难以抵御这刺骨的冷寒。

在恐惧与冷寒中，心情只能在这仅有的两种声音里纠结。这两种声音，单纯，沉闷，交织在一起，让罗布泊的黑夜，仿佛又有了一种无形的强大的死寂力量。这交织着的声音，鼓舞着我，又压迫着我，像是形成了一个巨大的黑色漩涡，让我浮旋其中，随时想让我沉没，随时又在托浮着我，不至于让我下沉……

或许，人在恐惧之中，都会本能抓住救命稻草吧。耳朵，此刻分外灵敏，在仔细地辨认着，辨认着方向。我要从这风声的吼诉中，找寻到那单调而沉闷的机械之声——这是人类幸存于这死亡之地的唯一声息。这声音缥缥缈缈，断断续续，像一根软软的丝带，一方面，它飘忽不定，不可捉摸；另一方面，它又像是在撩拨你，每当你陷入绝望时，它便从远处伸出手来，从前方的黑暗中递过手来，呼唤着你，仿佛要把你从黑色漩涡里搭救出来，解救出来。因此，这声音啊，就是我前行的灯塔，是我唯一的方向，是我奔行向前的信念。依靠这声音的牵引，依靠这一根无形而软松的声带的牵引，我蹒跚着，终于走到路面的高处。

当塔顶上的灯光闪亮在前方，恍惚中，我仿佛又找回了生命的全部希望，浑身充满了力量，沿着坑坑洼洼的简易路面，趔趄着，向那灯光奔去。那在黑夜中刺眼而又微弱的灯光啊，孤独地高悬在罗布泊深处，亮耀在罗布泊黑暗的深处，无时无刻不在抵抗着四周强大黑暗力量的围剿和进攻。那光明的微弱，像是来自宇宙黑洞深处的叹息；那强烈的灯光，又像是黑色海洋里的灯塔，指引着绝境中的人，走出身心迷失的险途。

随着路途的跌宕起伏，随着灯光的丢落与重视，心绪，也在戏剧般地发生变化，时而欢欣，时而悲凉……在这短短的路途中，在这对光明可望而不可即的路途中，灵魂深处常闪现出一帧帧奇幻的景象，升腾起一股股奇异的力量。身体似乎被一股神秘的气息拽拉着，推动着，不由自主地，本能地，朝着那光明的目标，奔去……

戈壁葵花

金黄色的洪流在戈壁上漫涌，一浪高过一浪，在我立身之处，偃旗息鼓。

我被抛到这烽火激情燃烧的堤岸，处在这金黄色与灰褐色的分界线上，无力制止这热忱与荒凉之间的无休无止的厮杀。

葵花们脸挨着脸，炽热的火焰，温情的火焰，在我面前形成了一片金色的火海。面对群葵簇拥的景象，我忽然想起内地的一些葵花，在屋坡上，在田垄地沟旁，一杆一盘的，鹤立鸡群，在杂木与庄稼丛中，开得宁静，开得亮丽。花葵吃力地举起头颅，缓慢地扭头转颈，紧随太阳的步伐，一刻也不敢掉队。那孤零零的黄脸盘，像是阳光的伤口，又像是太阳滴落人间的巨泪，我不知道它是否也渴望过壮阔。

未曾想到，如今远行天边，岁月的行囊在这一刹那被打开。我，一具满腹杂念的凡俗之躯，在这二重色调中，在戈壁与葵花色彩落差的震撼中，终于体验到什么是花海壮阔，什么是生命的本色和厚重。葵花们笑靥如金，向太阳目不转睛，虔诚地向我传达着理想，为我打通心灵的迷途；向我昭示：什么是对目标的坚定执着，什么是生命的激情壮阔。

想想吧，孤葵再炽热，光芒再明亮，怎奈只能坐拥狭地，无论如何旋转，如何挣扎，仍走不出颈脖的窠臼。那孤独的一朵，总显得苦苦怨怨，萎靡不振。如今，上帝的巨指一拨，我便站在这里，站在这积攒全世界葵花的戈壁荒滩，在苍茫明亮的盛景中，震撼于这些卑微生命衬托起来的艳丽江山。是的，戈壁因博大，才会产生壮阔的向日葵园地。如今我来到这广博之地，身处在壮阔的戈壁与壮阔的葵花之间，感受着这金色洪流的喷薄漫涌，除了感激大地，归根结底我还应该感谢太阳吧！

太阳也是一株昂扬的巨葵吧，脸盘金黄，喷射光芒，永不凋谢。太阳真是孤葵吗？却又不是，因为低处还有我。我站着，仰望着它，我的生命要依托于它。我也要成为一株葵吧？一双浅浅的脚埋在遥远的戈壁。我用尽全身气力，仰起脸，引脖，朝向那太阳，朝向那光明，绽开着笑脸。我渴望阳光用透亮炽热的光芒沐浴我，淹没我。虽然，我够不上太阳，但我能踮起脚尖，向太阳伸出双手，缩短我与太阳的距离。虽然，我永远够不上太阳，但我可以认太阳为父亲，认大地为母亲，认簇拥在身后的万千朵葵花为兄弟姐妹。这样，我虽生在低处，同样会把精神搁在光明的高处，把心灵融汇到浩瀚的宇宙。如此，我成为博大土地上和壮阔天空里不可分割的一分子。如此，我才会心灵不死，精神永存。是的，有了太阳的哺育，有了万千株葵花的相伴，我就永远不会死去：我灵魂的颜色，被熏染得金黄；我的灵肉，变成了一株永恒的巨葵；我的头颅，融入云端之上；我的双脚，仍踩踏着庄重的大地。

立于天地，牵手太阳，我要像戈壁葵花，将生命怒放。

孤　山

初涉云贵，一座座孤山，山高千仞，底盘圆稳，尖尖的山巅直耸云霄，乍看都是些标准的圆锥体。各山体之间，又拒绝连绵，拒绝执手，以唯我独尊的气度，盘固在蓝天阔地间。

暮色中，从孤山间穿过。一座座孤山，穿戴起深蓝色的衣袍，表情沉静，神秘亲切，欢迎我造访。无数次从它们身旁路过，无数次端详凝思它们的尊容，我猛然发现，各孤山之间，似乎又有某种道不明的神秘联系。它们似乎一直都在遥相呼应着，共守着某种精神特质：沉稳，谦卑，又昂扬向上，随时与上天保持着沟通。

每座孤山的脚下，留给人类一片空旷之地，用来耕作生息。车行其间，一幅暮色山居图展现在眼前：一座高大的孤山脚下，坐落一座古朴低矮的石屋院落。屋台比周边稻田高一些，院后门敞开，搭有三五步台阶，与稻田毗连。院内，一位取水洗菜的老妇，与一背幼儿的少妇，正凑在一起闲聊，几位孩童围在一旁嬉戏。孤山暮色，四处弥漫着一种禅意般的招引。久远的生命气息从暮霭中袅袅渗出，潜入我体内，渗透到我血液里，与我相连在一起。缥缈的生命气息，仿佛也是一张网，兜住我一颗无法安放的漂泊的心。我成了哑者，灵魂游离在一帧帧苍茫的图景中。我在远古记忆里搜寻，试图从中寻出千年万年前我的身影。很久很久以前，我似乎来过这里，在这里活过，死过，喜怒哀乐地闹腾过。宁静、诗意、刀耕火种……众多的词汇在我脑海里交织、缠绕。我忽然想停下，想留下，想住下。我无法用连贯的言语表达出对这份岁月静好的倾慕，对这份寂寞如水、闲散适意生活的羡慕。

夜色降临，歇息小镇旅舍，一座孤山就蹲望在窗前。山上杂木隐去，深蓝色的锥体杂芜尽除，呈现的山体轮廓，纯净而规整，神秘伟岸地守望着一镇灯火。孤山身后，罩披着深邃无际的天幕，天幕上缀挂着无数的星屑。深蓝色的山体，无言闪烁的星辰，组成深远、奇妙的景象，显露出深玄寂寞的情绪，将小镇稀疏的灯火逼视得熠熠闪耀，又和谐安详。就这样，久久伫立于窗前，在一人一山的孤静对望中，在与静夜的默默相守中，心灵被温润，灵魂被激活。一种超远的禅心，在身心里荡漾。我仿佛回归到了生命的本源，透明而又安详。

千年万载，斗转星移。座座孤峰，拒绝连绵，唯我独尊，以强大的内心，独守人间，点评着宇宙的本质。我惊叹上天匠心般的安插。如果说，一人如一山峦，一人如一孤峰，那么，我们每个人就应该像这些孤峰一样，竖立在浩大的天地间，修炼出沉静之美、孤独之美。在俗尘生活里，打造一颗世外的心灵，寄灵魂于高巅，去仰望宇宙，去吸纳天地灵气，去谛听生命本质的回声。

重阳登高

骑一辆单车，从居住的小城动身，我向一座秋山进发。

农历九月初九，重阳节，俗称登高节。此行目的，潜意识里自然有登高的意愿。

出城前一段马路上，厂房林立，车流喧嚣。直到过了玉泉路口，拐进一段新修的柏油路后，车辆才陡然减少，清净氛围渐渐浓郁起来。

天气有些阴沉。一路冷风拂面，散发浓浓的秋意。沿着新修的自行车道，我悠然地骑行，观赏沿途的风景。平缓的山丘，依旧一派葱茏，农舍，池塘，星星点点，点缀其中。偶尔，会遇到一丛丛芭茅草，很显眼地扬展其硕大雪白的花穗，随风飘拂的风姿，触发一派深秋的气象。但也有遗憾，以往沟壑间、田垄上，那一丛丛黄色、白色的野菊花，今秋再也寻不着踪迹了。地面被人工修筑之后，菊花们仿佛一下子就躲藏了起来，湮没了痕迹。

一小时二十分钟，终于到达了目的地。停摆好单车，与几位朋友在玉泉寺山门前会合后，便向山寺里信步走去。一过“堆蓝晚翠”的牌坊，我们便一下子融进了古木参天的幽静境界。其中，有一片密植的云杉林，枝叶苍翠，挺拔参天。不过，若要欣赏到杉林染红的壮美景观，得要等到立冬过后。

玉泉寺的植物是出了名的。相对于北宋年间建造的铁塔，每次到玉泉寺，我更钟情遍地可见的古木，钟情于树木幽深带来的清爽气息和静谧氛围。去而又来，来而又去，每一次并不觉得烦腻，其中重要的缘由，便是能够享受到在香火的熏染下，这一片山林古木所带来的心灵安详。

古寺殿院中，有一棵四百五十余年的古柏，还有一株一千二百余年的银杏；殿外，更有三百多年的风杨，高达二十多米；古寺外，院墙边，有生长着四百多年的蓝紫薇，另外还有一棵一千三百余年的唐代银杏。从四海汇聚而来的游客，想必对玉泉寺的这些古木都会有一番颇深的印象吧。一位同行的朋友指着那棵古柏对我讲，相比较而言，柏树才是长寿之树呢。我仔细端详，它真长着一副长寿之相呢，钢筋铁骨的敦实模样，仿佛能挺熬住千年万年的风雨沧桑。这也是为什么很多古寺里，都有较多古柏的缘由。玉泉古寺内外，不仅有古柏，而且，身姿巍然挺立的松树也随处可见。只是很可惜，山坡上一棵松树枝叶已显枯黄。今年有三个多月没下雨了，虽说松树的根很深，但也抗不住这久旱带来的干渴，和由此引来的虫害。看来，即使有再坚强的筋骨，树木若缺了水，也便无从坚强了。

爬登玉泉山，才是我们此行的最终目的。经过关公显圣处的石表，走过珍珠泉，沿着宽敞的柏油马路，绕道后山，我们悠然而惬意地登上了玉泉山巅。沿途虽一派绿意，但树林已呈现杂色，各种层次的黄叶点缀在山峦间。山顶有一茶园，依山势绵延。山巅上有高大的橡树，成片成林的。地面上零零落落掉落一些像刺猬般的带刺的果壳。我捡拾两颗，不顾刺扎，装入并不厚实的衣袋，准备带回家中。因为我与这橡子是有缘分的。以前，一位卖花卉的老太太，家在离小城不远的山下，她常踩着三轮车拉着自家种植的花卉，停在到我家门前摆卖。闲时，她就坐在我家里茶桌旁，喝茶聊天。时常，她会捎带自家产的蔬菜送给我们，有时是几根茄子，有时是一个葫芦，有时是一把葱。印象最深的是一个深秋的时日，她送来半塑料袋的橡子豆腐，说橡子是她到自家后山上采摘的，因为第一次学做，所以成块的少，她把几块最大最完整的挑给了我们，散的则留给自家吃。老太太爽朗健谈，阅历丰富，懂得不少生活小常识，以及民间养生防病的小偏方。从那时起，我就滋生了要寻源的欲望，一直想去见见制橡子豆腐的橡子树，看它长得究竟是什么模样。

一路赏木观景，登上山顶之后，我们就要沿着新修的石径路下山了。沿途，擦肩而过的登高者，男女老幼，有的喜笑颜开，有的愁眉苦脸。但无论怎样，想必他们内心都有一颗登高望远、祈望平安的心吧！

在这之前，曾无数次登玉泉山；而这次重阳节登山，倒是第一次。因此，产生了这些新奇的感受，还是忍不住记录了下来。

正午的阳光

转向阳光的窗口，他怅然凝眸，面朝远方。

初秋的阳光细细碎碎，筛不进他忧患的心房。干脆，探身窗处，俯瞰更广阔的远方。季节正披着真相的大氅，驰骋天边流浪。风，睁开眼，掀起一树又一树的波浪，层层叠叠的绿痕，颜色深浅不一。他情绪的浪潮，也像这波动的绿意，一会儿跃上波峰，一会儿跌入波谷。

这是正午，不少的门窗坚定地闭着，不少的枝叶在窗前翻动、缠绕，浓烈的苦涩气味仿佛在重温夏日的梦境。他吸了吸因秋凉而敏感起来的灵鼻，打出的喷嚏响亮而夸张。

窗下路街，攒动的头颅不停地晃荡着，像祈愿瓶，随水势上下颠簸，漂荡在秋风温软的河流上，一浪高过一浪。众多鲜艳的脸，一张接着一张地绽放。丰富的面容，或灿烂，或浅笑，或舒展，或扭曲。众多的脸在无声地相互吸引着，又在撞击着、排斥着，宛如半山坡上串串黄野菊摇曳的阴冷肉身，发出叮当的脆响。他听得见。

不忍看窗前局限的世象，他迈开腿，走向室外，走向秋野，立于静地里。他四周环顾着。这是正午啊，阳光单纯，繁殖着光芒，照耀脚下单一色的碧草地。他像突降另一星球的外星人，头发上沾不上一丝尘世的情恋露水。

几名少女叽叽喳喳，像从另一时空里霎时钻出，走在他脚下蜿蜒的山径上。时尚的衣衫款式，花花绿绿的颜色，让秋刚睁开的眼帘又紧紧闭上。这一刻土地似乎温暖了，空气更清洁了，鲜活的生命舞动起活泼的俗尘气息，四处弥漫起香樟般的仙气。

他抬脚，踢开一枚石子，把擦肩而过的梦境一同抛甩。仰头，去搜寻蓝天，好让被激励的灵魂蹿起，如白鸟惊翅，跃升而去，蹿入天宇。

这天空，真是蓝啊，好像一块完整无缝的蓝玻璃，寻觅不到一丝云彩的缝隙。“不如看花去吧……”他有些失望，喃喃自语道。而从此刻起，他的双脚好像成了懵懂孩童掌心里没有了电池的火车玩具，被剥落了动力，移动不了半步。刚被撕扯开的半个灵魂，像脉动的心瓣，合拍着正午的慵懒节奏，无力地烁动着，张合着。被遮掩的心事，缓缓地逸出，消隐在风中，轻荡。

“正午啊，为何也不平静！”他看到自己的灵魂在眼湖里搁浅，腿为桨，却划不动。他想，那就等黄昏吧，等夜晚来临，灵魂再出发，自己再出发。

旅途不尽。只是，他不知道下一站在哪里！

栾花知秋

立秋过后，气温居高不下。身心仿佛仍一直被搁置在夏季里，怎么也走不出来似的。直到栾树花开，这种心境才发生转变；直到栾树花开，才让我有了秋的知觉，有了秋的意识。

未认知栾花之前，以往的夏秋之交，我一直是混混沌沌、懵懵懂懂的，只是粗心地根据冷热的变化，来判定夏秋的时节界线，总觉得夏就是一下子滑落到秋的。后来，随着年龄的增长和对大自然的用心关注，才明白，其实夏秋的界线是模糊的，彼此转换之间，你中有我，我中有你，在缠缠斗斗中，最终才走向明晰的秋。

而今，不知从啥时候起，栾树的栽植已很普遍。在我居住的小区，在我上班所经过的街道，一棵棵高大的栾树，无处不在彰显它们高挺的身姿和蓬勃的活力。它们的出现，它们的花开，让我认认真真地感受到了秋的来之不易，感受到一场脱胎换骨的秋天，要经历怎样的刮骨疗伤。

我发现处暑前后栾花才正式绽开。论时间，它比桂花早开多时；论花貌，那一串串耀眼的黄花比桂花更惹人注目。就凭这些，我认为栾花该叫“迎秋花”了。

五六棵高大的栾树挺立在街道的一旁，树下的通道，是我上班的必经之路。栾花绽放正旺，碎黄的花瓣撒落到我头上、肩上，更多的飘落到地上。空气中散发出一股股明丽的香息，直扑鼻腔。清朗的阳光，初秋的晨风，相互交织一起，带给我不尽的快意，一下子冲散了郁积在心头的烦闷。想必秋开的花，皆浓郁而清凉，是滋润肺腑的好事物。

时节已过白露，天空高蓝，晨风拂面，两只红蜻蜓在头顶上的蓝空里翩飞。依旧是在这条路上，依旧是在这个位置，栾树枝梢上绽放的串串栾花，散发出了更加浓烈迷人的香气。透过铁栏杆，我看见毗邻的小学校园里，那几株红紫薇也在热烈地开放着，呼应着。青砖砌成的人行道上，砖缝里落满了金黄色的碎花。空中仍有花瓣不断地坠落，如细雨飘洒，追逐着我的身影。我吸吸鼻子，细细地品味，仿佛空气里弥漫着一种桂花香的味道。但我是清醒的，因为桂花还未开呢，要闻到桂花的香气还要等一段时日。现今，因为有了这花香的浓烈，有了这花香的净爽，无论桂花早开还是迟开，于我而言，已无所谓了。栾花花香，正好适宜秋光的明净，正好填补了桂花迟开的空白。

中秋前后，小区门前的两棵银杏树，叶子慢慢地由青绿变为浅黄了。而栾花依旧在不依不饶地开放着。同样是在这段路途上，碎小的黄花铺满了一地，密集得像金色的毯子，也填满了地砖的缝隙。而这年的中秋日，气温高达三十五度以上，有酷暑的味道，被戏为“热中秋”。就在这个炎热天的中午，我独自徘徊到栾花树下，感觉时有一股股强劲的凉风袭来。风来袭时，瓣瓣栾花像雨点般飘落，细碎的花瓣，轻弱的花朵，顺着风，沿着斜线的轨迹飘落。栾花下落的过程，显得有些急躁，有些莽撞，噼噼啪啪地打在我头上，一股股透着凉意的浪漫，直击心底。

秋分到了，终于闻到桂花的浓香了。此刻，栾花像是完成了历史使命似的，华丽转身——以往那满树黄晶晶的花串，恍惚一夜间，从蓬勃的枝梢间消失。花香的原处，挂满了小灯笼般的果实。

我知道，真正意义上的秋，来临了。

有种心情叫天高云淡

处暑过后，不知不觉中，真有一种天高云淡的感觉了。

天蓝蓝的，像一块阔大无边的绸布，纯真地盖罩在山峦上，盖罩在绿叶的光影里。我想，如果我能触摸到那天上的蓝，定会感知到那一触即知的温凉。只是它看起来那么近，其实又那么远。它温柔的眼波其实离我不近不远，仿佛一直在凝望着我，化解了我青涩目光中那一股股带电的激越。但愿我的目光变得像它一样温柔；但愿我的目光像彩瓣一样，盛开在蓝天深邃的土壤里，拥有踏实的温暖；但愿我的心灵像暗花般的淡云一样，悬挂在蓝天的海里，生动依然，波澜不惊。

风，轻轻柔柔地吹着，像是在空气中弹动着温柔的纤指，用音乐的温情，掸去覆盖在我心灵上的烟尘。心，被它的指尖按捺着，像月下的花影震颤着，轻盈地起舞。从身到心，从心到身，我全心全意投入到这清朗的风里。滋长的闲情秋意，随秋风不舍昼夜，托举起心灵的花容，在天地间颤动，开放。

水，更加清澈，在雾气蒸腾中，潺潺流淌着冰凉的琴弦，散发出花香的箭。它是音乐的弦。它是花香的源。它在花丛里奔涌。它像身着一袭白长裙的女子，借着这秋色的奢华，奔去远方。容颜，在秋水里映着。心，在秋水里泡着。沉郁的心绪得到升华，以适应这一个新时节的浪漫，以适应这一个新时节的高度。

这个中午，坐在自家十楼客厅里，只见一朵不大不小的白云，不，又好像是两朵云联结而成的，轻盈地挂在宽大凉台前，久久不愿离去。它看着我，我看着它，在彼此含情脉脉的对视中，心灵渐渐相通，升腾起一种从未有过的轻盈感和平静感。

是的，不知不觉中，天高了，云淡了。在蓝天的映衬下，我发现秋天也有含苞的树。它仿佛在告诉我：在秋天，也有轻盈的开放。

秋聚正当时

秋天搭乘时光之车，载来清凉的光阴，数早晚的风最清凉怡人了。站立于高丘，承接凉风的吹拂，憋屈已久的心胸，被这仙气撑张起来。深呼吸，再深呼吸，肺腑里灌满秋风，清凉的秋风在肺腑里回旋，仿佛一下子融化了我。

整个夏季，我成了蜗居者，炎热让我对大自然心存芥蒂。透过窗户遥望，远处的绿野欣欣向荣，欣欣向荣得有些落寞。我知道炎热应只属于植物们，它们在孜孜不倦的蝉声里茁壮拔高，最终化为成熟的果实，奉献给人类。偶尔外出，路过稻田和高粱地，或是一方菜园，阵阵灼热之气扑身而来。我感受到植物正张着嘴，大口大口地呼出热气的浊浪。这热气区别于阳光的辣，是植物生长的热气，是植物成长的体香。我真的要感谢植物，它们替我们在硬地里扎根，吞汲大地的养分，接纳太阳的能量，成长之途，饱经烈日的炙烤与磨难。待我们收获它们之后，它们又会将秋的清凉及时归还给我们。炎热时节，我何必不识时务去凑那份趣呢。自然，夏季里，很多朋友邀约聚饮，我婉拒，回复道："等立秋吧，立秋那日再相聚！"

立秋当日，我未食言，邀请几位朋友餐馆小聚，畅谈蜗居一季的感慨。席间仍热，还有二十四个秋老虎在后面等着呢。但秋风已起，秋已顺势而来，不可逆转，令人希望满怀。在高昂的情绪中，我们食欲骤增，开怀畅饮。

秋，真的来了，带来了珍贵的阵雨，也捎来了阵阵凉意。处暑已过，下班后的一个傍晚，我一身轻松，撑伞沿着街道行走。街道盈满雨丝，在璀璨灯火中银亮地闪耀。雨丝的味道真好闻啊，我闻到潜伏在这味道背后的秋意；也隐约感受到了一种诗意的生活，正慢慢开启。此刻，我正赶去赴宴，一对朋友夫妻的庆贺之事发生在夏天，但他俩商定，把庆贺的聚会推到了秋天，挪到入秋之后。十二个朋友，一大桌的人，品着老白干，喝着黏稠的老鸭汤，快意涌上心头。朋友们理解我一再推迟聚会的心意。时节变幻带来的舒适，催发出我蛰伏一季的生活热望。生命前行，希望并行，需要适时散发生活的温馨。

白露一过，板栗便在小巷里飘香了。板栗从城外几十公里处的深山里走来。小巷里，那对老夫妻又操起炒板栗的行当。我站在一旁，看外壳光润，如涂刷上老红漆的板栗被放入炒锅，拌着一小颗一小颗的卵石翻炒。夫妻俩介绍，炒出一锅可口的板栗得要半个小时呢。我邀约不喜欢喝烈酒的朋友到茶庄里品聚。他们都是物质简单的人，以女士居多，一瓶红酒，一盘板栗，几串葡萄，几样时令水果，就可在茶庄消耗半日。他们注重养颜和养身，趣味高雅，在一起谈论的话题颇多，读书、歌词、茶艺、各类趣事，偶尔也谈论时装和化妆。

秋风更凉了，我茶庄的那窝竹依旧苍翠，绿意盎然。爽风入院，掀揭起蓬密的枝叶。在明丽的阳光下，在温情的秋风里，竹叶们被表达得丰富多情，情态可爱。被照耀的枝叶，明亮浅绿；未被照耀的，葱绿依旧。我家的这窝竹，从当初的两根，经过几年的生发，繁殖成一大窝后，我便不再关心它的数量。老竹的中间或旁边，几根粗嫩的新笋已从地面拱出，在秋凉中展现别致的生机。一蓬遮阳挡雨的绿荫，也为我撑起一方四季常青的清幽。在竹荫下，支起一张小桌，桌面上搁放一壶茶，在茶香冉冉升腾中，三五好友，敞开心扉；茶语竹风，情意绵绵。

秋分将秋一分为二，接着，我又听到了重阳节车轮的辘辘之声，沿着秋风浩荡的大道，轰轰隆隆地滑到我们眼前。菊花黄了，柔凉的花瓣，与渴别的秋风深情相拥。重阳节当晚，邀约几好友在饭馆小聚，我开玩笑地说：“秋来了，秋来饮酒作乐正当时呢。”席间，一位年长的朋友说，谁说重阳节只是敬老节呢？秋高气爽，登高，赏菊，饮酒，怀亲思远，互祝互贺，吟诗放歌，这是秋赐给我们所有人的节日呢。是的，秋天是相聚的佳时，秋天是感恩的季节，秋天是祝福的时节。秋天来了，除了与知己相会，我们还要与大自然相亲，去感恩大地，去感恩阳光，去感恩植物，去感恩菊花，去感恩秋天带给我们的果实。“遥知兄弟登高处，遍插茱萸少一人”，古人不早就提醒过我们吗？

现今朋友们频繁相聚，随性随意，只是酒不可少。一次相聚，我将自己泡制的桂花酒献出。桂花产自我家小院内那棵月月桂，细碎的花朵，集纳大自然的精华，幽香怡人。花开正旺时，我搭椅攀摘，晾干，放入盛散酒的瓮中，密封没有多久，桂花香便从酒坛里沁入朋友们的腹中。朋友们咂嘴品味，面露欣喜之色。其实我并不懂得酿酒技艺，只是想借此与朋友们分享我身边的一切美好。

“九月九日，四民并籍野饮宴。”秋野相聚，神清气爽。一次，游玩秋山后已过午后，大家饥肠辘辘，来到一户山野农家就餐。屋外的桌上，摆满了农家自产的蔬菜和鸡鸭鱼肉，正喟叹没有好酒相配时，一位朋友变花样式地从行囊里掏出自酿的葡萄酒。这酒用纯净水的塑料瓶装着，鲜艳的玫瑰红，在眼前荡逸，未入口，人先醉。秋风温润，秋山入眼，美味入口，我该幸福。因为出走，因为渴望，在秋风细腻拂抚的慰藉中，我们又欢乐浓郁地度过了原本就该平淡的一日。“遇饮酒时须饮酒，得高歌处且高歌。”我一手举盏，一手捏展纸页，即兴吟诵一首刚写成的现代诗。朋友们听罢拊掌欢笑，倒不是我诗意的高深，主要是契合眼前深秋的蕴意与浩远的深情。秋风入怀，让人痴爱。秋来了，与朋友，与自己，与现实，与岁月，与万物一起，团圆感恩。这秋聚的意义，自当珍惜！

朋友，您说呢？

秋风浩荡

趁着夜色，沿着这段河岸，漫步而行。一个单程走完，22 分钟。

我喜爱这段水岸的路。它位于两桥之间，上游那座桥底下，建有滚水坝，下游那座桥底下，也建有滚水坝，这样，两桥之间，形成了一段宽浅的河床。水岸边，由水泥硬化铺成，一侧连接河流，一侧连着斜坡。而斜坡之上，就是河边公园。夜色中，公园里的人很少，沿水岸行走的人更少，这契合我喜爱清静的习性。行走在这段路上，徜徉在这方安详的夜色里，在一派水汽氤氲的开阔视野中，在心旷神怡中，心，便可静下来，好好思索一下白日里无法思索的事情了。

我就这样走着，想着。在这段河岸间，来来回回走了多少遭，我自己也不知晓。一日，又一日，在这段河岸上，我放飞着神思，在体味水岸别致景象的同时，也感应着时节的变迁。

不知不觉，秋，渐渐深了。我发现秋风在宽阔的河面上，逐渐形成了一股股浩荡之气，在平阔的缓流上，恣意铺展，荡涌着清凉，挥洒着激扬。

秋风浩荡，可以在山峦间感受，可以在旷野上感受，但各自感受不同，带给人的心境也不一样。山峦的秋风是峻烈的，旷野的秋风是雄浩的；而这段河流的秋风，推涌着的浩荡风潮，似乎有形，有界，有方向，又似乎无形，无界，无边际。在这秋风浩荡的激昂情绪里，蕴含更多的是柔静的气质，给天地间带来了一种奇异的美好气象。

江水浩荡，沧海澎湃，悬帆激昂，倒是有成就伟业的气势，但若让心灵归于平静，则还是需要参照一条河流来舒缓心绪吧。现在，一条平静的河流就流淌在我身边，它见证了我多少风华正茂时的梦想？而同时又陪伴我度过了多少索然无味的蹉跎岁月？现今，人到中年，行走在这段水岸上，我终于可以放下郁闷的心结，感受河流这开阔之美、平缓之美。而此刻，秋风兴起，又让我感受到了秋时的宏阔之美，体味到了水韵的沉静之美、宽柔之美。这多多少少，安抚了我躁动不宁的心灵，抚慰了我人生那无尽的失落和遗憾了。或许人生的终极都会像秋天的一条河流一样，渐渐地归于宽缓，达到一种大静的境界吧。

中秋节过后，天气陡凉。此时的夜晚，河岸空旷，行人寥寥。风行水上，水波兴起，弥漫着温柔清新的水汽。行在水岸，浩荡的劲风荡起衣衫，一种秋来的气势袭罩全身，让人通体舒泰。

再过一段时日，已近晚秋，气温骤冷，河风开始凛冽。我身着厚衣，依旧漫步在这段河岸上。万物依旧在我身边充斥着活力：蝙蝠在河面上起伏；偶有夜鸟的“嘎嘎嘎”声传到耳畔，给人以无限的温情；岸上，蓬勃的柳枝翩跹起葱绿宽大的衣衫；紫薇花的娇艳，木芙蓉的暖色，在夜色中流溢着朦胧的温情。

就这样，一个秋季，沿着河岸，我不停地行走。我在行走，也在思想。我有幸将自己的一副躯体，摆放在这天造地设的河流之境，搁置在这一段时节之窗。万物变迁，天地合乐，一颗敏感多情的心灵，沐浴兴起的水风，有幸独享了一程秋风的浩荡之美。

天上人间

七夕来了，带来了牛郎织女的鹊桥相会，也带来了凉风秋意。七夕来了，我仿佛看到眼神呆滞的美丽织女，眼噙悲喜之泪，立在银河岸边，频频挥舞宽舒的长袖，招迎久别的情郎前来相会。她挥洒着爱意，也将仙河的凉风舞向人间。

七夕，在号称中国情人节的这一天，在小城里，我看不到鲜艳的玫瑰，听不到咖啡厅里的钢琴声，也听不见耄耋老人对这一古老民间爱情故事的絮絮叨叨的传说。

银河在天，我孑然一身入尘河，挥手畅游。已是黄昏，霞染河面，柔波与清风追逐嬉戏，相随相依。身心惬意，转而仰泳，仰望苍天，云朵千姿，却不见银河波涛。上岸，享受清风拂身，仰首痴望上天，絮状的白云，布满在澄净的蓝空上；又像羽毛般，排列成孔雀般生动的羽翼。西天，一道晚霞的云彩，形似捋顺了长须的飞龙，作疾风翔驰状。天上的孔雀，天上的仙龙，人间的清风碧波，和谐地组成了这并无大悲大喜、平淡似水的天地气象。

返回途中，路过河边一家民居的屋台前，紫色的牵牛花开满了搭建的架棚。花朵们借枯枝的骨骼，牵藤高处，临风摆动，轻盈柔美，像织女的裙裾，飞天漫舞。屋台上，一位老汉推着轮椅，轮椅里坐着一位中风的老妇，她歪着头，怀里抱着收音机，里面放着轻快的音乐。屋台狭窄，老汉推动着轮椅，往前走十几步，再拉着轮椅后退十几步；进进退退，往往复复，像在摇动着婴儿的摇篮。见我从旁边经过，两位老人都露出羞涩的笑容。尤其是那位病中的老妇，笑脸上弥漫着恬静的幸福。

此时此刻，此情此景，唤我忆起舒婷《神女峰》的诗句：“与其在悬崖上展览千年，不如在爱人肩头痛哭一晚。”遥望深邃无垠的天空，一如往常，沉静寂寞。凡间的爱情，化成了上天的千古神话，上天的千古神话，又化成了这凡间的患难相守。无论是悬崖上的爱情，还是星河里的爱情，还是凡尘中的爱情，只要执手相守，总能融化我们心头冰凉的石头。

秋夜的音乐

九月中旬，白露时节，天气凉爽，晚上到河边散步，独坐在一棵杨柳树下歇息，感觉似乎无风，却仍见几缕叶子在微微颤动，传达给我渺茫的问候。

虫声稀落，有几种高低不同的吟音，从深浅不一的灌木丛中发出。起身，走到一方草木茂盛的地带探寻，并没有发现什么。感觉这虫吟的音乐仿佛来自空中，或就在头上枝叶繁密的桂花树里，或就在眼前成片成林的白玉兰树的茂叶里。确实，这空中有虫吟声在荡漾呢！相比低处草丛里的虫吟声，这树上的虫吟声似乎更显得稠密高昂。虽然暗夜中另有几棵安静的树上，也有小知了用很急促的嗓音在呻吟着，但是，其超大的音量虽能掩盖草丛里的虫音，却怎么也盖不过树丛上的虫嚣。

虫吟声各异，这些大自然的音乐，搭乘秋天的气息，在花朵与绿丛间洋溢。我看见了音乐飞翔的影子，为我们带来了人间的美好。我也闻到了音乐飞翔的气息，为我们送来了秋风的爽朗。追循着音乐和风声的足迹，我快乐地接纳着这一切。走来蹿去，沿途仿佛总有一双音乐的眼睛，荡漾在秋水之上，迎接我的到来。这随秋声软化了的蜿蜒河流，再没有夏季波浪涌荡的声势，在流行中留下了暗暗长长的影子，好像是带着无尽无涯的思念，依依不舍地流向时光的深处。

公园里，一方灯火阑珊的空地上，一位萨克斯男与一位小号男，在摇头晃脑地合奏《成都》，曲调美好而伤感。围听的观众不少，基本上是清一色的男人。但我发现听众里，有一位靓丽的年轻女子，抱着臂，入神地聆听着。她上着白短衣，下着白单鞋，不时仰起头，将洗过的黑长发顺滑到身后。她偶尔用脚掌拍地，打着节拍。我在想，美好的音乐周围，总会凝聚美丽灵气的女人；美妙的音乐周围，总不缺少美丽灵气的女人。音乐如水，女人是水做的，好女人也是音乐熏染而成的。在一曲曲忧伤美好的音乐中，她是否联想到了她情爱的忧伤？还有相思的美好？

空地周边，是波斯菊园地。波斯菊在夏季盛开之后，本已枯萎了，此时，又有残花残瓣在萎靡的茎秆上生发、绽放。我与人群保持着一段距离。面前，有音乐旋律的起落，像是蝴蝶在对花朵的点吻。背后，分布的残花和一字排开的河流，仿佛成了音乐的背景。就这样，我仿佛一直滞留在音乐的花园里，被拖拽着，徘徊着，而不愿意跨过那仅隔一步之遥的俗世门槛。这弥漫的音乐，像款款舞来的蝴蝶彩翅，在我干涸的心间回旋飞翔，也扇动起我心灵轻盈的翅膀。

哦，九月，音乐的蝴蝶依然没有离去。哦，九月的音乐，你那柔弱和胆怯的阳光，像情人的目光，搀扶着我心灵那无法透明的虚弱，让我滋生一股力量，在感动中，在沉醉中，沿着河流，走在追寻你的路上。

黄狗初九

老张家独户住在巩河水库深处，被山水阻隔。要到他家，下车后，得走好长一段山路，再坐上他家的船行几里水路。

到他家时是初秋。伫立船头，见水岸两旁，绿山相挟，山水相依，清丽澄澈。山里水里，多见各类鸟儿或飞翔，或栖息。途中均是山水文章。

船朝老张家开去，老远见一幢瓦屋卧在半坡，面朝水面，倚靠绿山。同行的朋友告诉我：那就是老张家。待能看清人影，便传来“汪，汪……”狗叫声，一条健壮的棕黄色的狗，立在水边，摇头摆尾，朝船欢叫。正在驾船的老张说，这是他家的狗，满月后就抱到孤岛上，没有出过门，也没见过太多的人，只要见人到这岛上，总是很兴奋。它现在是在用自己的方式欢迎我们呢。

船在老张家屋台下靠岸，我第一个跳下船。狗赶紧拢来，蹭我裤腿，绕着圈，在我身前身后欢跳。我拍拍它的头，以示友好，狗愈发疯闹不止。

“初九，别闹!”见狗过分热情，老张一声吆喝。狗听罢稍安静了些，但还是围着我转悠。

“初九?”我奇怪地问。老张介绍，狗是正月初九那天抱来的，就取名“初九”了，于是这狗就有了一个有意思而又奇特的名字。

同行的人或打牌，或去钓鱼，我更喜欢独自游逛。屋前临水，屋后都是山坡地，稍平缓的几平方米的窄地里种着些蔬菜，还有红薯、土豆、玉米之类的农作物。再往外就是杂木相生的山林，没有通向外面的陆路。

我漫无目标地闲逛着，只有初九伴着我，在我身前身后跑着、跳着，或许它知道该由它来尽地主之谊了。时而，它停下，瞪着那对善解人意的眼睛，望着我，像是在揣摩我的意图。时而，它嗅嗅这，嗅嗅那，像是在显示：它很熟悉这儿。多半时间，初九在前面带路。一条小花蛇滑过，初九机灵地跑上前，“汪汪”一叫，吓得小花蛇“哧”地一晃，溜回灌木丛中。见一些鸟在身边觅食，它嗖地扑上前去，鸟儿被吓唬到，扑棱着翅膀乱飞，它就高兴地转过头来，望着我调皮地摇尾。

巩河的刀子鱼很出名，肉嫩味美。老张去水中下网，捕刀子鱼招待我们。他脚驾轻舟，手点竹篙，行在碧水中，泛在山影里。我坐在岸边，看这人舟入画的景致，抓拍些照片。初九见我坐着，便依偎到我膝前。偶尔，它顺着我的视线，朝它主人远去的水面上，哐哐地叫几声，空灵的回音，更显出这一方世外山水的静幽。多半时间，它则用善解人意的眼睛与我对视，灵气、柔情充斥眸间。在对视中，每当我抚摸它的头和背，它就得寸进尺，进一步拢身，紧紧依偎着我。岛中只有老张一家三口，初九的举动似乎告诉我，它很孤独，它需要陪伴。我陪着它，它懂得感恩，便对我作出感恩的姿态。

傍晚山里，愈加宁静，我们登船，离岸返程。初九紧跟到水边，前腿刨水，“汪汪”地哀叫。船渐行渐远，那一幢瓦屋，还有初九，渐渐地，被抛在了视线之外，抛在山水相隔的孤岛上。只有初九的叫声，朦朦胧胧，从雾气升起的水面上传来。

至今，我仍在怀想那户远在山水间的人家，还有那充满灵性的初九。

在秋天的节日里

秋天，真是很美好的季节。不信？你想想看，为何在秋季这段时日里，聚集了那么多欢乐的节日？

这一日，人们又沉浸在节日的欢腾中。早晨，我独自一人，寻到一家客人稀少的早餐店，找一临窗的座位坐下。在这里，透过阔大的落地玻璃窗，不仅一眼就能欣赏到河岸静谧的秋景图，而且身处这闹市的安静处，在安宁中又能隐隐约约感受到节日暗涌的气氛。无论是秋景的静美，还是节日的氛围，都是生活赐予我的美好礼物，我自然不会逃避。只是，我需要寻找一种适合自己的方式，守好自己的一份静心后，再用心接纳。我希望从拥有一个美好的早晨开始，能拥有自己美好的一日。

我要了一碗牛蹄筋米粉，边吃边审看自己的书稿。最惬意的是一抬头，就能瞥见我熟稔的河畔景象。河边人迹寥寥，也只有在节日里才会出现这样的情况吧。也只有在这个时候，我才会集中注意力，将目光放在河滩上那成群的白鹭身上。白鹭或三两只，或成群，有的落在河滩上觅食，有的在河滩上翩飞。那耀眼的白，那醒目的白，像天际间的点点白帆，点染着静谧安详的河流。

用完早餐后，我手拎着书稿，沿着河岸行走。天气晴好，三三两两的行人，都在安静地踱着自己的步伐。河面上，悠闲地凫着几只小䴙䴘，它们不时一头扎入水里，在水面上留下一圈圈波纹，扩展开去。有时，它们贴临着水面，短短地飞腾一程，在水面上划出一道道直直的水痕。河滩水草丰杂，里面游弋着许多小鱼小虾，为白鹭和小䴙䴘等各种水禽提供了新鲜、丰足的食物。有些水草，正开着紫色和小白点的花，点缀着这美好的景象。

走了很长一段路，我才见到一堆人。他们中间，有两个可爱的小女孩，身穿洁白的长裙，各自手提着一只装满鲜花的小花篮。她俩拽着裙摆，摆弄着各种姿势，让大人们给她俩拍照。

此时，桂花已开始开放，散发出特有的香气。而最引人注目的是河岸一排高大的杨柳，茂叶葱茏，在阳光下闪烁着晶莹的绿意。只不过路径上，河坡上，已随处可见杨柳的落叶，稀稀拉拉地点缀着秋意。杨柳树荫下，有一位中年妇女就地取材，用杨柳条编织几只小花篮，几位孩童将采摘的狗尾巴草和一些小野花，放在里面。鲜美的花束、花穗的绒毛，在阳光照射下，闪亮着柔意。看着眼前的一切，你的心肠也会像随风舞摆的柳枝一样，像缓缓静流的柔水一样，变得柔软多情。

红紫薇、白紫薇仍开着花。它们虽然不像春天无叶时那样满枝繁盛，但在茂叶的映衬下依然展现着灿烂的花容。闻着野地里草木特有的清新气息，走了一程路，我坐在河边一棵古老的皂角树下，从手提袋里拿出自己的书稿，掏出一支铅笔，一字一笔地修改起来。文字里的众多景象，变成了一帧帧画面，不断地飘逸出来，与周围残开的月季花，与结满柚果的高大柚子树，与开始变黄的银杏树，叠合在一起，在脑海里组成另一幅幅秋色的画图……

静坐时，有斑鸠的咕咕声传来。这声音深沉、安寂，依稀来自远方。在阳光明媚的秋日里，这鸣声颇有穿透力，仿佛穿透了我深刻思索人生的这几年的岁月光阴。

愿岁月静好，一切安然吧！

秋　蝶

这一日，是秋分，晴空无云，我在楼顶天台上徘徊眺望。秋野在外，被高建筑阻挡，无法移目远方。遗憾中，只好俯瞰夹持在陈旧建筑间的树丛，俯瞰在凌乱建筑中点缀着的生动绿意。

正原地踱步、打转时，一只红蝴蝶突然飞来，贴着灰暗的台面向我飞来。待飞到我跟前，它陡然提升了飞行高度，围绕在我腿膝上，飞来绕去。我有机会仔细端详它了。它的翅膀并不鲜艳，暗淡的那种红，翅上有暗黑的斑点，显得一副灰头土脸的朴素模样。它似乎意识到我在观察它，突然像想起了什么似的，一眨眼，倏地降低了飞行高度，贴着地面，翩然而去。

正怅惘之际，又冒出一只白蝶向我飞来。它十分小巧，一点也不惧我，比起先前那只蝶，它似乎更愿意接受我，亲近我。它围绕在我身边，上下翩飞，逗留好一会儿后，才不紧不慢地从我小腿一侧飘然离去。一颗小小的白点，不一会儿就消失得无影无踪了。凝视两只蝶消失的地方，那是一堵破废的墙垣，一绺绺细长的枯草在风中摇摆，发出絮絮叨叨的摩擦声响。蝶们离去了，丝丝凉意顿时袭上心头。

两只蝶，一红一白，出现在我的视线里。这两只蝶，一定是从远方而来的吧，从浩荡的秋野而来的吧，一下子就触发了我细腻的秋思。这秋思是丰富繁杂的，是说不清道不明的，起伏在忽远忽近的凉风里，带附着一丝丝淡然的萧瑟情绪。两只蝶来了，我的情绪短暂地得到了舒缓，而舒缓之后，不知怎的，却更加失落了。俯望楼下，杨柳依旧翠绿，樱花树、银杏树的叶子才开始泛黄。一排排栾树，已挂满浅褐色的果实。而木芙蓉的花朵也正在阳光里惊艳着。一棵巨大的柚子树，青枝翠叶间，挂满了硕大的果实。眼前的景象，远方的景象，楼上的景象，楼下的景象，在我内心交织起来，矛盾起来。秋分的含义，并非两种景象的界限，并非一红一白两只蝶的分明。这都是秋光的标志，是秋送别时光的标志啊！

如我见惯了蝶们的迎来送往，从春到夏，从夏到秋，在它们的陪伴下，我见证了时光的缓缓推移，直到呈现出眼前凌乱、繁杂的秋色，只是内心早就潜积着丝丝无奈的麻木，似乎不再敏感于眼前这肤浅的秋意。而正是向我翩然飞来的这两只蝶啊，强化了我对时节的感悟，激活了我恋秋的意识。我得重新打量这时令的变迁，细细思想起这镌刻着我生命痕迹、在天地间蹒跚前行的光阴了。

这蝶啊，这可爱的蝶啊，你俩是我生命的蝶吧？充满着诗意的浪漫与动感，来与我相亲相爱，我该将你们叫秋蝶了。你们一红一白，一前一后，带着阴阳的平衡，朗照在秋空澄澈的阳光里。你们带着盈盈的笑意，跨过秋野，一路风尘，前来慰劳我。你们从远方而来，带来深山空气清朗的气息，带着秋花蕴含的秋意，带来我对秋野美景的遐想，补偿我无法远足的缺憾。我应该感谢你们，视你们为最慈善、最宽忍的秋光使者。有了你们的光临，即便我站在这里，也能嗅到秋天散发的温暖气息。即使我站在这里，那气息美好的女子，仍会袅袅娜娜，挤进我紧闭的情感之窗。是的，就是因为你们的到来，就是因为你们婀娜的翩跹，让我想到了那如秋水般明净、柔情美好的女子，让我想起了那柳叶眉下，舒展着浅浅笑容的佳人。

听到了歌声，便听到了秋声。正是这一红一白的两只蝶呀，扇动起翅膀，荡漾在空气里，像扬起的弓弦，拉响了动人、深情的音乐。无字的乐调在我身边回荡，柔弱的力量正在为必定再会旺盛的生命讴歌。我闻到了阳光的味道，我体味到了大自然博大深邃的爱意。

迷恋着秋风，这一红一白的两只蝶呀，追随着风的清凉款款而来，多像表情谦恭的温情阳光啊，遍地布施着柔情。你们来了呢，你们来得真是时候，在你们飘然的洒脱中，在你们凉凉的笑意中，我真看见那潜藏在你们身后的缕缕秋风了。这悠然的风里，荡漾着生命的淡然，暗示着我曾经走过的岁月。我要将内心的情感寄予这秋风了，它柔和、甘甜，渗到我身体里每一个器官、每一个细胞，值得我托付，值得我信任。在一片金色的光亮里，我看见绚丽的树叶在秋风中旋舞，我听见秋风带来的迷幻之音，与我飘扬的思念达成某种共识。

在秋风的酣畅淋漓中，这一红一白的两只蝶影啊，带领我灵魂，寻找到了一条快乐的缝隙，悄无声息地钻进了秋的躯体。

我看见秋了，我看见秋风了呢。

秋山乌桕红

一棵棵乌桕红了，在深秋山坳里，举着红火把，映耀在青山绿丛中，照亮环绕在山脚下的一泓碧波。

面对一棵临水的乌桕红，我伫立沉思。秋风送爽，片片红霞，宛如幻化而成的凤凰彩翅，环绕着我，温暖着我。眼前的景象，仿若是童话里的世界，仿若是我幻念中的家园，仿若是我艳丽而又澄净的心灵圣地。

乌桕红了，一树心脏，在秋风中跳动，陪伴我的心脏一起跳动。思念的心，跳动在胸腔里，跳跃在秋风吹拂的乌桕树上，殷红地闪耀。秋风来了，我来了，你来了，我一直在寻找你，你一直在寻找我。心与心，终于碰撞在一起。我找到了你，你找到了我。我俩相逢在秋天的乌桕树上，实现了夙愿，在风中不停地表达着重逢的欢悦。

平原的村庄，那一棵乌桕红已消失多年，没有多少人会忆起它，没有多少人会提起它，但我一直在怀想它。黑瓦与灰白的墙壁间，一棵乌桕树，站立在高高的屋坡上，举起的红火把，倒映到池塘里，将绿水烧得通红。在池水的炉膛里，在乌桕红的光影里，鱼儿们在残荷间，游弋着笔画般的身姿，锤炼着火眼金睛。我仿佛也成了一条鱼儿，共游在秋天欢庆的时光里。

有乌桕红的秋天，有人将思念与悲伤深埋于地下。是谁赶着犁铧，耕种乌桕红照耀过的土地。尖锐的犁铧，触到土地深处静静蛰伏的情感神经。只有耕种过粮食，才会感知土地深处的血泪。只有见过乌桕红，才会深知情思的伤痛。

如今，我来到山冈，在与山水相逢的喜悦中，乌桕从容地为我举起红火把，站在山坳中，映照着秋水，映红了秋水，增添了山色，壮大了斑斓。血浓于深秋，滋养秋风抚养的骨肉。闪亮的血色，闪亮的心灵，都在奉献真爱的赤诚。感谢上苍，让我窄小的胸膛一下子容纳下这么多的情爱。

我要在这里住下来。

我寻找到一间土墙瓦舍，屋前屋后，有乌桕映红。屋前还有稻场，稻场上有石磙，石磙上有几只白鹭栖息。我走到屋舍前，一位纤纤女子出来迎我，衣裙飘飘，香袖盈盈。她就是我要寻找的亲人，她从乌桕红里幻化而来，她与我恍如在前世就相知相识。乌桕红了，我找到了亲人。心与心重逢，心与心相印。心的火红，与乌桕的红火把，一起燃烧在深秋的山坳里，照亮了生命的暖意。

颤动的花瓣

午后，阳光朗照，走到住宅小区前，与一丛绽放正旺的粉红色的花朵迎面相遇。

大约是午后两点，这秋天的午后，是多么明媚的时刻。轻盈的花枝，洋溢着粉红的色彩，被阳光洗濯得透彻发亮。在这人影寥寥的午后，我轻轻地，轻轻地，朝她们走去。沿着这么一段短暂的路程，我屏住呼吸，沉下心来，轻轻地，轻轻地，朝她们走去。我边走着，边思悟着。凝望着她们的姿态，我的心，不知不觉，感染了她们出尘般的轻松与沉静。凝望着她们的容颜，我的心，不知不觉，洋溢起她们荣耀般的乐观与喜色。

花朵们似乎没有被我惊动，她们似乎并不在意我的存在，也不在意身外其他事物的存在。她们在风中没呈现摇晃的姿态，没呈现那种轻薄的晃荡姿态。她们仿佛静止在阳光中，融化在阳光的水里，亮艳在明晃晃的一方空间里。

我不禁心生纳闷：她们为何一动不动呢？你看看这片片花瓣儿，多么柔薄，柔薄得像绵软的纸，柔薄得像暮春的风。可是，如此柔情的她们，为何对情意绵绵的秋风无动于衷呢？难道她们的魂灵早已不在，早已融化到秋风的水里了？

又一阵微风拂过，哦，我终于看见花瓣动了，不，准确地说，花瓣们只是囿于各自的原地，在颤动。这些像蝉翼、透明的花瓣儿，只是围绕着各自的花蕊，原地做一种并不显摇摆的颤动，温情脉脉，又笃定沉着。她们多么像独醒彻悟的圣人啊，不惊，不喜，不悲，不躁，只是在静静地，静静地呼吸着温馨的阳光；静静地，静静地呼吸着清香的秋风；静静地，静静地吐故纳新，散发着生命的色彩。这些可爱的花瓣们啊，在阳光温静的抚爱中，在秋风细腻的磨砺中，仿佛获得了禅悟，仿佛获得了新生，浑身洋溢着一种从苦海里刚被打捞出来的那种劫后余生的幸福和宁静。哦，听，再仔细听听，花朵们好像又发出了一种声音。那声音，袅袅娜娜，是一种欢愉的声音，是一种不事张扬的温情。她们似乎在偷偷地告诉我：她们其实也需要倾诉，她们也有表达心灵的欲望。

从她们温情似水的歌音里，从她们战栗的微细血脉中，我仿佛看见掩隐在这背后的那清凌凌的倔强。我真得感谢这一丛来之不易的繁花，用诗意的灵魂，把我对俗世已生厌倦的麻木灵魂暂且唤醒，在我单调、枯燥的视野里种植起美好，为我创造了短暂安详的幸福。

我知道，花开花落，花繁花稀，在循环不息中，无时不在遭受天道之力那隐秘的束缚。就如天上的繁星，闪耀光芒时，又各自坚守在自己的位置。眼前的花朵们啊，也饱含宇宙之谜。她们静守一处，用心闪耀着生命的光华，幸福地战栗着她们的灵魂之音，同时，也收歇了我一颗疲惫沧桑的心灵。

一棵黄叶树

行走在晚秋的路途，一棵黄叶树在风中顾盼生辉，坚守在晚秋的门口，是在等我，还是在为秋天守门?

在一方丘陵上，有一棵黄叶树，守在半山坡。它身躯修长，树叶的鳞片熠熠闪烁，像一条硕大的鱼荡漾在秋风的水里。它身段时而弯曲，时而像金色的桅杆撑直竖立，简述为秋天抱残守缺的意义。

野菊花遍撒黄色的小颗粒，铺成小径，引导我，向一棵黄叶树走去。一朵朵菊瓣，随着温柔的秋风翩翩起舞，在我前行的小径上跳跃。它们似乎是一颗颗诗人的魂，等我前来与它们赴约，等我前来与它们相认。它们闪动晶亮的眼眸，带领着我，走向那棵黄叶树，走向秋的深处。

前方一座村庄，村口有一棵高大的黄叶树。眺望着那棵黄叶树，我走向村庄。秋风拂过，沿途黄叶翻金，一棵棵黄叶树像仪仗队，等待我检阅式地走过。那一片片黄色的未知，沉沦着丰富，埋伏着事物。

走过一座又一座村庄，走过站立着黄叶树的村庄。这些村庄，都是喜乐的村庄，都是梦中的村庄。黄叶树下，锣鼓声声，铿铿锵锵，唢呐高扬，呜呜啦啦，连贯的曲牌彻夜不停。我嗅到秋叶那股洗发水的味道，我嗅到全中国婚庆的味道。从一棵棵黄叶树身上，我发现丰收的喜悦从天而降，村庄里的人们没有理由不去纵情欢乐。从一棵棵黄叶树身上，我发现远行的游子仍在不停地走向远方。

离别一座又一座村庄，路过一棵又一棵黄叶树，我走向远方。未来的远途在等待着我，漫天飞雪在等待着我。一棵棵黄叶树，披挂着熠熠生辉的金鳞，荡漾着深情的色调，为我送行，为游子们送行。一棵黄叶树，有多少人深懂它的心意?有多少人会懂得它坚守的含义?

神农架的晚秋

我们是在 11 月 2 日抵达神农架的。此时，离立冬还有五天。

匆匆两日，我们选择居住在木鱼镇一家简易宾馆里，对面便是木鱼镇汽车站。所居住的二楼房间窗下，紧邻一条日夜响彻不息的溪流，轰轰隆隆的响声，颇有气势地在耳畔轰鸣。尤其是到了晚上，在睡眠时，除了这声响，你再听不见任何别的声音。这倾泻的水流就来自不远处的香溪源，不过，我这是后来才知道的。

幸好两日里均遭逢了好天气，这得益于来之前我一直在网上关注神农架的天气预报，当然这里面也有一定的幸运成分。

11 月 2 日中午，我们抵达神农架。一安排好住宿，大家就急急忙忙地随宾馆帮助安排好的包车，游览了附近的几处景点，包括神农坛、官门山景区等。当我们真正踏入景区，就深切感受到了神农架晚秋的天然之美、迷人之美。脚到之地，所览之处，各类树木披红挂黄，景色斑斓动人，炫目的景象让我挪不动脚步。只可惜时间仓促，等候在景区外的司机早已给我们制定好下午的游览计划，一个景区只规定了极短的时间。脚步匆匆，走马观花，我们总是恋恋不舍地赶在最后上车。不过我们还算是守时的。同车而行的，还有分别来自广东与四川的两对夫妇。我们总也不能因为对景色的过度迷恋，而耽误他人的行程吧。

最给我们震撼的，还是次日的大九湖之游。一大清早，我们就聚在宾馆楼下的早餐店，简单地吃了一碗面条。前一晚约定好的司机早就在店前等候了。7 点半，晨曦初现，我们就急急上路，因为这一天要游览的景点路途较远，而且景点分散。同车的又换成了分别来自武汉和安徽的两对夫妻。景远路险，我们在连绵叠嶂的山峰间盘旋而行，沿途所邂逅的神秘、奇秀的晚秋风景，让心灵震撼不已。早晨气温颇低，沿途阴面的山壁上，已见冻结而成的粗大冰凌。山坡间那些原生的冷杉，都结上了层层白霜，造型奇异的姿态，展现出一种铁打的筋骨气质。那种风骨，让人感觉到仿佛能承迎一切的刀风雪剑。

我们是换成景区专用旅行大巴进入大九湖景区的。还没有进入核心景区，沿途逐次展现的绚丽秋景，就让车里的旅客们不时地发出惊叹，大家纷纷举起手机或照相机，贴近车窗抢拍。终于到达大九湖的核心景区，我们乘坐景区小火车环湖旅行。根据司机（他是本地人）建议，我们在四湖就下了车，步行到五湖、六湖。天空湛蓝悠远，空气异常清新，湿地公园的水滩上，水波清澈，天鹅遨游。丛林杂木，散发出一股股仙风道骨之韵。周边山峦，红树绚丽，浸淫在一派浓重的秋色中。

返回途中，我们又去了神农顶，临渊观看了神农谷。这些景点，均给人以风大冷冽、惊险神玄之感。最后一站，我们观看了仅离木鱼镇两公里远的香溪源，这便是前面我所说的旅舍窗下溪流的源头。一股股神水不停地从地下深处冒涌到地面，让我们感受到大自然的神秘力量。

回到住所，已近傍晚。小镇小街，很难找到适合自己的可口饭菜。我们在小镇仅有的几条小街巷上随意闲逛着，直到晚上七点多钟，才好不容易找到一家卖煲仔饭的小店，听口音好像是一对四川夫妇开的。这是我们此行、离开神农架前的最后一顿晚餐。在可口的饭菜中，我们看见一车又一车旅游大巴车，在夜幕下，不断地驶进木鱼小镇。现在虽然是淡季，但游客依旧络绎不绝。在武汉大学求学的三位法国女大学生，与我们在宜昌东站乘坐同一辆班车到神农架，这两日与她们倒是聊了一些话题。看来神农架已久负盛名，为天下人所景仰了。

晚上 21 点 45 分，躺在床上，满耳仍是从一窗之隔传来的溪流轰鸣之音。这是离开神农架的最后一个晚上了。临睡前，我想在满耳的香溪水流声中，写下一点东西，这将有特别的意义。我这么想了，也就这么写了，边写边倾听回响在耳畔的溪流奔涌的啸声。我想从这啸声里，能寻找到与我思索的共鸣。从这声音里，我究竟听出了什么呢？香溪源，不愧有源头的品格，有源泉之力，有洪流之势，有恒稳之志。满耳的喧嚣，不仅没让人感觉到嘈杂，反而能给人一种安稳和踏实。源头的意义，干净的水质，清冽的空气，芬芳的鲜花，奇香的药草，神秘的野人……一切的一切，都不足以表现神农架的原始美好。愿这世外的远方，能在我们血液骨髓里，永远珍留一些最神圣的东西。

我终于在溪流的喧腾中安然睡去，第三日早晨4点39分，我又在它的轰鸣中蓦然醒来。我枕一夜的溪声，情思仿佛已与之粘连在了一起，并携带这声流的情意，告别离去。

秋野天堂

秋来了，带着成熟的韵味，带着清凉的气息，召唤我走向秋野。我有目标地走，又无目标地逛。秋野澄澈，气象清明，最宜净化五脏六腑，交还我一具清朗明净的躯体，我且当珍惜。然而，又该去哪一方呢？

漫步河边，静水如银，满耳秋鸣。我一直走着，漫无目标地溜达着，直走到一弯新月悬挂在两眼上方。新月旁边，有一颗孤独的亮星，它像是牵着月牙儿耳朵在走。孤星牵着月牙儿走向哪，我就跟向哪。月色下的河滩，秋虫的鸣音此起彼伏，在草坪里，在灌木中，在蒿蓬里，在土坎下，只闻其声，不见其身。我只能调动想象，去感知每一声鸣音。感觉每一只秋虫的音器，就像一根根黑白的琴键，在秋风修长的柔指间颤动，散发出天籁般的音律。双耳灌满了秋声，眼眸里盛满了星月的浪花，心境诗意般清丽。我被感动着，就这么一直走着。我真想这么日复一日地走下去，一直走到悬挂在青天上的那弯月牙儿长大，再逐渐变成一轮圆月。我在圆月下漫步，圆月很冷静，娴静雍容，像一位成熟的华贵妇人，不事声张地抛落下沉静的月光，和蔼可亲地笑望着我。我就这样走着，望着圆月走着，望着与我心心相印的圆月走着。在沉静无语中，一直走到圆月沉坠。脚步悠悠，拖拽我走向更远的路途。河岸弯弯，我寂寥的影子飘动着。途中，遇到一位背影肥硕的老翁，短硬的白发与白色的月光融为一体。他在荒草掩隐的小径上，背着双手，慢腾腾地溜达着。一只圆圆胖胖的小花狗，摇摇晃晃地跟在他身后。我忽发好奇，很自然地调整好步伐，合着老人的节拍，跟随在小花狗身后，向前走去。我也忽发奇想，感觉秋真像是贵客，我只是陪客；秋像是温顺的小动物，我跟在它身后。但是，是谁饲养了菊花，养大了它？

我在溜达着，似乎又像是在追随着什么。其实我并没有追随着什么，也无须追随着什么。在秋天，最好沿着月色下的河流走几程。我在月色下徘徊，在秋水边徜徉。我需要在秋月与秋水的共融中，去寻回被时光钝化已久的感知。时光静好，万物和美，在这一时刻都慈爱地接纳了我并不平和的脚步。不知不觉中，逐渐地，我的步履与秋风合了节拍。身心沐浴着月光，身心沐浴着秋声，狂躁的情绪在慢慢消退，身心似乎重新成长，仿佛被洗涤成一纸的空白，复归单纯与空灵。

秋山斑斓。狭窄的山径两旁，树丛相拥，秋叶沙沙，奏响舒畅的旋律，悦耳和顺。秋天的絮语，变幻成无数只柔和的目光，注视着我。秋的宏大节目正在大地舞台上上演，从听觉上，从视觉上，都征服了我，而观众席上只有我一人。我就这样在空寂的观众席上孤零零地站着，夹峙的枝蔓遮蔽了我的身躯，举起一树树秋蝉陪我歌咏。声浪洋溢中，一枚又一枚的叶子飘逸而下，悲美而安详。在景象交错中，在色彩不经意地变幻中，风的心绪最为敏感。它摇落下叶子，时而又将落叶扶起，在半空中飘荡、回旋。一片片秋声在跌倒中崛起，在崛起中跌倒。山境高远，秋意纷呈，一切并没有因为我的到来而改变初心。

行至半山坡，一条通向山顶的弯窄石径悬挂在眼前。石阶由人工凿成，黑褐色的台阶沧桑幽润，肯定被风雨无数次打磨过，被仙人的气息无数次浸渍过。沿着石阶攀登，一步又一步，我向山顶的目标靠近，似乎在向离天更近的地方靠拢，似乎在离红尘与现实更远的地方靠拢。台阶有多少步呢？我只数了十几步，便放弃数清的耐心。台阶九十级也好，一百级也好，自己乐意攀登就好，能让我随性就好，能引领我走向高处就好。山顶裸岩上，有一树霜叶，目标光艳，是秋的标识，我走向它，就是走向秋的深处。我只顾享受秋的旅程，并不在乎登了多少步台阶，走了多长的距离。石级两旁，秋蝉的声调合拍我喘气如牛的呼吸，轻重不一的自然声调与人工声调，宛如秋肺上丰富的杂色，在疏疏密密的秋风配音中，愈发悲美。这悲美是恬静的，是安详的，是快乐的，更是独享的。这是我必到秋山探访的理由。

秋天是野菊花繁旺的季节，在秋天理所当然地去寻踪菊花。田野里，山坡间，野菊花如密星般闪耀。一大片一大片活泼的野菊花，在风中摇曳、轻舞。密密匝匝的柔媚，唯有秋天清凉温润的品德才能包容。是的，柔艳的菊朵，哪能经得起料峭春寒的折磨？更经不起夏日疾风骤雨的摧残。秋雨绵绵，温情地让菊花从容地艳丽。天霜大美，催生大自然斑斓的色彩。秋天广博，究竟是谁在抚养谁呢？我将这一切归功于创造秋的上帝吧。有了这大爱的秋，我才能享受秋野的浪漫，才能安然享受到菊瓣的旖旎。随意走进一座山村里，每一幢屋舍前，都养有大朵大朵的菊花，一簇一簇的，用简易的竹篱围着。“秋丛绕舍似陶家，遍绕篱边日渐斜。不是花中偏爱菊，此花开尽更无花。”竹篱里拥簇着菊花，山坡上开满了菊花，我辨别不出哪是家菊，哪是野菊，这并不妨碍我对菊黄的过敏与神思。此刻已是黄昏，山峦上霞光映照。我凝思着，仿佛进入菊花盛开的仙阙。我看到霞光中的群鸟，彩翅跃舞，骑在风的金背上。我在神游，倾听秋的钟磬响彻天宇。响音中，我看到教堂，还有庙，都被秋光的骨骼支撑着，都在秋光中庄严地耸立着。而屋顶上面，悬眠着我不同岁月时期的梦云。在梦云里，游荡着我的灵魂。然而，我的灵魂最终也变幻成一朵五彩的硕大菊花。这菊花，开在天堂里，也艳丽在尘世中。我的体貌也学这菊瓣的模样，学这菊瓣的冷艳，学这菊瓣的柔肠，变得飘逸淡雅，柔和舒畅。我忘却了旧尘，我远离了快速的车流，还有钢铁的冷度。

秋雁横空南归，带走多少生命的痕迹，也带来了年复一年的果实累累。因此，在秋天，我必须要走进果园。我寻到一棵果树下站立，在这棵果树下，我要探寻果实的意义，这是秋交给我的课题。你看，那红红的果实，披挂在枝头，在我头顶上摇晃，我触摸不到。要触摸到它还要等到十月，还要等到它成熟饱满，沉甸甸地下坠，直到坠挂到我手掌里。我饱含对秋的信念，我执着于果实更加丰硕的未来。因为果实比人更懂得使命，更懂得坚定。我视秋野为天堂，视果实为圣物。我要寻一枚最大的果实跪拜，目的是要表达对它宗教般的尊崇。

在秋的日子里，在日复一日的漫游和遐思中，我越过一级又一级的台阶，终于抵达了十月的天庭。梦幻中，我真到了秋野的天堂。晚秋时节，天帝就在冷风中坐着，背景映衬着蓝纸般的透明。我看到坐在天帝一旁生育果实的皇后，丰腴而慈祥。在她周围，无数果实在回旋，在缓缓舞动。无数只无形的柔手伸向我，牵住我的手，领我一起去敲开那一扇庄严的金色大门。在女声哼唱的天籁般歌谣中，秋的大门在我面前訇然打开。满宫殿的果树，枝头上都沉甸甸地坠满了果实。那形态各异的丰富的果实，那大大小小的红润的果实，现在就捧在我的双手之间。我采摘一枚枚圆润、凉爽的果实，让它们不停地落入凡尘之中，落入劳动者的巨掌之中。最终，我留下一枚最大的果实，我要让它永驻枝头，我要让它悬挂在天庭。我要让这枚圆滚滚的果实，永存我的意念之中。它会时刻在我头顶上摇晃，又会时刻在我脚下旋动。哦，它就是一枚地球吗？连同所有运行不息的天体，年复一年地把我从青涩带向成熟。面对这果实的圣物，我沉默而虔诚。我希望它能永存我梦中，成为我理解生命规律和时间法则的一把金钥匙。

秋月、秋山、秋菊，还有果实，都是秋呈现给我们的内容，都是秋毫不做作、毫不掩饰的丰富心灵。它们是具体的，又是诗意的，启迪我的力量不言而喻。我从躁动中走向沉静，从无知中走向敬畏，从肤浅中走向深刻，在与秋的和谐相爱中，不断实现自身生命的超越。难怪有人说，人到中年，对秋天才会有真正深刻的理解。又有人说，中年是只有哀愁没有愤怒的年龄。而现在，我已走到人生这个阶段，在对秋的深刻领悟之后，产生一种愈加热爱的偏执。每一次，走在秋野，身心顿生通透之感，感觉身心是实沉的，又是虚无的，从而感觉不到任何得与失的分量，感觉不到任何得与失的喜乐。或许，这才是秋带给我的真正意义上的收获。

于是，从立秋之日起，我就仰望着九月。当九月来临，当九月的天空融化了暑热，我便急于走向秋野，去探访秋野，去贴近万物，去寻找收获，也去承接失落。一路又一路，九月着站在八月的肩上，十月又站在九月的肩上……在秋不同的时段里，我将收集到的秋景片段，连缀在一起，构筑了我眼里的秋野天堂，也构筑了我心灵里的秋野天堂。这天堂一头系于天宇之上，一头系于我的灵肉之中。秋野的天堂离我很远，也离我很近。它在我头上，也在我脚下。

时光的蝶影

秋分过后一段时日，忙于生计，再也不见蝶影，也无暇去寻蝶、赏蝶了。秋日渐深，流溢在空中的寒气，蕴含着丝丝温情，日益浓郁起来，逐渐将我包裹起来。感觉这诱人的气息，像是秋准备去迎娶冬的新娘的。走在黄昏的街道上，我被寒气提前修饰打扮的街道感动起来。一股股如陈酿般的醇香味道飘溢在街头巷尾，四处浮漾着喜庆的气氛。趁有这份闲心，我真希望有蝶飞入这画面中来，羞羞答答地飞到这时光的红尘中来。如果她现在就飞来了，她仍是属于秋的。秋正欲揭开新冬的盖头，但愿她在最终隐去之前，能参与到这一仪式中来。

我不禁愈发思念起蝶了。夜晚来临，凉风盈窗，静卧室中，听秋抚养的天籁在窗前哼唱，清亮地回荡于耳畔。逐渐地，感觉连蟋蟀已入我床下了呢。天渐渐冷了，可我到现在仍见不到蝶呢。倘若现在见不着，恐怕只有等明年了。

终于到了10月30日，一个难得的晴朗秋日，气息温暖。下午三点多钟，我正站在楼顶天台上凝望远空，忽然，一只白蝶翻过凉台上的水泥围墙，神气活现地飞到我面前。哦，我正思念的蝶来了，她真的就来了！

她是不是我在春天河岸边见到的那只蝶呢？她是不是我在夏天花丛里见到的那只蝶呢？这时光的蝶呀，穿越了几个季节的时空，现在又来到了我身边，围绕我转来转去。她已转了几圈呀？代表时间的光环，在我身前身后绕来转去。然而，她最终还是飞走了，翩然离去了。我目送她远去，她的白翅接近阳光的颜色，她很快就融化在白茫茫的阳光里了。目光追随她的身影，我仿佛在追随正在悄悄流逝的光阴。久久停留在她消失的虚空，我又仿佛在追忆那已消失的往昔。这真是让人忧愁的蝶啊，融化在时光光影里，带给我的忧愁却是簇新的。

这是我今年最后一次见到蝶了。看来她是来与我告别的。

再过一周，就要立冬了。

第四辑

冬梦斑斓

DONG MENG BAN LAN

○
○
○
○
○

冬夜行思

立冬已过多日，昼短夜长，天很快就黑上了脸。下着小雨，我撑着雨伞，独自去河边散步。我喜欢去看河流，痴心未改，想必与心灵的指针始终指向河流有关。所寄望的河流是苍古原始的，又是温婉现实的；是具体的，又是缥缈的；是厚重的，又是灵动的。人的一生，疑惑丛生，河流的秉性总能为灵魂寻找到某种出口，提供精神的疏导和帮助。我沿河岸行思，我借河流遣愁。生于斯，长于斯，近水亲水，人类赖以生存的陆地上，又有多少人能有我这般幸运呢？

河边人迹寥寥，细雨缠缠绵绵，不厌其烦地在伞面上轻声细语。走过草地，虫吟稀落，残音微弱，像被一根根细细的线牵着。这些哀鸣都发自一只只孤虫。虫蛇们开始退隐，植物们开始萎靡。蓬勃旺盛的季节在躁动一阵之后，猛然就要转身离去，恍惚间摊在眼前的已是冬之书页，现在我就走在首页，接下来还将走向书册之深处，走向愈将沉郁的冬季。岁时如驹，载我至此，心存不甘之后，又滋生出极度的惶恐。我不知道身心能不能适时进行调整，以融入冬天那沉寂的寥廓中去。

一串清晰的嘎嘎嘎声，在迷漫的烟雨中传导。河野被夜雨的网笼罩着，在鸟禽的鸣声中愈加朦胧神秘。鸟禽在河洲，还是在水面？都是一些不知名的鸟，我不熟悉。我猜想或许是白鹭吧，也只有一两只，鸣音稀疏，恰到好处地点缀在夜雨的静寂里。走在河岸边，想着，走着，在复杂的情绪中，我清晰地听到了自己沉闷的脚步声，拖沓着，一会儿很有节律，一会儿又变得凌乱，一阵子后又恢复正常。步履合拍我心情的起落，一会儿安详恬静，心向美好，一会儿忽觉郁闷，情绪低落。一段又一段的路，就这样在脚底下晃过。脚步时轻时重，时急时缓，就这样凌乱着，又不断地调和着。我不得不承认，冬季虽然来临，要使自己遵循天道，收敛躁动不宁的身心，真还需要一段时日呢。

河雾迷离，鸟影映水。空静幽暗的河边，伞下坐着一个夜钓的人。他面前，一道蓝紫色的光柱射向黑沉沉的河面。他眼盯着水面，一动不动，坐在蓝光背后的阴影下，牵着光柱。他自己又成了光团之外的人。从夜钓者的背后，我静静走着，又默默地看着，一幅夜钓图仿佛成了凝固在天地间的安静符号。我深知自己暂且不能融入这夜钓的图里，我也不知道何时能理顺这乱麻般的心绪，以修来这夜钓者的心境和安然。

行到一处偏僻水岸，一排高大的杨柳树随河水蜿蜒排开。透过纤细的垂枝间隙，可眺望到点缀在无边夜色的隔岸灯火。那灯火安插得并不规则，有些区域稠密，更多地方稀落。那睁眼的亮，安顿在冬夜里，率真而深玄。久久地，我就这样久久地站着，最终将目光投向那灯火稀落之处。那高悬光耀的寂寥灯火，白描着黑夜，像是黑洞的眼，周边留下阴暗的神秘，加重夜晚无边的虚空。我渴望这灯火永远为我留着，灵魂通过这灯火的口子，切入灯火的背后，融进灯火背后那无边的夜色。我凝望着，又慢慢走动着，在莫名的伤感中萌动着生命的矛盾意识。生命难道只是行走在天地间的一具渺小的线偶？灵魂时刻在隐忍着这种桎梏，却又时刻在扑腾着，欲突破一切禁锢的牢笼！彼岸的一盏盏灯火，在生命的洪荒中摇曳着，隐约着，召唤着。那微弱的光亮，那可视又不可触及的温情存在，似乎要拉拽我去飞向那肉身所不能抵达的某处境界，让我从心底漾涌起一种隐隐约约生命之爱的感动。心境逐渐澄明，自然而然地生出与隔岸灯火契合一致，与现实又有一定隔离感的超然。

有几棵樟树，枝柯绵密，撑展在河岸一坡顶处，浑身绿叶在冬风中颤抖，发出飒飒声响。它们不理睬寒风的催促，不迎合寒冬的凄冷，依然繁茂故我。绿意洋溢的树冠，虽遮挡不尽冬天所有的荒裸，此刻暂且能遮盖住我周遭的荒凉。四季更迭，万物代谢，这樟树是变还是未变呢？仰望伸展在暗空里的繁叶，我仿佛看到叶们正在启唇吮雨，也仿佛听到发自土地深处的根系那幽幽的深沉叹咏。它们似乎改用了一种更沉稳、更渐变的力量，汲取天地营养精华，吐故纳新。经历一个冬季的蓄积，我充分相信，当春风吹来，当一树茂密嫩黄的新叶在大地明丽耀眼时，同样是一棵树，虽然没有擎举花开的惊艳，却已悄然完成了又一轮的新旧代谢，再一次超越了自己。

一棵树，抑或是一棵小草，都能在时序的更迭循环中，更新自我，而只有生命单程的人呢？我想亦应如此吧。“天地与我并生，万物与我为一。”与万物同为一体的我，肉体虽不可更新，但是我们的精神可以更新，我们的灵魂可以超越。如此，在一次又一次的精神进化中，在灵魂的再生中，以让生命抵达更高的境界。

苏格拉底说过：“不经过反思的生活是不值得过的。”我们的先贤们也懂得每日“三省吾身”。由此看来，把握一段能潜沉我们心灵的时光，用来孕化我们的精神，涅槃我们的生命，是多么的重要和必不可少。于是，我也明白了法国作家乔治·桑为什么赋文，对冬天进行由衷的赞美，认为冬天使人“能够沉静下来思索”，从而让“精神生活变得异常丰富”。

一路行思，我独享到冬日沉寂时光带给我的欢愉。一路行思，心灵获得了如此这般的美妙启示。不说话真好，这样我便能集中思想，“独与天地精神往来，而不傲倪于万物”。于是这样才明白，在这纷扰的俗尘之外，还存有如此逍遥的精神天穹。

走进山村吃年猪

城市的版图越来越大，城乡的距离越来越小，城里人的乡村情结也越来越浓。冬至了，腊月临近了，终年穿梭在高楼间的城里人，心，开始躁动，盘算着，能否去乡下感受一下吃年猪的气氛，品尝一下鲜嫩的猪血。

寒风一阵比一阵冷，乡下亲戚捎来了暖和的口信："接你回家吃年猪。"乡下没有亲戚的，或没有受到邀约的，只好跟着受邀的朋友，拉帮结伙地去感受那种场面。

12 月 26 日，久违的雪在宜昌这座城市的上空飘着。宜昌国际大酒店董事长陈先生邀请几位好友，回乡下一位亲戚家吃年猪，我欣然同行。有趣的是，同行的几位，都是宜昌餐饮业的领军人物。自然，有人开起了玩笑："自家酒楼有吃不完的山珍海味，还大老远地到山村吃年猪?"同行的立即有人回应道："看来，无论有什么样的高档酒宴，还是抵挡不住那掩藏在胃里的乡村情结啊!"话毕，都呵呵一笑。

风雪载途，险峰染白，崖深雾罩，汽车小心翼翼地前行着，平常两个多小时的路途，花了三个多小时，才一身泥泞地开到目的地——一个叫王家畈大沟村的山村。热情的主人早在门前候着：屋台上已摆好了宰杀年猪的家什，显眼处放着一个接猪血的大木盆，盆中放好了自家做的辣椒酱，撒拌有花椒、生姜、盐等。

待来客到齐，几位山里壮汉撸起袖子，钻进猪圈。不一会儿，一头肥大的白猪被抓耳揪尾，拖按在案板上。猪叫，人嚷，惊动村里的狗叫唤呼应。眼瞅着刮毛、破膛、洗肠等杀猪程序，又不时放眼屋前的田畦、屋后的青山，站在雪地里的城里人，面带着兴奋，互相交谈。

山柴入灶膛，火焰熊熊。刚割下的肉还冒着热气便被切成块，送进一个竹筛般大小的木制蒸笼里，架在大铁锅上蒸烹。不一会儿，浓浓的香气溢出，飘散在屋内屋外。趁闲歇的空当，邻近的乡亲，主人的亲戚，与远来的客人，都围坐在暖房里的土制火炉边，聊起农事家常。在众人的热望中，满蒸笼的肉冒着热气被端上了桌，白亮亮的是肥肉，暗红色的是排骨，下面垫着的是南瓜和土豆。猪血花也在另一个锅里咕咕噜噜地翻腾着，红辣椒丝在汤里炫舞，很是吊人胃口。

“哇！”不用主人邀请，大家馋相尽露，齐拥上桌，痛下筷箸，吃相生动。我动筷夹一块肥肉入口品尝，肥而不腻，滑嫩香软。酒是少不了的，满桌客人，不论男女老少，无论是否有脂肪肝、高血脂，都满满斟上一杯农家自酿的苞谷酒，开怀畅饮。

吃饱了，喝足了，闹够了，来客们都怀揣一份好兴致起程。好客的主人仰起灿烂的脸送别：“明年杀年猪，还请大家来！”

水仙花开

离圣诞节还有半个月，寒气越发侵骨了。雪花夹着凄雨，在写字楼窗棂外寂寂地飘着。

忽一日，一盆水仙花摆在对面的桌案上。花苞未绽。亭亭玉立的花梗，葱绿蒜状的秀叶，两个蒜头式肥大的根茎驻足在一口盛满清水的浅花盆里。严冬时日，室内的一抹绿，就这样生动地点缀在我与同事们沉寂的心里。

摆花的是一位年轻女孩，清秀美丽，水仙花是她花十元钱从花市温棚里买来的。

从此，女孩上班闲空时，总爱摆弄她的水仙花，还不时自言自语道："花，怎么还不开呀？"坐在她旁边的一位女同事见状，对她逗趣道："就冲着你的这份苦心，花开之日，我请大家聚餐，喝红酒，庆贺一下，如何？"女孩听罢，满脸认真："那好，一言为定！"大家哈哈大笑，一扫疲惫的神色。窗外阴霾满天，室内的人们又习惯性埋头忙碌起来。正在一旁侍弄水仙花的女孩，表情轻快地低声哼起了小调。

圣诞节前一日，城市的天空飘舞起多年难见的雪花。早晨上班，打开办公室门，一缕馥郁的清香扑鼻而来。与雪花不期而遇，水仙花于我桌前羞涩地开放了。大约有五六朵吧，黄色的花蕊，银白色的花瓣，灯盏般的花形，玲珑俊逸，似款款下凡的仙女。同事们陆续到来，面对绽开的花朵，不约而同地投去欣喜的目光……

夜幕降临，平安夜到来，目光越过水仙花绽放的桌面，透过写字楼五楼窗户，我看见街面上的圣诞树上，缀满璀璨的灯饰。街上行人如织，笑语喧哗。办公室里，却不见那个女孩的身影。哦，此刻，她又在街头采访奔碌吧？

失落间，一幅清寂的画面蓦然浮现在我眼前：公共汽车上，一个女孩，临窗而坐，托腮呆望繁华的夜市街景，孤寂地想着花开的心思……

如今，那女孩离我远去，那朝夕相伴的同事也被吹散到各处，那寒冬里的一丛水仙花也凋落无踪。但不知怎的，那水仙花，仍常叠影般地开在我梦里。

世外山水

身在喧嚣的都市，心早就向往愚人岛那一方世外山水。2004 年最后一日，在宜都鄢坨上船后，水路九曲，一艘木帆船终于将我们带进了这如梦如幻的地方。伫立船头眺望，只见澄碧的清江水，环绕着座座青峰，在晴丽阳光的抚照下，如仙境般恬静安详。

“哇！这愚人岛，真是洗涤灵魂的好来处。”不少同行者发出惊叹。

花了一个多小时，我们一行人踏访了愚人岛部分山峰水岸。虽值严冬，仍见金灿灿的野菊闲情地开着，虽只是在茂密植被中偶缀的一丛，但却点击出山水柔和的质感。岸边的山楂红果、栎木红叶，倒映在琉璃般的水中，交映出斑斓陆离的丰富色调，溢满冬日的温情。登高望远，可见金子山、马鞍山、宋山等山脉，重峦叠嶂，连绵起伏，似乎要为愚人岛挡住那山外的风尘。碧绿似带的清江水蜿蜒到天际，似乎也要替愚人岛守护这份清静。置身其间，你的灵魂被攫住，为之倾倒，真想化为一朵纤云，永远守在这一片静谧的山水中。

山水如画，而这画中的人，自然被赋予这山水的性灵。岛主人是一位心在山水的人，他四十多岁，个头不高，外表质朴得像山里的一棵栗树，像湖里的一波水纹。但谈吐起来，你又会惊羡他内心的深邃。历经人生沉浮，几经折腾，他最后决定安身到愚人岛山水间来。我对他的一句话很有感触：“抽出一只脚，你会挡住一片楼房。”言下之意，城池太小，容不得太多的得失计较和世态人心。或许只有到这清净山水间来，才能开阔人的胸襟。这愚人岛的含义，不也有一层自遣、自嘲、开心在其中吗？

岛上的职工有二十多位，朴实好客，晚上与我们进行了联欢。夜幕四合，山水入梦，就近拾些杂木，一堆篝火在山脚下的水畔边燃起。溅射的火星腾向深暗的高空，呼应着天上的点点星光，也燃亮一方温馨的空间。唱歌，演口技，围着篝火跳兔子舞……每个人都卸下日常的那份矜持和含蓄，放纵着热情和活力。活动过程中，嘴也是闲不着的。火堆里烧出的土豆和红薯，吃得津津有味。品尝的不仅是山野风味，也是一种朴真的生活。

圆月升空，将幽幽清辉播洒在水波上，播洒在暗山静林里。不知不觉就要迎来新年的钟声了，在一片欢腾中，岛主人提议，每人起身到篝火前，畅谈一下新年的感言。而我能畅谈什么呢？四十年的凡尘年华，此刻就要在这愚人岛上画上句号。不过，幸好我也在这愚人岛上，幸好我在这月明风清的世外，多少能化解滋长在我内心深处的那丝丝惶恐吧！我唯祈愿岁月安好！

石头琴音

冬日，下午四点多钟，阳光明亮而温暖。山上的一方打石场上，被剖开的山体呈现天然的层层叠叠的石板结构。一位年轻力壮的男人，身躯紧贴着石壁，双手紧握一根长钢钎，一块巨大的板石在钢钎撬动中微微错动。我向他打声招呼，他暂停，点头示好，接着又抡起大锤，对一块已错位的板石进行敲打。

看我脚下，摞堆起大大小小的天然石板，虽形态各异，却双面平整。也有一些被选定的厚重石块，正背面也是天然的平整。忙了一会儿活，打石人跳下来，说："冬闲了，打些石板和石头拉回去盖房子。"不一会儿，一位老人赶来了骡马车，两人挪脚搬石，哼哼哧哧，喘气粗重。摞放的石板压瘪了胶皮车轮。骡子似乎意识到即将肩负的重任，昂头打着响鼻，在原地不停地打转，装扮成一副悲壮豪迈相。

到了贵州，我早就听说"石头房子石头盖"属贵州几大怪之一。说怪，倒不足为怪。贵州多为孤峰、残丘，地窄土少。石山出石板，建筑房屋就地取材，靠石头当家，去顺应地理、天物，就不足为怪了。

我暂栖的这片区域，形如圆锥体的孤峰居多。一些山，被采石者活生生地半劈，留下半边脸，残破的面相，着实不忍看。有些半壁山，天长日久，便长出一些稀疏的灌木杂草遮盖，如伤口结痂，虽比裸露好看些，但让人也不忍心看。

石山舍身，散落成碎片，造福于它脚下的生灵。山脚下的一方窄地，因势建起来的村落，民舍一律用石材砌筑。墙体是石头，台阶是石头，搭盖房顶的也是石板。用石板搭成的平房顶，四周就用石头围砌，屋顶就成了蓄水池，用来积贮雨水。如果风调水顺，房顶池中，积水就会四季不绝。行走路过，那房顶上的一方方清亮的碧水，让人感受到别有一番情趣。石头房子组成的一座座村落，从远处望去，灰白相间，错落有致，古朴天成，煞是好看。一些村落，还建有大大小小的精巧小石桥，水流桥下，碧波绕舍，着实有一派江南水乡的妩媚。

走进村落，许多路也是用石头铺砌而成的。有些路，年代已久，路面上的石头被一辈又一辈人的脚掌磨得平滑，泛着岁月积淀的光泽。田野上的沟渠也用石头砌成。路边、田埂上都堆着些石头。从民舍前走过，朝院内随意一瞥，便能看到石井、石磨、石槽等各类生产生活用品。可以说，在这里，生命生于石上，又栖身于石下，与石头形影不离。我向打石人致敬，岁月埋葬了石头，也造就了石头，是他们这样的人，仅靠一副血肉之躯，仅靠一双灵巧的双手和坚韧的智慧，就完成了对石头的感化，赋予石头新的生命。在这里，石的功能被发挥到极致，倒不如说是人赋予了石的灵气呢。

在一位朋友的办公桌上，我看到一架精致的石头琴，石面光洁，映射晶莹的光芒。手指拨弄琴弦，一股清泉般的鸣音震颤而生。琴身的用石，出自贵州的哪座山呢？这拙朴的石头啊，不仅给我们营造了朴实温情的生活，而且也能赐给我们生命最优雅的琴音啊！

一村晚树

暮色浓度加重，西边那线天，仍在把守最后一线微弱的光明。微光在挣扎中闪亮，反增添了夜色的浓度。路两旁，那山峦上的树木，平常在光线明朗时所呈现的参差不齐和毛茸茸的枝叶，此刻被暮色修剪后，都展现出一种简洁光滑的线条，一并隐融到山峦的躯体中去了。

行走天涯，黑夜就要来临，空虚的灵魂在暮色中寻找寄聊。落寞怅惘之际，一座小小村落忽然落入眼帘。一幢幢古朴的老屋舍，一律石墙石瓦，屋脊交错地卧伏在丘山石林间。屋前屋后的树木，伸展着枝蔓，疏疏密密地将屋舍掩映其间。枝柯缠扯起乳白色的暮霭，似飘逸的轻云。整个村落在雾霭中半隐半现，显得苍古而神秘。

雾境中飘忽着树木的幻影。有的挑一身绯红的枝叶，洒脱地伸展，与古屋檐相映相衬；有的枝上枯叶已脱尽，参差不齐而又密密麻麻地栖落着麻雀，那呆痴的神态，给人一种莫名的愁绪。日暮途穷，天涯孤旅，驻足路旁，呆望无语。此刻，不禁想起马致远的小令："枯藤老树昏鸦，小桥流水人家，古道西风瘦马。夕阳西下，断肠人在天涯。"

行走天涯，愁绪满怀。深深浅浅的诗句，一字字，一行行，从我心底，从脚下寂寞的土地里，攀升上来，飘逸在空气中，与我撞了个满怀。那些诗句，又像是从一村寒树那半睁半闭的眼眸里，漏逸出来的生命底色。那些诗句，也像是随雾霭升腾而起的烟火，呈现出温馨的本真和生命的赤诚。那些诗句啊，更像是从包裹着祖先魂灵的土地笼子里长出来的骨头。这骨头连接着我的骨头，不断地长大，让我虚无的灵魂有了包容之所，有了栖落之处；不仅消解了我灵魂的孤痛之感，也美化了我灵魂的孤痛之感。

《山海经》里有一种奇异的树，饮了它枝干的汁液后就能忘记忧愁。我饮了一村晚树的苍幽，似乎忘却了忧愁，却又让我滋生另一种奇异的哀伤。倘若，人是一棵会移动的树，那么他就是一棵没有根系的树，在意味着自由的同时，也意味着漂泊。就如同我浪迹天涯，四处流浪，行走在大地上，但又必须寄生在地球上。路走久了，路走远了，终于发现，无论我走到那里，冥冥中，似乎总有某种神秘的东西，一直在为我迷失的灵魂一路指引，随时在为我孤寂的灵魂疏导、排遣。就如我在暮色中看到的一村晚树，一下子就让我无根的情感，有了能深扎下去的土壤；一下子就让我幽明难测的愁绪，有了寄怀的寓所。

喜鹊与阳光

离大寒节气还有三日。

上午，徘徊在高楼宽敞的露天平台上休息，虽寒气袭身，却没有刺骨的感受，反倒给我带来昂扬的舒适感。

仰望蓝天淡云，沐浴在透明的阳光里，心情暂且归于平静，有点飘飘欲仙的感觉，滋生欲融入头顶上那湛蓝天空的迫切愿望。两只喜鹊飞来，飞过我头顶，边飞着，边叽叽喳喳地叫嚷着。它俩急着性子，不停地叫唤着，向着阳光灿烂之宇飞去。放眼追随它俩的身影，那黑白、朴素的身子很快就在我的视线里模糊。眼睛一直追随它俩的身影，直到它俩与阳光融为一体，消失于天际；直到眼睛被阳光刺痛，白晃晃的一片。虽看不见喜鹊了，但我感觉到有一样灿烂的东西已透入我眼眸里来了，贯注到我耳朵里来了；渐渐地，汇聚并交融到我整个身心里来了。身体里流泻着一股股透明的光亮，心情随之亮堂了许多。

这让我想起几天前的一个午后，在我上班的路上，一只喜鹊在我身后响亮地叫着。它是在墙头，还是在屋顶，还是在树梢上？这都不重要。我并不想关注它的身影，我只是想聆听它的声音。在它声音的布施下，阳光温和而清爽，朗朗地照洒在我前行的路途上。平凡而珍贵的阳光，因为喜鹊的加入，因为有了喜鹊的歌颂，更显得鲜活，更富有生气。我仿佛嗅到阳光喜庆的味道，嗅到了阳光特殊的味道。由此我突然觉得，喜鹊是太阳的鸟，与太阳密不可分。在它急切的叫声里，我听出阳光大气而灿烂的味道。我感谢喜鹊之声，将阳光幻化成听觉，融入我的神经里来了，融化到我的血脉里来了。我珍视和感谢寒冬里一切光明的东西，包括喜鹊，包括阳光，在我与尘物交集时，为我提供了光明的背景，促使我以明媚的心情，竭力去给相遇的万物以温柔的情意。那情意如此真诚，在天地间相互传递，转换，流溢成一条向善向美的情感河流。

于是，在寒冷、阴沉的日子里，喜鹊的叽叽喳喳之声，同样挽救我情绪的低沉，提振我的信心，提醒我耐心地等待时日，以蓄力向未来光明的希望奔去。在寒冽的冬日，每当阳光出现，即使身边布满萧瑟、衰朽的事物，我仍信心满满，一脸粲然。而且，有了喜鹊的喳喳之声，我的心灵会更加清朗，饱含春意，直面寒风，翩然起舞。而万物呢，也不再是那一副消沉不振的样子。不信？你看，那一排枯褐色的、稀疏的梧桐叶，在充溢的阳光下，在阳光的暖光里，尽管水分消失殆尽，尽管丧失了立冬前那种丰满的黄，尽管丧失了冬至前那种丰满的红，但那衰枯的叶子在喜鹊的伴鸣声中，在风中发出的战栗之声、飒飒之声，并不是哀歌，而是快乐之声，是诗意之吟，让我感觉到春的气息正从我搁置在冬天里的躯体中升腾，让我相信，春天必然会来。同样，阳光也绝不会抛弃人类，即使它暂时退却到我们的视线之外，它仍会一如既往地把我们带向春天的岁月，把我们带向鲜花烂漫的时节。

午睡，不再闭合南窗的窗帘。我极为珍惜寒冬里那难得的晴日啊！明亮的阳光照射到我阴冷的室内，把温暖的光芒洒照在我的床上，没有任何保留，没有任何私心。也因为是阳光吧，是大自然的恩赐，区别于我所惧怕的人工灯具的那种光源的压力，给人以柔和的光明，给人以温暖的安抚。沉沉睡梦中，感觉头部发热。紧闭的双眼里，世界金灿灿一片，黄蒙蒙一片。睁眼一看，阳光不知什么时候已照临到床头，照洒在我头部。我仿佛又听见了喜鹊的鸣唤之音。我以为是喜鹊衔来的花瓣铺满了我的床呢。

冬雨诗意

冬至前后，有这样一种雨，非大非小、迷迷瞪瞪地飘着。你若住在高楼上，一般是感知不到它的存在的。

早晨上班，坐电梯下楼。到了楼下，一出单元门，才知道天正下着雨呢。雨滴虽不密重，却并不轻柔。打伞？还是不打伞？很容易让你处于两难的境地。为避免淋雨湿衣，我还是决定返回电梯，回家取一把雨伞，重新下楼。

西北风与我方向一致，推着我向前走去。忽然，一枚带有棱角的圆形小空壳超过了我，在被雨水淋湿的小区水泥路面上，轻轻晃晃地朝我前方奔去，轻盈地追风而去。它茧壳般大小，枯褐色。它是什么呢？是不是从栾树上掉下来的种子的空壳？它在我前面滚动着，义无反顾地向着东方那处荒角，直直地奔去，沿着直线轨迹奔去。我加快了脚步，追随它一段路程后，到了岔道口，我必须朝南拐去，便与它分离。

就这么一枚简约的空壳离我远去了，为何我还挂念着它？在此之前，它的母体，我楼下的几棵栾树，已经历春来的茂绿，秋来的花开，现在就一身寂寥地竖立在我每日进出的必经之地——梯道口。而就在我快要忽略它的时候，在一场冬雨里，它又寂然地抛撒下一枚空壳。这枚空壳提醒我一下后，便一身轻松地消失了，重归于寂然。没人能认可此时它出现的意义。但对我来说，我希望在万物潜藏的时节，哪怕能有一点可借助的星点痕迹，来帮我体味过往时光的芳香，来帮我体会时节变迁的意义，也是弥足珍贵的。

中南部小城，现在冬天是难见到雪的。如此，只有借助这裹挟在寒风中微不足道的冬雨，借助这裹挟在冬雨里微不足道的万物痕迹，来体现冬季的存在，来反射出这里冬天的特性。有了这雨，尽管无雪，尽管遗憾丛生，但我依旧对冬天饱含深情，饱含热爱。

上班必经过的一条城中大道，被高大茂密的梧桐树覆盖着。此时的梧桐树枝叶虽茂密，却已显枯红。路面上，开始掉落大片大片的梧桐叶子。勤劳的清洁工们频繁地打扫着它们，因此我是很难见到落叶身影的。今日有雨，终于随处可见到梧桐落叶的姿影了。即使我走离了这条马路，即使我已离梧桐树百米之外，但在我脚下的街面上，依然能看见铺在地上大片大片的梧桐叶子，有些还被雨水黏合在地面上，展示的图案，为我们展示了这个萧索时节的优美形象。

冬梦里的橘子

冷风的拳头，狠狠地给了我一下，是想让我醒一醒吗？

“你知道秋天已过去了吗？”“你知道一年有四季轮回吗？”夜深人静，躺在床上，仿佛有一种幽微的声音，在我耳边萦绕。

这声音又似乎在告诉我，岁月有周期，有循环，那人生呢？

昨日犹如旧梦，明日真是何其多吗？

想着，想着，又要入梦了。梦里有十二个金红色的橘子，在冬雪的光色里滚动，散发着甜蜜的汁液味道，洋溢着风雪的气息。它们一直在滚动，没有静止的欲望。是的，它们不会静止，如此，就不会枯萎。它们脱离了母枝，身子却更紧贴大地，这才是归宿中的归宿。它们弹跳着，弹跳着，最后又像赛车的车轮，风驰电掣般地旋转起来。它们披着满是针尖刺猬般的灰皮，爬滚着赶路，挣扎着去想要去的地方。为此，它们必须要坚守自己的灵魂，让灵魂的橘瓣紧紧相拥在一起，让分离的橘瓣团结在一起，抱拥在一起，如此，才能紧紧捍卫前进的灵肉车轮。那副憨直、勇敢的神态，真让人感动不已啊！

一个又圆又黄的橘子，活力四射，蹦蹦跳跳到我面前。它睁着一只圆圆的眼睛，瞪着我，好奇地看着我。哦，那眼睛像是脐眼，好圆，好亮，沉静，且又温润，就像是常醒在我梦里的那只眼。难道这就是我自己的眼？或者说，我就是这橘子里的一个？

哦，冬梦里的橘子，在现实中，它们通过人类的口腹消化后，又返回到大地。但它们的母枝仍峭立在冬天的寒风里，在盼着，在盼着，盼着这些灵魂不死、历经脱胎换骨的橘子们，有朝一日，再重返自己的枝头。

不知道这些枝头当中，哪一处是等着我的呢？

初冬之美

今天，是星期天，恰逢阳光灿烂。心，躁动不安起来，升起一种游历山水的渴望。我渴望到那五彩斑斓的秋景中去，我渴望到那凉意爽朗的野风中去。

昨日，进入了小雪节气。按农历节气划分，冬季若是从立冬开始，那么秋天则离去半月有余了。而现在，我似乎还在秋景中沉迷，误将冬境当秋意了呢。我在疑问，也在迷惑。其实，无须疑问，也无须迷惑：冬，从秋延续而来；冬，从秋传承而来；两者牵牵扯扯，牵牵绊绊，怎能在一夜之间，秋就那么轻而易举地彻底斩断与冬的联系呢？因此，秋与冬的界限，哪能一下子就分得那么清呢？自然，秋那软绵绵的身子，是不可能像蛇一样，一下子就能滑到冬寒的洞穴中去的。

当然，我心里也明白，其实我对秋始终是心怀眷恋的。因此，在寒风未真正来临前，在十五度左右的适宜气温里，从心理上，从主观上，我也是有意要模糊初冬时节的概念的。如此，我才能有更宽泛的时段，去感知大自然还在延续的佳景气象，从而能舒心地消遣更多的美好时光。一段时日以来，我仿佛听到大自然一直在对我发出召唤，似乎在催促我：珍惜良辰！珍惜良辰！

白墙红瓦的农舍，零落散布在田野间。最耀眼的是那些乌桕树，多为单棵，或大或小，却枝叶蓬勃，且已泛红，一树一树的，像一面面旗帜，招摇在水塘边、田野上、屋舍旁。芦荻甚为招摇，花穗的头颅硕大雪白，它们飘扬着，映衬着乌桕的红，映衬着枫叶的红，组合成一幅色彩斑驳的山野秋景画。枫树多为三角枫，零零落落的，与更多不知名的灌木、乔木缠织在一起，闪耀着绚烂多彩的身姿……沿途扑面而来的景象，与扑面而来并无寒意的风，让我产生了时空的交错感，倒真混淆了我对时令的感觉了呢。

我是根据自己的安排，中午一点从家里出发的。我头戴头盔，骑着一辆崭新的单车，朝着那片掩藏着一座古刹的山野奔去。仅半小时的路途，我便投身到了城外，遭逢到了沿途的好景象。一边骑行，一边赏景。若遇到了心仪的好景致，我就干脆停下车，找好方位和角度，用手机拍摄，并将一张张风景图片分享在好友群里。一路上，我无论在做什么，脚步都保持着一种不停歇的状态。这不仅使我壮筋强骨，也令我身心愉悦。

在一处较大的池塘边，连绵的芦苇丛成了时节的最好点缀。它们轻盈丰满的头颅，被阳光映射得白里透亮，在冷风中敏感多情，大幅度地摇曳着。它们牵扯着一种飘逸的精神，似乎想要将自己的理想，往远方延伸开去，延绵下去。苇塘边，一株株美人蕉临水而开，红艳的花朵，充满着温馨的情调。苇塘中，半绿半枯的荷叶，撑举在枯黑的荷梗上，点缀着枯萎的诗意。

终于看见菊花了。一朵朵野黄菊，绽笑在树干下、田垄上。这是秋留给冬的遗产。这一丛丛菊花，在秋天开放时，正值风华正茂，不遗余力，恰到好处地匹配了秋天的情怀。而现在，一丛丛菊花，又顽强地开放在冬境的画框里。正因为它们绽放的坚持，正因为它们别致的问候，才让我感觉到秋天仍存在于身边，并让我全身心地沉浸在秋天深情的气息里。

当接近一处山野人家时，我听见了公鸡们此起彼伏的打鸣声。现在已是下午四点钟左右，此刻我不知道是更接近了尘世烟火，还是更远离了尘世烟火。我看见屋后的一畦畦菜地，溢满新鲜的绿意。现在才下午四点多钟呀，阳光在云层里进进出出、躲躲闪闪。一侧山丘的树丛里，鸟儿们已吵吵嚷嚷一片。终于抵达古寺的山门前了。站在高处，空气冷冽，浸入鼻腔，沁入肺腑。我敏锐地感觉到就要降温了，寒潮不久就要降临了，这是人对天地的感应。于是，我只是匆匆眺望一下寺前两侧那一片片水杉林的红，匆匆眺望一下那掩映在斑斓树丛里古刹建筑的黄瓦飞檐，便返程了。尽管没能抵达寺中，尽管没有进入佛殿里，但我沿途观赏到了丰富的美景，嗅到了清新的空气，并已好好清洗了一下久被尘垢污染的眼眸和肺腑。如此，很知足了，也觉得更好。

屯堡夜话

初到贵州这产煤之地，见到煤矿很新奇。站在煤井洞口，见漆黑幽深的井道伸斜下去。洞面的光线无力地照临到井内不到十米深的地方。飕飕凉风不断地从地下黑暗深处涌来。我很好奇，沿井道的石阶探步下去，没走几步，便被人叫喊上来。轰轰隆隆的声音骤然响起，一辆辆矿车，串在指头粗的钢丝绳上，将乌黑的煤块从黑沉沉的地层深处运送上地面。煤沉睡在地球深处，也埋在岁月深处，有多少亿年？两亿年，三亿年？如今它们终于起身，重见天日，为人类生火生电，传递光火的本源。

井面上的转动筛轰隆隆地转动着，传送带不停地送进刚出井的煤，不同口径的筛眼将煤分离成面煤、块煤，还有大而沉的矸石。煤全身都是宝。据说，连这矸石也三十元一吨，卖出去粉碎后，大有用处。

傍晚，黔中下了今年的第一场雪，寒风裹着雨雪，湿冷透骨。晚饭后无聊，去门房找本地的老门卫闲聊。火炉里燃着刚挖出来的块煤，旺旺的热气袭烤着我。煤火炉的铁板台面上，摊放着一些香樟果，豌豆般大小，有的已烤成黑色，有的半青半黑，散发出一种药香气。老门卫说，这是长途拉煤司机们摘来的，烤干后可直接饮用，用于消腹气，治消化不良等等，是旅途备用的药物，也是长途司机们沿袭相传下来的土偏方。

炉火散发的热气，伴着香樟果浓郁的药香气，熏染出一方小小温暖的天地。老门卫与本地几位司机与我侃起了大山。他们都是安顺人，用急促的柔腔方言，讲起本地的风土人情，我都能听懂。如儿时用盐巴刷牙，过年时全村吃“杀猪饭”，灌加冰糖的香肠，石臼杵捣糯米粑粑等等。随后又喟叹不已：现在人们过年都懒了，粑粑、香腿、腊肉等都成了商品，只要有钱，年前到街上都可随意买到，就是找不回过年的那种“味”了。老门卫还告诉我，他祖籍在江西，明朝时先辈们到此屯军，从此扎下了根。他以前住在较远的一个叫猫场的村寨，那一条街寨，因一半街住的莫姓人家，所以叫莫半街，后被一把大火烧光了，他和家人才迁居到安顺市郊里来。

在这里，在乡野路径，或是城镇街道，随处可见身着浅蓝色大袖长袍的妇女，成了一道别致的风景。莫师傅告诉我，此地有著名的屯堡遗迹，明朝遗风在这里随处可见，还有沿袭赶场的习俗。相对内地一些地方按农历单双日分冷场、热场赶集，这一方百姓，按十二生肖命名集场，在不同的时日，在不同的地点赶集。本地附近也有猪场、狗场，稍远一点还可赶牛场、马场、羊场、鸡场、猴场等等。安顺城区就有大型牛场集市。如果愿意走更远一点的路，似乎所有“生肖”的集场都能赶上。曾与一位本地朋友相约，准备去赶几个“生肖”集场，因在此栖居时间短暂，成了永久的遗憾。

火炉旁，一位郑姓的小个子司机，听说我也姓郑，热情陡增，打开了话匣。他自我介绍他家就在离此不远的两公里外的龙天村，说这个村百分之七十的人是郑姓。他说，据老人们讲，他们的祖先明朝时从福建迁来屯军，后就在此生存下来了。前不久，还有几位老人回福建参与了家祠会议，并携带回几本家谱，家谱显示，不少郑姓后裔分散在我国台湾与香港。据他讲，离他们村不远，还有一个天龙村，与他们村名只是将“龙”与“天”字挪一下位置，而且村民也大都姓郑。末了，他还热情地邀请我有空去他们村看看，开玩笑说让我去追宗认祖。闲谈中得知，附近还有一个猫姓的村落，皆为回民，被外人稀知。

闲聊中传递的民俗风情，以及姓氏文化、家族文化的信息密码，隐藏着人类历史文化的玄深，是中国传统文化博大精深偶现的脸谱。从一个家族、一个姓氏的兴衰史中，我能隐隐感觉到这神秘气息下的文化，像黏合剂，维系着人类社会文明传承的纽带。这文化即使遮埋在世俗生活的深处，依旧会像火种一样闪耀着人文的光芒，从而赋予每个个体生命意义和价值，并让日常生活有温度，有诗意。

奇遇冰冻

“喔喔喔……”雄鸡唱鸣的鼓槌，敲震冬季黎明惨白忧思的脸，灰白的鼓皮在我眼前颤动，音符跳荡，跌落于我闭目想象的万水千山，冷清而悠远。被衾难抵一夜的寒冷，无奈被迫早起。摸黑探索着楼梯走到屋外，仰看星星还在头顶上深沉，我知道它们不一会儿都会逃离，让位于黎明逐渐呈现的丰富纷杂的景象。天色开始清明，我忽然发现，那曾熟悉的景象皆已消失，周围全是冰雪粉饰的琼枝玉叶，像泛泛滥滥的银色符号，无边无际，而又无声无息，标注起一派单纯清寒的鸿蒙景象。

这一年冬天，贵州历史上罕见的冻雨冰寒与我相遇。此刻，离我初涉贵州还不到三个月。心，无法如冰雪般沉静。四季有秩序，人生总无常，嘲笑自己总赶上老天爷那忤逆常规的热闹，难道属龙的人皆有这份殊遇？

宿舍里没有暖气设备，想想刚刚过去的昨夜，像有无数只冰凉彻骨的手掌，将我从浅梦中揪起。拥裹被褥，背靠床栏，半宿未眠。来贵州前，在贵州工作的朋友都说，贵州冬天暖和，一件毛衣即可过冬。来之前收拾行李，我往行李箱里只放置一件厚毛衣，后来想了想，又放置了一件厚厚的羽绒服，未曾想到竟派上了用场。

天大亮，同事们聚在餐厅，面色兴奋又夹带着些许不安，边吃早餐边谈论起天气的突变。到这里工作的，很少有本地人，很多夫妻俩年初就到了贵州，小孩留在家里由老人照管上学。春节临近，他们的话语都离不开归乡的那份迫切，轻松顺遂的归程成为他们最大的心愿。一对夫妻，在贵州工作十几年了，谈起以往的归乡路途，心有余悸：“那时，从老家到这里，坐火车得转几趟车呢，买不上座位票，腿都站肿了！”“后来交通方便了，又怕遇到异常的天气。有一年冬天回家过年，暴雪阻路，火车搁在路上，一等就是十几个小时，遭的罪几天几夜说不完。现在只盼冻雨早点结束，不让我们再遭受那份罪。”他俩的话语引起了共鸣。我愈发意识到，年底临近，外出打工的人，那思乡的弓都已开始绷紧，归心的箭就蓄在弦上，随时会乱箭齐发，不可收拾。每当开会，公司老总总在强调：“趁现在抓紧生产吧，越到年底，人心越拢不住了。”

接下来仍是几日的冻雨，全国许多报纸头条都重点报道了这里的灾情，这倒没有影响我工作的忙碌。一天中午，与一位同事驾车从北蔡官镇到安顺，起动车时，发现车门被冻住，结满了冰凌，同事不得不端来一盆温水，浇淋化冰。

车辆慢慢行进着，沿途路面，都被冻成了牛皮一样的冰层。山上的树林、灌木丛，素裹一身的晶莹，为煞是美丽的外表压得身心俱疲，心情沉重时，便不时断枝折臂，传来咯咯嚓嚓的声响。同事小心翼翼地开着车，告诉我，他在贵州工作十几年了，冬天温度没有低于零度以下的，更没有遭遇过如此奇冷的天气。车内本地的广播电台，不时播出冻雨造成人员受伤的消息。在一段坡路上，几名路政人员身着厚厚的大衣，立在路旁，举手示意停车。待摇下车窗，一张冻得红紫的脸探进车内，声音响亮地提醒道：“冰冻天气，下坡路滑，请您小心驾驶！”一声“谢谢”回应后，反更增添我们旅程的焦虑，这焦虑也有即将面临的返乡路。

没有空调和取暖设备，公司临时购买一批电暖器，赶在黑夜之前突击发放。我领取了一个，放在办公桌下，小腿局部灼热，上身依旧冰冷，手指发僵。在办公室苦熬了几个小时后，提上电热器去了宿舍。电暖器取暖效果不佳，灼耀的光压力反让我无法入眠。我起身，索性熄灭掉电暖器，黑夜随即召集沉沉的寒冷小鬼来陪伴我，来袭击我。它们都在我身边坐着，身影变幻成零摄氏度以下闪烁不定的数字。这也好，刺激我神志清醒，以让我回想起那些温暖环境里曾被我忽略的事物。那些温情的冬天，雪夜，火炉，升腾的茶香，火塘旁瘪着嘴讲故事的老者……只是，再温暖的场景也是虚幻，搬移不到我这一方冰冷的寒室里来。苦熬到天亮后，我屈指算了一下回家的时间，又近了一日。

冰冻时日，当地的一位朋友请我吃了几次饭，牛干巴火锅配上冻豆腐。酒都是本地产的正宗苞谷酒、糯米酒，有时是街上随处可买到的贵州茅台散酒。酒桌上，朋友说，每到冬至，他们是要吃狗肉的，家家户户，火锅里炖着咕咕嘟嘟响的烂熟狗肉，邀请亲朋好友，团聚饮酒。谈论起本地美食习俗，他兴致大发，没完没了，丝毫没有察觉到我内心的焦虑。我心不在焉地听着，眼睛不断地瞟向窗外。街头路上，在外打工的本地人，正成群结队地回到自己的故乡，他们大包小包，拖儿带女，疲惫的脸容里夹带着欣喜，夹带着满足，最终在路口分手，散落到各处，回归到各自的屋舍里。

我忽然明白，这里不是我的故乡，是别人的故乡。他们的故乡在这里，我的故乡在远方……

在寂寞土壤里种粮食

窗外山峦，雾雨蒙蒙，连着暗天。独坐电脑前，呆望窗外冬景，心绪难以宁静。哦，明天就是元旦了，时光推移着脚步，无声无息。新一年来得唐突，灵魂不愿意欣喜。思维凝滞，身躯如眼前的苍景笨拙。手指抬起，呈钩状，似乎僵硬，久久无法落下键盘。

电话里，一位好友告诉我，家乡正下着雪。他的话语果真让我在异地看到雪了，看到了我在雪地里晃动着自己孤清的影子。恍惚间，那冷冷的影子又变成了眼前我枯坐的影子。我知道那是因为内心的孤清幻化而成的影像。人因为怕孤单，所以爱热闹，可天下没有不散的筵席啊！而且热闹过后呢？更多的时间空隙，还得被寂寞填满。这寂寞如同一片荒芜的土壤，如果因天然的惰性，任由生命的犁铧生锈，不愿去耕耘，那么，心灵之地自然会荒芜，就会长满荒草。我恐慌地怕呀。

昨天，作家史铁生突逝。他二十来岁双腿瘫痪，与轮椅为伴，后来又患肾病摘除了双肾。随影相行的深重苦难，让他深深困惑于生命，迷茫于人生，久久无法求解到命运的答案。经过苦苦思索，他发现，人间戏剧舞台，角色天设，并且不能调换。“我常以为是丑女造就了美人。我常以为是愚氓举出了智者。我常以为是懦夫衬照了英雄。我常以为是众生度化了佛祖。”如果我们自己不去承担命运安排的既定角色，那么，“由谁去充任那些苦难的角色？又有谁去体现这世间的幸福，骄傲和快乐？”

最终，他接受了命运的安排，扮演好自己的角色。他扶起心灵的犁铧之笔，克服常人难以想象的艰难，在他的地坛里，在他的人生寂寞的土壤里，一寸一寸地，挖掘到常人难以抵达的精神彼岸，完成了生命的自我救赎。

“我们所有人都是残疾的。”是的，虽然我是肢体健全者，但也是精神残缺者，因此，生活时有荒芜，精神时有空虚。面对如此的生命状态和精神境况，有时真不知道如何是好，如何寄聊。或许，我需要写作，这不仅是打发寂寞空虚的最好方式，也是祛除浮躁的良药，有利于“世间一颗最为躁动的心走向宁静”。

每一个新时日的来临，我或读书冥思，或写作涂鸦，以探索精神生命的方向，避免因空虚造成的人生迷茫，这是多么有益且又充实的事啊！“世界少了我，其实无所谓。但我少了我，还剩什么？”“写作者，未必能够塑造真实的他人，只可能塑造真实的自己。”“人是思想的芦苇。”读着这些话语，我更为灵魂里搁置着一块又一块寂寞荒芜的土壤而羞愧。

时间久了，慢慢地，我发现，我并不是因为孤独去读书，去写作，恰恰相反，为了读书和写作，我更需要孤独和寂寞。我家的院落，红尘中的一块静地，种植一些草木，还算茂盛。一次，陪同那位从事园林工作的朋友在院中徜徉。他告诉我，树木如人，也有喜怒哀乐，也喜欢安静。安静环境下的树木，都长势良好。因此，在夜深时，在人寂荒野处，才是最适宜它们生长的福泽之地。他进一步举例说，沿街的树，一般长不好，噪音大的地方，树显病态，山野之地，树木长势茂盛。是啊，连世上万物，都需要在静寂中成长、修炼，更何况是高级动物的人呢。这不禁让我想起了一句话：“人有时候只想独自静静待一会，悲伤也成了享受。”

从此，在写作时，在读书时，一想到这些，我自嘲为自己精神独处找到了科学依据。我也明白了在寂寞土壤里种植精神食粮，是尘世再好不过的福事了。

安顺毛毛雨

小寒时节，牛毛细雨伸开蝴蝶般的细足，落在我脸上。可惜我的脸不是花瓣，却还能享受到这般奇异的舒痒，这是何等的有幸啊！这细雨触抚在脸上，那滋味，凉凉的，淡淡的，又幽幽的，如同隐现在黔中安顺小城深处的岁月时光。

细雨弥漫。放任脚步，徜徉街巷。无意间，钻进一偌大的院落里，院落构思精巧。两座秀峰被纳入院内。院内有多棵自然生长的参天大树，与人工种植的秀木夹裹一起；粗壮的树干间，零星的月季花，花枝几朵，开放在人腰之下，容颜湿艳；也有落地的残红，纷纷杂杂，躺卧在湿淋淋的枯叶上。山石林木间，建有几处水榭亭台，依山就势，点缀在院落里。建筑不多，只有一幢三层的普通旧楼房，知趣地藏掩在树木间，不去喧宾夺主。满院景象，恍若一尊天然造就的大型盆景，笼罩着雾雨，缥缈着仙气，袅袅绕绕，与山腰间的雾岚连在一起。脚踩花红，行在绿枝花叶间，我产生了时序倒错的感觉，这究竟是早春还是严冬呢？院内主人们三三两两的，走在曲径上，有的腋下夹着公文包，不紧不慢地踱着步；有结伴而行者，边走边聊，低语对接；也有独行者，与我一样，神色安详地缄默而行。我是外来者，也暂成了这景中的人。人们在这静好之地工作、漫步，似乎心都有默契，都不愿惊扰他人。我羡慕他们占据了一个好福地。

儒林老街，我逗留的时间最长。这是保存最完整的一条古街，一律青石板路。街巷两旁，木石结构的清末民居建筑，簇拥相接。雨雾长久湿染，大多的木制红门已褪色，墙面斑驳。雨雾下的老建筑，此刻如老底片被显了影，依稀展现出旧有的容颜。雨不湿衣，毛毛细雨笼罩的古街道，没见一个人打伞。不密不疏的行人，与我一样，罩着雾雨，悠哉悠哉，或漫步，或溜达。在安顺冬雨的意境中，我也将雨伞遗忘。时光深处的黑白景象，被石板路上回响的足音缓缓唤醒。古砖古石延伸的巷路，催我脚步不停歇，催我走向更深处的岁月时光。步行十几分钟就可以走到尽头的老街道，我来来回回走了五六趟。古风古韵，往事烟尘，虽熏染了倦容，灵魂却借这淡淡的雨雾，仿佛寻找到了一处温馨的避所，无人能将我劝离。

老街的房子，都是一些老铺子，居住其间的老主人们经营着各类小生意，以风味小吃居多。窄暗的小吃店里，雨中的小吃摊位前，香米怪噜饭、狗肉粉面、鸡丝豆花、破酥包子等等，琳琅满目，顾客络绎不绝。人们或站着，或在简陋的桌前将就地坐着。他们吃着，喝着，安之若素，任毛毛细雨漫天飘悠。

寻一老店，主人按我的要求端来大膘肉、鸡血旺和茅台散酒。我停下孤游的脚步，学着食客们的样子，坐在一张老式的八仙桌旁，呼呼噜噜，吃了起来，享用起安顺人的口福。

我赞同周作人的一句话："凡住过的地方都是故乡。"我倒很想在安顺小城住下来，将随身携带的乡愁安顿下来，与暮色的孤峰一道沉静下来。但是我不能。我只能尽力在这里留下一丝气息，带走一份铭刻于心的记忆。毛毛细雨中，泛着苔青幽光的老台阶，似搁置在岁月深处的座椅，请我坐下去。我不顾潮湿，久久地坐着，为的是临行前，再能看一场老电影。毛毛细雨浸润下的安顺小城，无论是旧城区的黑瓦屋脊，还是新城区的商业灯饰，此刻像画面，在我眼前移晃。命中注定我只是过客。在走马观花式的肤浅过往中，我还是写下了这篇文字，以希望能在记忆的角落里，静静地安顿好这座小小的雨城。

还阳光一个微笑

下雪粒了，这不是雪花，自然没有飘逸的韵美。雪粒们在灰阴的空间里声势浩大地划过，急急匆匆地如盐粒般撒落。洁白的微点，很是惹眼，砸落在质地粗硬的冬衣上，簌簌地作响，瞬即又溅落到地面上，杂乱无章地在我脚前脚后跳跃。

雪粒还在增加密度，只怪我徘徊的脚步过于凌乱，把一方路面搅和成一团糟，脚下满是黑白的污泥。而周围其他地方，因未有人涉足，皆是铺好了的干净的白。冬日屋笼，炉火温暖，收拢人体，也收拢人心。围炉闲谈的是消遣，独坐沉思的是好静。除了我，谁还会情愿在这寒冷天外出呢？

冬日冷寒，众多生物都已冬眠。厚厚的土壤下，冷冷的蛇们，冷冷的蛙们，早已神态安详地眠睡。但我的肉体不可能像它们一样冬眠啊，而且我的心情更不可能冬眠。我不愿意待在室内，也没有合适的去处。走到街头，路过酒吧，推门而入，汹涌的热气扑面而来，一下子让我重拾温暖的活力。热气腾腾的酒吧，是避寒的温箱，是热闹的去处，残留的激情暂且可在这里安放。然而，这并非是每个人合适的去处呀。不一会儿，嘈杂喧闹的气氛和空气奇特的浓浊，又让我极不适应。拉门而出，重返冬日阴沉的天空下，徜徉在寂寥的街头，清冷的空气，独处的落寞，反又让我甘之如饴。

品尝到了清新之气的甜头，乘兴，我迈开脚步，独自走向郊外。就近走到一处雪山，积雪铺白，小径依稀可辨，被白雪掩盖后平滑无染。雪后的小径，尚没人走过；雪后的山地，肯定没人涉足过。往山深处走去，踏上了更为僻静的荒野山径，像是踏涉在一张未曾书写的白纸上，脚下回响着吱吱作响的空音，更增添雪野山地的空寂。山风不大，却很寒冽，轻悄悄地拂面，脸被冻得生痛。我恶作剧般掏出手机自拍，一张黑红的脸，目不忍睹。沧桑面相之下，灵魂却萦荡着一股清朗之气，应和着这山野的氛围。平常吵吵嚷嚷的灵魂突然安静下来，一呼一吸间，竟然意识到自己某种真实的存在。恍然间我发现自己变得陌生，追寻生命的众多疑问，不停地从脑海里冒涌而出。

阴雪天气一直持续了二十多天，我逐渐收敛性情，以适应这段阴冷枯燥的时光。就着一个小小火炉，膝上摊开一本厚书，守候在阳光稀见的异乡。我更乐意享受这份清静的孤独，我似乎能静听到时光潺潺的流动之声。我知道，天地运行，循环往复，规律的本质并没有改变。在地球之外，太阳依旧朗照不熄，只是人在旅途，阳光暂被云层阻隔，这并不能改变我行走天涯的初心啊，更不会改变我对阳光坚定的信念。

于是，阴雪天气以来，我一改午睡拉窗帘的习惯，真怕错过久久隐身不见的阳光突现。一日中午，我真是惊喜了一番。午睡醒后，习惯扭头张望窗外天空，久存的阴灰没有了，满窗盈挂的尽是怡心的浅蓝，一缕阳光终于微弱地照了进来，落在我床尾的一个角落。亮黄的阳光，胜过黄金般的彩缎。向着落在床上的阳光，我伸出手掌，再伸直臂，再尽力伸探着手掌。可近在咫尺的阳光，仿佛不愿落入我手掌一般。于是，我蜷缩着身躯，向床尾移动。我竭力移动自己的身体，调动所能调动的身躯尺寸，去触摸阳光的温存。但我仍触碰不到它啊，不能把握住它啊！我不得不曲臂收手，身体恢复到自然原状。但我并不心甘啊！我唯一能做的，就是侧脸转向窗口，转向阳光照来的方向，转向光明来源的方向，还它一个微笑。

冬到罗布泊

一到十月底，太阳不再勤奋，开始慵懒，时常躲在云层之后，关门打盹。罗布泊气势汹汹的灼热之浪开始减退。而骆驼刺呢，恍惚一夜之间都变得枯黄。当荒漠这唯一暗淡的绿意一旦丧失，罗布泊一下子就变成了大统一的荒芜灰暗的寥廓之地了。

在罗布泊，似乎是没有秋天的。当令人生畏的暑热刚刚退出舞台，浩荡的寒风就汹涌而来，狂野不羁地抢占了荒原大地。紧跟着，大雪席卷而来，一夜之间，就遮蔽了罗布泊的荒裸。沟壑填满了雪，简陋的道路铺满了雪，戈壁也由近及远地铺陈着雪。一夜之间，罗布泊，就变成了星外的雪原世界了。

空旷的荒漠最适合雪花们撒野了。雪浪浩荡，肆无忌惮，被狂风裹缠着，大吵大闹，整天呜呜咽咽，撒泼打滚地叫唤着，以各种奇幻的形态旋转着，游荡着，将天地搅缠得浑浊不堪。偶尔，被狂风刮扫的地方，又会露出戈壁的斑斑荒痕。只是这裸露的地方，一下子又被落雪覆盖。风刮来了便裸，裸了又被雪覆盖，如此往复。

没人探足的雪原世界，我独自行走着。瞭望四野，常年单调呆板的戈壁荒漠，因一场大雪骤降，变得风情万种，变得清润纯净。雪花裹挟着寒气，在天地间飘荡着苍茫冷峻的味道，不停歇地吹刷着我的脸。逐渐地，冷气钻透我厚厚的棉裤，钻透我厚沉的毛皮靴，直到浸入我身体的每一个毛孔。

当第一场大雪来临，我意识到更严重的冰冻就要接踵而至，这意味着，我们这些临时居民就要撤离。心里洋溢着一种即将重返人尘的幸福，在对这幸福的憧憬中，又夹杂着对这广阔雪原的一丝难舍。

毕竟啊，刚刚，因为冬的来临，因为雪的降临，罗布泊终于让我产生了美的感知，可惜的是，我还没对它形成完整的审美体验，就要与它惜别了。

于是，撤离前夜，我并没有兴高采烈，只是在冷寂中一人度过这最难熬的一夜。狂风掀撼着帐篷，一股股强劲的寒风不停地闯入，即使钻进被子，蒙头入睡也会侵入骨髓。干脆起床，就着一瓶烈酒狂饮，又一年光景离去了，这烈酒里尽是昨日的沧桑。与时光干杯，与这一年的时光干杯。今朝醉，醉意的心怀燃烧起往事，能把石头点燃。

纵情畅饮，直到喝得脚掌发热，直到喝得血液膨胀。起身，向帐篷外走去。风雪吹得我一路趔趄，直走到一尊模糊峭立的黑色巨石前。这尊巨石，就在我帐篷后面的不远处，挺立在一片被风化的碎石山包上。它的身躯，在曝晒风涮中，也不断被风化，粉乱的砾石布满全身。现在，它与我一样，也多么需要一场白雪来滋润，以安抚一下它沧桑、干涸的心啊！

进一步靠拢它，在暗夜中，在雪光下，看风雪不停地裹挟在它身上，肆虐地横行，不停地拍打着它，摔打着它。被风化的缝坎上，披挂起绺绺白雪，不停地陨落，又不停地覆盖。然而，它却像一尊雕像，浑身蕴含一股沉静的仙气，伫立在黑白模糊的天地间，仿佛不为一切所动。在朦朦胧胧的白光映衬下，显得愈加突兀、峭立。它以这样的姿容凸现在这里，或许，是在等我来告别吧！此刻，我能留给它什么告别之言呢？其实，我早已习惯于与它交谈，它能听懂我的语言。它镌刻了一年的豪风，烙上了一年难挨的酷热气息，也铭刻了这一年我与它朝夕相守的往事。现在，我就要离它而去，留下它在这里独守。

寒风送行，雪径蜿蜒，明年再见。

回望那尊石头，那缠扯着风雪的残露身躯，像一尊白色的火炬，被风雪点燃，在寒夜中衬点着洁白的瑞光，暖心可爱。那尊美好而苍凉的石头，永远留在了那僻远宏阔的荒原天涯，成了我壮阔青春岁月里最温情的印迹。

白雪中的芦苇

厚厚的白雪，覆盖地面上所有的荒芜，连路旁和花池里的枯茎杂草，都被掩埋得无影无踪。路两旁，昂扬高挺的白杨，低垂谦恭的杨柳，那以往袒裸的枝干，此刻，都被晶莹的瑞雪包裹起来。

行走在积雪覆盖的宽敞马路上，置身这一派单纯的白色冰晶世界里，仿佛行走在童话世界里。脚踩深厚的积雪，脚下发出的吱吱之声，铿锵入韵，吟唱起寒冽、清丽的腔调，清晰地传导在寒风中。此刻的世界，仿佛只有我的存在。两串脚印，像两行诗句，不断地延伸到远方。

忽然，一种别样的声音传来，细细的尖啸，像是风从锋利的剑刃上刮过。柔柔的颤音，又像是拨动琴弦而生。扭头张望搜寻，那路旁的一侧，不远的荒僻处，有一丛枯峭的芦苇，被积雪深埋，只剩下上半部分，刺出在白雪之上，以特有的生命形态，孤清地承受着戈壁寒流的梳洗。

芦苇丛背后，是成行成片的沙枣树，杂乱的枝干上，白雪斑驳。再往后，是苹果园里的树丛，在厚雪重压下，折枝消沉，低垂萎靡。相比之下，唯有这一丛丛从厚厚白雪里挣扎出来的芦苇，腰杆挺直，瘦削坚挺。它们的颜色枯萎了，仍然有秆，仍然有叶，仍然完整地保存着生命的风骨。当冬雪一层又一层压来，它们却用刀刃般的风骨，将厚雪刺透，一柄柄枯萎之剑，挺立在风雪之中，以昂扬的气度，在寒风的摧摇中，迎接我的注目。

于是，一个冬季，每次我经过这里，我都会看到，一根根枯直的芦苇，像一把把刀剑，昂立于厚雪之上，临风起舞，在寒雪中旋动，散发倔强的生命气韵，点缀着戈壁冬雪的浩瀚与苍凉，描绘着戈壁冬雪的诗意与壮美。一根根枯直的芦苇，也像琴弦，在贫瘠的戈壁滩上，奏响天地之乐，弹起了悲怆的生命咏叹调，洒下了灵魂不屈的浩荡之语，仿佛也在昭示我：只要挺起腰杆，勇敢坚毅，任何打压的力量也掩埋不了自己。是的，掩埋不了自己！

雪途歌声

漫漫雪原，茫茫夜色。一曲女子的歌音，在抛锚的班车内响起：先是低低沉沉的，若有若无的，断断续续的；渐渐地，更多的女声参与了应和；最终，歌音的合唱，在荒无人烟的戈壁雪途上响起……

歌声来自一群女孩子，她们也是这辆客车乘客的一部分。

仿佛有一种魔力，在歌音的安抚下，躁动不安的一车人，慢慢安静了下来。

也难怪旅客们心神不宁。车辆大清早就出发，向乌鲁木齐进发，正常的八小时路途，因故障，走走停停，在茫茫雪途上颠簸了十多个小时，最终，直接抛锚在半途上，抛锚在前不着村、后不着店的戈壁雪原上。

天，愈发黑沉了。车窗外，风裹着雪花，鬼哭狼嚎一般，听着让心里发怵。车内没有暖气，在昏暗的车厢里，满车人被冻得瑟瑟发抖，长时间保持着静默。只有两位司机，借着手电筒的微光，俯身弯腰，埋头折腾着车辆。捣鼓车辆的叮叮当当的声音，分外刺耳，应和着车窗外恐怖的风雪呼啸声。

已到夜里十点多钟了，车辆依旧趴卧在原地，似乎没有修好的迹象。其中一位司机似乎已丧失了信心，瘫坐在驾驶室里，长吁短叹。雪，在车外依旧气势汹汹地下着。沉沉黑夜，茫茫雪野，风雪迷途，见不着任何过往的车辆。

盯着司机疲惫、焦灼的身影，旅客们中，又有人开始焦躁不安起来，埋怨声起起落落。风雪不停地狂卷而来，天地一派混沌，好像要吞噬一切，吞噬我们这一群茫然无助的人。寒气逼人，我裹着大衣，蜷缩着身子，手脚被冻得麻木，背部一阵阵发凉。一趟平凡的归家旅途，没想到会陷入如此的绝境。

正当这时，正在大家忧戚满腹、心生绝望之时，一阵柔情的歌声，像一缕光亮，飘逸在车厢里，渗进我寒冷的心里，安抚了乘客们起落不定的情绪。

直到现在，我仍不知道那位起头唱歌的女孩是谁，她长得什么样。但从这绝境的歌声里，我猜想她是一位心带光芒的女孩，充满温情，聪明坚强。她无论走到哪里，都会像一团火，温暖自己，也温暖别人。于我本人，那雪夜荒途的歌声，一直温暖着我漫长的人生旅途。它让我明白，人生旅途，即使在绝境中，依旧会有鼓舞你的力量存在，伴你左右，温暖心窝。而且，我也明白了，什么是生命里最珍贵的东西，那就是在生命绝境中，带给你希望的那个人，他（她）只需一句话，或是一支歌，或是一抹笑靥，便会激发起你生命的希望，鼓励你走出人生的困境。他（她）就是上帝送到你身边的天使吧！

车辆终于艰难地启动。当车辆跌跌撞撞，在后半夜费力地爬至一高坡时，当一城灯火在我们眼前显现时，在满车人的欢呼声中，我双眼湿润，内心抑制不住欣喜之情。乌鲁木齐——皑皑白雪覆盖下的一座城，终于向我们捧出一城璀璨的灯火。灯光在前方闪耀——雪原中的一城灯火，像温暖的天堂，在雪夜里绽放。扑面而来的温暖，对于我们这些历经荒途万般艰辛的旅人来说，是多么弥足珍贵啊！

戈壁的燕子

夜深了，一切都沉睡了。一个人行走在梦幻式的白色背景里，在异常安静的夜色中，心中蓦然升起一股股温情的感动。

一排排低层的楼房，一片片带有院落的平房，此时，都被白雪覆盖着。正轰隆隆作响、屋顶冒着黑烟的，必定是锅炉房，整夜在为楼房的居民供送着暖气。平房区，烟筒林立，烟雾升腾，每家都独自烧起砖火墙，用优质的新疆煤块取暖。

这是一座位处戈壁深处的小城。最西端，是我漫步的起点。不远处，一道大门，为小城阻隔了戈壁无垠的荒凉。灯光零零落落，从路灯的最稀疏处，我向这小城中心地带走去。脚下的厚雪，被笨重的毛皮靴踩得吱吱闷响，在静夜里发出清晰的回响。路上空寂无人，视野所及，呈现一派童话般的世界，清灵而空蒙。

走进了小城中心地带。宽敞马路两旁，路灯照耀的主干道，两边种植的都是白杨树，高大挺拔，在夜色中呈现出迷人的玉树琼枝，与灯光照耀的白光浑然一体。稀稀疏疏的建筑，虚虚幻幻的树木，此刻都沉寂在白雪的模糊背景中。在这一方神秘之地，雪夜独自漫步，享受这番独有的寂静，我感受到了一种别样的庄严，感觉到脚下的土地在孕育着什么，隐隐约约又在升腾着什么，仿佛有一种神秘的生命气息正在脚底下勃发，从脚底下升起。自然，我便联想起春天，便自然想起了燕子。我似乎感受到了燕子翅膀梳剪春风的声息。

燕子，是春天的象征，是美好的象征。在这戈壁深处，在这座神秘的小城，有很多关于燕子的美丽传说。当白杨树染绿大地，当马兰花灿烂开放，人们又会欣喜地看到成群的燕子又回到这里，在这片绿洲上空飞翔。那是一幅多么动人的景象啊！一群群燕子，遮天蔽日，掠过戈壁小城，将春天的欢歌笑语，送达到戈壁人的幸福心田。

是啊，美好的燕子，你们是春天的使者。但是在这雪夜里，我多么渴望相逢于你们。因为等戈壁天暖，等你们伴春风归来，我早已离开这里，早已置身在风沙弥漫的罗布泊深处。在这雪夜里，我坚信会看见你们，你们与这座名叫马兰的戈壁小城缘分很深……身为马兰人，自然，注定与你们也情缘深深……

啊！真的呢，在这雪夜里，我真看见了你们呢！你们在寒风中划动着春天的船帆，一群一群地，从我眼前飘然而过。

小城冬居

冬晨，常有喜鹊唠叨，叽叽喳喳。它们是来报喜，还是来惊扰我梦的？

好冷的天哟！嘴里呵着热气，趁这精灵的报唤，极不情愿地离开热乎乎的被窝，拉开门，系着纽扣抬头张望。它们是在高墙上，还是在树丛里？我是看不见那些精灵跳跃的身影的。睡意未完全消退，既然被它们惊醒，倒真不想睡了。站在院内，也不在意这些精灵们能否入眼了。我只在意能入耳的喳喳之声。这声音，是喜悦之音，也是自然之音，只当是隔月听清泉之音了吧！在冰冷的建筑狭缝间，听着听着，我便能想象青苔上流溢的浅碧，淙淙声响，滑腻而来，随即又蹦蹦跳跳地远去。感觉春就近了，正潜伏着身影向我走来。

寒冷时节，工作按部就班。工作的地方，离火车站很近，在这小城却是偏僻之地。常站在高处楼台，观望远近风景。一列列火车，轰轰隆隆地鸣笛进站，又轰轰隆隆地鸣笛出站，笛音悠悠，从远方来，又奔去了远方。车站背后，有一座景象别致的山峦。那山，在庆祝第一个记者节举办活动时，我曾与同行们去爬过。山不高峻，却荆棘纵横，荒草杂生，人迹罕至。站在山顶，眺望寂寥山河，阡陌大地，古河旧道，一切皆被岁月改变了模样。而现今，那曾经一同爬过山的同行们，没过几年，也奔散各方，可谓是“一杯浊酒难相逢”了。

高处风大梦醒，传来古刹悠悠钟鸣。面对夕阳西沉，在沉沉的寒光中，我十分感谢冬日身边那些绿意的坚持。那些环绕在生活中的绿，那遍布在周身的绿，看上去虽有些杂乱无章，有的也谈不上苍翠，但能在这季节里保持着一身绿，确实不易了。我恐惧那永久灰暗的底色，时时刺痛我的心。我珍惜这绿呀，这生命的底色，在枯寂的小城里，足可慰藉阴沉的心了。

下班归家，偏爱蜗居斗室，泡一杯红茶，用心扩展生活的暖意。一位朋友打来电话，向我发出吃羊头的邀请：“你是从新疆回来的，想必更喜欢吃羊头！”电话那端传来的温情语调，让我看到那张仿佛就摇晃在眼前、洋溢着暖暖笑意的脸。小城冬居，朋友为我奉献珍贵的心意，让我从心底涌起别样的温暖。我急忙应答：“是的！多谢了。”

朋友接着说：“我准备一个多星期了。和杀羊的商贩们早打好招呼了，跑了好多回，十二个羊头好不容易才凑齐呢！”朋友补充道：“我说过，要请你吃一回羊头的。”吃羊头，这曾经只能在北方享受的美食，让我在小城冬居的时光里，成了一桩美好的期盼。

大寒之日，去他家时，毛茸茸的羊头，已堆摆在地上。羊头屠宰时没有剃毛，朋友拿出他修车的电焊枪，滋滋滋地吐出高温蓝火，沾血水的白羊毛顷刻化为灰烬，像一层沥青涂在羊头上。他握刀旋刮后，又淋上温水反复冲洗。花费好一番功夫，羊头终于显出可爱的肉质本色。

“整好一个羊头得要半个小时呢！昨天就开始整了。”朋友边忙碌，边不忘抬头与我话聊。他的鼻尖上、额头上，都沁出细细的汗珠，凌乱的长发里，不停地冒出热腾腾的白气。

一口大铁锅在院内架起，锅下火焰熊熊，散腾着热气。火星飞溅到身上，烤热了我一袭冷衣。锅里的羊头被煮得咕咕嘟嘟，小院内飘荡起带有羊膻味的特有香气，夹带我特爱闻的杂木烟火味道。小小院落，袅袅轻烟，融融笑语，呈现出一种温馨的本色生活。那些平常无法超越的杂念，此刻都摒弃到一旁，再也无法绑架身心所洋溢的幸福了。

晚宴几壶烈酒，每人盘内都搁置一个硕大的羊头。朋友们撕扯着羊肉，咀嚼着，喝着，高谈阔论着，笑谈到半夜。胃热了，经络通畅了，心情舒坦了，点燃了的亢奋情绪久久不能平息。但我还得回家。更多的时间，我身陷自己的小茶室里，炉上煮茶，茶当药熬，奇香袅袅，再拿出一本喜爱的书，与古人围炉夜话。炉焰闪烁，照映我阴晴不定的脸，躲在暗处的灵魂却温馨平和。冬天已被挡门窗外，管它室外寒风裹雪，上演什么传奇的舞蹈呢！

冬日看花圃

镜中，一张男人阴郁的脸，与我对望相怜。

这个冬天奇冷，让我自己认不出自己了。才十一月啊，老天爷久皱着脸，好长时间不给阳光了。家旁边小学校园里突然安静了下来，因流感孩子们放了假。对面诊所里，透过玻璃门，看见坐满了戴口罩输液的病人，他们也在往外瞅着，冷冷的目光，与我目光迎撞，传递着不悦。

我更不愿意出门了。待在家里，上网、看电视，北方天旱、南方冰冻、全球甲型流感大流行……谁惹老天动了怒气，给人一张铁青的脸，让人不知所措？

久阴之后，晴朗的天气终于出现。这一天正好是星期六，中午，躺在沙发里，正脱衣午睡，阳光像久别的亲人突然归来，透过窗户倾泻而入。绽溅的阳光花朵恣意地跳跃着，充盈在房间的每个角落。阳光流泻，掏心掏肺，明媚得让人浑身战栗。阳光传达给我的都是深深的爱恋啊！阳光哟，阳光，终于翻晒出我湿霉的心情，让我无法闭眼睡眠了。

从枕边翻出手机，打通了一个朋友的电话，相互问候并惊喜于这晴朗的天气。朋友说，阳光久违，切不可辜负，相约到城郊的花圃里去看花吧！

很快，朋友骑着摩托车到家门前接我。十几分钟后，我俩来到城郊一家花圃。园丁师傅五十多岁了，很热情地带我俩参观。他的花圃，露天长着各类耐寒花木，郁郁葱葱，生机盎然。其中一株茶梅，已花开几朵，乳白色，亮耀于绿丛之中。几十盆杜鹃，红色、紫色……排放在一起，绽开怒放。万年青、中华蚊母……青翠欲滴。没有因为今冬的奇寒一蹶不振，这些花木们仍展姿吐芳，郁郁葱葱。我的心情明朗了许多，朋友的脸上也开始灿烂起来。

在另一个花圃，一方姹紫嫣红的春色让我们忘却了季节。末了，我相中了一簇种植在一椭圆形花盆里的凤尾竹。竹高不到一米，根旁有几处微小的假山，上面长满青苔。这弱竹不媚春风，在寒风中卓然起风骨。我偏喜爱竹类，决意买下，不嫌累赘地带着这一小丛绿意，走出了花圃，共赴门外那袭来的阵阵风寒了。

游览完毕，已近傍晚，朋友执意请我到餐馆吃晚饭，并提来了自家产的红薯、南瓜等。面对真诚，我无法拒绝。因是赏花之聚，我与朋友商议，又约来了那位园丁师傅，还有另一位文友。酒桌上，把盏畅谈，谈花草，谈茶艺，谈最近读过的好文章。大家都情绪高亢，意犹未尽，带醉而归。

还没来得及答谢朋友的款待之情，两日后，朋友倒先来电话，说感谢我给他带去了好心情。他说，或许是天气缘由，更多是现实生活中遭遇的一些不快，近段时间，他心情也压抑，苦闷。他说，感谢我的提议，花圃之行与酒桌之聚，让他心头的阴云一扫而光。他表示，以后会抽更多的时间，带我去看花圃，去看花匠朋友，多去会会绿叶与花草。

朋友的话，让我一番感叹。人的一生，随时会遭遇到坎坷与苦痛，就如轮回的四季，总有不测的风云。但是放眼四周，即使在寒冷的冬季，自然界中仍不乏绿叶与花朵，给人以慰藉。这不正是冬天赐给我们最好的礼物吗？

冬梦斑斓

冬晨的街道，昏暗沉寂。从高楼窗口，更能感受到这种氛围的浓郁，有种闲适般的压抑。

咣啷一声，有撞门的声响——有人出早门了。

陆续地，我听见更多早起的人出门，拖拖沓沓的脚步声，灌入耳膜。陆续地，又听见窗下人语的嘟哝声。那声音朦胧、微弱，哦，是浓厚的冬雾把它们罩起来了吗？

古人说冬季是收敛身心的时节，倘若为了生计，无法让倦怠的身体休息，那只能如我这般，暂且偷闲一日，来怡养心神了。我紧裹起被子，收回投向窗外的眼睛：要不，再回到梦里游一游？

我知道，即使我回到梦中，一阵短暂的逃避之后，身心也并非能真正逃离这冬日的昏沉。

坐起来，伸伸懒腰，起床，看了看手机屏上的时间，七点过了。东方漫溢出一团团红紫色，是说不清、道不明的那种复杂的颜色。看来今日是晴天呢！

但我是看不见太阳的啊！或许是因为被一栋高楼挡住视线的原因吧。那太阳的美人呢，现在在哪里？在冬天，人们更需要你，你听见了吗？我会在每个早晨企盼你，在每个黎明迎接你。黑夜虽然暂时压住了你，但我相信，你依然会从黑暗深处走来。你滋养在宇宙，成长在宇宙，游荡在宇宙漫无边际的黑眼眶里，永远不会腐朽。只是在没有你的日子里，你留给我多少无情残冷的梦啊！在你模糊的光影中，在你幻影的交变中，我不知道体内升腾起一股什么样的力量，催促我即刻起了床，推门而出。

太阳，我要到能见你身姿的地方去，我要在拥抱你欣喜的光芒中，去做一回斑斓的梦了。

行进在一片晨林里，行走在模糊的小径上，我真的迎接来了你呢。在我脚下，落满了黄色的叶子、深褐色的叶子。这些叶子，躺在经过枝叶过滤后的彩霞的柔光里，散发一种特别的味道，散发诗意的味道。我始终认为，落叶也是有生命的，也是有香气的。我深深地吸了吸鼻子，用力地将落叶的气息吸到肺腑深处。这散发成熟芬芳的味道真是很特别，像一种不死的美丽灵魂，飘逸在我周身，飘逸在被霞光熏染成的绸缎般的山水间。我好像落入了冬晨彩色的湖光里。

新鲜透明的晨风，吹到脸上，吹到裸露的手掌上。这风，被霞光染耀，变成了彩色的风。正是这风，张开彩翅，托起我轻飞，托起我飞上树梢，飞上云霄，飞向喷薄欲出的太阳。是啊，我要飞，连我脚步一并飞了起来。我不愿意踩下去，我真怕踩下去，不仅会惊醒我追寻的美梦，而且还会踩痛彩叶们正在做的美梦。彩色的落叶，你们是太阳遗落在人间的梦，你们是太阳恩赐给人间细碎的柔情和可爱的精灵。我真希望你们像我一样轻盈，被风拂起，在飘忽的梦里，永远不要醒来。

欣慰这次冬日的早起，让我气息畅达地度过又一段短暂难忘的冬晨时光。抬头，仰望两侧山壁，神气凝聚，如庄子沉思的眸光。召唤之音从天地间渗出，萦绕耳侧，如同我脚步拖拽着的阳光影子，花影般倏忽而温情。太阳啊，我感恩于你，感恩你不仅挂在我黑夜那漫长冷落的荒芜梦里，而且又给我带来一个光明的冬晨。因为有了你，我才会明白为什么要对美好的事物尽力不去辜负。

在冬晨的阳光中，在冬阳美饰的梦幻里，愿美好的万物与我同呼吸，共命运。

梧桐韵味

立冬一过，转眼到了小雪节气。来到这深山的寺里，首先引我瞩目的，倒是这里的梧桐树，不约而同地皆披上了一身绚丽斑斓的彩装。

或许，这些梧桐树们颇有自知之明吧。它们没有古寺里那千年银杏的珍稀、高贵，更没有古银杏叶泛黄时那金亮亮的惹目色彩，因此，它们只有抢占先机，赶在银杏树叶未披彩之前，就展现黄中带红的炫目盛装，来博人眼球，引人关注吧！寺中梧桐树们正是因为有了这份急切的心情，才让古寺过早地掩隐在一派斑驳的杂色中。

其实，一年四季里，梧桐树一直亲近着我的生活。葱绿的梧桐，茂叶的梧桐，陪伴我度过春夏秋冬的梧桐，几乎每日，我都能看见它们的身影……因此，我对它们的情愫是发自心底的。

来这山寺之前，在我居住的小城里，我早已经熟悉了它们的四季之变。从春天，那叶未长成的碎小新绿，到立夏后的阔叶撑展，形成蓊蓊郁郁的阵势，再到初冬，那一树树彩叶在空中飘飞，散发悠悠的韵味，给人以诗意之美……它们多像我知心的爱人啊！将多彩的生命映耀在我心中，四季常在。

小城中心，熙熙攘攘的街道，有一处十字路口，一棵粗壮的梧桐树立在这里。多少次，我在这里等候红绿灯，看招展在红绿灯灯柱上方的枝叶，随风翻滚着它茂密的心意。秋意渐浓，它仍坚持一树的盎然，用坚忍的意志，见证身边那棵树冠丰盈的桂花树，渐渐地打开星星点点的淡黄色花瓣，渐渐地又香韵无踪。然后，它才在白鹭点缀的寒秋浓意中，缓慢地变黄，又渐渐地凋零。多少次，我走近它，又离它而去；多少次，从它身下出发，挪开脚步，自觉不自觉地，我又将脚步延伸到另一棵梧桐树下。

就这样，一年四季，我尽力集中更多的精力，来关注小城梧桐树的变化。无论是在喧嚣的街道，还是在逼仄的街角，每一次，经过它们身旁，我都会向它们传达我的关注，目光殷切，情意浓浓。秋天来了，有时候，我还会从地上随意捡拾起几片飘落的叶子，这些叶子，尽管看起来有些肮脏，灰扑扑的，但我仍小心翼翼地抚弄它们的身躯，抚平它们的皱褶。我就这样摆弄着，久久地，不忍心将它们从我手掌里轻易地丢弃。从手掌里这片片落叶上，我仿佛看到时光浓缩的痕迹，也看到了这一年自己光阴的样子。时光匆匆，真是快呀，我不禁想起在春天那段美好的时日里，想起它们新叶初长成时，伸手触摸到的那般柔嫩和软适。而现今，在我手掌上摊放着的叶子，却是满身风霜，沾染上的雾霾烟尘仿佛永远无法洗去。这被岁月污染的面容，潜渗到我意识里，仿佛也慢慢地抹染上了我的面容，然后抹染了我的鼻子、我的头发，和我整洁的衣衫……我意识到城里的梧桐树们的不易，意识到它们顶着尘埃的污染，为我们展现别致的风采和亲切的韵味，要承受多么大的代价和牺牲啊！

而现在，离开了小城，我来到这深山的寺里。望着这山寺里的梧桐，情不自禁，将其与城里的梧桐比较起来。两者的树干，都粗实沧桑，证实了它们基因里共有的坚强。然而，两者也有显然的区别。城里的梧桐，有股红尘的俗味，若作为行道树，还染上了似乎永远摆脱不掉的灰蒙蒙的尘垢。再看这深山寺里的梧桐，仙风道骨一般，有一种绚丽明净的色泽，有一种清朗的美好，似乎能让人闻到那隐隐的芳香。

带着与城里梧桐树一样的忧悒，现在，我披满了风尘，来到这深山的寺里，沾染上了这里梧桐树的圣洁光辉。现在，我就伫立在山寺前这尊铁塔前，站立在这毗邻池塘的一角，站在几株茂密的梧桐树下，仰头张望伸在云霄里的梧桐枝冠掩隐着的千年铁塔那挺拔的身姿。此刻，我俯瞰映在池塘里的梧桐树的倒影，那与绿水叠加成一体的晶莹斑斓，多像一块浓厚的奶酪，仿佛能整个儿地将它搬扶起来，并能顺着我自己的心愿，将这幅画景随意放置到任何一处。此刻，梧桐树们，源于我对你们的深情，请允许我在这初冬的时节，在这深山的寺中，好好珍惜与你们相遇的时光，再次聆听你们在风中，在悠悠暮钟中，发出的阵阵絮语。

太阳的舢板

站在冬天的河岸，眺望彼岸的春天。

可望可视的春天，我与它相隔一道寒水。我想，如果我拥有一只小小的舢板，便可以渡水而至，就可抵达春天的怀抱。

春天在彼岸，太阳真成了一只舢板了吗？

太阳的舢板在云海里飘荡，我时刻在仰望着它，它会朝着我飞来吗？冲着我的虔诚，它会把我从隆冬载向花朵簇拥的春天吗？

太阳的舢板真能低飞下来吗？如果能，请直接飞到我面前，载我飞向温暖的春天吧。

太阳，古老而时尚的词语，是我最膜拜的神，是人类最膜拜的概念，是上帝脸庞的再现。它按既定时节，漫步而来，漫步而过，呵护世间，慰抚大地，安抚我心。

和祖先崇拜那人类无法超越的神力一样，我应该崇拜诞生春天的源头。这个源头，应该在上帝那里。他掌控着太阳，他掌控着天宇的一切。人，唯有升级自己的精神维度，或许才能微微涉及一点认知的高度，离上帝更近一点吧。

在阳光下，在前行的路途上，我前倾的身躯构成了敬仰太阳的身影。我应该感谢太阳，它代表着上帝，为我们打开昼夜之门，才让我们有可能看见现实中美丽的一切，才能看见春夏秋冬的循环往复，才能和一个正积极变化的美丽世界联系一体。太阳在变，一切在变，所有的都在变化呀！我也要将自己安插在变化之中。我要成为一朵小小的浪花，在时光的滔滔波涛中，在永不停歇的汹涌起伏中，让平淡无奇的生命随光波起舞、腾跃，富有生机和活力。

明晃晃的原野上，我梦见自己与一位披长发的女子不期而遇。太阳像纤夫牵引着她。她身着红旗袍，身材颀长，凹凸有致，曲线毕现。她被太阳用纤绳牵拉着双手，缓步而行。她后仰起头，长发垂落于地。她不能高速移动，只能不疾不徐，迈着一年四季沉稳的步子，迈着三百六十五天的步履，眼神沉静，略含哀伤。她不时扭头对我张望，渐行渐远，离我而去。

一切都在发生，一切都没有声息。我与美丽的女子分手了，倒不觉得伤悲。因为我知道，即便自己不情愿，依然会有一种神力，将我与她硬生生地掰开。在宇宙大道面前，生命会自觉地遵循规律，生命会自觉地放弃抵抗，按既定航程走完四季，完成宿命。因为我也知道，即使我手与她的手焊接在一起，她的血液也不会直接贯注到我生命中来，我也不会与她共生共长。但是，有一点，我坚信不会变的，就是，她永远不会抛弃我，她永远在渡我，在惠泽我。我会等着她，等待她折返而归。她像一只美丽的火凤凰，来驮我抵达春天的彼岸。

想到这些，我忽然清醒，哦，她就是太阳女神的化身吧，她是掌控太阳的上帝派遣来的吧。我只是遗憾，美丽的太阳女神，为何从没有对我嫣然一笑。高冷的女神，她就是太阳的女神，我相信她内心如火。我要适应她阴晴不定的性格。这也让我学会了洒脱，学会了坚强。我只是希望明年的深冬，明年的明年的深冬，她依旧会如约而来，与我相聚，再次载我到春天的彼岸。

初冬时光

早晨上班路上，看梧桐叶一天天变黄，与其他行道树一道，色彩斑斓地充斥在生硬的建筑间。行走在这红尘间，即使在初冬，即使在任意一个地方，也洋溢着诗意的情调。麻木于这日常的平庸，如果通过培育一份敏锐的诗意来抵抗，感觉日子并不是全然无趣的。

置身一条旧街小巷里生活，一晃，十几载光阴便过去了。远去的日子，无影无形，无处寻觅。一个平常的早晨，有薄雾笼罩，从小巷路口，从那棵歪脖子梧桐树下经过，一阵清脆的笛音，让我不自觉回头扭望。依旧青葱的女贞树下，市民们正在购买当日的蔬菜，大袋小袋的，一脸的悠闲。小贩们忙着各自的生意，招揽顾客的吆喝声，与讨价还价的嘈杂声，此起彼伏。在这惯常的烟火景象中，有笛音响起，悠扬的曲调，平添一份生命的感动。回望笛声来源处，我仿佛看见了小巷时光深处的幽寂，如静水一般流淌着，波澜不惊地演绎着芸芸众生的忧喜，演绎世事的兴衰更迭。

又是一个初冬的早晨，有浓雾锁窗，我想这日必定是晴天。当雾霭散去，阳光重新泼洒在无数白墙壁上，一片明亮辉煌。趁好天气，我选择又一次出行。穿越那堵愈发明亮的墙垣，披着姹紫嫣红的曙光，我走向旷野。我想趁寒潮未来临之前，多抢抓一些山川的景致，把它们贮放在心间，以在孤寂单调的风雪之夜，咀嚼回味。

有目标似的，我朝着有山有水的地方进发。冬天的旷野上，枫叶红、银杏黄……斑驳多彩的树木，让我的情绪渐变，胸中涌起一腔美好。让生命随之斑斓吧！我敞开胸肺，深深吸入清冷的新鲜空气，真想大声地歌唱。

随时随地，会有幸遇到各种花卉的开放。在山脚的弯路处，在树林前的草坪上，在马路边的花坛里，在花圃中，那些红色、粉红色、黄色等各种艳丽的花朵都在绽放着，延伸到了郊外。这些花儿，从深秋开到初冬，有的还会开到深冬。我感激这凌寒而开的花朵。我深知每朵花开背后的苦难，为了孕育这美好，该经历多少寒潮的侵袭，该经历多少冷雨的浇淋，还要经历早晚巨大温差带来的冷暖不适啊！尽管困难重重，仍没有阻拦和改变花朵们怒放的意志和目标。她们精神焕发的容颜，催动着我总想安歇的脚步，催促我踏着野外瑟瑟发抖的黄草，踩着野外被阳光笼罩的青草，朝着鸟鸣更密集的深山走去。是的，只有往前走去，往前探索而去，我才可能阅读到更惊艳、更深邃的初冬时光啊！

于是，只要允许，我就一直行走在初冬的路上。我在想，这世间万物，哪有衰朽的时刻？一年四季，即使在生命最需要沉潜的冬季，依然有绚丽的色彩装点人间，温暖心间。缤纷的世界对我如此温柔以待，我若以粗糙的性情行走在人世间，怎能配得上天赋予我们人类灵魂的那份高贵？又怎能配得上“人”为“万物之灵”这一称谓？

年　关

烟花隔河升空，砰砰迸发出灿烂的花蕊后，旋即又婉约地消融，夜空又瞬间静默。一会儿，一阵阵鞭炮声又噼里啪啦地响起。瞧这年关临近，越来越多的喜事聚拢，我倒乐意找寻一处隔离街市的河岸漫步。在这一方空旷的适宜之处，既可远观到升腾在高楼间的烟火，又可避开街巷里那时停时歇、震耳欲聋的炮仗带来的不适。置身事外，反倒更有闲适心境，来体味这年关的热闹了。

《荆楚岁时记》记载，正月一日鸡鸣而起，“爆竹庭前辟除邪恶”。文中的“邪恶”，是指传说中的西方山上那个传播瘟疫的独脚怪人。现今城市喧嚣，人气旺盛，那“邪恶”反倒惧怕人类，不敢来侵扰人间了。逐渐地，那“邪恶”便从人们口中消失，躲匿到民俗文字中去了。现今，四处泛滥骤响的烟花爆竹之声，只是成了年关临近的重要提醒，让人心情激越，增添了急于渴盼团圆的躁动情绪。听闻这份热闹，我仿佛看见四方游子们正冒着风雪，匆匆走在归途。一年来，他们按部就班，在异乡打拼，完成又一次春夏秋冬的轮回，亲情、友情的螺丝帽日渐松动，急需用年关时日的团聚拧紧。婚嫁、乔迁……各种喜事庆典堆挤一起，赶趟似的，为的是趁这年关，闹个人气，红红火火地热闹一把。

小城街道，随着年关临近，车流开始拥堵，交警们全都上路执勤。大城市平常拥挤的人口，到了年关，皆潮水般地回流到小城及乡村。现代交通工具的兴起，让传统节日多了一道奇特的景观。许多人开着小车返乡，是为了方便，也是为了衣锦还乡。许多开车回乡的亲友都抱怨路堵，可是次年照样开车返归，路依旧堵。或许，过年的热闹正是抱怨出来的、拥挤出来的吧。

临近年关，家开的小茶庄开始忙碌起来了，平常喝茶的不喝茶的，吵吵嚷嚷地蹿到店里，都要买点茶叶回家待客。一位平时只喝白开水的大婶，前脚还没有在店内落地，就调高嗓门夸张地嚷道："我来买茶了，可我从来不喝茶呀，过年了，总不能让来客和回来的孩子们喝白开水吧。"她念叨着，仍高高兴兴地往外掏钱。守在家乡的人们，此刻若是相遇或闲聊，密集关注的，皆是团圆的话题：你上学的儿子回了吗？你在外地工作的女儿回来了？去哪过年呢（与家人团圆之地）？

大街小巷，超市、服装店、集贸市场……人们拖家带口，大包小包地拎着，吆喝着，在街上挤着，累着，笑着。我带着七十多岁的母亲上街，熙熙攘攘的人流挤得她极不适应，居住小城这么多年，她依旧不认得那几条简单的街路。又听老人家在絮叨了，叙说自己曾有的辉煌。说那时的腊月，一人闯到城里进货，来来往往，从来不迷路啊！末了，又说起自己现在已无用了之类的话语，并照旧操心："'乡里忙八月，城里忙腊月'啊！"并嘱咐，年关做生意千万别懈怠，抓住了腊月，就抓住了一年的丰足啊！

如今，过年的物质时尚多样，眼花缭乱，我倒喜欢购买一些传统的食品，供自己和亲友品尝。每年腊月二十七八，我总去一条小巷内的豆腐坊，购回专门油炸豆腐果子的豆腐，有厚、薄两种，拿回来后切成均匀的立方块，放在油锅里炸，不一会儿就膨胀起来，齿咬时，别有一种脆软的酥香，与儿时过年时，父母用石磨磨制出来的没有什么两样。

豆腐坊里，一对中年夫妻，是外地人，从 1997 年我居住在这里，他俩就一直在这里租房经营。豆腐坊在老民宅后院的平房里。去那儿，要从主街道拐入，还需要走一段幽深的甬道。狭窄的院内，夫妻俩养育一对儿女，最初见他俩五六岁的模样，嬉笑哭闹的声音，常飘入我家窗户。逐渐地，吵闹声日渐稀薄，直至安静。最近一个年头去买豆腐，再遇见，姐弟俩都成二十多岁的大姑娘、大小伙子了。夫妻俩已显苍老。他俩告诉我，或许我是最后一次能买他俩的豆腐了，儿女已大，他俩也力不从心，准备收手回老家养老。

也有一些本地老居民，摆摊经营过年的风味小吃。一对夫妻，专做过年的各类糕点，如麻糖果子、酥饼等等，品种繁多，不少是我儿时最爱吃的。每到年关，夫妻俩推着改装的货车，轰轰隆隆，从我家门前走过。腊月这段时日，常有雨雪来袭，夫妻俩依旧在这条老街上守摊。突然有一天，我觉得他俩从精力旺盛的中年人，一下子变成了头发花白的老年人，只是对顾客憨憨的笑容未变。这些年来，每个年关，我都要买他们的糕点，他俩将秤称足了，还会再加点。我向他俩表达自己的愿望，希望每次过年都能吃上他俩的糕点，夫妻俩高兴地笑答：会一直做下去的呀！

过年的那些民间花灯，龙灯、狮子、采莲船、踩高跷、蚌壳精、猪八戒背媳妇、三个婆婆赶庙会、大头罗汉扑蝴蝶……那些表现民众欢腾与喜庆、祈福与恭贺的节庆性民间舞蹈，曾一度流传甚广，现今在寻常百姓的家门口却少见了。常浮想起采莲船演出的场景：那装扮喜庆、滑稽的艄公和“坐船”的俏丽姑娘，脚踏锣鼓的节拍，舞动轻巧的身子，操纵着采莲船，在我们身边颤荡、晃悠。那鲜丽的花色顶子，在人头攒动中，富有节奏地抖动着，曾给我们带来多少欢乐啊！而如今，我们只能从现有的繁闹中，去填补那些已失去多年的旧有的热闹了。

无论如何忙碌，无论如何期待，无论如何消遣，无论如何怀想，该来的还是来了。除夕之夜，家家户户，都守在电视机旁。“54321”，电视里春晚在倒计时。当新年的钟声“当”的一声敲响，窗外的爆竹便煮粥般轰响一片。零点过后，我独自走向室外。零星的烟花在天空闪耀，散发的星花与夜幕上的星星混淆一起，弥漫的烟尘呛鼻锁喉。我憋住呼吸，从小街窜向大街。在一片喧嚣中，我发现，街道上的人却并不是很多。几辆救火车闪烁着红灯，无声无息，在街面上梭巡着。家家户户门前爆发的热闹，与街面上的冷清寂寥极不相配。此刻，大多窗户却都亮着，我仿佛看到，天底下所有团圆的人们，都守护在温暖的巢穴。而在巢穴的母亲们，也睁大着眼睛，为漂游在外的儿女们，同样守住温暖的巢穴！

这是我所经历的2008年年关景象。我真不知道这年关景象将来会不会变迁呢！

古刹银杏飘金时

早就在心里默念：今年，绝不会错过玉泉寺银杏飘金的时刻。

回想去年，或许是气温比今年偏高的原因，待我们在十二月中旬去玉泉寺观赏银杏的时候，寺院墙外的那棵古老的银杏树，繁盛的金叶基本落尽，部分枝丫上只剩下些残叶，在风中孤寂地挣扎着。落金虽遍地，却无空中的金色盛景来呼应了。我们只好将就，就着地面上铺成的金叶，拍了几张照片，便遗憾而归。

而今年，十二月十五日，一个天气阴沉的日子，中午一点，我们抵达了千年古刹玉泉寺。刚进入玉泉寺山门，那在空中闪耀的几树金光，便訇然闯入我们的眼帘，仿佛一下子照亮了天空的阴霾。哦，美好的银杏树，充满灵性的银杏树，我选择在这一时刻来看你，终于看见了你最美丽的容光，终于看见你撑在半空里的满树金黄。你不仅在风中为我们不停地飘洒金币，你还在地面上为我们铺上了厚厚的金毯。

无论是玉泉山上，还是玉泉山下，银杏树或是一棵，或是几棵，此时皆尽心尽力，泛金溢彩，将古寺装扮得绚丽如油画。最引人瞩目的，乃是古刹两株最古老的银杏树，集纳这福山灵水的滋长，浑身充满着慈爱，充满着神性，让人敬爱，令人景仰。古殿院内的那棵银杏树，已有一千二百多岁的树龄，在不大的殿院里，很是显眼。它的上部，叶子较为疏落，下半部，又生长着密密匝匝的细嫩枝条。下半部较为密集的金叶，反衬了上半部萧瑟疏朗的枝叶，可谓相得益彰，造就了别具的沧桑韵味。倚靠在寺院外墙边上的那棵银杏树，生于唐代，高达三十多米，树冠巨大，蓬勃盖天，擎盖在通往玉泉山的必经路口上。相比寺院中那棵银杏树，它显得挺耸昂扬，高大气派，雄奇苍劲的身姿与古刹的整貌，与玉泉山景映衬一体，组成了一幅绝妙的宏景。

古寺里，也有许多银杏树是后来栽植的。大大小小、老老少少的银杏树，齐并而黄，招展起一面面金黄色的旗帜，点缀在玉泉古寺的红墙黛瓦间，点缀在玉泉山的苍翠绿水间，给这方空灵清净之地，平添一份温亮的色彩。只是可惜，这绝妙景象不能长久——一年一次的佳景已是奇迹，又可惜什么呢?

十二月二十二日，是冬至。当我们再次到玉泉寺时，门前大片的水杉树林，大多都只剩下了修长的裸露身躯，树林地面，落下了厚厚一层淡褐色的针叶。而不远处的那棵银杏树，也只剩下了光秃秃的枝干。没有了银杏叶可观赏，我们只好在寺外随意穿梭，猛然感觉到有一股股彻骨的寒气袭身而来。冬至日到了，数九天开始了，真正的寒冬来临了。

寒风的箭

寒风，像闪亮的箭，射在冬天行路人的脸额上。有过冬天经历的人，往往对这刺人的痛，有一种熟悉的快感吧：痛并快乐着！

冬天来了，一年又快过去了，即使你不想接受冬天这种伤及皮肤的问候方式，也该让寒风给寡淡的时间撒点盐味了。按照上天的医嘱，我且饮下这无形无影的冷寒，来医治我对时光更迭的迟钝之症。一年四季，每段时日，乃至人生的每段经历，你是无法绕过去的。如同这寒风的来临，如同这寒风的过分铺张，如同这寒风箭镞般的密集来袭。想想也是，既然绕不过去，还不如坦然地去接受这一切。冬天，无论是晨暮交替，还是雪花降临、融化，还是寒风大起大落，必有其产生的必然理由，必有其存在的理由。如同我们日常生活中所遭遇的挫折，所遭遇的不悦。为此，我们要与寒风达成和解，与既定的宿命人生达成和解。

你听，十二月的足音似乎更急了，似乎在催促冬天快点过去，春天快点来临。而当春天来临时，又害怕酷热难耐的夏天过早到来。好不容易盼来了令人惬意的秋季，可又过分短暂。一年四季，在冷热间来回折腾跳跃。作为困顿四季的凡胎俗躯，我不奢求季节给予我太多的舒适感，我所经历的光阴，所蕴含的人生冷暖和哀伤，都紧密勾连在四季秩序中，都紧紧嵌套在四季的起伏中。

“春生、夏长、秋收、冬藏，天之正也。”四季节奏，不紧不慢，不会依照任何人的意志而调整，不会依照任何人的欲望而缩减。大道天行，循道而生。四季秩序，牢不可破。岁月，不会因为赐给了人间福祉就张扬，也不会因为带给了人间苦难就收敛。一切，都是上天在主宰，在掌握着万物的荣枯，掌握着季节的运转。时光，快得像金梭，慢得也像轻晃的摇篮。想起早些时候，我们的祖先们白日赶着牛车，劳作耕耘，晚上守熬油灯，缝衣纳线。而如今，那份田园式的闲适牧歌，早已在年复一年的寒风中消失。地球旋转不息，每时每刻都在撬动着人世间的一成不变，神秘操纵着这人世间的悲欢离合。随着年轮增长，不知不觉中，我逐渐接受了这一切，适应了这一切。与其说是接受，与其说是适应，倒不如说是一种无奈，是用一种无奈的坦然，去承接葱茏青春的流失，去面对中年的沉郁和失落。

漫无目的，行走在这寒冬的早晨，想着这些，思索着这些，便安然享受起这时序流转带来的必然寒风，享受这寒风箭镞刺激脸颊而带来的欢愉和痛畅。

落叶韵味

落叶确实不是生机的象征，不是美好的喻体。在喜爱落叶之前，我曾被能心生愉悦之情的鲜花和嫩绿所迷醉。我迷醉于它们美好的色彩，迷醉于它们鲜活的生命力。但不知从什么时候起，我开始喜欢落叶了：喜欢看落叶从树梢上悠悠飘落的姿态，看它们在空中盘旋飞舞，看它们落触到地面后，随风旋舞的潇洒姿态。听着落叶刮地沙沙拉拉的声响，感觉这多像行吟的诗人，带给人沉郁而洒脱的诗意，深深打动灵魂深处的隐秘情愫。或许，人在不同的人生阶段，在不同的年龄段，对外界事物的体味是不一样的，对同一事物的审美也会发生偏移。不然，生命怎能从青涩走向成熟？

于是，每当寒冬时节来临，我总是喜欢一个人去看落叶飘零，去感受落叶带来的时节韵味，由此感悟生命的起落与不定。甚至，我还专门步行到偏远河岸，寻找衰叶的落聚之地，在河风遒劲的冷寒中，脚踩松软的落叶，徜徉而过。我喜欢足底传来那种松软的诗意感觉，仿佛我在踏着旧时光的痕迹走来，并且从这里走向明媚的春天和希望的未来。

又是一个月色朦胧的冬夜，独自来到河岸。沿岸生长着一片片高大的落叶乔木。在这沉寂而凛冽的荒野里，此刻，这倾注而下的落叶，一年一度，仿佛又要对我来一次深情的倾诉。此刻，再刺脸的清寒也抵挡不住我对这一方浩荡落叶的热爱。天地阴郁，树木阴郁，我把所有的热忱都留给了落叶的声浪，把所有的感觉都留给了耳朵的敏锐。我最大限度地调动所有感官，去捕捉大自然一切有趣的声音，聆听落叶在空中与冷风摩擦时发出的或细微或高调的声响，聆听激激荡荡的落叶，擦刮着地面，时而絮絮叨叨，时而尖锐刺耳，从我脚前浪过。

一个冬季，无数次，我走上倾听落叶之途，乐此不疲。哦，落叶们，其实，归根结底，我是专门来倾听你们簌簌的心灵之音来了。这让我有一种思索的幽远，让我感受到我的生命也仿若羽毛，让我从你们阴阴郁郁的灵魂影子里窥见了时光翻涌的悲伤。我忽然觉得，我与你们是同病相怜的，一同飘落在这光秃秃的尘世上，一起渲染着这寒夜的萧索和苍凉。哦，落叶们，你们在生命飘落的时刻，是否会怀想曾招展在枝头上的韶华岁月？在寒冬来临之时，你们是否也会像地球上其他生命一样，坦然接受岁月的洗礼，接受这必然的宿命？若真是这样，便没有了苦恼，便没有了喜悦。唯有坦然，唯有安然，才会心无挂碍地去投身大地的怀抱。

落叶们，你们才是真正的诗人吧。虽然你们韶华已逝，虽然你们已被人们冷落，但你们仍自信满满，自吟自唱。你们不屑于那些嘲笑你们、而正处于灿烂肤浅的事物，因为你们也曾经灿烂过、辉煌过。现在，你们以圆满的心意坠落，以成熟智慧的气韵来迎接我，在起起落落的咏叹中，为我展现出另一种生命的洒脱。

大自然的东西，无论生长还是死亡，在我看来，都有一种别样的美，不仅具有音乐的属性，还具有文学的美。落叶们，我热爱絮絮叨叨的你们，我热爱激激荡荡的你们，我热爱芬芳四溢的你们，我热爱你们在凛冽风中飘零的样子。你们美得凄婉，美得洒脱。落叶们，无论你们是成堆地相聚，或是选择孤独地飘去，你们都是降临人间的天使，你们都是撒向人间的天籁。你们用别样的韵律，述说你们的心绪，倾吐你们的衷肠。因此，虽刺耳，却不闹心，在吟诵中引发我不息的心颤。你们在不停地叙说，你们在深情地叙说，即使增加了冬夜的清冷感，我却听出了音乐的质感。你们发自心灵的声音，区别于大自然其他的音乐，也区别人类的其他音乐，带给我一种奇异的感召力量，让我心甘情愿地与你们一道，融入这天道的循环之途。

是的，落叶们，该学你们呢。倘若我的生命之叶黄了，枯了，我应该会像你们一样，即使品尝着与枝头分离的痛苦，我也会按既定的圆满，涌涌荡荡，跳跳跃跃，歌吟着，含笑着，扑向大地，去追求永恒的归宿……

“生命便是不断的死亡与复活。”落叶们，来年，当我再遇到新开的花朵和绽放的新嫩，我相信都是你们死后的新生。你们完成又一轮生命的循环，重返到春天的枝头，幻化成春树上的繁花盛放和嫩叶招展。

静等落雪

又到一年一度的大雪节气。“大雪”，却是无雪。连续几日，太阳高照，天气出奇的好。打开手机屏，低头一看天气预报，显示的气温都在 10 度上下。阳光清澈如水，飘飘洒洒，亲和暖身。走在阳光的水里，不一会儿，深黑色的羽绒服便沾满热烘烘的阳光味道。干脆脱掉了帽子，拎在手里，尽可能多裸露一些身体交给太阳吧。就像太阳能的电池板一样，最大限度地增加身体的承接面，好去承接阳光，以给身躯注入更多温暖的能量。

在街道，在河边，随处可遇的银杏树，仍披着一身茂密的黄装，不见丝毫凋零的迹象。前几日去了一趟玉泉寺，发现深山古寺里那几棵千年的银杏树，今年并不急着要为地面铺洒金叶了，蔚为壮观的树冠，多半青绿色，只有一小部分才显露出那么一点点的淡黄。看来，今年邀友赏银杏吐金的日子，要比往年推迟了。而且，在这之前，这相邀的日子已是一推再推了。曾问了当地几位居民，他们说，玉泉古刹的千年银杏每年披黄落金的时间都不一样，最早有 10 月份的，也有在 11 月份和 12 月份的，最迟还有到来年 1 月份的。不知道这种说法是否确切可靠。

“看来今年是暖冬了”，我边走边想，便滋生了一种难以名状的矛盾心情。不过，抛开这些风物，虫儿们倒是对时节十分敏感。晚上，漫步河边小径上，四处是一片静寂的寒冷，再也听不见虫嚣的浪潮了。河边公园树丛里，常常夜坐、听虫吟的木椅座上，落满了厚厚的叶子。用手掌拂去椅子上一角的落叶，就着这一丁点儿的干净椅面，我长久地坐着，想着。我喜欢这僻静的境地，灯光照射不进来，四周笼盖着一片暗黑，唯能听到静静的风声和我静静的呼吸声。我安享这一方大静。

心倒是静下来了，但久了还是坐不住的，也没有坐下去的必要了。起身，走向另一片还算繁密的常青树丛，反复徘徊着，像是要找寻些什么。一棵玉兰树下，生长着成片的灌木丛，从中我终于听见了两声弱弱的虫儿哼鸣。当然，这细弱的声音是极难察觉的，你得要有心，要仔细地听，安静地听，才能捕捉到这细弱如丝的声音。

早晨醒来，从枕边顺手拿起手机，浏览微信朋友圈，发现有一组雪景照片。我还真以为下雪了呢。打开窗，却见晴空万里。赶紧询问发雪景照片的朋友，朋友说是去年下雪时拍存下来的。

看来很多人都渴望雪了。

真希望老天爷顺应时节。

大雪时节，我们静等落雪。

那一抹冬阳温静如诗

那一抹冬阳温静如诗。

她，润润地，静静地，绽开着笑脸，不愠不火。看见她，心被融化。看见她，有在仙雾笼罩的花丛中飘逸飞翔的感觉。面对这仁慈光芒的降临，面对这上天赐予的无私温暖，对久居阴冷居室的人来说，是多么珍贵，且不可缺少呀！

是的，这温情脉脉的冬阳，像情人倾洒的深情目光，是最能抓住人心的。不过，她是大众的情人，她是冷寒者的福音。她神圣地照耀在每个人的脸上，无私地播洒在每一颗纯净的心田里。

我多么热爱她啊！这浑身洋溢诗意的女子，终于走近了我，把她温暖的香息，贴靠在我胸前，贴抚在我背上。沐浴她的光辉，慢慢地，慢慢地，这光辉似乎渗透了我的身体，穿透了我的灵魂，让我沉浸在光明的湖里。哦，阳光，有了你，我就有了冥想，就有了梦想，就有走向诗和远方的信仰。

在现实白昼里，我生命的花朵，始终向着你开放。仰望着你圆润的笑脸，我努力去靠近你，去祈求你的滋养，去祈求你的怜爱。即使在漫漫寒夜里，我仍能梦见你将暖暖的鼻息吹拂在我冰凉的枕边，营造我无穷无尽的多彩梦幻。即使在黑暗角落里，我那困顿的心灵，依然能紧紧抓揽住你光芒的绳索，升腾起热情，直攀云霄。

又是一个普通的下午，已是下午四点多钟了，我站在高处宽大的凉台上，面朝西方，面朝那一派灿烂辉煌之地，沐浴冬阳诗意般的温暖。此刻的阳光，多么温馨，多么温柔啊！那一抹阳光真是温静如诗啊，灿烂温和的光芒，宛如缤纷的花瓣，在天际间浮溢，在我脚下跳跃，在我身上荡漾。哦，阳光啊，我现在就站在高处，就站在你面前，就站在一排黑色的栅栏里。因为仰慕于你，此刻登高就是想来相见于你，拥抱于你。此刻，在你的光影下，我，一具冰冷的肉体，躺下了黑白的花枝，也躺下我寒冷的消瘦。此刻，我，一具冰冷的影子，在你温暖的背景里，在徘徊，在流动。此刻，在你光芒的照耀下，在你光明的空虚中，我凝固在栅栏里阴暗的影子，也仿佛开成了花。这影子，是被你融化后的我肉体的沉默，是被你融化后的我肉体的花朵。这影子，也是你流动着的光明的心意。你制造光明的风，让我凝重的影子，飘荡在你光影里，精灵般轻盈，充满着诗意。你牵动我的影子，调动起我心灵奔放的力量，让站在影子背后的灵魂，不愿停息，徘徊不止。此刻啊，你是最理解我、最懂我的知心人。是我长时间伏案后，最想相见的良友。是打通我经络、让我与大自然愉悦对接的良医。此刻啊，我伏案的沉闷，我郁结的心事，在你清朗的气息里顷刻消散。

阳光啊，你给我无限的启迪，我不能一刻没有你，我要无休无止地追寻你。只有这样，灵魂才能摆脱被躯体封闭的阴暗；只有这样，灵魂才能去获取力量的源泉；只有这样，才能去高飞，飞向远方的远方。

于是，即使在隆冬的中午，在你普照的短暂时光里，我也尽力抽空，去野外或公园里走一走。因为我相信你有足够温暖的力量，将我冬日淤积的阴郁融化。感谢你给我带来了冬日的鸟语花香，感谢你将远处的绿水青山送到我面前。你敞开阔大的怀抱让我开心，让我快乐。我愿重逢在你的光芒里，永远歌唱！

面朝你——那是一年四季花开的地方。

萧瑟之韵

在我印象中，在中南部小城，要在小寒过后，才能真正感受到冬日萧瑟的气象了。

你看，小城那个繁华的十字路口，那棵相伴我四季的梧桐树，曾经茂密的枝叶，仿佛一夜间，全都凋零。那一身清寒的气度，呈现出一种出奇的枯瘦。也有勉强飘挂在枝头上的残叶，展现给你的是一种萧索的味道，仿佛这些可怜叶子们的身体里，水分一下子全被抽干了，在视觉上给人一种极其衰朽的感受。这立马让我联想到“枯萎生命”之词的概念。但是，在“枯萎”字眼的背后，却并非那种绝望的感觉，反倒有种幽忧的凄美，蕴含一种生命的诗意。当然，这得靠你自己去领悟了。

不过，你若不爱看这些落叶的乔木，不爱看这些枯枝败叶之相，这里也有一些四季常青树，譬如说广玉兰、冬青树、樟树等，它们仍旧支撑着那副老绿之相，给人一种低沉、毫无生气之感。这些绿意也有萧索的味道，仿佛缺乏一种生机勃勃的张力。但是，如果你认为这些绿相过于低沉，那就有些自以为是了。绿色，是生命的底色，它们能在严冬里坚守绿意，保持一份不屈的生机，承载着救赎春天的责任，这足以让人感动了。

当然，常有的阴沉、寒冷天气，也是让我内心滋生萧瑟感的缘由之一。这种天气再与凋敝的景象相叠加，便组合起一种冬日萧索的大气象了。万木凋零，天地昏暗，寒风凛冽，行走在这冰天雪地里，行走在这寒冬的大气象图景中，我坚信是正在赶往春天的路上。我仿佛看见春天娇艳的星火，正在我视线之外的暗天里，闪射着神奇的光焰。这幽幽光亮，是天地间一种自生的力量。

又是一个阴沉的傍晚，行走户外，冷风扑面，街面冷清，我又听见那动人心魄的咕咕咕斑鸠声。这声音像是从很远处而来，给生命注入一种深沉的希望，能让人想象种子在泥土发芽的奇幻景象。无法停歇的脚步往前赶去，这咕咕咕声仿佛又离我很近很近了。这声音沉郁、响亮、急促，与喜鹊的喳喳之声交织呼应，成了萧瑟冬季里最温情、最坚定的生命力量。它像是一种呼唤，呼唤着希望，呼唤着力量，呼唤着春天……

我终于明白：春，是在冬的废墟上重生的！

冬，会回到春

冬，依旧会回到春。花在地狱里经历一个轮回，又轮回到红尘里绽放，轮回到春季天堂里辉煌，带给我们美妙的时光。春季是百花的春季。花与天地，花与宇宙，花与众生，皆成一体，组成了春天不可分割的盛景。

四季循环无穷，有板有眼，谁也无力改变。在四季更迭中，你发现很多事物是陈旧的，很多事物是新鲜的，彼此夹杂共生，这是天道。

人若以生命的局限，面对无限宏大的宇宙，想去抓握功利于掌心，最终都会化为虚无。你所得到的一切，都将会回到物质的循环中去。如果是时光，你更抓握不住，会在你的指缝间不知不觉地溜走，而你是永远察觉不到那时光神偷的踪影的。在万物共存的世界里，认知颇为局限的你，是感受不到存在于你认知之外的物质，及其运动和变化痕迹的。你唯有借助天地的神灵之光，打通自己与万物的意识阻隔，最终才能超越终会衰朽的肉体，抵达另一种忘我的境界中去。

这听起来有点晦涩难懂。正如在你的身体里，你无法到看到你肝脏如何排毒。形体的生命活动，其实都赋予在时间运动的无形之中，赋予在一切无形的运动之中，无所谓你能否看得见，无所谓你能否感知得到，无所谓你是否存在。而你所看到的存在，皆是属于我们局限内的自我感知。这也是为什么我们总感觉到一种存在的虚无感。

但我依然会对生命报以热爱之心，去感知生命的神圣，去体味时光的神秘。冬会回到春，像一个远行的浪子终会归来。我的灵魂在冬天里蒙尘，愿我枯萎的灵魂在春天里重绽新绿。愿我散失的活力重归于身体。愿我支离破碎的理想能破镜重圆。愿我能从春天的一朵花里，去感知那永远抵达不到的宇宙无限。

严冬月季

萧瑟、阴郁、寒峭……这严冬的表情，着实让人沉闷不已。

幸好，前几日偶得一盆月季，随意摆放在光线不甚明亮的茶室，没想到，这茶室弥漫已久的灰暗氛围倒是被她打破了。

月季养殖在一个轻便的塑料盆里。两朵早开的花儿立于枝梢，正处绽放佳期。花朵粉红色，呈现的暖色调十分醒目。更特别的是，花朵们好像对天气非常敏感，随天气的阴晴状况，随时在调节亮度。因此，若逢阴沉天，室内的光线愈阴暗，感觉花瓣的粉红色就愈发浓深，愈发鲜艳明亮。

就这样，只要在茶室，两朵花儿的温亮总牵引着我的视线，让我从心底燃起脉脉温情。冬季的气氛尽管阴郁深沉，但身边有了这两朵花儿光亮的点缀，仿佛自己的整个世界就敞亮了许多，随冬季潜藏、消沉的活力仿佛又被激活，被打开。

双手捧着一杯热茶，一抬头，便能与眼前一抹情意切切的花红对视了。若再有喜鹊们叽叽喳喳的叫嚷声飞绕于耳畔，你说，这在严冬里的明媚关怀能不让我暖流满心、幸福满满吗？

因此，在严冬，在平淡乏味的生活日常里，有了这花朵儿的指引，我便会想到春天，想到人间还存有美好。有了这美好事物的陪伴，便有好好活下去的动力和理由。甚至，有时我还将这触手可及的美好，视为现实中能着实把握的生命机缘。

这也不禁让我想起去年隆冬时节，一次外出的遭遇。那是一个阴沉的下午，不顾严寒，我独自去城郊摄影。走在河岸，四处少见行人，一派萧索景象。目光所及，干涸的河道，裸寒的树木，以及沐浴在寒风中的高冷建筑……没有一丁点儿生气，自然没什么好景致能入镜了。握相机的手指已冻得僵硬，脸也冻得灰黑，我不得不沿另一条小道失望而归。当走到一幢私建的小楼前，一丛花儿，突兀地扑入我眼帘里来。哦，那是一丛月季花丛，有一人多高，茂密的枝条上，绽放着粉艳的花朵，耀眼夺目。花朵儿不大，但也不小，谈不上繁花似锦，却开足了精神。暖心的色彩，让我萎靡的精神一下子振奋起来。打开镜头，足足折腾了半个多小时，拍了不少月季花儿的照片，才恋恋不舍而返。回家后，将这些凌寒而开的花朵们存入电脑，每当心情低落或无所事事时，便从电脑里点击出这些图片，随意浏览、品赏，慢慢地，一股股温情从心底漾溢而出；慢慢地，被感发的生命能量从体内油然而生。

而今年寒冬，比去年冬天更加幸运了。即使不外出，也不用担心再无花儿陪伴了。除了现开的两朵花儿外，这盆月季还耸立着许多大大小小的花苞，看起来都是一副信心满满的样子，十分坚定地为我积攒着来日的希望和能量。我相信，有了它们的接力盛放，足够让我有信心度过这个万物萧条的寒冬了。

在阴沉的严寒里，有两件事让我开心：一是看花开，二是听喜鹊的叫嚷。喜鹊声声倒是随处可听见，无论在高墙建筑上，还是在街道巷陌里。一年四季，这喜悦的声调似乎永远不会凋谢，更不用你去专门寻觅，与你形影相随。而冬天的花朵却不同，需要你用心去寻觅，去主动把握，才可获得这份机缘、这份幸运。就像今年严冬，这盆月季能移至我陋室里来。就像去年严冬，我不顾严寒外出，在冷酷气象中偶遇到的那丛月季。

河岸灯火

冬夜风高，夜色的风衣被我穿着。我身架撑不起这宽大的夜衣，松松垮垮的，灵魂却在这空虚的衣里潇洒地游离。

漫步河边的人不多，庆幸这一片夜色被我贪着。与我分贪这夜色的，还有河岸的灯火。

趁众人的眼皆在远处歇着，无暇顾及这夜岸的灯火，我得抓紧时间，贪着这河岸的灯火，在安谧遐思中，体悟这景象带给我的欢愉。我就这样站着，选择一处河岸，在适合自己的光线处，久久地站着，身躯仿佛凝固一般。脚下的一条河流，像一条刚蜕完皮的巨型蟒蛇，笼罩着原始森林的湿气，弯曲着，蠕动着，用灰意蒙蒙的姿态恐吓我。而对岸那一盏盏灯火，仗势着河流的阻隔，醉着梦眼，与我对峙，对我漫不经心。但我必须抓住这一时刻，去追索这光明的灯火啊！即使这灯火很虚幻，即使这灯光对我不理不睬，那也是黑暗中的光亮啊！

眼光，一次又一次，跌跌撞撞地，向闪烁的灯火扑去，向它们冲去。那悬在无边空虚里的光明啊，却用光波回击我的眼波。返袭射来的光波箭镞，嗖嗖地射落了我眼光的追索。视线像串串珍珠，噗噗地落于河水中。水汽氤氲的河面，闪耀着灯光的魂波，与我坠落在水里的眼波重逢。两种光波结缘，像两只相亲相爱的仙鹤，长颈交缠，沉浸在水里卿卿我我。

渐渐地，灵魂也跟随眼神跌落到了水里，随灯光染彩的水波跳荡着，颤晃着，在五彩的水面上迷离着。夜水抱着灯光，灯火抱着灵魂，似乎唤醒了我原始生命的记忆。灯光与故乡，生命沉静与温暖的宿地，让我真真切切地触摸到了它的包裹，感受到了它的存在，却又虚虚无无地让我失落无助。我该如何去寻找一个理由，安慰一下如灯火一样忽明忽暗的心呢？

然而，灵魂还是愿意久久地掺和在这灯火的夜水里，上下沉浮。最终，灵魂被激起了血性，从水中升起，驾驭着远古之鱼，飘向仙云朵朵的生命起源之地。绵连的彩云，发出声声瑶乐，碰撞着，啮合着，又搭构起另一人间的仙境。生命本真的景象，在这般柔情与多变中，让我陌生，让我亲切。我仿佛真正找回了自己，把握了一回自己。

然而我仍无法将一切看得真切。这迢远的他乡星空，这漂移在宇宙的星云，与这揽抱一怀灯火的河流仿佛无异。我的灵魂一会儿飘荡在虚空中，一会儿又回到这河流中，在河水中流溢，在河水中沉染。在来来回回的起落中，在河水的流失和时空的转换中，灵魂，仿佛一直在找寻着什么，而最终却愈加彷徨无助，愈加失落空虚。

河流抱着灯光，不停息地流淌，义无反顾地流泻，一段河水转瞬就告别了我，滑向远处更深沉的黑夜。河水奔向前去，前方还会有灯火，还会有不可预知的美好。只有隔岸的灯火坚守在原地，在夜色里注视着我，开启我对生命的觉悟，养育我对生命的感知。天下灯火，都不及这隔岸灯火的神玄；天下灯火，都不及这隔岸灯火摄人心魄啊！

已入深夜，入眼的灯火，开始变得稀落冷峻。沉浸于其营造的梦幻里，我更不能自拔。

冬日有感

在我印象中，相比春天的明媚温情，夏天的溽热沉闷，秋天的澄澈明净，我觉得冬天是难以定性的，是极易变脸的。因此，一入冬季，我便极敏感于它宏大的起伏变化。阴晴冷暖、雨霜雾雪……在林林总总的起伏变化中，我融入了自己的生命律动和情绪起落，这算是一种活着的感受吧！

不知不觉，便到了小寒节气。凌晨两点钟醒来，躺在床上，在十楼我便清晰地听见了雨点的声音。雨点打在地面的雨篷上，打在空旷的街面上，产生一种奇特的回响，传导到楼上，萦绕在耳畔。偶尔，有汽车车轮碾过，车轮与路面发出了湿漉漉的摩擦之声，清晰而朦胧。窗外，无论是雨声，还是车过的声响，都衬托出冬夜万般静寂的氛围。雨，一阵又一阵地下着。在雨歇的间隙，夜，又显出另一番寂寥的味道。

当日傍晚，又下了一场大雨。晚上 7 点多钟，东南方向上空，停滞着几大朵乳白色的云彩，映衬在灰蒙蒙的天空上，很是显眼。晚上 8 点 56 分，阴沉的天空里，又十分意外地传来了隆隆雷声。

等来了小寒的节气，才等来一场雨，看来今年是等不来一场像样的雪了。

不过，盼着，盼着，真是等来了一场小雪。这雪是趁着深夜，悄悄而来的。雪来的前夕，下起了雪粒，夹着雨，在夜色笼罩的天地间，回荡起浩大的声响。行走去健身房锻炼的路上，我仿佛听见一首深深打动心灵的歌曲正在大地上流荡回响，我仿佛感觉到了春回大地的气象。

早上，拉开窗帘，突然发现，屋顶上，车顶上，都覆盖了一层薄薄的白雪。白雪点缀在树木青枝间，绿白相间，极富情趣和诗意。地面仍是无雪的，可能是及时融化了吧，裸露出的依旧是一派灰黑。

这样也好，雪若真是下大了，想必又要动员人力上街扫雪了，破坏了这一年难得珍稀的晶莹世界。我一直不明白，为什么非要把雪扫去呢？如同到了秋冬，在城里的街道，很少能享受到脚踩落叶的那种舒爽的诗意感觉了。落叶被扫净了，如同没了春天的落红，便不再有“化作春泥更护花”的抒怀了。但愿这一场淡淡的白雪，能在阳光的照耀下，自然地融化，化为清水，润泽万物。

落叶时光

初冬时节，在这个晴好的中午，捧一杯清茶，慵懒地枯坐在搁置在凉台上的宽大藤椅里，身躯好像是一具与我灵魂无关的摆设饰品。

中午时间，我一般是读不下去书的，更写不了文字。茶香氤氲中，眼眸朦胧起来，发呆似的凝盯着远方。

幸好住宅位于高层，视线无阻，我尽力将眼神搁放在更远处。江南对岸，山脉逶迤，连绵如黛。一座铁路虹桥飞架南北，不时有绿皮火车和白色动车龙蛇般地驰过。这景象，极易触发你对远方的想象和向往。

枯坐时间漫长，远眺的目光坚持不了多久，视线调整，拉回到楼下那一片空旷、待开发的地域里来。

我要在眼前的现实里赏景了。视线所及，有几棵高大的白杨树，披一身金装，在阳光照耀下，熠熠生辉。凝望着这几树白杨，我又开始长久地发呆了，在呆痴中神游，在神游中呆痴，仿佛在期待着什么似的。突然，一片黄叶，从一棵白杨树上，晃晃悠悠地落下。过一会儿，又一片黄叶，飘飘悠悠地落下。一片、两片、三片……落叶静静，宛如丝丝缕缕的时光，在不被人注视的角落，安详地落去，无牵无挂地逝去。

落叶静静，飘落到了我幽幽的心底。一年来的欢乐和悲伤，点点滴滴，浮现在脑海里。逐渐，我陷入更久远的时光回忆中。那些漂泊无踪的岁月，那些岁月里的迷茫与孤独无助，那些奋斗中的失落与惶惑无知，那些曾经遇见的美好事物和人儿……像簌簌落叶，一股脑儿倾倒出来。人生不可逆转啊！很多东西一旦丧失，便不再复得。毕竟是机遇难得的人生时期，而那人生的黄金岁月不可能像浮云一样，永远飘逸在天空，永远停驻在高处，一旦逝去了，也只能像这一片片落叶一样，一落就落到了尘埃的底层。哦，难道这真是宿命吗？不过，想想也是，叶挂高处，都是暂时的。凡是有根的东西，原本都要回归到根上去的。哪有什么永远的意气风发和韶华无限？我暂且这样自我安慰罢了。

白杨树不远处，有两棵高大的银杏树，枝叶繁茂，色泽金黄，在阳光的照耀下，耀眼的光斑在枝叶间不停地跳跃，金光闪闪。在和风的吹拂下，那些轻轻摇动的叶子，恍如岁月在眨动它们多情的眼睛。这多么像我见过的那些美好的眼眸啊！那些慈祥的眼眸，那些温柔的眼眸，那些美丽的眼眸……组成了我人生无数最动人的风景。这些奇妙的风景，在这个特定的时刻，也一股脑儿地放映在我眼前，亲切而又陌生。哦，那都是从诗意里长出来的眼眸吧，都是从云空里浮荡而来的眼眸吧，此刻，为什么像眼前这一片片落叶一样，坠入到我心底的静水里，泛起微微涟漪？

一条已废弃多年的铁轨从房头穿过，从这几棵树间穿过。十几年前，沿着这条铁轨，从家乡小城来到这座城市奔波、打拼。无数次，沿着这条铁轨，我在家乡小城与这座城市两地穿梭，几乎每周都要坐火车经过这里。十多年过去了，命运似乎跟我开了一个玩笑，我从这座城市最终回到了家乡小城，现在户籍又落在这里安家。坎坷的岁月，起落的人生，注定我历经了多少风雨的悲喜和苦乐！

又有两片金黄的叶子飘落，随风飘荡到那条废弃的铁轨上。叶与树分离，是永别，还是以另一种方式团聚？一棵树，会不会因我的到来而喜悦？一朵花，会不会因我的到来而睁眼？一段时光，会不会因为我的缅怀而重来？

第五辑

时光走过

SHI GUANG ZOU GUO

○
○
○
○
○

西行碎片

向西去，一具灵魂向往着广阔的无限，带动着一具渺小的躯体，向西去，向西去……去承接四面的强悍之风。向西去，向西去……去仰对无垠的大地和邈远的苍穹。

向西去，向西去，向西去……一段段生命的时光，寄附在一程往往复复的路途中。十几载来来往往，行了多少趟天山路，行了多少戈壁路，连一次粗略的统计都无法作出。西行漫漫，西出阳关，零零碎碎飘散在时光风尘里的记忆碎片时隐时现。天地苍茫昏黄，万物无数次用动态与固态的语言与我交谈。万物的本源密码与我灵魂冥冥相融，让我生长记忆。记忆会怀孕，让我生育文字。可是文字支离破碎，无法用一根完整的珠线串起。但我仍要记述。我暂且将支离破碎的文字集结成篇，以作为纪念西行的文字篇章，管它是否拼凑、不成文章呢！

巍巍天山，不毛之地，背脊裸露。我迷惑，它发达的肌肉是如何练就而成的？如果它愿意，可揉碎一切生命，揉碎一切绿色，揉碎一切温度。人类是它眼里的小人国；渺小人躯，随时可被它揉碎，同样也可揉碎我。车穿行其间，恍惚几万年、几亿年的冰川荒谷，早已在等我入瓮。嶙峋巨石，组成关隘险道。它们是石门、天门、鬼门，自天上压来，自远古压来，从两边压来。车在险途，左弯右拐。此时，我的生命，一切的生命，都不由自己把持。生命卑微，除了惺惺相惜，又能擎起多少壮举？

目光巡睃，雪水走过的山脚荒谷，不时有绿树成带，随雪流蜿蜒。它们树干弯曲，枝叶聚拢一致，全神贯注，追随风的浪潮，朝溪流的方向一致指向。树干的骨骼在绝境中被压弯，被扭曲到最大极限。枝叶的长发被最大限度地拖曳着，被长长地拖摔在树干的身后。苦难的体态，让我揪心，让我悲悯。听，“呜呜呜……”“呜呜呜……”风潮一浪高过一浪，强劲的气流在深壑荒谷里高亢，万山振荡回应。这是来自天庭的雷霆，还是树的灵魂不甘扭曲的呜咽和呐喊，还是生命不甘沉沦进行抗争厮搏的号角？这是战鼓声吧？是战旗在天穹间漫卷悲风的猎猎之声？在这里，一切生命展现各自的生命抗争形态，以超越极限的坚忍，立足于荒寂浩远，要么沉默，要么抗争。望雪水奔流，圣光闪耀，洪荒世界中众树如小草般挣扎，我悲叹，我凡俗的眼睛理解不了这战场无形厮杀的壮烈，我凡俗之躯抵抗不了这尘宇间的暴力之戟。我仅能做的，就是怀着卑微之心、悲悯之心，面对浩大的物质洪流，面对豪迈的精神气质，在白天黑夜的冥思中，千遍万遍，合掌祈祷，虔诚地表达我的膜拜之心、敬畏之心。

天山干沟——贯穿新疆南北疆必经要道，是唐玄奘描述过的“银山碛”之地。五十公里的干裂巨唇，吸干了所有草木的汁水。险峰夹持着沟面，积存厚厚没膝的白色沙尘。不见飞鸟，不见走兽，不见一切生命的痕迹。干渴的沟面，碎石白尘，日夜遭前仆后继的车轮碾压，似路非路，弯弯曲曲，宽窄不定，艰险难行。车行上面，尘沙飞扬。十三年间，每次穿越干沟，悲凉之情，弥漫心间。

风，是新疆无色的风景，是流动的风景。托克逊的风，达坂城的风……在荒原上浩浩荡荡，在天山里钻沟穿谷。途中暂歇，一钻出车外，风们便变着花样地对我推推搡搡，不知疲惫地围我，攻我，吵我，打我。我疑惑，它们为何不歇一口气呢？不，它们不会歇息，歇下来就不是风涌迷人的新疆，就不会有那么多风涌的颂歌、风涌的戏说。“大树小树歪，老人的胡子歪，公鸡母鸡的鸡冠一边歪。”托克逊的“三歪”戏说，足可以代表新疆风浪的本色。6 级风、8 级风、10 级风……西北风不停顿地狂吹着春夏秋冬，养育和造就了生于斯、长于斯的生物形态，也锻打出居住在此的人类坚硬的骨骼。狂风啸浪，舟楫荡伏，各类生命以苍海之帆的奇特风貌，在天山南北浩阔的戈壁大漠风浪中，稀落地点缀着不屈不挠的生命斑斓。车过托克逊歇脚，逗留时间稍长一些，每一次，我都会偷闲一会儿，一人，就近寻一处，感受古镇驿站那风涌豪迈的景象。劲风在这里无拘无束。劲风的大袍披挂在树身上，披挂在无边无际戈壁中的绿畴之上。绿色的原野，被推搡成壮阔的波浪，一律向东南奔去。风中走来维吾尔族姑娘，艳丽的长裙劲扬飘摆。我看到了风的颜色，我看到绿色的风潮、红色的风潮，在琴弦上欢愉地跳荡。奔放的歌舞无休无止，在天山南北、在漫漫戈壁激荡，驱散我漫长旅途的苍白。当胸间充盈起明亮的生命之色后，我又迈开步履，踏上更艰险的路途，奔向更遥远的戈壁荒漠。

而达坂城也是风城呢。“达坂城的姑娘辫子长啊，两只眼睛真漂亮……”歌舞的风情，与风的性情情投意合。一首吹扬在风中的古朴歌曲，在久远以前，就倾倒在民歌的风口之上。每次从达坂城走过，歌谣便在意念中响起。渴念中的小城，仅“达坂城”三个字也让我心旌摇荡。可是，初见之时，那低矮的平房，那简陋的街道，和少见的行人……一座小城，几分钟就这样从我眼前掠过。落差之大，让心间陡生悲凉和失落。车已离去，遗落在身后的小城仍让我愁绪多日。这哪里是我漫长荒凉旅途中等待的城？这哪里是我梦幻中渴慕的城？往返多次后，我莫名地醒悟，灵魂似乎能嗅到，灵魂似乎已听到，灵魂又似乎能看到，那一股股潜藏于小城及周边戈壁沟壑的风尘，多像一位有故事的老人，披着面纱，沉郁地坐在这里。它不屑红尘的惊扰，借风声滔滔不绝的言辞，讲述着一段又一段千古美丽的传说，证明自身独有的存在。又一次，车停靠在达坂城，起身下车，站立于一清冷的街口，占据我心胸的，不再是灰黄的房舍、荒凉的戈壁山壑。晶亮的雪水溪流，在毫无遮拦的荒山脚下，闪烁起动人的眼波。豪风奔荡，我依稀看到风神们跃身马背的身影。它们扬起刀锋，奔涌向前。马蹄的铁掌与喉管一同呐喊，一遍又一遍，不停息地嘶鸣着。它们无视我的存在，也无视雪水流过的从容，从天山的裸沟间，纵缰驰马，不停地狂泻而出，切割我身边歪身的老木头。风潮涌动，刀光剑影。荒漠深处的小城，在古老的风潮中，在现代的风潮中，延续演绎着侠肝义胆的故事，演绎着美丽动人的风情传说。而风，便是这故事的主角。这流落在民间的无名英雄，年复一年，粗糙而热情地掠过和抚摸这大眼睛和大辫子的城。

戈壁旷野，白色的风车，一排又一排，整齐地排列着，延绵无际，与远处的雪峰辉映。银白的巨柱至少有几十米高吧？擎举巨大的叶片，迎耸于蓝天之下。日夜不息的风潮，很着急似的，催促着叶片转动。而叶片呢，不停地旋转着，却不紧不慢。诞生风潮的荒僻之地，给人间带来了光电的春色气息。从风车身上，我看到一种纯洁的美、力度的美、苍凉的美。每次，每次，当我乘车在戈壁上沉寂，在戈壁上消沉，在戈壁上昏昏欲睡时，阵势浩大的风车突然展现于眼际，让我领略到奔涌在辽阔天地间的风潮，那挚爱于人类的生命温情，消除了我除了对风的崇敬之外那残存的恐惧。风车为媒，让风与人类握手言和，让风走到人类的灯下，化为温情脉脉的电荷眼波，此刻也在顾盼我。我在与风对话。我听见了风的明亮呼吸。我终于看见了风的光明，看见了风的斑斓色彩。风的热度，风的闪耀，风的多彩，带给我能量和幸福。我看见了风擎举起象征爱情的红丝巾，拴在风车之巅，向我飘扬，昭示。如果可能，我要嘟起热唇，千次万次，吻向那爱的信物，吻向这吐息生电的风唇。

车过盐湖，车窗为屏，银色的画面，一帧帧滑过。透窗望去，无垠的盐滩，湖水深沉如海。湖边的戈壁，苍凉壮阔。湖边的山峦，在蓝天白云映衬下，像脸膛黝黑的汉子，相峙并立……诸多景致，皆被一湖盐水的白，力挽成一幅冰天雪地的壮阔之美和冰洁之美。列车穿行而过，车窗截取的画面，随便抽出几幅就能出彩。三四十平方公里的盐湖画卷，车窗在不知疲倦地切换，我在目不转睛地观看。真羡慕居于此地的人们，白天鹅的仙绒铺地，仙境福地，寂静地闪烁着圣光。居住于此的人们，都应该是仙吧。白天鹅在起舞，白云在心荡神驰。风成了音乐。而这里的音乐永不会老去，这里的风景永不会老去，这里的人们永不会老去。在火车上，无数次远观这雪白的星球，这蔚蓝色的星球，总是黯然神伤，悲哀自己至今还没有涉足这星球半步。未曾想到，那一年，最后一次离开新疆，停车在盐湖吃午饭，一不小心，一只脚便踏上灰色的戈壁，另一脚踩上另一半的银色世界。两片迥异的海水都被我踩着，但还是无法克服一个过客的惆怅。带着白羽毛的风离去，我知道重逢再没有那么容易，从此梦里的翅膀只是单翅，歪歪斜斜飞不高，只能借不尽的软风怅望西天遥想。

来来去去，十三载，二十次？三十次？在火车上，在汽车上，无论白天黑夜，无论春夏秋冬，那在视野里远去的戈壁荒漠、峻山险谷，渐渐地，成了一张张拼凑起来的远古脸谱，不时在我眼前闪烁、变幻，传递给我只可意会不可言传的气息，似乎与我有着不可分割的情缘。但是我又无法捉摸它，更无法把握它。我悲叹，是我生命的岁月跟不上它的沧桑，是我有限的视觉捕捉不到它的宽广，是我思维的能力探及不到它的灵魂，是我微薄的生命热度贴合不上它的博爱。我，一个似乎是去赴难的朝圣者，只能依靠于远祖的灵魂和赋予的灵性，在西去列车上，在凝望黑沉沉的旷漠中，去梦游寻亲。深沉人性，在天与地的时空交融中，在历史与现实的交融中，哼唱着文化的苦歌，与之相恋。

文字哟，替我去献身吧，请把我最深沉的爱恋捎去，请把我最深沉的悲切捎去，请把我在人间烟火中邂逅的万千风情捎去。历史的人们，现实的人们，未来的人们，一旦投身其境之后，会有多少人与我有着同样的感叹呢？

走向吐鲁番，走向乌鲁木齐，走向天山深处，走向罗布泊……多少次路程，是风雪挽留的路程，是骆驼驮起的路程。黑夜来临之后，走向一座城，路途是那么的遥远和艰难。哪怕是一座小镇的灯火，也会让我期待很久。把距离拉长的是风，哈密城的风、库尔勒的风、阿克苏的风，还有罗布泊的风……那么空虚，那么灰暗，那么无形和悠长。跨黄土高原，穿河西走廊，张掖、嘉峪关、酒泉、玉门关、星星峡……蜘蛛网似牵织的地名，串接成西行的路途。我总是行色匆匆，我只顾自己空虚，我只顾自己去冥思苦想。遇到那么多亲切的人，我也没有时间去攀谈。他们用歌声消磨旅途的时光，我用耳朵寻找灵魂的声音。我写下一路的文字，那破碎的文字是花瓣的文字，那花瓣的文字被强悍的风潮吹落，被记忆的漠风消融。文字的花瓣，文字的碎片，文字的尸骨，被漠风拖拽着，轰轰隆隆，被荡刮起沙砾的戈壁风潮卷去。它们不顾我的清冷，便自顾地跑到前方，散向了远方，散向时空的深处。它们在渐行渐远的风口上隐隐闪耀。我的灵魂追不上，我的躯体追不上。现今，我不得不停下愈来愈缓慢的脚步，再一次用记忆将它们追述，用文字将它们拾回。

现实多么奇怪，现今我仍不知道，那无边无际的荒漠险途，那纷至沓来的西行记忆碎片，带给我的，究竟是幸运还是悲哀？是失去还有拥有？

白杨树下

穿行在戈壁绿洲，一棵棵白杨树，一排排白杨树，点缀着荒漠无边的空旷与暗淡。远远地凝望着，那一棵棵白杨树，各自合拢起枝叶，像飞天的长翅，形成姿态高昂的蓬勃气势，直指天穹。挺拔的英姿，显示一种向上的力度，总给人一种飞翔的姿态。远远地凝望着，那一棵棵白杨树，仿佛都洋溢着一股顺畅的气韵，从树根流向枝叶，从枝叶流向树梢，似无形的水流，一直流淌到蓝天的海洋。久久地凝望着，那一棵棵白杨树，感觉它们的目标只有天空，只想往上飞，去拥抱蓝天，去追求高洁。

夏天是它们最美丽的时刻。此刻，戈壁晴朗天气居多，蓝天白云，一尘不染，阳光任性驰骋。湛蓝色背景下，白杨树身披鲜亮的金色纱衣，绿莹莹的树叶如金币般，闪烁着光芒，牵系起蓝天的宽阔和辽远。走在白杨树下，鲜见人影。静寂之中，风扫枝叶，发出飒飒的声潮。偶尔，有行人从树下穿过，身躯披着光影，悄无声息一般，更增添空旷的诗情与画意。

冬天来了，光秃秃的戈壁上，落叶殆尽的白杨树，尽管没有春日的嫩绿清丽，没有夏季的丰韵豪迈，但它们瘦削的风骨，映衬在灰黄苍凉的天空下，显得更加高挺、坚定、倔傲。

一幢低矮的灰暗平房，沉闷地孤卧在戈壁滩上。不见任何花木，门前却有两排高大的白杨树，陪我在这里度过了二载青春年华。百无聊赖时，时常凝望着它们。我发现，无论春夏，无论秋冬，天广地阔间，那两排白杨树始终保持着奔放上行的轩昂姿态，秀削坚定，直耸蓝天，给人以力争上游的力量。后来，从这两排白杨树下出发，我奔赴到遥远的罗布泊深处，也去过天山深处的营地。除罗布泊深处荒远的地方外，所去的地方，都有白杨树相伴。

在更偏远的小营区，那暗淡的平房，卧隐在灰褐色平坦的戈壁上。屋前屋后，白杨树少则几棵，多则一行，点缀着绿意的温暖。从远处望去，一棵棵白杨树，像一根根定海神针，一半屹立于荒凉大地上，一半安插在蓝天里。漠风过处，树梢晃动，在天空阔纸上，涂写着动人心魄的绿意诗章。

在天高地远的天山深处，也有白杨树相随。在狭窄沟壑里，在裸峰、裸石的相衬下，一棵棵白杨树，与营地拥挤在一起。它们知道地处狭窄，便竭力合拢枝叶，似乎要尽量少占空间，将所有的力量集中到树梢上，一直往上举，以不屈不挠的昂扬精神，去攀比雪峰。

有一座绿洲，以白杨树为主力，像一颗绿色的珍珠，镶嵌在阳关之外、戈壁腹中。它像一幅油画，鲜亮而朦胧，寂寥而安详，独立于世外，流逝着静悄悄的时光。在这里，一些规模较大的营地里，虽建有花圃，植有宽阔的草坪，种植其他绿色的植物，但白杨树仍是绿化营区的主力军。白杨树相拥着，耸立而上，掩映着建筑，钻入蓝天，以挺拔的高度和蓬勃向上的气势昭示：它们无愧“绿洲王者”的称号。

除了关注白杨树形态，时间愈久，我愈发关注白杨树的品质和内涵。它们不畏荒瘠，不畏孤独和寂寞，呈现出顽强的生命力。它们无私，不索取和占用更多的土地和空间，将欢乐、哀伤和理想，寄予在戈壁荒滩，寄予在蓝天白云间。它们悄无声息地在空中流溢着绿意，为荒凉的大地装点着春色和诗意，尔后，又悄无声息地随风隐去，没有多少人能窥见它们伟岸的英姿和迷人的风采。

一个个身影，与白杨树重叠，不时浮现在我眼前。

眼前总浮现那幅剪影：敦实的身材，手提白色安全帽，在罗布泊夕照的光影下，凝神沉思。那真像一棵挺拔在戈壁深处的白杨树啊！他叫刘绍镛，一位四川籍的老首长、老专家，他常带着我，坐着 212 吉普车，从白杨树下出发，在罗布泊深处颠簸奔劳。他那一双浓厚的长寿眉，那一双慈祥的眼睛，和一副总挂着宽厚笑容的脸膛，深深镌刻在我脑海里，时常闪现在我梦里。

他身形黑瘦，面相质朴。就是这位河北籍的老营长，站在一棵白杨树下，迎接我初踏军营。营部仅有一幢简陋的平房，平房里有一间简陋的房间，便是我的卧室。老营长总爱盘腿坐在我的行军床上，随意地撕下糊贴在墙壁上的旧报纸，卷起新疆莫合烟，在吞云吐雾中，与我拉起家常。

…… ……

挑战过无尽的狂沙风暴，承受过无数的冷雪冰霜，也带给我无数的温情诗意，有许多像白杨树一样的人，就这样隐姓埋名在罗布泊深处，将根系深扎在戈壁滩上。他们被荒漠烈日熏晒，被天山风雪塑造。他们脸膛黧黑，没有豪言壮语。他们像白杨树一样，在罗布泊深处吐绿招展，度过人生最宝贵的年华。他们不会被岁月的风尘湮没。他们像白杨树一样，永远挺拔在我记忆里！

罗布泊那场风

冷月勾悬，躬身钻出帐篷，就近寻一沙丘伫立，劲风的撕扯随即到来，宽肥的衣袂如高原的经幡，裹缠如杆的身躯，猎猎作响。更可恨的，漠风还攥起一把又一把的砾石、沙尘，魔掌高举，朝我抛撒。脸麻麻地生痛，身衣啪啪地作响。

有时，风烦躁了，还掀起沙尘狂浪，遮月盖云。我成了这狂浪里的一叶小小的浮萍，在黑暗的大海里，在无边风浪中，如泥沙翻沉。巨大的阻力牵绊着我，我无法自主地前行。我只能随波沉浮，逐流飘荡，随时会被淹没，随时会被吞噬，随时会失踪。这风的浪潮啊，托浮着冷月，连星星的衣角也溅上了苍凉的戾气。

“一年一场风，从春刮到冬。”人们都这么说，连文献资料上都这么引用。罗布泊似乎是传说风神飞廉的青睐之地。行进在风中，常生幻觉，仿佛半遮半掩的风神怪禽，此时就隐现在我面前。巨躯上沾满了长长的羽毛，一根根鳞羽，抖竖着，如巨大的彩色羽扇，狂摇搅摆。低一声高一声的吼鸣，从他巨躯里惊雷般炸出。我知道，动辄抖羽呼风的风神对我也不会格外开恩，只会对我缠身附体。现在，既然我来到这里，我别无选择，只能听凭一切风暴的箭雨射袭。生命不息，前行不止！

我似乎看到一种神奇的物质在涌动，推动着壮阔的潮流，向前奔腾不息。我将这神力具化，想必罗布泊还有一位神仙猛将，全身盔甲，怒目圆瞪，虎须倒竖，持戟前指，统领着千军万马，如潮水般向前冲锋奔涌。蹄风狂浪，吼声撼天。一波接一波的风潮，像海浪涌来。密集透明的浓稠物质，如泼泼荡荡的一汪湖水，包围了我，裹挟了我。我沉浮着，仍挣扎着向前。

是的，既然一切皆不能回避，我更不能退缩。我来到这里，就是为了见识天地广袤的力量，就是为了迎接人生最壮阔的挑战。前行吧！前行，在这罗布泊荒原中，我竭力摆脱风潮的阻力，迎着风，身体前倾，怯怯地埋下头，踽踽地攒步蜗行。耳朵走在前面，迎接四方的呐喊。我听到，也看到，蛮荒里的人类先祖们，此刻，都驾风到这里，长髯飘飘，仙风道骨地站在高处。他们不时地俯身望我，嘲笑我，又在鼓舞我。我体悟到了自身的微弱。如蚁的我，四处张望浑浊的天地，耳畔似乎听到来自天堂的冷峻声调，告诉我：其实我是风的孩子啊，我从风尘中来，最终也会从风尘中逝去。嘱咐我：要从浩荡风潮中去理喻悲壮，学会坚强。

是的，我只能忍耐，只能坚强。不一会儿，沙尘暴又来了，紧随身后，追咬着我。我躲入低处，抱着头，蜷缩着身躯。天昏地黑，天摇地晃，滚滚雷动。狂风似几百头落魄的狮子追来，砍伐着荒野，扑倒戈壁残存的植物，向我奔来。我也成了这风暴里的一粒沙尘，任它抛，任它摔。我被抛到空中飘忽，被摔在地上沉沦。风暴过后，我起身，掸拍掉衣上的厚尘，朝着目标，继续前行。

我的帐篷，四壁及篷顶的帆布，软塌得像风帆，面对风潮，时而鼓扬，时而瘪垂。常常，白天黑夜，坐在帐篷里，或躺在帐篷里的床上，闭上眼睛，听风的呜呜咽咽，听风用深沉浑厚的喉音吐纳内心澎湃的情绪。在浩荡起伏的声潮中，听久了，耳朵便能捕捉到每一种奇异的声音。不用睁眼，我就能看到，在帐篷周边广阔的戈壁战场，风，正在对一切阻挠它前行的凸地刮尘冲锋，前推后涌。它是骄奢的称霸者，放纵任性的秉性在这里发挥得淋漓尽致。即便遭遇到硬锐的高石，它同样也不停地推涌，撞击的气流回弹后，又蛮横地从石的两侧掠过。停在石巅上的残风，时刻发出尖锐的呼啸，渲染它强悍的意志。

风沙弥漫，时光弥漫，我终会离去。而坚石将永存在这里，与风抗争，与风搏斗。但坚石能抵挡住韧性不灭的风吗？沙风在雕刻着坚石，其实坚石也在雕刻着沙风。

罗布泊的岁月，是风雕刻的岁月。罗布泊的岁月，记忆里，只有一场风，还有几场雪！

那诗意的容颜

乘车夜行，罗布泊的夜晚，似浓墨浸染，铺陈无边。很长很长时间，才遇到一盏灯光，稀疏而珍贵地凸现在黑海之中。那微弱的光明，像是从远古化育而出，又像是从星外飘落而来。

久久地，久久地遥望那星点儿灯火，感觉生命似乎很缥缈，又冷峻脆弱，让人有种肉魂相离的超越之感和时空的错动之感。茫茫戈壁，生命的绝地，在浓重的黑夜深处，那闪现、隐约的光芒，是被生命点燃的最美丽的花朵啊！哪怕仅存这一丁点儿微亮，也会给夜行的人带来一种不同凡响的温存，让你敏觉地感受到生命存在的温度，不仅给予你旅途上最温暖的力量，而且刹那间也会点亮你生命的诗意，最大极限地调动你对生命、对人生的思索。

在罗布泊，夜色沉沉时，偶尔也能看见一蓬篝火，像黑暗波动的睫毛，素描着黑夜，增添夜色的浓度，也增添夜色的深远。黑夜中的一蓬火焰，在苍幽里明亮，在漠风中摇晃，在前方招引，让躯体里升腾一股股奇异的感受。远远地，在车上，凝望那黑夜的篝火，心被唤醒，心被点亮，心被温暖，也被刺痛。一堆篝火，或许就是一位独行的旅人燃起的吧。凝望着火焰的旅人，脸膛被火光照得通红。他还会不时地仰起头，遥望浩瀚的星空，思念起他的爱人，想念起他的故园吧，以此来打发又一个孤独难挨的荒途黑夜。越野吉普车在跌宕起伏的丘壑中穿行，尽管有时会跌下黑暗的深坑，仍坚定不移地在颠簸中浮起，目标坚定地向着那一方光明前行。车近了，独守篝火的人却离去了，只剩下一堆灰白的烟灰，在漠风不停地吹撼下，浑浑洒洒。灰堆在不断地减薄，减小，最终飘散，地面上只留下一层薄薄的余烬，不久又将被强悍不息的沙尘淹没。

戈壁夜凉。又一个黑白交替的黎明时刻，我被冻醒，起身钻出帐篷。此刻，天，似亮非亮，走向附近的高地，在迷迷糊糊中，透过朦胧的黎明色，我望见卧在近处的几排帐篷，几盏孤零零的灯光仍亮着，像是守望在婴儿摇篮边上不忍睡去的母亲的眼眸。东方，那一线逐渐增亮的绯红色，色彩逐渐丰满。渐渐地，改变了苍茫戈壁的单一黑色。渐渐地，戈壁由深变浅，由浅变亮。我有幸看到了一个辉煌壮丽的戈壁黎明景象。只剩下几盏灯火，用惺忪的语言，在奢谈流浪的影子，替我怅望旅人的故乡，也守望游子黑夜走失的心情。眨动着温存光芒的几盏灯火，终于与黎明的光色融合一体。在这特定的时刻，这奇特的诗意景象，一下子激发我沸腾的诗情。

穿越戈壁，不知征途；独守荒漠，也不知归期。每一次与灯火相遇，与篝火相逢，在与光明的重逢中，心，总会滋生一种苍凉之感。那微弱的光明啊，被茫茫戈壁的黑夜饲养，是荒原黑川中的冷峻另类。它们远离人类，没有城市的灯火阑珊之美，没有“江枫渔火”的愁绪之美。那憔悴的容颜，是诗意的容颜；那苦痛的光明，是光明脆弱的家园，把西风和马，憔悴了千年！

夜行罗布泊

星光幽微。盯望着前面模模糊糊的山包，穿行在骆驼刺间，他独自一人，踉踉跄跄地，朝营地方向奔去。

这是一段十分开阔的戈壁荒滩，除了茂密的骆驼刺，没有任何植物，没有任何遮障，也没有任何路径。周边阴阴沉沉，耳旁的风声浓稠而浑厚。游荡的风沙，在他身边低低吼吼，哀哀凄凄。昔日丝绸之路，千古泽国荒漠，此刻，仿佛全汇聚在这巨大的黑锅里，在他周遭回旋。他知道，曾经途径此处的，有些是倒毙于丝绸之路的商人，有些是走上迷途被风沙吞没的探险者。还有一些呢？是像他这样的冒失闯入者吧。此时此刻，其实都是沦落天涯的同类吧。彼此都在哀怨，都能理解那份未尽的心愿和不尽的遗憾吧。老兵口里传说的在罗布泊出没的白狐他从未见过，或许，只有在这个时刻，才会出现吧？说不定，那白狐现在就在他身边游荡呢。那白狐会来拯救他吗？说不定，还会将他进一步迷惑，将他带入迷途中的迷途呢！

一座山丘，从中间被劈成一条深深的沟壑。是被风劈成还是被雨劈成？但绝不是人工所为，而是自然天成。但这是他穿行的必经之路。一条模糊的小径，悬挂在半山坡上，由稀疏的足迹踩踏而成。死亡之海，特殊之地，他人无法涉足。这小径，只是施工点的军人们日积月累的足履磨下的印痕。小径离沟底有数十米深。沟里长满茂密的骆驼刺，还有其他戈壁灌木。当他钻入山包，悬在小径上，立刻，有更黑暗的力量向他涌来，向他压来，向他挤来。强悍的风潮，灌满山谷，挤满沟壑。粗重的气流，强劲的气流，像是从某处神秘的地方涌来，粗暴地推搡着他，似乎要将它所横扫到的一切事物，都吸回神秘的地方中去。借着微弱的星光，他小心翼翼，探辨着小径，脚步迥趄着，向山口摸去。小径的路面，顺着陡坡，有一定的斜度，并且凹凸不平；小径上还有硌脚的砾石，若落脚不稳，极易被强风摇落到沟底去。尽管千般小心，他意识里仍偶尔出现短暂的真空，脑子里一片空白。无边的恐怖，又时刻将他唤醒，激发他对未知前程的凄惶。偶尔还有奇怪的声音传来，这声音与恐怖的风的吼声截然不同，是激励他奔向人间光明的提示音？又一阵低号的恐怖风声袭来，在他身边回旋。他惊悚万分，被吓出一身冷汗，手脚并用，匍匐着，向山外攀去。

终于走出了山沟。出山口的瞬间，微弱的灯火在前方突然冒了出来，那是营区帐篷里的灯火。但他悬空的心仍未落下，因为仍有一段起伏的沙丘横在脚下，横在前方，等他穿越。毕竟与灯光重逢了，心里多少滋生出一丝安慰。向着灯光，他深一脚浅一脚地，趺趺撞撞地，向前奔去。只是，时不时地，身躯顷刻会跌落到低处，眼前又复归一片黑暗。仰望星星，昏黄的眼神，隐隐的光亮，像月光下海滩上一只贝壳的白晕，照临不到罗布泊幽深的黑暗。他明白，他不能歇息片刻，他必须不停地前行。他也清楚，戈壁的平坦，只是宏观上的平坦，人若踩入其中，随处一处凹坑就能将你淹没得无影无踪。他在凹谷地与波峰间颠簸，远方的灯光，似乎隐隐约约在对他低泣，在向他召唤。那灯火是人类尚存的气息，似乎与他有一种心灵感应。靠着这力量的支撑，他坚定地向前奔去。一路上，他沉默着，一直在沉默着……即使他呐喊，也没有人能听到他的呐喊，也没有人会意识到他的存在。是的，在这生命的禁区，独自跋涉在黑暗阴沉的荒途，他必须沉默。在沉默中，繁杂的情感郁积爆发，迸发出诗意的文字……

一小时后，当他立于帐篷前，回望走过的路，那段并不算长却又惊心动魄的路程，早已淹没在黑沉沉的荒漠之中。环顾周围，深广的黑夜仍立在面前，与他突兀对立。昏黄无力的帐篷灯光，只能映射到帐篷外十多米的地方。躲在黑幕里的沙丘、沟壑，颜色由亮变暗，逐渐变深，匍匐着，延伸到深不可测的黑暗深处。无数只眼睛，无数只奇形怪状的眼睛，仿佛还在黑暗深处隐匿着，还在东张西望，伺机涌起，向他袭来。那黑暗深处，那无边的神秘和阴森，似乎也在提示他：别再贸然闯入它们的领地！

与云牵手

在罗布泊，每个日子似一块块单调的砖块，堆垒成枯燥的岁月建筑。砖块冰冷，建筑刚硬，我要搜寻柔情的元素来化解。云朵漫射着磁场，吸引我向往的目光。我的目光溅洒起黑色的花瓣雨，像铁屑般排列成规则的轨迹，去追随空中游荡的云朵。

罗布泊的天空，八千里路和云，风云浩荡，气势磅礴，铺天盖地。罗布泊的云朵，罗布泊的云彩，丰富多情，漫射出万只、亿只的仙眼和怪眼，时时都在向我含笑示意。云朵扇动光翅，翱翔在空阔的时空，吸引我不停地仰望着，仰望着，仿佛那些云朵又变成了无数条美人鱼，游荡在头顶天空上，富有生气，又不可捉摸。我真想与她们牵手啊，哪怕能抓握到一条这温柔的美人鱼，揽抱入怀，也可以共御荒凉啊！于是，我踮起脚尖，时而舞出左手，时而舞出右手，尔后再伸直双臂；双脚，一点一点地，脱离荒地；摊开的手掌，竭力探向布满云朵的天空。

与云牵手，或许只是单相思吧。即使抓拥了云朵，以云赠人，赠人云霞，谁又能识别？谁又能接纳、牵系？天宇广阔，不如让云朵们驰骋无边，自由地奔向她们应有的归宿。只是留下了我，不能飞，凝固成一块冷石。我唯有旋转葡萄般的黑眼珠，像运动的星球，飘浮在天幕上，去追寻流动的云朵。晶亮亮的黑眼珠啊，有了云朵的伴随，收获到一种更明亮的孤独。

此刻，荒原里只有我一人，唯有我来爱恋罗布泊的云朵了。这罗布泊天空，是肥沃的蓝色土壤，种植着云朵的繁花，姿态万千，风姿绰约，弥补我脚下土地色彩的贫乏。她们是我眼里的明星、巨星。我把我追捧的目光献给她们；我把我偏执的热爱献给她们。她们多么有质感，多么轻柔啊！没有任何硬边，也没有尖硬的边角，不会刺痛我的眼，更不会像刺猬一样刺痛我的灵肉。她们减轻我低处荒凉的痛楚，丰富我眼中的景观，拓展我心灵的世界，放飞我无羁的想象。这包裹在云里的故事，别样生动，丰富多彩，真是一部读不完的天书啊！

曾看过一篇文章，作者能从天云的变幻，联想到人间的各种悲欢离合。我佩服作者的想象，也证实了作者的想象。罗布泊的云，天遥地远，飘来情人的笑脸，飘来友人的问候，飘来亲人的挂念。看浓云压来，看你追我赶的云浪，看纤纤细云，飘来飘去，填充着我仰望的天空。那些盛开的云朵，是遐想之云，是情感之云，是亲情之云，是友情之云。云朵如同我罗布泊的岁月，平淡，飘忽，不谈悲伤，不谈欢乐。罗布泊的云啊，景象纷繁，气势磅礴，升腾着不可言说却又可寓意的天象。哦，是谁在播种天上的云朵呢？是天神吧！为他身下的凡夫俗子布展下奇谲的素材，好去启迪你的想象，好去打开你的俗尘世界。对望着云朵，你可以去编织情节，你可以去撰写故事。俗世的纷杂丰富，世事的变化无常，都能在罗布泊的云朵上，寻找到对应的答案。

伫望云朵，累了，一个人便坐在高丘上，挥霍充足的荒漠时光。脚下的戈壁，遍地黑色的砾石，舒缓而冷峻，平铺直叙地延伸着无边的荒凉曲线。罗布泊深处也有山，逶迤蜿蜒，不见雄伟，却荒裸奇峻。那些山啊，是一锅荒芜的浊水，被上天劈头盖脸，浇注而成的吧，在我脚下四处漫溢。眼前的世界，博大而单调。我把目光投向远方，投向更远的远方，视线延伸处，也皆是一色的苍凉。

因此，也只有罗布泊的天穹，才让我看见一树树繁花，才让我看见天授的霓裳。悠悠彩云，悬伴头顶，帮我抵抗身下荒凉的围攻。她们似虚，也似实。她们行寄在天上，又游荡在现实里。她们在升腾。她们在闪耀。她们在捉摸不定中，呈现出惊奇的豪迈。她们是天空有色土壤种植出来的繁花，用来弥补我脚下色彩的贫瘠。她们用柔美的花容，填充了我青春岁月时空里的苍白。

梦里那片绿洲

一路戈壁，漫漫荒途，是最好的催眠药。头耷拉在车窗边摇晃，不时咚的一声碰撞到玻璃车窗上。迷迷糊糊间，不知车到了何处。直到他被一片惊叫声惊醒，揉了揉惺忪的眼睛，顺着别人的手指方向，朝左前侧望去……

哦，公路的左前方，那不远处，有一方绿洲，像一颗巨大的绿色珍珠，绿意盎然地镶嵌在灰暗的戈壁底色板上。

荒途漫漫，八个小时的旅程，印象中也经过了几处绿洲，均房舍低矮，树木稀疏，车过回望，像一颗颗暗淡的绿色小纽扣，缀钉在茫茫戈壁的宽大衣袂上。

而再看这片绿洲，不仅从规模上，还是从气势上，都不同凡响。绿洲上，耸立着一尊庞然的电视发射铁塔。塔顶上，有一根粗直的天线，直耸云天，似乎还要进一步拔高铁塔的高度，增添铁塔的气势。那铁塔，那黑色的伟岸身姿，真像是一位身躯无处安放的钢铁巨人，鹤立鸡群一般，统领着簇拥在它周围的绿树们昂扬起身姿，去力争上游，去融入蓝天。

此刻是正午，夏日灼目的阳光，涌进车内，燥热难挡。车内一阵躁动之后，又陷入了静默。他临窗坐着，安静地坐着，一动不动。他在凝神眺望着，凝望那座铁塔，凝望那片绿洲。有兴奋，有失落，也有期盼……

车辆前行了一段不远的路程，抵达一座小镇后，朝左拐上一条笔直宽阔的柏油马路，载着他，驶向那片绿洲。

…… ……

依旧是荒途漫漫，而这一次，目标仍是那片绿洲。只是，他不再是初来乍到，他已成了那片绿洲的主人。这一次，他是从荒凉无边的罗布泊深处，回归到绿洲里休整。

远远地，当梦里那片绿洲浮现在他眼前，心潮，情不自禁地荡漾起来。那绿洲啊，真像一座绿色的岛屿，飘浮在灰暗戈壁的海洋上，也浮漾在他起伏的心海里。引人注目的，依旧是那座电视发射塔，像岛屿上的灯塔，身披晚霞的霓裳，耸立在最高处，摆出欢迎他的姿态。

哦，梦里的那片绿洲，终于等到了他的归来。心，生出金色的轻羽，先于他的躯体，栖落到了那片绿洲的绿枝上，飞翔在那片绿洲的花丛里。绿洲，俗世，生活的真味……流溢在他心中，是那么的亲切，又是那么的渴望。他再没有初来乍到时，对那片绿洲的失望、失落。经过罗布泊浩瀚无边荒凉的洗礼，现在，他已将那片绿洲视为心中的圣地，将每次从罗布泊出场，回到这片绿洲的时日，视为自己一个盛大的节日。

车，似乎比他更着急似的，向那片绿洲驶去。哦，罗布泊特有的干燥气息远去了，漫漫戈壁的荒凉气息淡去了，湿润的绿风款款吹来，沁入心脾，清爽肺腑。这流动的风，这流动的物质，从他脸上拂过，不仅带有一股清新的气味，而且还夹带着一种特殊的味道。这味道，说不清，道不明。他只感觉一经这绿风的浸泡，沉闷已久的五脏六腑，似乎重新被染绿，再次鲜活了起来。

车，向那片绿洲驶去。进入绿洲之前，要经过毗邻绿洲的一座小村庄。车过村庄，他看见了窗外暮归的羊群、树木夹杂的房舍、升起的暮霭和浮动的炊烟，他还嗅闻到飘溢在空气中的羊粪味道……哦，这五味杂陈的人间烟火气息，原来是那么的温馨可爱。每次出场区，进入绿洲之前，他从空气里呼吸到的丰富的味道，除了这烟火气，或许还有这穿村而过的溪流、田地里的庄稼散发出来的气息吧，或许也有从那片绿洲里随风飘来的草木气息吧。他睁着被绿丛渐渐洗亮的眼眸，贪婪地凝望着车窗外扑面而来的烟火景色，深深地呼吸着，呼吸着，仿佛要把在荒漠深处沉积的荒寂，积存的郁闷，统统地吐纳出来。或许，人，只有在久居沙漠、隔离俗尘后，才会对人间烟火气有一种更加特殊的敏感，有一种更加特殊的亲切。如此，在自己的意识深处，才会形成一种深刻、独特的俗尘概念吧！

坐看风吟

黄昏时分，我又来到这里，坐在这里，且看风吟。

脚下，一方黑砾石与黄沙相间的戈壁，平缓地下斜坠下去，延伸开去，形成一方浩大浅缓的凹谷。

风吟，且可听，为何，在这里，说是“看”呢？

确实，开始，我是在听风声。听久了，发现眼前这流淌在凹谷里的风声，无法用简单、贫乏的象声词来形容。这风声奇特：雄浑、壮阔、豪迈，又沉郁、悲凉……仿佛是一位大英雄受伤或是失意后，孤独地仰躺在这一川荒谷，仰对着苍天，日夜不停地倾诉着自己的心事。

于是，就这样，我日复一日地听着，年复一年地听着。从这风声里，渐渐地，我体悟到更为隐秘的内涵。这风声，其实并不张扬。在浑厚中，给人一种极为黏稠的感觉，有一种液体的质感，仿佛你能看见这风的身影。仿佛这风，就在你眼前流动。听着，听着，我发现，这风声，恍惚间，真在我面前，形成了一湾浩荡壮阔的大海了呢。前推后涌的波涛，起伏不停，连贯地拍打到我脚下。

宏阔的海底凹谷，一派荒芜，一派苍凉，没有任何植物遮障，没有任何生命色彩，只有光秃秃苍黄的地表，只有灌满的日夜不息的风声。这盛满一地的风潮，这盛满一地的海水，这盛满一地的波涛，不停歇地涌荡在我脚下了，面朝着我，从我左手，向我右手的方向，不停歇地流淌而去。循着海水流动的方向，我看见了更远的凹谷，更辽阔的海水，在罗布泊奔涌着，奔涌着，流向更远的荒漠，流向更荒凉的荒漠。

透明的风，黏稠的风啊，就这样，涌动着，涌动着，没有起点，没有终点，前仆后继，从我脚下，流向未知的远方。我的耳边，只有单调的风声；我的眼里，只有单纯的风声。这风声，单调得没有任何杂质；这风声，单纯得没有任何杂质。

我就这样，坐在这高处的海岸上，静静地观赏着，专注地凝思着。繁杂的心事，孤独的心灵，渐渐地，渐渐地，也变得单调，也变得单纯；渐渐地，渐渐地，也变得辽阔，也变得豁达。渐渐地，渐渐地，我的身心融入了这风潮的海洋里，化成了一滴水，化成了一缕风，随着风的海洋，飘荡到罗布泊更荒芜的远方……

雪水之音

一渠雪水，穿越了漫漫戈壁，从我每日遥视的雪峰而来。哗哗啦啦，从我脚下流淌而过。

空旷的戈壁荒漠，空气燥热，人间烟火早已皱眉远去。而在这里，却因有一道窄窄急急的雪水溪流，笔画般地涂抹滑过，便浸濡出一带绿丛，洋溢起温馨的红尘烟火。行走溪边，耳畔回荡的都是雪水的问候之音。雪水涌起的清凉之气，席卷衣袖。直扑鼻腔的清润气息，不仅发自水流，也发自花草树木，发自吮吸充足水分后的土地。

一段时日，每天，当东方朝霞如玫瑰花丛在天山裸露的峰巅绽放，起床后，我必须经过由两块长方形水泥预制板搭拼的便桥，去开启新一天的生活。脚下的溪流，在欢快地振荡着。清凉的水气，腾升袭身，随晨曦一起，带给我清新的遐思，也捎来新一天紧张、枯燥的时光。闲暇之余，站在营区任一处，就可眺望到远方两座雪峰的仙姿。皑皑白雪，在阳光朗照下灼目地闪耀，形如仙女的乳峰，白嫩光洁。洁白的芬芳，荡溅着母乳的味道，四处漫溢。鼻翼扇动，我似乎闻到雪峰清凉的味道。遥望着雪峰，不禁心驰神往。

休息之日，沿着溪流，向雪峰进发。溪流漫浸的戈壁之处，宽处则缓流浅铺，窄处则湍流奔溅。赤脚涉水而过，雪水融化而成的溪流，冰凉砭骨。来来回回，追寻溪流，不知往返多少次。最远的一次，沿着水流，穿过广阔戈壁，已跋涉到天山脚下。仰视雪峰，发现依然离我遥远，仿佛留给我的，永远只是念想，还有渴盼抵达的心愿。

回返住地，常沉醉于梦想。梦中我成了天山脚下田畴中一株五月的青苗，经雪水浇灌，不停地拔高，披上一身嫩绿，日夜兼程，向雪峰光耀的白挺近。

终于，我长成参天植物，高耸入云端。我看见雪峰之巅，生长着的雪莲花。看见白云披着硕大的白袍，拂刮着雪尘，从我身边疾驰而过。白云过往的瞬间，与雪峰混为一体，让我分不清哪是白云，哪是雪峰。云过后的蓝天，又恢复蓝宝石般的晶莹，折射着太阳俯瞰的痴情眸光。彩色的光波，如天女散花。如雨的花瓣，洒在雪峰的头上，洒在它洁白的衣裙上。而雪峰呢，它们向着阳光亮翅，向着天空旋舞，怀着对山下青嫩儿女的思量，焚身玉碎，化为细流，化着清凉，哼着恋曲，俯身踏上寻亲的路，与山下正沉湎相思的植物相逢。

夜晚，沿水流而下，不时回望那座小镇上的灯火。灿烂的雪水，从灯火守盼的温情之地而来，从一幢幢民舍的窗下欢快地追来，撵上我们后，又兴高采烈地上前引路，直奔向夜色笼罩的戈壁深处。夜深人静，雪水之音愈加清晰。我喜欢听这哗哗啦啦的声响，有一股清亮的味道，伴我慢慢入梦。梦里我在飞，在翔。我暂忘掉日子的枯燥。梦里，我与美丽的晶姐恋爱。晶姐是雪峰与太阳的女儿，飘逸着长白发，系着两朵紫色的雪莲，有着雪山养育的千年妖狐的脸，慈祥而冷艳。她那么善解人意。她的歌声优美缠绵，在我枕边歌吟。纯净的音色，像珠玉相碰，溅起绵延不绝的寂寞之泪。溪流吟唱，从仙境走来的歌音渗入我的深梦里。我闭合上疲乏沉重的眼皮，往返于梦幻与现实之间。干枯单调的漠野突然在我眼前碧草连天。纯净的星光流泻着爱恋之语，如百花飞舞，将我的身躯轻轻托起，旋转飞翔。青涩的岁月，单调的青春，似乎在黑夜中换了一副模样。幻生幻灭的色彩，染涂我破碎时光的枯涩。我沉沉落落地随雪水而去，又随晶姐清亮的歌声升腾到天穹之上。白云下，紫云间，那簇拥着我的牛群，那簇拥着我的红色牛群，布满了天空。每头牛的身上，都披挂着血红的花瓣。牛群在我面前奔涌，在我身边欢畅。我追着牛群，我赶着牛群。我跨越雪峰，走向遥远的星球。我要移居的星球，有无数个美丽的晶姐，有无数座美丽的雪峰。她们正在等待我去建造家园，她们都冰清玉洁。

雪满天山

鹅毛大雪，终于下了，下了。铺天盖地的雪，下得真是激昂呀。纷纷扬扬，下了一夜。

天已大亮，走出院门，忽然发现，近在咫尺的天山山脉，全变了样，全变了脸。昨日的裸荒，昨日那沙土般的灰褐色，都隐去了，都藏去了，都被白雪的衣袍披盖上了。哦，原来，身披雪妆的天山，银装素裹的天山，比荒凉裸身时更美丽百倍啊！连绵的雪山，在雪雾的笼罩下，与云天相连，仿若缥缈在仙境之中。

那些身披晴朗热风、在夏季闪亮的天山壮汉们去哪了？哪些曾被我反复眺望、雄阔的裸汉们去哪了？

还有，那昔日闪亮于裸山群峰间的两座雪峰去哪了？此刻，裸峰皆披上了雪妆。同样的装扮，同样洁白如玉的身躯，终于让它们混淆在了一起，融合在了一起。远方那两座雪峰，现在不用再刺眼地站在那里，孤独地站在那里，闪耀着雪白的光了，现在终于可以歇上一口气了，终于可以心安理得地躲到群峰的背后，在风雪弥漫的苍穹间，好好休憩一段时日了。

雪山连绵，雪天苍茫。而天山脚下的戈壁，同样被白雪覆盖，平坦如银，与染白的天山山脉浑然一体。白色的瑞光，涌荡在天山脚下，增添了雪山的巍峨气派：好一派北国冰雪风光！

仰望眼前连绵起伏的雪峰，仰望这矗立在浩大天地间的雪峰宏景，渐渐地，我发现，它们无论是裸露着苍凉，还是裹一身素白，两种不同形式的美，皆呈现一种单纯的美，呈现一种雄阔的美。十多载，不同的季节，不同的时辰，无数次，与它们对望，我太理解它们的内心，太理解它们单纯的内涵了。

眼前的山脉，尽管白雪披身，但是，它们坦诚的气质，率真的心灵，依然未改，而且似乎永远不会改变。眼前的天山山脉，无论袒裸，还是雪妆，始终以苍凉的外貌、雄阔的气度，潜移默化地影响着我的心灵、我的人格。从它们身上，我永远感受不到那种娇柔的美，那种含蓄的美。

但是，这雪妆的天山，此刻，所蕴含的诗意却是鲜活的、多情的。此刻，天山之上，雪团正纷纷洒洒。仰望雪山，我仿佛看到勃勃的生机正在天地间回荡，我仿佛听见一个新的生命在啼哭。是的，我真听见了，我听见了一个婴儿在啼哭。我仿佛看见那婴儿正挥舞着拳头，像一棵弱小的芽，从洁白的泥土里萌发而生。这生命的啼哭啊，飘扬在风雪的戈壁，回荡在雪满的天山。这婴儿的啼哭啊，像黄羊的蹄声，撞击蹄下白雪覆盖的沉寂土地，在漫天风雪中，散发着欣欣向荣的生机！

山水迢远

我不能将你带走，相随相依，但我已将你装入记忆的衣兜里，时常掏出来瞧瞧。记忆的照片，一张一张地浮现，逐步讲叙天山深谷里的幽谧时光。

那世外的天山深谷，那溪流，那清凉的雪水，浇灌出两岸狭窄的草场。绿嫩的草呀，如蓝天净洁，与羊群的洁白相配。眼前所有的事物，如在仙境，一尘不染。入眼的景象，洗净我的尘眼，我看不够啊！溪流急湍，日夜冲刷两岸杨柳的根基，暴露出杨柳根部的纷乱虬须。雪水溪流，如此坚韧，捋着岁月的胡须，让年轮苍老，也滋润着自己的嗓子，无忧无虑地欢闹着。无数个静夜，听溪流哗哗啦啦，听她不停地与我诉说。我入睡了，这溪水的女子，仍立在我梦前，穿着洁白的裙衫，站在舞台中央，长袖挥舞，婉丽动人，对我歌唱。无论台下有多少人，我明白那一曲歌谣是唱给我一人听的。尽管已过了那么多年，在孤独的静夜，我仍能听见这歌音的回荡。脑海里也常浮现那夜幕下的舞台上，那溪流哀伤的音容。

这杨柳，也是来自江南的女子吧，与雪水结拜，彼此融入对方的血脉里，融入对方的灵魂里。她们让我想起江南，她们是何时远嫁到此，伴随这高星冷月，到这里与我相遇的呢？无数次，她们柔弱的蔓枝，在清凉的夜里，落拥到我怀中。在苍凉的荒漠中，在雄健的裸峰下，我多么需要这些柔情的事物啊！她们飘荡在空中，在单调的黑暗深处，闪耀美丽的容颜。她们俯身轻吻清流，轻吻我的唇。星星们见了，面露惊喜，万般羞涩。哦，那星星的眸子真是被她们惊醒了，在黑夜中闪烁起清辉，在深沉天幕的手掌里，写下了深蓝色的爱意。哦，这是真的吗？哦，这是真的呢。星星啊，请将你的温柔的手掌伸回，捏紧好了。天明了，我真怕这闪着星星幽光的“情”字会被阳光融化。

这四周的山，怪石嶙峋，均为红色。一只形态酷似蛤蟆的石头，张嘴向天。它也是天庭跌落下来的仙物吧。是什么原因落坠凡间，化石蹲望，无人知晓。也没有人对我讲述这民间的传说。我唯有展开想象，赋予它感情的色彩与浪漫。我深深懂得它的不甘。看那执拗的姿态，似乎它仍一心想回归到天穹里去呢。我与我的红颜相遇于此，我想沾沾你的喜悲。这黑短发红脸蛋的女子，也来自天庭，是与你粘连血脉的姊妹。我俩手拉着手，在荒谷草地里疯跑，在蓝天白云里飞翔，在黑沉夜色里相拥。我自卑啊，我是地狱的孩子，走不近这与天堂相近的清冷。我的心灵缺少温暖的衣，更缺少温暖的爱。她怕我冷，竖卧在这里，陪我，暖我。我带不走她，也带不走与她相依相伴的牧场。她们都是靠近云海的花朵，她们是奔月的圣女，能与她们邂逅，能与她们拉一下手，就够了。

一辆班车驶过，车内的蒙古族男女牧民，在手与手之间，在唇与唇之间，传递着一瓶烈酒。他们举瓶狂饮，红脸相映。他们边饮酒边引吭着高歌。歌声像烈酒，劲道地传向我，提醒我——这俗尘的生活片段，是如此火热醉人。车过了，俗尘的生活仿佛被剪断了，只留下了我，留下我的寂寥和空落。而我的红颜依旧在这里，与我对视，伴我陪我。难道，我与她都不食人间烟火？难道，我与她只能在尘世之外团聚？一年后，我要走了，我的红颜哭着，哭出的都是红泪。我也哭吧。在如此短暂的岁月，我的眼泪被你的红泪染红，我流出来的也是红泪。走吧，未来的日子，会如河流蹉跎。两种红泪的色彩，溶入时光孤清的水中，在流逝中终会被稀释。我真不知道未来的岁月，还能拿什么来喂养我心底那烦闷的鱼群。

我真走了。越过那座窄窄的木板桥，脚下的溪流仍在无忧无虑地欢腾，回荡。而露出水面的鹅卵石上，残雪还没有融化。刚到五月天呀，我就要离开。桥头那棵杨柳才刚泛起绿意，它轻拂起枝条，一次又一次地伸向我，想挽留我。不是我不想留下，芍药花正开在故乡，母亲的庄稼正绿，它们绿得有分寸。还有那些青涩的果子，与红石头一样，都有着可爱的音容，它们在焦急地等我回家。

我真的走了，就那么狠心地离开。一路沉睡，一夜醒来，列车已来到尘土飞扬的家门口。长亭不在，古道远去，再也见不着芳草碧连天的景象。弯弯曲曲的乡间小道，挂在狭窄的平原上。我唇含灌浆的麦子，寻不上回家的路。我惊诧路径的容颜，也惊讶旧地的变迁。连串的雪峰瞬间又在脑海里飞起，将眼前的景象映照得模糊而苍白。我揉了揉眼睛，分不清身置何处。哦，那一片迢远的山水，为何又飘浮到眼前？

罗布泊的常青树

工作之余，没有别的消遣方式，他常踯躅在帐篷区周围，游荡在工地周边。眼光巡游四周，由近及远，毫无生机的罗布泊戈壁，荒丘延绵，灰褐色一片。

这戈壁上，植物的主角只有骆驼刺了。它们铺陈到天际，是荒凉戈壁的唯一绿色使者。在这里，哪里最荒凉，哪里就有它们可怜巴巴的身影。它们是戈壁荒漠少有的生存高手。它们懂得在狂风烈日下、在戈壁干旱环境里的生存法则。它们根系发达，深埋下自己的根系。它们蜷缩着低矮的身子，刺猬般的身形，拱固起一堆沙丘，卧伏在人身之下。一片片蓬头垢面的碎花针叶，让人看起来仿佛只留下了死去活来的头，让戈壁一地心碎。而且，即使它们呈现的是绿色，这绿，也是一种灰暗的绿，绿得勉强，绿得让人极不舒适。走着，看着，他忽然从脑海里冒出这样的意识：不是说“蝉噪林逾静，鸟鸣山更幽”吗？这骆驼刺的绿，便是这样，绿得让人觉得戈壁更加荒凉，绿得让戈壁荒凉的本质更暴露无遗。这哪里是真正的绿啊？真正的绿色，象征着生命和希望。真正的绿色，应该是鲜活的绿，应该是生机勃勃的绿。而这样的绿，又在哪里呢？哦，应该在南方的原野上吧，应该在北方的山岗上吧。那绿，绿得青翠润亮，绿得让人神清气爽，才堪与人类鲜活的生命相匹配呀！

他行着，感叹着，走在戈壁的丘坡间，走在戈壁的沟壑间，走在绊腿绊脚的骆驼刺间。而风，以惯有的强悍，如影随形，在他身上肆虐不息；也时不时地，揪扯起骆驼刺的硬发，恣意地摇晃。他趔趄地走着，走着，漫无目标地走着，可又能走到哪里去呢？他时刻保持一种警觉，提示他不能走得太远。因为，罗布泊玄秘无限，四处仿佛都埋伏着陷阱，即使在大白天，也随时会让他遭遇到不测。因此，那搭建在相对高处的营区帐篷，像一个标识，始终不能脱离他的视线。他就这样不停地走着，环绕帐篷不停地徘徊着。走累了，便随心所欲地坐下。地面上，都很干净，由散落的黑砾石铺缀而成，没有被行人的脚足踩踏，没有被尘世的烟垢污染。因此，再怎么坐，也不会弄脏衣裤，只是沾上点沙尘。而这沙尘，也是干净的沙尘，并不碍事，掸拍一下，即落。

他曾在帐篷前，看到被种植起来的一碗青翠的蒜苗。这星点儿的亮绿，才是爽目的绿，才是醉心的绿，才是抚慰人心的绿啊！不过，养这蒜苗，也是不易的，需要细心，更要耐心。每日，要从用芦苇搭建而成的伙房前的水罐里取水，浇苗。而这水是极其珍贵的，要靠水车每日从几十公里外的地方拉来。而且，偶尔还会断水。因此，这被执着培育出来的绿色，没坚持多久就横遭夭折了。于是，他就有些愤愤不平了，那在尘世间四处泛滥的绿色，那在红尘处铺张浪费的绿色，为何就不能施舍一点给罗布泊呢？哪怕是极少一点，也好呀！

后来，总算拥有四季常青的绿了。那常青的绿，只是绿的树，宝塔般的树形，一人多高，形态规整，大小一致，成排地竖立在一顶顶帐篷前。

其实，这是人造树呢。制造方法有些麻烦。首先将木桩打入地下，再用长短不一的木料搭建成骨架。骨架搭建好后，就到远处的戈壁上寻割来些麻黄草或骆驼刺，再用采割来的红柳条或铁丝，将其叠绑在树架上。骆驼刺和麻黄草的针状般的茎叶，正好可装扮成塔柏树那般的叶状，确实有些浑然天成的样子。树建好了，过些时日，暗绿变为了枯黄，为使树鲜绿些，就刷泼上绿油漆。就这样，罗布泊深处的常青树，便有了。

于是，这人造树的绿，每日，在他眼前浮漾着。尽管很微弱，尽管在褪色时显得憔悴无比，而在染漆后又显得太浓妆艳抹，但对他而言，是唯一可寄托的绿色念想了。望着它们，如望梅止渴，缓解了他生命深处对绿色的饥渴。于是，每日，即使燥热之气在身边激情地浩荡，即使荒凉之景在身前身后无边地延展，然而，当他面对这些人造树时，真可闭眼一阵，放任遐思了。在闭眼遐思中，他真嗅着了这树、这绿，浮动的特有香气了……

天边那棵树

天边那棵树，高大蓬勃，屹立在荒原上，映在朝霞里，染在夕照下，凝固在我梦乡里。

晴朗日子里，在阳光照耀下，它向四方漫射光芒的活力，标注一个光明的高度，引导我无尽的憧憬和向往。

风雨飘摇的日子里，它摆动的那一抹阴影，似乎一直在挣扎，一直在呐喊，表现一种坚定不移的意念和决心。

天边那棵树，承载着鸟群对大地的信赖，唤来阳光的鸟群。仰颈高昂的鸟群们啊，代表阳光的心绪，爆绽在树的枝头。鸟群啾啾，像无数支笛管，向着朝阳，追逐着朝阳，奏响起春天的序曲。

天边那棵树，身上集中着飞向远方的鸟群。它是鸟群飞向更远方的加油站。一群又一群的鸟儿们，从它的身上出发，像朝霞映射的光柱，前仆后继，射线般地奔向峰峦之巅，飞向理想的远方。

天边那棵树，即使停在原处，仍时刻在搏动飞翔的心灵。满树的茂叶，随风招展，远看就像漂泊在天际间的鸟群。这些阔叶的鸟群啊，永远旅行在风霜雪雨的四季时光里，飞旋在清晨与日暮里。那些阔叶的鸟群啊，即使落在地上，也在不停地挣扎，在狂风中旋起，暴动。有时，它们像一哄而起的鸟儿，飞旋而升。红宝石般的气流，不停地撞击着吐故纳新的云朵。天边那棵树，掉落的叶，即便死亡了，也要选择走向天堂的路。

天边那棵树，集中了天际间的风，集中了旷野的风。风没有故乡，风没有根；风找不到故乡，风找不到根，就在它身上流浪。天边那棵树，昭示风的存在，证明风的存在，是风的驿站，是风的家园。天边那棵树，披霞溢彩，让风有了色彩。招惹了我的思念，把我吹绿，要我开花。

天边那棵树，仿佛是我梦想的驿站。我站在低处仰望它；我走向高坡上眺望它；我走向山巅俯瞰它。我从它身上汲取力量，找到希望。它为我竖立远方的概念，激励我长出翅膀。这翅膀像它的样子，总展现一种飞向远方的轻盈姿态。这翅膀枝叶蓬勃，沐浴天地光辉，凝聚着飞向远方的不竭能量。

车过星星峡

一片片星空，搁置在西行路途的窗口上，搁置在我渴求远行的灵魂上。

向西去，向西去，无垠的戈壁倾斜着。倾倒的风沙气流，呼呼地喘着粗气，拍打着蜿蜒如蛇的列车绿身。列车倾斜着，引发星云更强烈的啸涌，引发星云更大幅度的倾斜。

在风沙气流中穿行的列车，在骤起的风暴中穿行的列车，一路被掀得倾斜而行的列车，就这样，一直捆绑着我，挟持着我向西去，向西去。向西去，我不时探身窗外，张望着迷茫路途，向西去。向西去，一列孤独的列车，移动在茫茫戈壁荒野上，向西去。

呜呜风啸，回响在无垠的戈壁上空。这是星星峡，是另一个世界的世界，是一个飘荡着苦难的梦幻世界。荒寂的时空，艰难的时空，揪拧起我的心灵，在空中悬荡。片片记忆，模糊得像风，像雾。一帧帧摇荡灵魂的荒野画面，沁入身心，让我反复在想，这是一个什么地方？一场风就能把所有的岁月吹散。星星峡，一年来你下了多少场雪？吹了多少场风？我梦想支撑着的骨骼和肉体，正在跨越你，却留不下我灵与肉的一丝痕迹。

月亮浮现。惨淡的月色，让星星峡呈现细腻、幽冷的皮肤，掩藏了星星峡惯有的粗狂。星星峡的星星，亮在自己的故乡，亮在我黑夜中的路途，亮在远古的时空。此刻，我用现实的目光与它触碰，嗅着的却是呛鼻的苍凉之气。被躯体禁锢的灵魂，像一只蝙蝠翩飞低空，跃跃挣扎。此刻，我只能用苍白的语言对星星峡叙说。此刻的星星峡，是月色的旅途，是星光的旅途，是黑色的旅途。

穿越星星峡，奔向西域，我将一路的时光都留给遐想。征途漫漫，仿佛上天为我打开了荒凉的瓶塞。我将荒凉的瓶子揣入怀中，瓶口对着窗外，收集来自戈壁深处的十二级狂风。沙尘漫漫，仿佛是从我灵魂深处剥落下来的粉尘，仿佛是从我灵魂深处撒下的悲凉碎片。其实，我的灵魂，本来就属于风尘，本来就属于辽阔的忧郁……

戈壁小站

暮色降临，漫步到一处平缓的裸坡地，一大片灰暗的平房卧伏在半山坡上。房顶上，袅袅烟尘，飘荡着呛人的温情气息，与冬天昏黄的天色融为一体。同样是戈壁，因为有了人间烟火，因为有了红尘的味道，便与罗布泊深处那玄秘的荒凉气息迥然不同。这是铁路小站的职工住宅区。

戈壁铁路小站，不挨邻任何城市，离吐鲁番城还有50多公里。这里虽远离城市，谈不上繁华，但由于地处交通要道，数条铁轨在此交错，从这里抵达全国各地。发往新疆南北两地的班车在此络绎不绝。旅客云集，人气甚旺，昼夜嘈杂，自然而然，形成了小镇般的规模。

沿着围绕车站形成的主街道，我随意闲逛着。主街道两侧，多为灰暗的平房和楼层不高的楼房，开设的尽是一些小饭馆、小旅店、杂货铺之类。冬季夜晚，旅客数量并不因为天气寒冷而减少，只是大多数人都在行色匆匆地赶路，像我这样随性游逛的人倒是少见了。

溜达了一会儿，忍受不了风寒，我便钻回了小客栈。在客栈一个小小房间，一位美丽的红衣女孩为我升起炉火。火炉里，燃烧起火红的新疆黑煤块。坐在炉边，热气袭身，百感交集。习惯性地，摊开纸张，随性涂鸦一些诗句，表达难言的心迹。

写罢诗稿，起身，透过低矮房间的那扇小窗，正好可观赏到小站站台上的景象。小站灯火通明，一排排延伸到远方的铁轨，在灯光的照映下，在白雪的映衬下，反射着寒星般的光芒。站台上来来往往的旅客，时而稀稀落落，时而成群结队，拖拖沓沓赶车的脚步声，像温暖的雨点充溢心间。铁轨冰冷，却是温暖无比的希冀，会将这些人，将这些人流，带回到火热的内地。明早，我也会登上列车，锃亮的铁轨也会将我带回熙熙攘攘的世俗生活。铿铿锵锵的一路，让我沿途的时光，不再寂寥，不再冰凉。

楼下，不时传来红衣女孩与人搭讪时的咯咯笑声。这笑声与窗外火车的笛鸣相撞在一起，清柔而响亮，平添一股刺耳而温馨的生气。我不再陷入沉思，回到床上，做一回我想做的梦了。

被树埋葬的鸟

搬入住宅小区，隔离了街面的喧嚣，耳畔的噪音突然消退，取而代之的是千啼百啭的鸟音，带给我焕然一新的清静气象。

仿佛是这些鸟音睽违于我，曾辜负于我，如今，便昼夜不息地取悦于我，倾情呼唤于我，想方设法来补偿于我，讨好于我。听，它们或在独自婉转地鸣唱，或在三三两两地情歌对唱。它们高兴时还呼朋唤友，互答或大合唱。串串空灵的天籁，珠玉般溅飞在窗前，溅落在我枕边。那种故友重逢的喜悦，渐渐平息了我躁动已久的心潮。

但愿这不是我的一厢情愿。因为我是见不着鸟儿们神秘的身影的，它们将娇小的身子隐于繁枝茂叶间自娱自乐。我只能从鸟语的情绪里猜想，猜想此刻它们是安然地栖歇在枝头上高唱，还是活泼地跳跃在枝叶间欢吟。

鸟儿们有拢聚来的理由。小区依坡而建，临河近山，有茂密的樟树、翠柳、绿竹，还有从南方引进的棕榈、蒲葵等等。鸟儿们早晚都在向我问候，时疏时密的鸟音，挤占我生活的每一个空间、每一条缝隙。有鸟音的对照，有鸟音的催促，我不甘久久面壁于桌前，常站在自家二楼的窗前，用眼光探寻茂密树从里漫射的鸟音。我能从鸟音里窥见那漆黑明亮的眸光；我能从鸟音里窥见那浅浅羞羞的笑容。那些闪烁不定的眸光，那躲闪我的羞怯笑容，让我揪心，也让我牵挂；让我亲切，也让我感动。这一切的一切，多么熟悉，多么久远，多像我那久别分离的人儿，在向我幽幽地传送着思念。鸟音沉郁时，间或有枯枝和落叶掉落到地面，这便是鸟儿思念的泪滴吧！

一年四季，不同时节，我听出了鸟音不同的韵味。当暮春来临，落花满地，鸟音似乎有所变幻，我听出了鸟音里更多的春愁。我还能听懂一只折翅的鸟儿，栖落在枝梢高处，发出衰弱的求助，不甘沉沦地诉说自己的心声，诉说自己未尽的心愿。

当春天离去，那风风火火的鸟鸣之声，仿佛被细腻的鸟音代替，被有条不紊的鸟鸣声代替，营造出另一番安详与喜悦。听着听着，不知不觉中，我发现有一些鸟儿不知了去向，我不得不用“天下万物的来和去，都有他的时间”来安慰自己。该来就来，该离去就离去吧！那些远去了的可爱的鸟儿们，你们虽然悄然隐退了，虽没有影响鸟音的热闹，却留下我满腔的愁绪。我明白，很多美好的东西我是挽留不住的。没有翅膀的我，只能留在窗前迷茫，只能与留下来的鸟儿们相亲相爱，让鸟儿们替我表达内心的哀愁。

既然有翅膀，那就应该属于天空。那些熟悉的鸟儿们，那些陌生的鸟儿们，它们有翅，本就应该高飞。它们都应该离去，都应该拥有更广阔的天空。即使有的鸟儿失梦折翅，跌落到了低处，仍会不屈不挠地唱出自己的梦想。能实现梦想的天空，才是翅膀的天堂。

与鸟儿们一样，我得感谢这些大树啊！大树是琴，在大地上高竖。停留在树上的鸟儿们，身躯虽被茂树埋葬，虽然敛翅栖歇，但有了这大树的琴，仍能快乐地抚琴歌唱，为大地带来音乐，也抚慰我心灵的哀伤。一只只鸟儿，像一枚枚音乐的果实，掩挂在枝叶间闪烁。所弹奏的旋律，也包含我高飞的梦想。

时光走过

前不久，单位一位即将退休的同事，邀请所有同事吃了顿告别宴。六十岁的人了，席间叹息道："人生怎么这么快就画句号了呢，好多事情好像就发生在昨天呢!"话毕，端起酒杯，一饮而尽，饮进了无尽的伤感。

这不仅让我想起了我的母亲，七十多岁了，每次看望老人家的时候，她总念叨："人怎么这么快就老了呢，人这一辈子真是没有意思!"言下之意：这人一辈子太不经过，如草木一秋，荣枯于一瞬间，不容你喘息，不容与你商量。自然，人到了一定的岁数，心里会滋生出许多感慨。这感慨里，又藏着许多不甘和无奈。

时光急步，拽人前行，尽管极不情愿，但谁又能逃离这浩渺宇宙翻旋的股掌呢？沧海变桑田，桑田变沧海，短如蚍蜉的生命，寄生于天地间，在循环往复中，演绎了人生多少的万般虚空？时光顽劣，日夜疯跑，四处疯闹，攥紧我凌乱的心绪长发，闹得我心神不安，我抓不住它们，反遭它们调戏。

时光走过，无论是刻骨铭心，或是浮浅闹心，你都别无选择，更没有退路，只能单一地前行，不能回头。走吧，走吧，每往前走一步，脚刚落地，你背后就哐啷一声惊响——时光之手迫不及待地关闭了紧贴你脚跟后的门。遗落在门外的岁月，被一扇锈迹斑斑的铁门把持着，瞬间便变成了隔离在另一时空的往事。你不能把持，也不能追回，令人悲凉。独坐房间，一阵连着一阵的黑色风潮，荡埋着我沉睡的身躯，践踏着我麻木的灵魂。我喘息连连，身心俱疲，闭眼独自吞噬这静寂的沉闷。我确实配不上这汹涌向前的时光浩荡气流啊！本是一颗低伏的种子，怎能飞得高、飘得远呢？即使能飞得高、飘得远而又能拓展多大的空间呢？

既然躲不过命运冥冥的既定航程，在夕阳又一次斜照中，我一个人静静地坐着，想着。时光像风，永远就这么捉摸不定地吹拂着，就这么无影无踪地流逝着。看似平静的生活，在杂乱的脚步中起伏不定。看似诗情画意的风景，其实在时光动荡中令人不安。我们所面临的一切生活际遇，让内心无法一刻安宁，只有自谑的苦笑。偶尔，会伸出一下记忆的舌头，去舔尝一下曾经生命岁月的冷暖和咸甜。不过，想想我们的前辈，他们的人生比我们更沉重，他们的生命比我们更轻贱。在记忆深处，我力图搜索那些带给我欢乐的景象，搜索那些曾带给我关怀和欢愉的亲人前辈们的笑貌，也搜索那些在苦难岁月中带着遗憾离世的亲人们的悲伤面容。而现今啊，只剩下母亲的风烛残年，以及老人家常在我耳边对往事的絮叨和怀想。那一次，陪病中的老母在诊所里打吊针，老人家依旧不顾身边人群的喧杂，对坐在一旁的我，絮絮叨叨地追述她吃苦的一生，追述她无数辛酸的往事，倾诉她对已逝亲人的怀念，尤其是对从教一生、终生清苦劳累的早逝父亲的怀想。

母亲的话语一直在耳畔回响。或许，那透明风里散发着的生命的痕迹，我们看不见，也抓不着，却又能感受到它浅浅淡淡的气息吧。坐在冬日的火炉旁，我常一人掩面沉思。思绪玄幻时，时光也正在不停地销蚀我的容颜吧。一想到这些，便空虚和汗颜了。如果时光真是风，它吹走的不仅是春花秋月的美好，也落下了点点滴滴的记忆碎片，时常飘旋于我脑海里回想。想想如今的我，裹着厚厚的棉衣，行走在粗鄙的生活空间里，隐忍着卑俗，纵容着委琐，如此走过，到老年时，将又是一种何样的感叹呢？临终时，又是一种什么样的悲情呢？

“高堂明镜悲白发，朝如青丝暮成雪。”时光如梭，谁也抵挡不了时间的脚步，谁都会垂垂老去。想想我们祖辈的艰辛，想想我们生命的另一极，我无须埋怨更多，唯有领悟更多了。我常抽出更多时间，陪陪垂老年迈的母亲。好几次她在病中，告诉我，她对生死已想通了，也淡然了，表示自己并不怕死。老人家说：“人过七十，真的就没有一点用了。现在日子好过些了，身体却不行了，享不了福了。”并嘱咐我：“你想做什么事得趁早啊！”是啊，时间其实是经不起细算琢磨的。十年，三千六百五十天，倘若是钱币，三千六百多元的薄财经不起挥霍。一年三百六十五天虽不会一次性消耗，但在日起日落间，一日的舍弃又是那么的容易，也是那样的匆匆，谁也无法积攒下来，让你悠游地去享用和挥霍。

没有千年的肉身凡体，时光把每个生命个体，都安排在应有的位置上，去走完应有的过程。看看在面前往来的每个人，百年之后，他们都会无一例外地绝尘而去。悲苦也罢，幸运也罢，其实我们都在演绎着生命的悲喜轮回。我记住了母亲的话，我们都是俯在低处的俗人，既然摆脱不了生死轮回和尘世羁绊，那倒不如珍惜眼前，活在当下，坚守真性，活出价值，将亲人们传承到我身上的爱，转化为对万物的爱，去传播凡物的温暖，去化解内心的苦痛，去应对时光的无情。如此，心便坦然，再不惧时光走过了。

一地月光

月亮悬空，稳居于高殿。高殿空阔，它是在闲庭漫步，还是在做生命循环的旅行？

千年万年，人潮遍地如草，老去逝去，湮灭隐去。唯有这轮旧月亮，播洒一地银辉，依然健在，走向今天，与我脉脉对语。

月亮高悬，见证古人，也见证今人。一地月光下，每时每刻，有多少事物在不断地溃落。那些对生命完结的痛悼，那些人类迁徙村落时的恐慌，月亮都看在眼里，记在心里。它经历的人太多太多，它经历的事太多太多。但它依然敞开心扉，不让阴暗躲进心里，不断地向人间抛下光明的花朵。月光里的微风，月光里的细浪，在红尘里承担起善良的主角。这柔弱的善良，让多少哀痛得以慰藉。有月光在，便没有闹事的风，便没有荒诞的黑云。有月之夜，自当珍惜。我把心绪拿到月下，梳洗梳洗，驱掉虱虫，任其在清风中抛洒。有月亮的夜里，自会想起你苦笑的芳颜。

今晚，月下没有你的影子，月光生辉，月光叹气，月光有些消瘦。脚踏草地，山坡憔悴，孤独的语言在脚下漫延。我成了流浪儿，心事蓬乱，紊乱不定。月亮终于闭眼，躲进阴云里去了，它不忍看俗世的闹剧，不忍看俗世的别离。阴云的门扉紧闭，我无法推敲。我只能等到月亮的船驶出云海，驶出阴云的内心，届时你将光华重现，成为我心灵复活的灵丹妙药。

今晚，我成了乡野的弃儿。月光下的荒原，有狮子的怒眼，有动物恐惧的身影。看硕鼠啃啮僵硬的红薯，呆痴无语。想象在咖啡厅里，有人正用精巧的匙勺，搅动脑海里的念头。他们是不是觉得月光的根太远，或许根本没有根？是不是因为觉得生命太仓促，并且压抑无助，就干脆把月光关在门外？

但是，于我而言，无论阴晴，无论霜雨，我的心，总坚定地向着月亮。因为，只有月亮，才会用心与我攀谈，才会真心与我攀谈，才能代表我孤独的内心。

月光与谷堆，只能在特定的时刻，走到一起，算是地下恋人，互相不能养活，却能彼此遥远地打量。这丰收的人间，不属于露水爱情。月光下，谷堆旁，讲民间故事的老人，偶尔也讲情爱故事。在丰收的时刻，陈旧的月光仍旧朗照在新堆起的谷堆上。谷堆下，彻夜长谈的恋人，对着月光种植泪水。一把把辛酸的往事，天上人间，无处安放。两个星体，地球与月亮，黄菊般地对望。月亮之上，月亮之下，我仿佛总能听见你的叹息。月球涂抹的红唇，像红枫点燃的情焰，沉沦于今夜的圆润。

河　岸

一条河流，色彩斑斓，悠悠千秋，我想描绘她，我想歌颂她，心笔难下。站在河岸，走在河岸，我力图追寻她的历史之美，感触她的现实之美，捕捉她的时辰之美。

黄昏，悬浮在河水上的落日，上身艳红，下身苍白。逐渐地，河流被太阳触摸，太阳被河水浸泡。太阳改变了河流的颜色，河流也改变了太阳的颜色。红波荡漾，万物披彩。伫立沉思，我的身影也融入了这彩色的画卷中去。直到夕阳隐去，晚霞将天际染得浓艳，我仍不愿意离去。那晚霞是一种什么样的颜色啊：那主调的颜色我很熟悉，像我曾看过的月季花的红。那种红，是一种天然的、人工颜料无法比拟的红，无法模仿的红。自然万物，彼此在渗透，在影响，在改变。作为局外人，欣赏这大自然景象时，情绪里有快乐，也有悲伤。我快乐是因为我有幸看见大千世界的美幻之景。我悲伤是我无法改变我身处的局限和境运，无法窥视到更深广的神奇之美。当然，我悲，并不意味着心情皆暗淡沉郁，束手无策。我乐，并不意味着心绪皆光明透彻，万般轻松。心随境转，以物为喜，以物为悲。情绪的起伏，如同看到的这条河流，有混浊，有清澈。还有清浊分明之后的合融，相拥一程之后，又各自分流。我也相信，人生经历不同岁月，在生命的跌宕起伏中，也如同这暮色的河流景象，必将再生出多姿多彩的风景。

暮色降临，蝙蝠们在一惊一乍地飞翔。它们在低空，在树梢上，欣喜地迎来黑夜的降临。它们是兽，却能飞翔。它们没有眼睛，却能避开险阻。我庆幸有比这些精灵更发达的大脑，但也悲哀人类能力的局限。思维似翅，思想飞翔，靠这河流导航。是啊，河流带着思考，虽曲曲折折，各行其道，却精准地选择了蜿蜒合理的道路，以宏观的视野，绝不盲从地东流归海。沧海桑田，眼前河流，河道虽几经变迁，但它的宏观方向却从未改变，它理想的宿地从未改变。所以，自然的选择是最科学的力量，也是最伟大的力量，这是河流带给我的最大启示。

夜色渐浓，鸟儿们的墨点在河面上漂移。一湾河流，宛如一泓墨汁，只有鹭影的白，还没有完全被暮色染黑，还没有被夜色掩饰。漫步河岸，鸟声啁啾。水上水下，各种精灵们，依托漂流的河水，以各自的运动方式，按照各自的生命形态存续延绵。河边风大，一位撑伞的红衣女子临水而望。是否，千年以前，也有一位身着长衣青衫的文人，站在这岸边，凝视流水？岁月悠悠，曾有多少人站在岸边吟哦忧思，思索生命的航程。河流柔情，贴靠大地的胸膛，又真诚地与自然万物融合一体，与人的心灵贯通一体，与人的情感融合在一起，与人类历史的兴衰贴合在一起。无论风雨，无论霜雪，河流不会因河道的囚禁而放弃奔涌的精神。这精神穿越时空，见证着历史，奔涌到未来。

夜已深沉，双臂枕头，仰面，躺在河边草坡上，倒立着看世界。我与建筑，都被地球引力的巨手牵拽着、禁锢着。我凝望的星空，我抵达不到，也坠落不去。我凝望的星空，与我遥遥相隔，却又心心相印，不即不离。我就以这样独特的姿势，放飞思绪，想象着无边无际的事情。头脑清朗，头脑幸福，又恍若梦中。灵魂似乎脱离了躯体，飘荡到高空，遥望起地球，遥望起我脚下的那条河流。你看啊，那一只蔚蓝色的水球，羞羞答答，浮起几块弱小陆地，挤出灰白色的水，破裂成无数条河流。河流行于地上，也悬挂在空中。我细心地寻找，哦，哪一条才是我脚下的河流？哪一条才是我心灵的河流？哦，我真的看到了我脚下的河流，我真的看到了我心灵的河流，也看到了无数条河流，那都是中国的河流。我端详着这些河流，近处是碧水，远处是灰水；白日是碧水，夜晚是灰水；梦中是碧水，现实是灰水；雨天是灰水，晴天是碧水。那灰色的河流，那碧澈的河流，时而从地面流向天上，时而又从天上流向地下；时而从近处流向远方，时而又从远方流向脚下；时而从苍古流向未知，时而又从未来流向历史。我在灰色的水面上划行，我在彩色的河流上漂流，我孤独地漂流在通向冰冷星球的无限幽途上……

琴 音

小提琴声来了，撞我灵魂的门吧！我拉开了门，迎来这笑容甜美的泉音。泉音流着欢泪，滴答滴答，落向我。我躲不过呀。我看见你了呢。你的头发像冬天的光阴，在弦音的风里，濡湿着，拖拽着。我认识你呢。看你一身的湿，带来了缥缈的细雨，和瓦楞上摇荡着的蒿草的尾音，像岁月的烟尘被指尖按捺着，欲说还休。

我将走向何方呢？我追寻你飞扬的音符，看树叶与花草恋爱，看昆虫躲进泥土里爱恋，看星星躲进夜色里恋爱。但我更喜欢看你的笑容，清清净净地，飘扬在空中，游离在水面。我必须追随你的笑容啊，并学你的笑容，在悲伤中飞翔着灿烂，在灿烂中释怀被禁锢的牵绊。我跟随你灿烂的笑容，飘荡至一处人迹罕至的山林，与鸟音会合，与鸟音约会。我听见咯血的鸟音，在丝弦的血光中漫染天地，溅染黎明。

来吧，你不会凋谢。你洁白的弦影，是月夜下的花影，不分昼夜地含笑。来吧，你不会凋谢。你为我带来一个美好季节的开始，并留下另一个美好季节的回忆。

不艳丽，无所求，我却嗅到你浓郁的情绪花香。我趋上前，依靠于你，将你软嫩的指尖捏着。这是冰凉琴弦哟，是花香的箭，是花香的源头。你就这样被我捏着，仿佛是灵魂的相遇，仿佛是灵魂的碰撞，千年等来一回，泛起的涟漪不息不止。是我温暖你，还是你温暖我？

来吧，快来吧！来贯穿我，让你的弦音，让这射来的箭，与我灵肉合一。我俩什么都不无须说，听凭风声在耳旁呼啸，穿透层层叠叠的裸枝。我俩逐渐远离俗尘的土地。我的身躯淌挂着鲜血。你用悲伤的玉手，你用温暖的玉手，时时抚慰我的伤口。无数个指头，无数个白葱般纤细的指头，飞扬地拨动着，在我的伤口拨动着、抚慰着……

沉醉，我的灵魂该哭泣！

一个人的旅行

亲爱的，我很想告诉你：“我行走世界，只是为找一条回家的路。”

老天就这么绷着脸，快半个月了呢，太阳似乎在躲着我呢。阴天积多我多么渴慕阳光啊！昨天，还有今日，太阳刚露一下脸，对我喘了口微弱的气息后，又钻进云层，关门打盹去了。阳光不在，拿起手机，想给你打个电话，抬起手指，始终没有摁下你的号码，我不想因天气影响的心情再来影响你呢。这几天，很多思绪在飘，在浮，积存的泡沫，黏稠着，在洪水急涌的河道中，挣扎着挤向远方，又被推向愈发模糊的梦岸。亲爱的，在这黑夜静寂里，想象阳光下你灿烂的样子。在望不尽的原野上，我思念成葵，绽开的千朵万朵葵花，向着太阳微笑。花盘们面容沉静慈祥，黄色的火焰凝固，万顷灿烂的泪光，是何等的动人和凄美啊！

独宿客舍，夜半梦醒，伸手去捞，指缝间梳滑的都是浓稠的空气，也都是梦绪的长发啊！我看不清，也理不顺。在漆黑的夜里，我不知道想去打捞什么，去找寻什么。我想等到天亮吧，等到太阳擦亮我的眼睛，为我展开明亮的视觉，我就重返征途。我还要到一片片草叶间去找寻露珠，去找寻我为何要行走世界的答案。我还要站在一棵苍老的树下，掌抚皴裂的树皮，寻找与我年轮相仿的生命沧桑。

我流落到了小城。街巷里，坐满手指间跳跃纸牌的人群。从楼群窗里伸出的花衣衫，像城市竖起的耳朵。噪音，摆布于柜台之外；商品，不苟言笑，不屑于另一个人的来临，也不屑于我的到来。我知道这不是我心灵的故地啊！我何必在意这既定的冷落？我向湘西去，险峰秀水间撑起的古木屋，正接受新风雨的浸渍，也不屑于一位过客的匆匆过往。浅秋风起，我来到凤凰小城。

风雨沱江，温馨古巷，一下子驱散了笼罩在我心头上的湿热。栖息古老楼舍，拂晓梦醒，透过小窗，眺望窗外青翠的山丘，还有那一架凌波的虹桥。如画的凤凰，美丽的凤凰，就这样永远卧伏在我迷离的梦里，安抚我的疲惫和伤痛。

我沿着长江走。早春江水的寒气，一路送我到南京。身处夜雨中的城市，我茫然无助。在陌生不安中，就近寻一家小客栈，度过了与千古旅人同愁的孤寂之夜。在苏州呢，夜半钟声到客船，我找寻到一家河港边的小客店，在潮气氤氲中昏昏入睡。响着柴油发动机隆隆声的小木船，从窗下穿梭过往。江南纵横的河汉，清秀的绿畴，临水的屋舍，在我梦里叠加着悲凉的亲切。雨季的上海，雨中的上海，雨丝飘罩，城市在满街的伞花中沦陷，映耀女人们的腮红。纸醉金迷，一城繁华，本就不属于我，又催我不停歇地走上路途，奔向远方。一路旅程，一路蹉跎，埋藏了我多少梦想的种子，又埋藏了我多少光阴的种子。但我始终相信，那种子一旦跌落到肥壤，那种子一旦拱破了黎明，或许真会遇到一个阳光普照的晴天呢！

客栈梦寒。又一个旅居的夜晚，窗外不时传来阵阵吵闹声。百米之外，很多人还在觥筹交错，华丽的落地窗上，叠加一张张晕红的脸。他们将身体隐匿在豪华的转椅里，将心事隐匿在酒杯里。他们举起液体，彩色碎光在颤晃。他们沉醉于灯红酒绿的热闹中，不会知晓我正在体味漂泊的孤苦。但我并不羡慕他们。我不能像他们一样醉酒。我在等待明晨，我在思念明晨平平实实的阳光。明日啊，新旅途的阳光，还有山水花鸟，还有风雨雾障，这一切的一切，都在前面夹道，拍掌迎我。今生今世，我注定漂泊。天定情缘，注定我与自然万物无法割舍。我绝不能原谅自己虚耗生命和暴殄光阴的麻木啊！

炎热的季节，我来到武汉。九省通衢的大都市，放射四面八方的念想。我发现许多空房间、空座椅。我找到一个最僻静的位置，歇歇脚。坐在江岸码头，我吃上了正宗的武汉热干面。我打听到很多风味小吃，把地址告诉比我更饥饿的远客。晴空蓝天，站在武汉长江大桥上，俯望江流浩荡，伫望白帆远去，眺望水天一色处……无限离愁别绪，依随江水流淌。暴雨来临，雨柱遮拦我的视线，城中收拢和发散匆匆过客。潮湿和闷热共生，冲淡我在武汉多住的念头。临行前，我反复走一走江边那步步伸延的台阶。那在低处生满的苍苔时光，掩盖了多少千古游子的足痕，又消散了多少千古才子的惆怅。

阴雨霏霏的初冬，我来到水乡乌镇。白日在西栅景区里徜徉观光，看够了画景，累乏了双脚，我仍在流连、徘徊，不忍离去。黄昏时分，独游到一座枯荷环绕的野亭，在孤寂煎熬中，我在等待，为的是要一睹古镇灯火装饰的夜色。夜幕终于降临，红灯笼点亮浪漫水乡的夜空，绚烂的灯光，将乌镇装扮成天堂般的颜色。我寻一处微亮的街角站下，呆看惊艳的河流不停地送走流光浮影。华丽而温柔的天堂，留给我一片斑斓抒情的相思。信步来到乌镇老邮局，看堆积留存的信件，那无须发出的殷殷祝福和祈望，皆是诗意般的心声和美好祝愿。我想留下一封信，表述留存在心底的无限希求和绵绵情思，却又不知道如何表达，也不知道寄往何处！心灵啊心灵，哪有真正可托付的归宿？哪有真正的诗意和远方？带着这份失落，我离开西栅，夜宿乌镇东栅古屋民宅，枕水而眠，一宵梦更寒。晨醒，伸头透过二楼的窄小窗口，看窗下逼仄的古墙垣，夹峙幽长的巷道。听足履轻敲青石板路，却看不见行路者的样貌。别样的感受，像是沧桑岁月燃亮的迷蒙光晕，将莫名的哀愁送上心头。我梦中的那个倩影，是否会在窗下出现？她一直牵系我的念想，她一直栽种在我心里，为何总抵达不到我视线里？

择选秋日，夜半抵达昆明火车站。深秋夜雨，冷寂清寒，孤坐候车室，瑟缩着身子，熬等天明。我在期盼着什么？我在找寻着什么？我坚持一份病中的远游，就是想去大理寻找歌声中的五朵金花。那蝴蝶泉边，那留存在记忆深处的美丽梦幻和诗情生活，是否只有在更远的远方才会呈现？等待了多少年，现今我终于来到蝴蝶泉边，曾经歌舞缭绕的一汪泉水，曾经蝴蝶翩飞的一汪泉水，此刻清寂冷落，更不见蝴蝶踪影。在泉边蝴蝶展馆，我看到了各种蝴蝶标本。在人工温室，我看见了许多鲜活多彩的蝴蝶，在花丛中翩翩起舞。现实的落差，让我仍无法走出心底的灰冷啊！彷徨中，我登临苍山，遥望洱海，气喘吁吁中，眺望浓云遮眼处——哦，那云海激荡的远方，那水天一色的远方，才是诗意的远方吗？可是，那白云缥缈的远方，为何反让我的心神更加彷徨？头脑晕眩起来，恍惚间，我又回到乍晴乍雨的昆明城中。穿行街道，雨后明晃晃的阳光刺痛双眼。徜徉滇池湖边，仙风袭身，巨树撑天，水波耀眼，双眼迷离。远峰雪域，在水一方。绮丽的梦幻，仿佛再一次被山水阻隔。我好像一下子又丧失了寻梦的方向。没有了梦的指引，难道我就要停下寻梦的脚步？

我向北方去。黑树林苍茫无边，细窄的铁轨上驰骋着火车，载我钻入东北的阔地。飘过了北京，飘过了秦皇岛，我来到了夏季的长春。沐浴清凉，穿街过巷，我看到那一汪冰凉的湖水，在夏天展现蓝色的忧郁。我真想停歇脚步，感受一番这城市的冰寒。我钟情南方飘曳的青枝，但我也渴望北方的莽原和黑山白水间浮漾的清光。御风前行，哪管前途渺茫。只知道往远方去，永远不再走回到旅途的原点。

我往南方去。我来到了海滩。熟悉我的阳光也来到了异域。那只常问候我的布谷鸟也迁徙来了吗？我将我的头颅移植到这，寻一处温暖的地方，长出一棵阔叶树。我寻找到了一处理想的乐土，栖息我辛劳奔波的脚步。选择的地方离大海不远，每天，守望很多船帆夕归。海滩上成群的姑娘们花枝招展，泼辣地扭臀狂欢。离海滩不远的火热城市，街道涂满春色，火车每天捎来四面八方的爱情。笙歌风情，人语喧杂，耳边激荡着眼花缭乱的词曲。亲爱的，但愿你能来，但愿你与我共享这一方火热的人间天堂，但愿这不是我又一个彩色的梦幻。

我寄灵魂在远方，我让躯体时刻漂泊在路上。熙熙攘攘的世界，熙熙攘攘的人流，一个人的旅行，在南来北往的人流中寻自己。我遇到那么多美好的风景，都寄养在别人的领地。我遇到那么多美好的人儿，都生活在清风丽景的他乡。我行走四方，究竟收集到了多少风景的情义？带着灵魂，带着梦想，在星星照临的路上，我一直在探究漂泊的意义。在漂泊中，我是否真发现了另一个全新的自己！

夜空是故乡

幽幽冥冥的黑夜来了，白日俗尘的一切景象隐去。

走向野地，地球隐去，人类遁去，宇宙之窗訇然打开，万千星球闯进我眼里。山川河海、俗尘岁月……一切的一切，都融入了无穷大的符号里。

幽邃的星海，用无垠的故园包裹着我，用深邃的呼吸启发我，让我重新孕育，让我开始发光，让我永不枯朽。

星光孕育了黑暗的土地。在夜空的故乡，黑暗的泥土埋葬我。

我与星空对望，我成了一颗小小的粒子，不再妄自尊大。黑暗的气象，黑暗的泥土，多么温暖，多么贴心，滋养我，抚慰我。我并不感到孤独。

心安即故乡啊！我扎下灵魂的种子，在夜空的故乡，我要发芽，我要成长，我要让灵魂安详地长大。

夜空下，我呼吸多么自由，多么顺畅。我与万物修好，不需要用自己的眼睛，只需要奉献自己的赤诚。我牵着星星去流浪。我穿过黑色光波去筑建桥梁。我走向蓊郁的森林去与野兽握手言和。我穿梭在暗风里吮吸天地的灵气。

在夜空的故乡，我活得孤独，也活得幸福。不需要人注视，也不需要人牵挂。埋葬了我的俗生，埋葬了我的俗体，灵魂才愿意睁开眼睛，才算真正面对这个世界，才能真正与万物进行心灵交流。

守望夜空的故乡，搂着我的恋人，一切多么自由。

守望夜空的故乡，“唯有永恒的夜晚，欢乐，静寂，安详，和平与爱情，为我所求”。

空中之诗

一位诗人说："树是大地写在空中的诗。"

其语深妙，思来美妙。大地厚土，深不可测。唯有树，才能以特有的具象，表达出大地隐秘的心声，表达出大地蕴含的奇谲诗情。如此，唯有将树喻为大地抒写的诗篇，方可充沛地揭示出树的神秘和树的自然本色吧！

是的，纵观每棵树，姿态各异，风姿绰约。而树皮呢，有细腻嫩滑的，有皴裂沧桑的。树的叶呢，不仅形态丰富，而且色彩丰富迷人，绿红紫黄……穷尽一切色彩。仅叶绿的那种，我所见到的也是丰富多样。例如有春天青嫩的绿，夏天浓翠的绿，秋天苍黄的绿，冬天枯暗的绿。即便在同一季节，在同一处野地，树所呈现的绿的颜色，也是丰富各异、无可言说的。即使在一棵树上，仍可呈现不同层次的绿。除了树的绿，树的色彩也是绚丽多彩的。即便是同一片叶子，在不同季节，又展现出不同的颜色。

你再看一棵树的结构，从最硬挺的树干开始，延伸到较有韧性的枝干，再扩展到柔密的叶子，依次展开生命的不同结构、不同质感，可谓刚柔相济，于不变中有变，于有变中不变。一棵棵树的外形，可谓鬼斧神工，浑然天成。这是大自然的杰作，是天造地设的艺术品，是一部完整美好的作品。所以，从外观上，我从没有见过一棵很丑的树。因此，当我听见一位朋友发出"树都那么美"的感叹时，我从内心表示一百个赞同。是的，所有的树木，无论在风吟时，还是在静默中，不分高低，不分瘦弱，都有平仄，都有节律，均存有美感，各具有风韵，成就了美妙的诗章。

无论走到哪里，那些千姿百态的树木，那些五彩绚丽的树木，将一排排诗行呈现在我面前，任我朗读，任我静读。阅读这些由大地构写的宏大、丰富的诗篇，那深藏于诗篇里的浪漫内质，潜移默化地送达我的心灵。因此，去做一个合格的读者，对我而言，是最紧迫的事。平常，留意一棵树，观赏一棵树时，或是走进一片树林中，我便提醒自己：我这是在阅读诗章呢，我这是领悟树的美妙灵性呢，我这是在感受树的超凡精神气质呢。

有时，我还喜欢在静夜里，端坐在一棵树前，久久地凝望着它，专注而深情。你看这棵树形，形态多么流畅，树的枝叶漫溢在夜空中，像无数条天线伸向星空，传导大地对苍茫宇宙的问候。它们的姿态或昂扬，或矜持，无一例外地都与宇宙建立了联系，构成天地神秘的体系。我的视线也跟随流畅的树身移动，由树干到树枝，再由树枝到树巅，再由树巅到星空。清风徐来，万籁俱寂，我似乎听见无言的诗韵在天宇间飘逸，在天宇间朗诵。于是，从一棵树出发，在与星空久久的对望中，在无声的静默中，渐渐地，我与宇宙沟通为一体，融和成一体。

地球上的万物，包括我自己，都应该学学树吧！我要将心灵的根系，紧紧地扎植在大地深处，吸收大地本源的营养精华。并树立与树一样的信念，向着天空，去挚爱太阳，去吸收宇宙的能量，强大自己，美化自己。说得再具体一点，我想，如果我是一名诗人，我在创作诗篇时，应学习树什么呢？我想，最重要的是去领悟树的心灵，去连通大地与宇宙，去传达温暖与善良的本质，去表现大地的宽厚与无私。

难怪，人们将树当神灵崇拜了！

想念的风

你扬起冷袖，掸落掉依你而行的璀璨灯光。听吧，这夜色多像海浪，在尘俗的海面上喧哗。你行走到灯火阑珊处，仿佛行进在一条寂静的海岸小径上。海浪掀起阵阵臊腥的气浪，点点滴滴的温情，溅湿了你斑驳的酸楚。你的心境，此刻，仿佛是你弯腰在海滩上拾回的那枚空空荡荡的贝壳，虽逃避了大海的喧嚣，逃避了浪花的挤拥，但贝壳里仍留有风的心跳，仍留有澎湃思念的音乐。这贝壳啊，在月光下，在夜风中，仍不停歇地在悠悠地吐露自己隐秘的心扉。

找一处幽暗处，仰头，去找寻天上的星辰吧。那些星光，像是拴在萤火虫尾上的泪滴，将思念的光点飘洒到人间。干脆，选坐在更静的暗处，仰望星海，托腮念想。只是，那忧戚的目光，穿不透夜幕的深邃，穿不透远山的雾障。

曾在这静夜的幽暗处，你问她："你在看什么呢？"

她说："我在寻找流星呢！"

宇宙浩瀚，流星亮耀后又归于沉寂。十几载，一百载，风雨剥蚀，你春草般的青丝，转眼间，不也化成了流星，化成了颓墙上的荒蒿了吗？岁月嬗变，心移人老，仰望幽邈的星海，春风善感，你秉持的微弱灯火，不能点亮夜色，更不能燃烁永恒。

相遇，分手，你的身影如流星碎光，飘零在寂寂的沧海。

一个城市，又一个车站，冷风搀扶你的灵魂，不停地远航。

一路，又一路，被忽略的歌谣忽然响起，扬在风中，飘进窗口，如你初展的鲜活。

一钩寒月相陪，无数次的漂泊，旅途灯光，如你与她的眼眸重逢。

帘帏深深，你会发现，那幽闪在灯火阑珊处的梦眼，像春风之水，像秋水之波，从指缝里溜走，带走一程又一程静美的时光。

香山山径，枫叶相望。洛阳古巷，笛声悠扬。你在秋枫流溢的色彩里，你在牡丹花群居的香风中，展抖丰盈的羽毛，振翅远去。

杭州西湖，那杀伐温情的青涩之梦，埋葬着花红，绵延着流浪的路径。风在天空，绵长悠远。你想请来一朵莲花做云朵，腾飞升空，去穿越路途的黑风，去逃离烦扰的尘世。

飘浮的岁月，皆被丢在身下。随风远去的棹歌，浅唱不散。

飞翔的兽

深入到山野之地，探进了无底的幽洞，我遭逢那么多飞翔的兽，撞击在白昼下幽深的黑窟中。兽啊兽，幽冥的深山洞窟，是你们栖息的皇宫。你们在皇宫深宅，成群结队，身躯硕大，宛若强大的机群，回旋起强劲的气流，震撼我的灵魂，让我惊悚难忘。

不只是在洞窟，你们这些飞翔的兽啊，属于所有的黑夜，在幽暗中飞腾。你们是黑夜的奇兽，你们是黑夜的精灵，身躯辐射的幽波，贯穿于天空之海，让我的黑眼睛，激荡生风，泛起涟漪。兽啊兽，你在风海中划动飘叶般的帆影。我的心，也随你帆影，浮浮沉沉。

乡村的黄昏，你们时而在高空飞跃，时而又从低空闪过，挑逗我，又躲避我。我脱鞋追逐，引你们俯冲，起落之间，荡起我惊喜的波峰。

你们是黑夜的侠士。你们高低激飞的英姿，是一闪一灭的灯塔，象征着希望，象征着不屈。在我的黑眼睛里，你们是船，是帆。愿我的灵魂能立于你们的桅杆下，随你们起伏到更广阔的幽穹里。

鸟儿们都敛翅安歇了，为何唯你们日落而出，日出而息，独享幽暗，独霸飞翔的领域？幽明纠缠中，你们飞翔的孤独，撑起黑夜的绿意，引得黎明迟疑。我稚嫩的心灵，在夜行中，布满了你们满径花草的芬芳。

你们对黑暗之书静读，胜过阅读雨雪风霜。你们饱学成精，振翅腾飞。而我却无法生翅，徒对星空的空洞。岁月的容颜不在，我贴地而行的时光，如此空落。枉对暗月，站立于生老病死的红尘，喟然长叹。

该学你们呢，你们不愿用微弱的足爪，去丈量俗尘的泥坎。你们面对黑壁生翅，涅槃超脱。你们闭眼识途，不忍看俗世的闹剧，走自己黑暗的路。

都说：你们是这世上唯一能闭眼飞翔的兽。

都说：你们靠心灵的感应去飞，才永不会迷失在深邃的天空。

都说：你们是黑玫瑰般的花朵，永存于人间，开放。

别说春天的缤纷灿烂与你们无缘，你们的翅上，铺满了整个夜空星光的花朵！

你们的翅，是花瓣。你们的翅，流动如船帆。你们把生硬的黑夜稀释成了春天。

你们像伞儿，在我头顶上盛开。伞儿啊，划呀划。伞儿呀，漂呀漂。

豁口青绿

伏案用眼疲劳，抽空几分钟，站在楼顶天台上休息，抬眼，正好可远眺豁口里的那片青绿。

我所说的那片青绿，只是几座连绵山丘的绿，大半个身子被建筑群埋没，所能看见的绿，算是山的肩颅了。形态也不太规则。尽管如此，但这毕竟是自然天成的绿啊！每日观瞻它时，随时对望它时，总能带给我清爽之气和舒适之感。

相比这几丘绿，遮拦它们的建筑群便不可忽视了。建筑们高低硬拙，驳杂的外墙上，凌乱地挂满了笨重的空调外机，还有或鲜艳或褪色的广告牌。俯瞰楼下，人流蠕动，熙攘纷扰，车辆密集，穿梭不息。建筑玻璃墙内的电梯，在不停地升降。推销商品的杂乱音响，在脚下的街巷里狂啸轰炸，一浪高过一浪。俗尘的繁华和喧闹，杂乱无章。

尽管如此，在房顶错落间，在杂乱的水泥硬物间，我随时能看到鸟儿们从容地在建筑间穿过，上下自如地跃翔。偶尔，从喧嚣的噪音里，我还能有幸听到几声清脆的鸟鸣，显得那么别具一格的美好。也有一些蝴蝶与蜻蜓，从建筑四面的空隙间，从建筑的上方，来到我身边，在我头顶上，轻轻缓缓地回旋翩跹。这些灵动的生命，这些珍贵的生命，仿佛与豁口那片绿都有着天然的联系。它们是不是从那几丘绿里来的呢？它们随时又会回到那里去吗？没有眼前那几丘绿，我想，必定不会有如此多的可爱生灵吧！

在阴天里或是在冬天里赏看，那豁口里的几丘绿，常常被雾霭遮罩着，躲闪起羞涩的容颜，看起来有些模糊沉郁，黯淡无光。尽管如此，这毕竟是一抹抹珍稀的绿啊！卧伏在我前方，挤凸在灰暗的建筑间，像一束暗淡的烛光，燃亮在阴暗的旷天间，撑起我阴沉的希望，树立我灿烂的信心。

天气晴好了，那几丘绿的面容清晰起来，生动起来。太阳像白瓷盘，悬挂在我头上，温情的光辉将绿丘照耀得青翠葱茏。树木们洋溢着快乐的神情，焕发出耀眼的光芒，游离着梦幻般的光影，调节我不快的情绪。

无论阴晴，无论春夏，那几丘绿，就这样在天地间放养着，在我眼前展览着，与我神交着。那几丘绿，播洒着沉劲的光辉，播洒着绿色的光点之泪，溅落在我呆滞的眼河上，调节我视觉的疲劳，也调节我心灵的沉闷和沧桑。

我得感激这豁口的几丘青绿啊！我虽禁锢在这方窄地，但我的眼睛是自由的。从它们身上，我能感知到每一年春天的新绿，也能守望到冬天的老绿。它们牵系着我四季的光阴，陪伴我完成又一年的轮回。

但是，我也明白，终究一天，我也会离开它们、告别它们的。想起这些，在欣慰中又有些不舍了。

美人竹

苏杭的竹，美人竹，竹下留下我追觅的足迹，竹下飘荡我凄冷的气息。

天堂的竹，美人竹，飘逸着长发，挟带着华丽的风，捧着迷离的月亮灯盏，走向我。天堂的竹，美人竹，向我示意。花色般的面容扬起来，月灯下弥漫着羞涩的笑。天堂的竹，美人竹，捧着月色的烛光走向我，向我闭上眼，玫瑰的嘴唇对着我。天堂的竹，美人竹，一瓣嘴唇就是一粒爱的种子，让星空闪耀，成一片火海。

我的眼睛闪射着荧光的碎片，我的眼睛打开灵魂的幽独之窗。那一幅淡烟疏雨的画图，那一蓬临水摇荡的修竹，那一条泊在水岸的木船，那一座苍古的小桥，那一朵美意朦胧的芙蓉，终于从梦中走到了眼前，现在就在我眼眸里飘浮，随水流清幽，随月光不老。

我幸福，也卑怯。灵魂长翅成凰，飞越暗浪涌荡的运河，飞越月色阑珊的枫桥，飞翔到成蓬的竹梢之上，吟哦起一曲千古诗词的惆怅。

栖身在虚空里，身下的美人竹，站在月亮下，扛起月亮的枪管，枪口对着我，喷射开火。月光的子弹呼啸而出，射中了我。我身上满是月光的硝烟，满是月光的碎片。我的身躯化成月光的碎片，化成了啼血的音符，纷纷飘落，四处飘洒，缀满在竹枝的肩上，飞溅到洁净的叶面上，黏附在正直的节干上，成了美人竹的锦衣花饰。

灵魂在飘逸。收拾完血泪，我安静地贴附在竹丛上。苏杭的竹，美人竹，消亡了我的身体，却复活了我的灵魂。灵魂与她们融合一体。不用言语，她们都知道我的忠贞。不用卿卿我我，我们常春藤般牵引。一年四季，不离不弃。越过冬寒，走过雨季。

远去的河流

残霞烁光，映照河流。雾幔里的渔火，迷离着梦眼。你赤足，伫立在沙滩上，痴望，竖耳聆听，那从彼岸驾着湿雾的翅膀，款款飞来的歌谣。

彼岸，杵衣少女蹲姿的身影，朦朦胧胧。她埋头扯衣，牵拨碧波，浣洗衣裳。她的歌音，经水流的润洗，经雾幔的修饰，像岸柳的暗翠，像玉镯碰撞的清亮，像梦里的蝴蝶，翩翩飞来。

夜幕垂落，河雾张开网。歌音追逐着他身下的沙滩，随赭色的软风蜿蜒，缠咬着水沫的舌头。你用心聆听，歌声里有枫叶，有峦山，有迷迷蒙蒙的情爱衷肠。尽管，平原出生、长大的你，没见过山，没见过枫红。但你知道，这歌音，与船桨互击，与响水合鸣，让七月，一个临近黑夜的傍晚，仍漫延青嫩的诗意，让一个少年狂奔起他的臆想。你痴望彼岸的那一脸呆相，像一幅写意的画图，镶嵌在梦境的镜框里。

后来，你跋涉过单调浩瀚的沙漠，你登过巍峨的天山，你跨过黄土高原，你游过江南水乡，你挤进过繁华的都城。你是游子，天南海北，走马观花，旅途滋味，千种万般，装满了行囊。游历四方，你很难专注培育出对一方草木的情感，从而也无法留下过多真情真性的文字。然而，就那一曲歌谣，却在你心底漾起情思的涟漪，年年岁岁，不能散去。纵然千帆过尽，你也要留下一篇纪念的文章。

然而，终成旧照片。少女远去，河流远去，绿树尽失，芦苇无踪，一曲记忆中的细流，弯曲成了少年的愁肠。自此，一幅唯美的声画合拢，镶入了年轮的相册。

踯躅街头，在喧嚷的俗尘，无数同龄的女子擦肩而过，你漠然不识。跨越峡江，东临大海，目光搜索，千人一面，成了你心头无法治愈的硬伤。灯红酒绿中，那长长睫毛下游移不定的眸光，无法与你流泻在心底的音乐对接。咖啡的浓稠，载不动一叶轻舟的渔火。尘染的游戏，都是些小资的自哀自怜。

世上本应有纯净的清唱，美好于无形，去穿透人性的阴暗与冷凉，还自然一个本来的清朗。尽管珍稀，幸能相遇。希望有一日，你再能寻觅到新一处的河流，即使彼岸的少女不再，但仍能希望听到布谷鸟抖羽的清唱。那清唱是愁唱，愁唱是千古幽思的浅唱。

明媚的乌鸦

梦里有一双温热的手，手心里写满快乐。我不知道那双手是谁的，总想伸上前来，要拉握我的手。尽管我手掌冰冷，但我不习惯这种友好而粗暴的方式。我本能地躲避，躲避之后又渴望那双手能趋上前来，用热烫的温度包裹我手的冰冷。于是，一双快乐的手，一双掌心写满“快乐”字样的手，就这样柔柔绵绵，就这样执着强悍，时而无形，时而清晰，摇晃在我眼前，缠绕在我臂上。我不能把控，也不知道如何是好。因为那双快乐的手，毕竟不是自己的手。我该怎样才能紧紧把握到这双快乐的手呢？

对于快乐，谁会排斥？但生活的本质，又让我们无法逃避烦恼，逃避忧愁。命运一皱眉，命运一绷脸，随时随地，会带来你的长吁短叹。面对命运这些可恨可憎的面孔，你又必须得面对，总不能老是扭过头去。

一位知心朋友，常找我倾诉人生烦忧。他说，面对繁纷的生命乱象，不愿意睁开眼睛。即使闭上眼睛，也得不到片刻的安宁。偶尔，苦痛之时，一人躲在屋内几日，任胡须蔓生……在安静独处中，却又十分清晰地静听到美好光阴在耳边流逝、哀叹。若虚掷光阴，任时光蹉跎，也是十分的可怕啊！

我该如何为他排遣呢？用惯有的方式，恐怕谁也说服不了谁。再说，在为别人排遣时，我自己也不能脱俗，随时随地，面对许多排遣不开的烦扰。

有人说，烦恼来临时，不如去火葬场走一趟，或去墓地走一遭。这让我想起曾经徜徉过的那片墓地。墓碑林立，穿梭期间，端详碑上逝者的姓名和生卒年月，一张张照片在冰冷的石头上依旧鲜活，老的，少的，男的，女的，或满脸笑意，或严肃庄重……但都目光殷殷，包含对人世间的牵挂和不舍。回来的路上，心想，时光无时不在逃去、溜去，一晃就到了生命的终点，焚化成一把尘灰，永远归于沉寂，如此，再没有了喜怒，再没有了哀乐，而这样，又有什么实际意义呢？因此，活着才是真好。活着才能去生活，去体验，去折腾，去创造，去悲苦，去享受。在脆弱的生命面前，那些得与失，那些取与舍，又算得了什么呢？我就这么想着，想着，可一回到现实中，面对俗事的缠绕，情绪再一次反弹。墓地是死者的圣地，我们活着的人，总不能老去惊扰已经安息的亡灵吧？我们不能对亡灵不敬。

还有什么方式能医治我们的不快乐症呢？

那就走进医院吧。从繁华尘世一转身，就到了医院这伤痛之地，视觉中的纷扰人间，迅速分裂成一方残酷的沉重颜色，灰暗代替了多彩，哀痛代替了欢歌。眼前展现的生命，充满了苦痛，充满了忧伤。不断有呻吟的病人被搀扶着，缓缓穿过拥挤的走廊。在病房里看到的，不再是生命美丽的绽放，不再是鲜花的芬芳，感受不到生命的欢悦和美好，更感受不到风花雪月的浪漫和激情。于是，瞬间便明白，谁拥有健康，谁便拥有了快乐的根本。作为拥有健康的我们，没有理由不快乐呀？可是，一回到现实里，身心难逃羁绊，烦恼又萦绕心头。即使是那些从医的朋友们，职业环境也并没能让他们对烦恼具有免疫功能呢！

既然这样，就尝试编一个故事为自己圆梦吧，没有爱情可以想象爱情，没有翅膀可以想象翅膀，没有被理解可以想象灵魂与灵魂在交融。甚至，听听音乐，打开电脑看诗意的画面，借助音乐的翅膀给故事穿上华丽的衣裳。生活在延伸，可痛苦又会像感冒复发，自我调节也显得那么苍白无力。自我封闭久了，身心更感到疲乏，精神更萎靡不振。

所有的方式都反复尝试过了，无奈，那就融入大自然中去吧。初冬，那位朋友又陷入抑郁，我特邀他去深山踏行。山峦高耸入云，挂悬一条弯弯的小径。我俩从山脚下沿着山径攀行。山川静寂，没有人来打扰我们。时至冬日，山色的主调依旧是绿色，但也有红叶点缀，树木染黄。漫山遍野，色彩丰富斑斓。走在铺满落叶的山径上，半途中，发现一独家农户，木门深掩。屋前有条小溪，溪沟里有大大小小的鹅卵石铺就，浅碧潺潺。溪旁有块菜畦。一盘长满青苔的石碾，卧在溪沟与菜畦间。山风悠悠，空气清新，一次次深呼吸后，我蓦然发现这静谧世外桃源中，好像又缺点什么。正迷惑之时，“呱呱……”一串串乌鸦的啼叫声，忽然从身后的山峦传来，声调苍郁浑厚。

我觉得奇怪，在这初冬的山色里，在这静寂的气氛中，这声音听起来并不像往日那般嘶哑聒噪，曾视为烦心不祥的声音，此刻听起来不但不觉得悲怆，反而感觉是那么动听，那么乐于被灵魂接纳。这声调里有一种明媚的色彩，也为山水增添了明媚的色彩。

从那以后，我渐渐发现，在人生遭遇迷茫时，最好的去处，便是脱离狭窄的天地，脱离密闭的居室，抽身走向大自然，去面对荒野，去仰视天穹，去放宽眼界，去敞开心胸。如此，连乌鸦的叫声也是明媚的。可见，大自然与我们人类灵魂有着天然亲和的本性。浸濡在大自然中，烦恼暂可丢落，心情暂可转化。这感受，后来在武汉一次摄影培训班上，被李树峰老师讲的一段话所验证：“为什么搞摄影有利于健康，当你手持相机，接触的都是最美好的事物时，当你走向大自然，面对的都是苍穹美景时，那俗尘的一点烦恼又算得了什么呢?”

有一座山，山中有寺，我最爱去。山寺离城市不远，适当的距离，方便去往。每一次，走进山里，清风为我疗愈忧烦，云霞为我安抚灵魂。山谷飞扬着啁啾的鸟声，小溪回荡着清幽的琴声。从中，我听出了安详，也听出了欢畅。爬了一会儿山，当我登上半山坡，站立歇息，透过树枝间隙，看见了远处的城市，那光亮的一片，不仅让我有了一种逃离后的轻松，一瞬间也让我感觉到人世间有那般的美好，让我对红尘不再一概排斥了。当寺庙的钟声响起，悠悠破空而来的禅音，穿透了身体，抚慰了灵魂。仰望山际上的天光，身心里的负重仿佛在慢慢减轻，融化。不知不觉中，一股股能量又悄悄回到了身上。

于是，除了我自己，我也常带着那位朋友探访山水，希望山水的良方，也能治愈他的心灵之痛。我禅悟到，生命的意义不外乎两样：一是学会自己快乐，二是让别人快乐。而快乐最有效的方式是，是让自己的生命和灵魂，主动去与大自然亲近，主动去与大自然融合。而大自然呢，随时敞开着宽广的怀抱，接纳我们的一切。大自然是彻底无私的，也是绝对可亲的。大自然的万物，包括山川云水，草木花卉，鱼虫鸟兽……甚至小到一块自然天成的石头，都能成为我们快乐的元素啊！

乡间小路

黄昏，乡间小路，蜿蜒着灰白的孤独，牵引我，向西，向一条河流靠近。

牧笛悠扬，仙音驾着暮霭的祥云，飘向我。

夕阳，触动岸林的墨须，召唤着我。

脚步，踏踩着蜿蜒的浅白，走向更深的暮色，走向更深的孤独。

我就这样走着，走着，直到走进夜风的水里，直到走进月光浮动的旷野。被月光浸泡得发白的小路，像是祖先跌落下来不愿安葬的臂肘，托举着我，为我牵来卧眠的乡村，为我牵来一腔悠远的相思。

月亮在云絮里穿行。浅白的小路，一会儿清晰，一会儿模糊。布满蹄印、车辙的坚硬小路，延伸鸟音表白的抒情，告慰着我，激发着我，指引着我，向西，向西……

向西，向西，乡间小路，伸出纤细的手臂，牵领我，走向荷塘。一池露荷，在流萤的灯下，像泪珠一串串滚落，流萤忙着为它们穿针引线。夜树不甘寂寞，身披着轻纱，招来风的万千柔指触摸。又一阵风来，月光战栗，露荷战栗，鸟音战栗。

夜里独步，我遇到夜里独步的人。

画中那一方山水

人生路途，能收藏几幅山水画存贮在记忆里，闲静时从记忆里翻出来看看，灵魂倘若能从画中寻觅到一处前世的入处，则胜于价值千金的古董收藏。

没有堤防，一湾河水，静静流淌。河床河滩，都是干净的卵石，浅流清澈，鱼虾戏水。农舍古朴，临水而居。两岸田畦秀丽。春来油菜花金黄，花黄倒映在碧水里。河畔，常坐着孤独的男人或女人，他们对着河水发呆，对着缓缓流逝的河水静静地想着心事。也有挽臂相携的年轻恋人，漫步河岸，一路或附耳低语，或笑语晏晏，蜿蜒前行不知愁。

新雨过后，村民们披蓑戴笠，提起鱼篓，沿途叫卖鱼虾。站在河坡上，久久眺望那座平常半隐半现、雨后才清晰显形的山峦。那山峦啊，巍峨连天，云遮雾罩。半山腰间，有几幢农舍，在云海里时隐时现。此刻，远山、云海、河流，与个体的我，这些看似毫无关联的事物联结成了一体。我被牵扯着，仿佛行在仙境里，又仿佛站立在红尘中。我在画外，也在画中。云水苍茫，来自山间的云歌乘鹤飞来。恍惚间，我骑到鹤背上。鹤翅歪斜着，载着我，拖拽着青山之巅的绿痕，拖拽着我缠绵的念想，一会儿飞在祥云里，一会儿浮落到碧水中。身心被融化，被淘洗得干干净净，仿佛自己真到了蓬莱仙境。

向山而行，夕照中，一湾古朴的村落卧于画中。屋舍前后，竹篱环绕。屋前的小河，静水流淌。屋舍与河流，夹着棋盘般的稻田，田里的水波，泛着光亮，挪动着劳作的棋子。树影与光影，交相辉映，在水银般的水面上，泼洒着翠绿与斑斓的色彩。灵秀的彩羽，抓捏到我灵魂深处的柔软，在飞，在翔。

入山愈深，尘俗之气，愈加淡薄。涧流琤琤，鸟鸣幽谷。偶尔会出现一间农舍，黛瓦白墙，靠着石山，静寂安详。一条清溪，从屋前潺潺流过。溪流像温顺的小银蛇，带着少女酒后的娇羞，带着怡然自得的惬意，从屋前出发，扭动着，朝前滑去。若遇到茂密的树丛，它就挣扎着，瞅准一段空隙，闪烁着白鳞般的身段，倏晃而过。

往前探去，有更多游蛇般的溪流，从我脚下懒散地流过，仿佛是在向我邀宠，带领我，走向山里，走向那更深的深处。溪流伴行，走过的每一程路，都是一首歌，都是一幅画。

一方秀山灵水，就这样，像一幅山水画，在我心里贮存，在我心里闭合或展开，提醒我，来世，做画中的一棵树，抑或一枚棋子。

红翅膀

我将目光交付天空，天空没有垂泪啊！眨着眉睫，接纳我目光的征途。

我不能飞，囚禁于地面的建筑樊笼。

但我目光是自由的。目光有翅膀，去飞，去寻找阳光的鸟群，去寻找江边暂憩的鸟群，去寻找与我心心相印的鸟群。

目光带着伤痛，灵魂在天空逃难，请求一只鸾鸟出现，带着我的灵魂，安顿在远古的故乡。来吧，美丽的鸟儿，也请你来做我的灵魂，让我俩好好恋爱，让我们融合一体，一起去寻觅沧桑的梦想。

我终于寻找到我的灵魂了。一只鸟嫁给了我，终日依偎着我，不愿再有一刻的分离。

那就生死相依吧。这鸟，是仙化而来的云朵，红翅膀活泼地闪动着，像柔软的双臂，挽着我的脖子吟诗。这鸟，是从远古故乡飞腾来的吧，翅膀像仙龙的足爪，在蓝天幕景上狂舞绘画。画面里有十五种色彩的秀山俊水，刻印有我吟作的诗行。

让我俩引吭高歌吧。那歌声化作仙雾，袅袅娜娜，在舞台上缭绕。那舞台像是旋转着的孔雀的水晶身体。旋转飞翔中，我俩的灵魂，紧紧缠绕在一起。

愿俗尘苦难的生命，被一丝丝仙风解困。愿我用虔诚的灵魂去感知仙阁里的歌音，让生命神清气爽。

愿目光生翅膀，愿灵魂能自由飞翔。

夜半歌声

夜半，歌音如约响起。烛焰般的野调，忽明忽暗，在黑夜里缥缥缈缈，回荡在我居住的老街陋巷。

嗯嗯嗯，啊啊啊，呀呀呀，咧咧咧……都是些什么莫名其妙的腔调？我听不懂。可是，这歌谣，这小调，为什么总选择在夜半，选择在这个特定的时刻，来与我灵魂约会？夜半沉寂，声调沉郁，歌谣以哀怨为杖，抖开心事，一字一顿，捣响在沉沉夜色里，捣响在深深街巷里，幽幽渺渺，引发我遐思不尽。

歌手是位孤独的流浪汉子，白日见他，衣衫褴褛，蓬头垢面，总傻傻地对人痴笑。但从他灿烂的笑容里，我倒看出了人性的刹那天真。或许他是真心快乐的吧！在隆冬一个飘雪的日子，我还见过他在雪地里跳舞。店铺逃生的音乐，在他脚下溅飞。他伴着音乐，披头散发地跳着，与同样披头散发的音乐，在雪地里舞蹈。他身子扭动，晃荡，抛甩着的褴褛衣衫，像寒风波浪的肢骸，砸得雪花喊痛。街巷行人稀落，都在匆匆赶路，没有人会在意他的雪天舞蹈。电视正公告冷空气应急预案。寒风以多么热烈的掌声，庆贺它们的豆蔻年华啊！而步入中老年的疯子歌手，也兴高采烈地在雪地里舞蹈。他嘴唇翕动，灿烂如花的笑容下，沸腾着他的血性冲动。他是在庆贺冬雪的降临，还是在庆贺生命本真的欢乐？

无数个夜半，无论是凄风雪夜，还是清风朗月，歌谣响起，来为我灵魂送歌。从灵魂深处发出的歌调，像宽大的臂弯，搂护我片刻的安宁。头枕歌谣，酣然入梦，梦里催开一树白花盛开。岁月的血肉腐去了，只残存陋巷这副风干的骨架，吊在我窗下，支撑着人世的风尘，演绎着市井生活，演绎着芸芸众生里的人生百态，演绎着这疯子的歌舞。我悲我痛，我喜我乐，从歌谣里看得真真切切。

黑夜沉沉，思绪悠悠，听着流浪者的歌谣，我不禁在想，那流浪的歌手，他来自何方？故乡远隔，母亲的灯笼将永远微微照着他的归路。他满脸痴笑，却独醒于清风月下。他步履蹒跚，却用歌调表达生命的赤诚。他才是最真实的灵魂歌手。

每枚绿叶都是太阳的心灵

这里，我要歌颂太阳。

太阳啊，给予了我们的生命；太阳啊，又给我们展示了它最美好的心灵。

而我该如何去感知太阳的心灵呢？

我发现，从一枚绿叶的身上，就能感知到太阳的心灵。

一枚枚绿叶，簇拥在我们身边，触手可及。你仔细看呀，这一枚枚绿叶，因太阳的光合作用而被赋予了生命。这生命的形状多像心脏啊！这不就是太阳的心灵吗？

如此，一枚枚绿叶，让阳光具化，让阳光有了形。我读懂了一枚绿叶的心灵，就能读懂太阳的心灵。

天穹的子宫，孕育着万物，笼罩着万物。在太阳的怀抱里，物理与化学的纽带，让绿叶与绿叶靠拢，让我们与绿叶靠拢。在太阳的底下，我们都有血缘亲情。一枚枚绿叶，都是我们的亲人。

去靠拢身边的绿叶吧，去靠拢我们的亲人，去依偎太阳的心灵。如此，无论白天，还是黑夜，心，便有了依托；灵，便有了安抚。

当黑夜来临，当太阳暂别我们，即使每枚绿叶恐惧地面对黑夜的深渊，但仍没有收缩起它们的天真。暗夜沉沉，当我走到树下，走在绿叶中间，这些严肃的精灵们，在风中，在深不可测的夜色里，对我翩翩起舞。它们知道我的来临，它们知道我的用意，它们告慰我的孤独，它们安抚我的哀伤。它们仿佛在告诉我，即使在黑夜，太阳依旧留在天宇，用它珍贵的心灵，无时无刻不在温暖我们的希望。

我在祈盼，我在等待。黑夜终于过去，太阳终于喷薄而出。崇高无比的阳光啊，终于又照耀大地。我倾听到了万物的呼声，我听见了植物们响起热烈的掌声，我也倾听到了我心灵的欢歌。一切的一切，是因为这世上拥有了太阳这美好的心灵。一切的一切，是因为一枚枚绿叶存于人间。一枚枚绿叶，就是一轮轮火热的太阳，就是一颗颗火热的心脏，与我心心相印，与我相依相偎。

让我们与绿叶联结在一体，让我们与太阳联结在一体，让源源不断的能量，注入我们的身心。

另一种花朵

我的住地，绿丛遍地。秋夜，行于其间，或眠卧床上，蛐蛐声持续入耳。小溪般流溢的天籁，加剧了我恋秋的情绪。时节轮回，生命浮躁后需要沉静。这虫吟声具有沉淀之美，潜入我身体泥土里开苞溢香。撒开的花瓣，袅袅娜娜，像点点滴滴的星光，弥漫身心；像我能感受到，却又抓握不住的幸福。

清晨，窗帘之外，鸟音婉转，像柔媚的红颜，花朵般地开放，缀满黎明的枝头。潜沉在黑暗里，我是多么感谢这些花朵们的搭救啊！花朵们唤醒了黑夜，敲响了拂晓光明的钟声，悠悠回荡在我耳畔，把我从梦境中唤醒，把我从黑暗中拯救。起了床，迎着鸟鸣盛开的繁花走去。那鸟鸣密集的地方，是繁花盛开的地方，是光明最透彻的地方，是我憧憬的幸福家园，是我诗意的世外桃源。

雨密集而来，细细粗粗的雨柱，争先恐后地滴落地面，溅起的花朵，拥挤一起，丁香花般绽放。这雨水也能开花啊！只是可怜这些花朵们没有枝头寄放，只能迷茫地开在地面上，开在行人的脚下。雨花儿遭人践踏，被人忽略，却遭我怜惜。这可是天地之花啊！虽昙花一现，最终还是被泥土收藏，滋润万物，化为万树花开。因此，我不必过分忧伤。我走进雨巷深处，我扑向雨花丛中，我闻到幽幽扑来的湿香。那托举着的五色花瓣，铺满我前行的路途，幸福而忧伤地泅渡我的灵魂，去梦中的诗意远方。

乡村夏夜，满池荷花，满池蛙鸣。蛙声的潮水，透过门窗，浸湿我的被褥。萤火虫的女子，举起幽明的灯笼，恍恍惚惚，游荡池中。我用想象的眼睛，看乐手们那鼓腮的陶醉状，迸发着声浪。这些声浪，都是大自然生命的呐喊，是在梦境中盛开的花朵。这起起伏伏的声浪，这大自然的生命乐章，悦耳入心，催我入眠。哦，这乐章又潜入我梦境里来了呢！像缤纷的花朵，像随清波起伏的红莲，一波接着一波，涌荡而来。花朵簇拥着，又似浪花，拍打着我的床沿，托浮起我，漂流神游。冥冥之中仿佛有神秘力量招引，我灵魂在星光之海、万花丛中，也开成了一朵莲花。

秋来时，走向山野，红蜻蜓在枯朽的枝头正襟危坐。它们是人体彩绘，彩色的身躯是飞花，是飘逸灵动的秋色。愿我的肩膀能成为坚挺的枝头，引来红蜻蜓栖坐。它们真来了，扇动轻盈的翅膀，在我肩臂上写意。画笔点点，引燃花枝漫坡，一切枯朽被涂抹返青。山峦间鸽哨悠悠，无数鸽子花在风中飞扬。其中有一朵高昂的花朵，那必然是我心灵的盛开。

日常生活中，大千世界里，无数美好的事物无时不在宽泛我对花朵的概念，培养我对美的感知。除视觉、触觉、听觉、嗅觉、味觉外，我还用五官之外的感觉，去捕捉另一种花朵们的存在。那些花朵，相随相伴我生命，让我的生活无时不美，让我的生活处处皆美。

灵魂之音

身处黔中之地，工作在城郊，出行不便，日常光阴，大多耗坐在办公室里。都属于红尘俗子，自然无法摆脱情绪的起伏，常有寂寞在歌唱，疲惫在疯闹，推搡灵魂踉踉跄跄。

某夜，孤坐电脑前，望窗外浓稠的黑夜，发泄般，带着一些恶作剧的心态，写了一些不想见人的日记文字："黑夜，你与我相处，纠缠不休，却又如此静默，像是在躲藏我……"

此类乱语，非诗非文，边写边自嘲，多了，反自找不轻松，如小孩子们抬起衣袖擦抹鼻涕，愈擦抹愈满脸都是，显得更脏污不堪。此时，一个朋友从网上发来一些歌曲，推荐给我，有《观音手》《靠岸》《爱是你我》《红雪莲》等，都带有伤感的旋律和酸楚的味道，却不像强劲的重金属音乐那般撒野。音符通畅地脉动起来，跳跃起来，如春天的芽苞不断破土涌出，不一会儿就伸展开婴儿般的软臂，揽起我灵魂轻舞，消解了我在黑夜的愁容，也渐渐冲刷了我灵魂通道的泥垢。

随之，我自下载了一些喜欢的经典音乐和歌曲，如《友谊地久天长》《斯卡布罗集市》《雪绒花》《北国之春》等等；也有偏爱用洞箫、陶笛、长笛、埙等民乐演奏出的曲子，如《故乡的原风景》等；小提琴名曲也有；萨克斯的名曲也是听了不少，如《回家》等，虽厚重，但不适于独听，在一些茶吧酒肆及咖啡厅，倒贴合心境。一位女性朋友曾说："萨克斯音乐是性感的！"此语只可意会，不可深说。这说明，不同的音乐，在不同环境中，在不同的心境里，不同的人，理喻是不尽相同的。但也有共识。音乐是无法具化的，如空气，用手抓不着，却能用灵魂去感受它，去懂它，去爱它。于我而言，平和笑容的面具下，灵魂纷乱，离情别绪……不同情绪下更需要有不同的音乐来搀扶，来慰藉。但曲调的共性必是忧伤的、美丽的。这只能靠自己去感悟，自己去猜想。如我与痴爱的秋枫在夜色里相遇，朦胧中的那一抹抹绚丽，张开了悲美的手，捂住了我的眼。这并不会让我在意。我能听见它通过轻风递上来的耳语就够了。我并非音乐专业人士，因此无须去细究“宫商角徵羽”，也无须了解调式、调门等乐理知识。我只凭灵魂对音乐的自悟和自信，享受它带给我心灵的启迪和共鸣就够了。当适宜的音乐来了，灵魂里的旋律彩带也在起舞了。那旋律彩带缠绕着，伸缩着，飘逸着，将我不可名状的情绪搂揽于怀中。波动的情绪渐渐被抚平，慢慢被消弭。

儿时，一次孤居在父亲执教的学校。寒假中校园空无一人，四周都是光秃秃的田野，没有挨临的居户。那日冬晨，浓雾弥漫，串串雄鸡的鸣音从远空穿雾而来，从空旷的田野上传来，似一根无形的线，把孤独和惆怅穿缀在一起，沉甸甸地挂坠在我稚弱的胸前。我莫名的悲伤，似乎自己被遗弃在远海的孤岛上。霎时，一袭音乐的风，破空拂来。舒缓，温馨，带着淡淡的忧伤，冥冥契合着我那颗嫩柔、脆弱的心灵。那是什么曲名的音乐，由什么器乐奏出，从哪而来，我懵懂不知。我只觉得，它与我前世有缘，早根植在我灵魂深处，此刻，是来安慰我的，来陪伴我的。

也想起那个冬日，我百无聊赖，站在三楼卧室窗前。天晦地暗，空旷清冷，一浪浪轻快优美的歌音伴着摩托车的轰鸣声，从窗前的马路上涌来。音乐声来自装放在摩托车身上的音响。驾车的摩的司机头戴半旧的红头盔，下穿厚重的黑皮裤，上着一件灰色的工作服。是的，我坐过他的车，一位很随和快乐的中年男人。他沿途播撒着音乐而来，盘活我视觉内风景的呆痴，也不知抚慰多少颗在阴雨下踽踽独行的旅人灵魂。音乐是温暖的空气，是光明的水，与我们生命相依，与我们血肉相连。因此，又何须给它穿上高贵与华丽的外衣呢?

后来，除闹市车辆刺耳的鸣号声，和装潢房舍狂躁的噪音外，对随时遭逢的音乐我从不排斥，总是倾心接纳。夜晚归家，从邻居家窗里传来钢琴声。向着透着明亮灯光的窗口，我寻着音乐走去，步履变得愈来愈轻盈。偶尔，我还会驻足窗下，悄悄聆听一会儿。是啊，面对这咚咚淌流在灵魂深处的清泉，谁会排斥呢？在雨后傍晚，行走在乡间小道，夕烟稻浪里，遥听清风与河水滋养的笛音，谁不会以心相许呢？清晨，鸟声报晓，婉转对啼，它们没有惊扰我，我反视之为贴心、亲切的音乐，驱除我晨醒时的沉闷。还有，风声、雨声、山泉叮咚之声、波浪之声、虫吟之声，等等，这珍贵的天籁，都是大自然的音乐，都是安宁灵魂的良药。叫我如何不放纵生命，与之和谐共舞呢？

音乐无私，对所有人都很公正。它区别于杂言乱语，被视为人类的灵魂之音，与诗歌一样，是最接近神的东西。无论旋律是喜是悲，皆唯美唯善。五线谱在我眼里，仿佛是五根萧瑟输电线上蹲歇的呆鸟。不过，灵魂的电流一旦触碰到它，火花便顷刻迸发，耀眼。那音乐的鸟儿们便会抖翅欢畅，跳跃，飞向生命的高枝，飞向灵魂的深处。如此，再何惧心枝孤撑，风劲雨寒呢？

月牙儿花瓣

这一生我遇不到你，看不见你，从岩石与木头发出的音乐声里，我听到你悲伤的叹息。

是谁将你肉体研碎，交给宇宙熏染，光波洒落在人间千山万水的内心。我看见了你的绽放。我听到了你的心跳。我看见了你在舞蹈。你拂来的翩翩长袖，平添了我文字的清香。

你从三月桃花瓣里起身，花瓣为裙，细雨为语，飞扬天宇，凝望我，感知我，洞悉我。你的眼波，暗通心曲，发射我急需要表述的心声。我灵魂的气韵，叠合你脉动的曲线和流淌的旋律，一起翱翔天地，绵长不息。

我看见你了呢。你站在那弯弯的船上了呢，撑着竹篙，划进我为你抒写的诗集里。这诗，是我为你而写。这歌，是我为你而唱。你是蓝色天宇的女儿，值得我歌颂。

我何时能成为天宇的光子呢？一颗微不足道的物质，飞旋到你身边。我俩能融合为一粒子吗？阴阳缠绕，黑白分明，在浩瀚之宇，开成一枚花瓣，旋转阴阳。

我真闻到了桃花的颜色了呢，因为我也是春天的儿子啊！我也属于来世。我终于成了一粒在天空中运转的微尘，属于你永驻的宇宙。

谁会记住谁呢？除了你，我忘却俗尘的一切事物、一切概念。

树皮里的河流

每当面对一棵树，我常在想，这棵树——它内部系统里，肯定是有河流的。倘若有，那树干便是主河道吧。通过树的发达根系，将土地深处的水分子，日夜不停地输送到每一根枝上，每一片叶里。而大地深处，便是河流的源头吧。与万物生灵一样，树木赖寄于土地，但它发达的根系却能伸展于大地深处，汲取水分。我坚信，有了活水源头，这树皮下的河流，在我的视线外，一定时刻在流淌着，时刻在汹涌着。

在一座水资源并不丰富的黔中小城，有一条我并不知源头的河流。河道被拙实、古朴的石栏杆护着。河中水量不足，时常干涸。即使不涸，平常时日，也是流水浅缓，着实更像一条沟渠。

小河两岸，古木屋密密匝匝，人们沿河挨挤在一起，围建成一条又一条街巷，连缀成一座古朴灵韵的小城。一辈又一辈人，在此繁衍生息。河两岸，古树婆娑，杨柳依依。隔一段距离，便建有一座石拱桥，连接两岸。

闲时，我喜欢到河边消磨时光。或漫步在垂垂柳丝下，或扶靠栏杆，俯瞰潺潺缓流。哦，那位手敲铜锣、肩挑担子的老汉，又从古巷深处走了出来，在铜锣当当的声响中，吆喝着卖起米糕来。有时，老汉还跨到桥对岸去，将古朴生活的味道，带到更静谧的深巷。

一日傍晚，沿着河岸，沿石栏杆一侧的道路，我一个人静静地走着，茫然地走着，不知不觉中，走到一段以前从未涉足的小道。这是一条专供行人走的甬道，道不宽，足够两人擦肩而过，路窄，却很通畅。当来到一段缓坡处，一棵粗壮高大的古树耸立于前，挡了去路。树冠巨大，繁密的枝叶遮挡了周边的星空。右边是石栏杆，左边是陡峭的山壁，难道路到此已是尽头?

我相信自己的感觉，路，会随河流延绵不绝，定会朝前伸去。循前十几步，靠近古树，发现古树躯干一侧与石壁间，果然留有半身宽的缝隙，专供路人穿行。我侧着身，手掌撑贴着皲裂的树皮，终于勉强通过。转身回望夜色里的古树，像一位含蓄沉默的母亲，竭力张开博大的怀抱，将古屋、生灵揽入怀里的梦乡。河流天然，有树在先，尔后才修有路。古树挡了道，人们并没有将它砍伐掉，宁可让自己憋屈着身子而过。由此，我不仅没觉得道路不通畅，反倒对树下的生灵们肃然起敬，也明白了这座黔中古城为何灵韵至今。

水滋养生命，也滋养灵魂。人们爱将河流比喻成母亲河，这恰如其分。由此延伸到树木，让人联想到树木里的河流。河流不仅在地上，也应在一棵树里。河流不仅流淌在大自然的怀抱里，也自会潜流在作为万物之灵的我们的躯体里，潜流在人的灵魂里。河流是具体的、可视的，也是抽象的、隐性的，无时无刻不与我们共生共存。因此，珍惜树木，也是在珍惜我们生命的河流，也是在珍惜我们灵魂里的河流。窄径上的一棵古树，启发了我更多的感想。

再一次返身，伸展双臂，拥抱窄径上这棵古树。感觉它身体在颤动，感觉它躯体里水流在汹涌，在奔腾。树啊树，它那粗壮的身躯里河床密布，游历天地间的雨水，被它牢牢捆绑。我环抱着它，灵魂之舟，犹如在无形的水流中沉浮，漂泊着哀伤，漂泊着幸福。我甘愿做一滴水，被它捆绑。我甘愿做一条鱼，在它河水里游动。甚至，我甘愿做它身上的一片绿叶，摇举起绿色的旗帜，向天空呐喊，呼唤雨水降临。我愿意永远依靠着它，环抱它。愿美好的河流，将水分子输送到我干涸的灵魂，输送到我与万物并育的躯体里，源源不断。

诗意灵感，也如同这树里的河流，喷涌而出：

我相信一棵树
里面河床密布
粗糙的皮下
有波浪吼声
有水鸟栖息，一棵树

它的茂叶
是鱼群
游弋在天空
敞开起河道
焦急迎来雨水
浇灌，一棵树
时刻也向大地深处
敞开心扉
保持源头活水
捆绑所有水流
入住
参与天地循环

茶事旅途

桌前这杯茶，叶儿们精灵般地翔舞。它们的灵魂碎了，化为氤氲的茶气，升空，长袖舞起。在这个静心的下午，清香的仙风包围了我，心事与茶气牵手对视。我该放逐心情，于深庭漫步，闲歌独唱了。也感谢这几日阳光明媚，没让心事霉变。可现在，秋日的阴霾又起，我不愿重拾因天气变幻而郁结的愁闷。与其放纵心灵，持一把雨伞远行，享受一番鸟儿暮啼的愁绪，倒不如持一杯香茗，坐于桌前，让茶水的温暖，润热冷软的唇。杯中的气象，一汪绿莹莹的仙潭，引回我穿窗的眼。再远的心事，也被收拢，在脑海里复活，记忆畅跃起来。

我是爱茶的。以前在宜昌工作时，茶缘起于任报社都市休闲版编辑时，结识了一些茶艺界朋友，很多茶友还是广东、福建人氏。造访他们或聚会一起，总少不了品佳茗，谈茶经，耳濡目染，自然与茶结下了不解之缘。印象最深的，是一位广东潮汕的朋友，在他家，去他公司里，见面首件事，是他亲手斟工夫茶给我品。曾一段时间，我与他常半夜蹿到一位朋友的茶庄里喝茶，一聊就聊到凌晨两三点钟，还不忍散去。还有一位摄影界的挚友，性格恬淡温和，不沾烟酒，是嗜茶之人。他精通茶艺，曾撰有许多茶艺文章，发表在杂志上。我俩大多相聚在茶桌旁，而且多半是他亲手操壶，泡茶给我品饮。茶器起落间，看他专注的神态，沉静优雅的举止，茶未沾唇，心神却早融入那恬静的境界中去了。他告诉我，人生之大幸，莫如与书结缘，与茶结缘，并让我相信，清茶洗涤过的人生，必然另有一番滋味。

后回故乡小城，因恋茶不舍，就在临街自家房舍里，让家人开了个小茶庄。茶庄经营内容日渐丰富。除五峰、邓村绿茶，还有福建铁观音、台湾人参乌龙、云南普洱、凤凰单枞、金骏眉等。我还挤出一方小角落，亲自栽了一窝竹、一株桂花树。花盆里，植一些四季或常青或常开的花卉。临竹的屋舍，置一间品茶室，室不大，却清幽。茶室的门，由四扇仿古红木格门组成，由我自行设计，请一位江苏的木匠朋友做成。红木门被绿竹半遮半掩，别有一番古朴、清幽的雅趣。

茶庄建造中，我是吃了不少苦头的，现回想，倒有些浓茶后的甘甜。装潢需竹竿，我便向农村有竹的亲友讨要，因竹需求量大，不少亲友家几乎砍光了屋后院的粗竹。竹剃完枝叶，我就请开电麻木车的表弟帮忙装车拉运。从乡村到县城的漫长路途，堆满竹竿的小车摇摇晃晃。竹梢蹭着地面，刮得一路啸叫。坐在车厢竹堆上的我，如坐在弹簧上颠颤，好几次差点被抛下路坎。装潢最耗时，也折腾人，掀瓦拆墙间，四处灰蒙蒙脏兮兮的，一身脏衣一双泥手。碰到雨天，还得挤在窄屋里做饭，好几次被饭菜里的沙石硌痛了牙。后来，只好在附近一小餐馆将就了一段时日。

几年的打造和经营，茶庄有模有样了。我便有闲心坐在茶庄沙发里，持杯啜茶，独自神游了。一般白天喝些绿茶提神，晚上喝点普洱养胃。有时朋友来，拿出珍藏的普洱茶头，或凤凰单枞，或金骏眉，用滚烫的开水洗杯烫壶，再按茶艺要求点茶，出壶。看朋友们喝茶的惊喜状和陶醉状，我倒是先沉醉了。有人说过："爱茶能使人善良！"茶道即人道，能爱茶，静心坐下品茗的人，大多心气平和，待人谦和，处事泰然。

以茶会友，我有缘结识一些本地书画界的朋友。曾跟一位从事书画教学的朋友学写意画，倒不是想附庸风雅，我只是觉得，这书画是与茶道相通的，能静心凝神，具有消烦祛躁的作用。我极欣赏这句话："专注生静，静生慧，慧以养乐。"一个冬夜，独守茶庄，一位画家朋友雪夜来访，围着火炉，点评我刚涂鸦的青石墨竹。炉面上，青花瓷的品杯里，铁观音黄汤浓郁，香气缭绕。那幅静夜的师教图，让我领略到了生活的另一番情趣。

生命若要归于大静，仍需要反复修炼！或许，漂泊也是生命的另一种修行吧。从新疆罗布泊到家乡小城，到宜昌，再回家乡小城，我苦心营造一间茶室静守，本是想抗拒红尘侵袭，终了一切骛远的心的。无奈心生出许多不甘，时常有浮躁的情绪在心底蔓生。于是，我选择了再次出行。茶叶塞满了小小行囊，来到云贵。工作繁忙之余，手持一杯茶，望窗外风景。喀斯特的地貌风景，蓝色的天，白色的云，绿色的山，如我杯中的茶色，主调都是些干净的色彩，心灵到此驿站，暂时得以沉歇。但我明白，茶叶们飘浮在生活的沸水里，散尽了灵魂香味，最终还是要踏实地沉寂在杯底涅槃的。而我灵魂的叶，仍悬在水中，附满茶魂的鳞，上下浮沉。

沉沦茶事，愁绪荡漂。倒是眼前的叶儿们，不嫌杯底的孤窄，早已静卧安歇。

茶中山水

山川走进我的茶杯，杯中悬绽着初春的翠绿，像新柳摇曳，曼妙多姿。“两个黄鹂鸣翠柳，一行白鹭上青天。”此刻，若有黄鹂飞过，定会栖落于我杯中的枝叶上，在我杯里鸣翠柳。我庆幸杯中有这般诗画。

杯中的仙绿，雅名叫“青山绿水”，俗名叫小苦丁，能祛热清火，量多则味苦。一位朋友的女儿喝了一口，皱起眉头，问道：“伯伯，这也叫茶吗?”问话将我从山水的沉浸中拉了回来。我抿了一口，应付似地点点头，说：“当然，良茶苦口啊!”无法继续我与她的对话，孩子小小年纪，我固然不能给她讲透这些道理。

我总以为，品茶不仅品味，还要赏景。茶水侵占了凡体，大千世界的山水音容也被我们的躯体所吞噬，所化解。山水景画，融化体内，灵魂尽可搭乘无形的翅膀，浏览这无限的风光，感受茶魂送来的仙爽。这便是品茶的一种境界。

茶具雅洁，在青花瓷盖碗的映衬下，“绿水青山”的翠叶鲜绿得心醉。它或是来自峨眉山的一峰一峦，或是来自云贵高原的云雾之巅。它避俗于荒野间，汲取天地日月精华。修炼够了就脱枝飞来，现就悬立于我杯底，静止于我杯中。碧水春色，仙液琼浆，引领我清幽的眸子去洞悉博大的绿野。五脏六腑，融合其中，神气回旋，贯通经脉。我怎能品味出苦呢?

品咂来自福建安溪的铁观音，醇香满齿，感觉口腔里满是灵峰云雾，满是鸟语花香。一个“香”字了得，囊括了万千生活景致。浓缩清香的一片片硕叶，活力放纵，不失醇厚和沉静，散发出生命的本色本香。“从来佳茗似佳人。”竹帘幽致，隔离了红尘的袭扰，仿佛身旁有一手执檀香扇的南方柔情女子，衣袂飘香，依我身边，爱意浓浓，温馨浪漫。心灵的疏解就交由她了。

浸染在普洱茶汤里的陈年旧事，像袅袅醇香，扑鼻而来。古巷老街，陈年旧岁，在杯里闪烁着幽幽古朴的明亮。所以，将普洱茶归类于黑茶，足可见其经历风雨沉淀后，展现的是何等安详的苍颜和沉稳的气质。宛如一位睿智老者，历经人生岁月的沉淀发酵，终于修炼出经纶满腹，道骨仙风。高山险途，茶马古道驮载的历史风雨，就交付这茶汤去见证吧！端杯品汤，悟道或深或浅，就看自己的造化了。茶汤滋润唇舌，浸润肠胃，白日里的疲劳，黑夜里的迷茫，终可慢慢消遣，还原简朴的真相了。

清明前后，直至谷雨，不辞辛劳，入深山去揽抱茶园的绿雨香风。看端庄的茶女，纤纤玉指捻掐茶树鲜叶，竹篮里盛满新春的嫩绿。制茶师们日夜劳作，把春天揉进我们的杯里。最爱看那位老制茶师展演技艺：在竹蒸笼里铺撒鲜叶，端入铁锅里蒸青；布满松针的马尾松枯枝，被填入灶膛里燃起，火舌扑腾跳跃，那叫“活火”，而绝不是火焰和火力均稳的“呆火”；用好了火候，那蒸青出来的青叶，被摊开在簸箕里扇凉，再入炒锅里炒制，成形提香；制茶师伸手探入锅里，拢起手指，抓按，抖带，揉捻，厚掌在灵巧地翻旋，埋头专注的劳作神态，像是在弹奏一曲神圣的乐章。是的，他在弹奏春天的乐章。在乐章声中，一片片含露的嫩叶，在人类的掌指间，变成茸毛显现的翠绿条索。融入清水后，又还原成片片嫩绿，在杯中翩翩起舞。芭蕾舞般的足尖，缓缓落入杯底，俏丽地悬立于杯中。远古的春天，深山的春天，通过唇齿，融入我们生命的田野。哦，春天，劳动的春天，浓缩天地精华的春天，把鲜活的精灵，把大自然的美色，带回我们的生活，带入灯红酒绿的闹市，带到我凝神端详的杯里。疲惫的尘心，在春色里得以淘洗，得以慰藉。我感谢春天，也要感谢人类智慧的劳动。

红茶醇厚，汤味柔和，养胃舒血，除了平常饮用，保养身体，更适宜在风雪夜与知己品饮。用紫砂壶或盖碗泡饮，一窝茶，至少可喝到五六水。这需要把握好茶入水后浸泡的时间，掌握好“度”的技巧，还得要有一份闲得的耐心。要明白，这不只是消磨时光，而是在收获相聚的缘分，收获心灵的清雅。能暖和得你掏出心窝子的话来。最爱看武夷山的红茶——金骏眉的汤色，它让你沉湎于汤红的深情，沉迷于情感的风月。能让你借助想象，可以看见被温柔岁月洗练的茶汤里，映照有孤独的熟女，正在雨后的河边站立，她撑伞怅望着远山，身后便是这汤红的寂寞深情。

花茶入浴，宛若如花似梦的女人，浸润在泉流里，装扮起五彩缤纷的山水景象，尽显妩媚和浪漫。喝花茶，几乎是女人们的专利。女人品饮花茶的精致神态，男人们视为美景，男人们不饮自醉。花开在水里，开在女人的白嫩的手掌里，开在女人红润的樱唇边。花人合一的浪漫深情，养眼而养心。玫瑰花、菊花、茉莉花，最受女人们青睐。茉莉花茶熏制后香味浓郁，茶叶与花苞齐并入水，可见杯中纤云朵朵，升腾飘逸，洁白可爱。玫瑰花入浴后，更是风情万种，花好月圆，爱情的红羽翼，在杯中飞翔。玫瑰滋养着红颜，女人们美了，男人们的山川则更美。菊花开在水中，宛如秋风拂来，满坡泛金。菊花茶因具有清火明目的功效，也逐渐被男士们接纳。而女人们则更看重其具有排毒养颜之功效。现今，喝菊花茶不再择时，四季盛开在杯里。如果你在意，随时随地，可闻到菊花茶飘溢的蒿香……

有人说过："喝茶的最高境界就是把'茶'字拆开，人在草木间，达到天人合一的境界。""茶里乾坤大，壶中日月长"，我想，要实现上述境界，绝不能借以虚无。尤其是在狭小的都市里，唯有化为想象，寄于具相，将山水的灵韵，将草木的世界，将心灵映射的美好景象，构想成丰富多维的画面。如此，才能把心地拉得宽广。向更深层次，便是修行了。红尘繁华里，不少茶店命名为"草木人"，想必都有这般来意。